21**世纪高等学校规划教材**

DANPIANJI YUANLI JI YINGYONG

单片机原理及应用

主编 张 虹

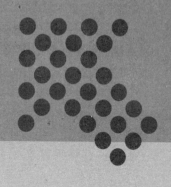

中国电力出版社
http://jc.cepp.com.cn

内 容 提 要

本书是为 21 世纪高等学校规划教材。本书以国内应用非常广泛的 AT89S51/52 为例，系统介绍了 80C51 系列单片机的硬件结构与原理、指令系统与汇编语言程序设计、单片机并行系统扩展技术、串行系统扩展技术、应用系统接口及应用、单片机应用系统设计开发过程等内容。

本书可作为应用型本科院校及高职高专相关专业的教材，也可作为广大科技人员学习开发单片机的参考书。

图书在版编目（CIP）数据

单片机原理及应用 / 张虹主编. —北京：中国电力出版社，2009

21 世纪高等学校规划教材

ISBN 978-7-5083-7513-7

Ⅰ. 单…　Ⅱ. 张…　Ⅲ. 单片微型计算机－高等学校－教材　Ⅳ. TP368.1

中国版本图书馆 CIP 数据核字（2008）第 195527 号

中国电力出版社出版、发行

（北京三里河路 6 号　100044　http://jc.cepp.com.cn）
汇鑫印务有限公司印刷
各地新华书店经售

*

2009 年 2 月第一版　2009 年 2 月北京第一次印刷
787 毫米×1092 毫米　16 开本　19 印张　464 千字
定价 **30.00** 元

前　言

为了适应高等院校对应用型专业教材的迫切需求，使学生学到有实用价值的专业知识，为社会培养具有一定理论知识，实践动手能力强的应用型科技人才，作者根据多年的教学实践、产品开发经验，编写了这本适用于高等院校应用型本科专业的《单片机原理及应用》教材。

"单片机原理及应用"是一门实践性强，与生产、生活密切相关的课程。近几年来，单片机技术发展非常迅速，出现了很多各具特点的单片机产品，但是从使用数量、技术资料及开发工具等各方面综合考虑，80C51 系列单片机仍具有很大优势，因此本书以国内广泛使用的 AT89S51/52 为例介绍 80C51 系列单片机的原理与应用开发技术。教材内容以实用为主，注重理论与实际的有机结合，阐述问题重点突出，循序渐进，遵循高等教育教学规律，使学生通过理论学习与实验实训，能尽快掌握单片机技术，为以后应用开发打好基础。

本教材参考学时为 68～96 学时，不同专业可根据实际情况适当增删教学内容。全书共分 11 章，各章主要内容如下。

第 1 章　单片机概述：介绍单片机的概念、特点及应用，常用单片机简介。

第 2 章　单片机硬件结构：以 AT89S51/52 为例介绍 80C51 系列单片机的内部结构，引脚功能，并行端口结构，存储器配置，典型时序及运行方式。

第 3 章　指令系统：介绍操作数的 7 种寻址方式，80C51 指令系统数据传送、算术运算、逻辑操作、控制转移和位操作五大类指令的功能使用。

第 4 章　汇编语言程序设计：介绍汇编语言程序设计步骤，常用伪指令用法，三种基本程序结构与编程，典型汇编程序设计。

第 5 章　中断系统：介绍 80C51 系列单片机中断系统结构，中断处理过程，外部中断源的扩展，中断源的应用编程。

第 6 章　定时/计数器：介绍定时、计数方式，80C51 系列单片机定时/计数器 T0，T1 和 T2 的结构原理与编程应用，AT89S51/52 单片机看门狗定时器的使用。

第 7 章　串行接口：介绍 RS-232C，RS-485 串行通信标准接口，80C51 单片机串行口结构与 4 种工作方式，串行口的应用与编程。

第 8 章　单片机并行系统扩展：介绍 80C51 单片机三总线结构及并行扩展能力，常用并行扩展芯片，各种类型半导体存储器的扩展，简单并行 I/O 接口扩展，可编程并行接口 8155，8255A 的扩展及应用。

第 9 章　单片机串行系统扩展：介绍 I^2C 总线及 AT24C 系列串行存储器应用，SPI 串行接口及 X5045，FM25040 芯片的应用，1-Wire 总线及 DS18B20 的应用，Microwire 串行接口及 AT93C 系列存储器应用。

第 10 章　应用系统接口技术：介绍键盘、LED 显示器、点阵液晶显示器、微型打印机、ADC、DAC、开关型功率器件及实时时钟的接口与应用。

第 11 章　单片机应用系统设计与开发：介绍单片机应用系统设计过程，单片机开发工具及应用系统的调试，应用系统软、硬件可靠性设计技术。

　　本书由张虹编著，栾学德老师担任主审。此外，在大纲的制定及内容的选取方面，王丰、张星慧、李耀明等老师参与并提出了宝贵意见，刘磊、魏宪民、王宇晓、杜德老师参与了电路图的绘画，在实践应用方面，李秋潭、王立梅、杨洁、高寒、于钦庆等老师协助完成了对项目问题的可行性分析。在此，对以上老师表示诚挚的感谢。

　　编写过程中，由于时间仓促，加之水平有限，书中错误和不妥之处在所难免，敬请读者予以批评指正，以便今后不断改进。

编　者

2008 年 10 月

目　录

第1章　单片机概述

学习目标

学习单片机的概念、发展及应用，单片机中常用信息的表示方法，使读者对单片机具有初步的总体印象。

学习要求

➢ 了解：单片机的概念，发展概况及发展方向，单片机的主要应用和应用系统的开发方法。

➢ 掌握：二、十及十六进制数及不同数制之间的相互转换，机器数的表示方法与转换，BCD码和ASCII码的编码规则及特点。

单片机是微型计算机的一个重要分支，具有体积小，重量轻，价格低，抗干扰能力强，便于实现嵌入式应用等特点。单片机自20世纪70年代问世以来，发展极为迅速，现已广泛应用于工业控制、智能仪表、通信、机器人、家用电器等领域，成为人们工作、生活不可缺少的重要工具和得力助手。

1.1　单片机的发展与应用

1.1.1　单片机的概念

单片微型计算机（Single Chip Microcomputer），简称单片机，是将中央处理器CPU、存储器、中断系统、定时/计数器、I/O接口、串行口和时钟电路等集成到一个大规模集成电路芯片上制成的微型计算机。单片机具有微型计算机除外设之外的主要功能部件，只要接上晶振，复位电路，就构成了单片机最小应用系统，通电后即能工作。MCS-51单片机的内部结构如图1-1所示。

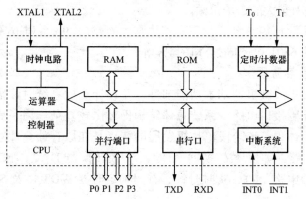

图1-1　MCS-51单片机的内部结构框图

与普通微机相比，单片机的特点是控制功能比较强，主要用于仪器设备的自动检测与控制，又称为微控制器 MCU（Micro Controller Unit）。微控制器也是国际上的通用名称。单片机体积非常小，通常嵌入到被控对象内部，作为其控制核心，也称为嵌入式微控制器（Embedded Microcontroller）。

单片机种类和型号众多，不同角度有不同的分类方法。按用途不同可分为通用型和专用型，例如，MCS-51 是通用型单片机，在很多领域都有应用。而在电表、通信、玩具等大批量应用中经常采用专用型单片机，可以降低成本，简化系统结构。按是否有并行总线引脚可分为总线型和非总线型，总线型单片机可以扩展并行存储器及接口，非总线型单片机省去了三总线，减少了引脚，缩小了体积，只能通过串行方式进行系统扩展。按照 CPU 运算的位数可以分为 4 位、8 位、16 位和 32 位单片机，其中，8 位机应用范围最广，市场份额占单片机总销量的一半以上，32 位单片机在一些高端应用中发挥着重要的作用。

1.1.2　单片机发展概况

自 1974 年美国仙童公司推出第一款 8 位单片机 F8 以来，众多世界知名半导体公司也投入到单片机的研发和推广上来，使单片机技术有了巨大的发展。从总体上看，单片机技术 30 多年的发展可分为以下四个阶段。

1. 单片机的初期阶段

单片机的初期阶段的主要目的是探索单片形态的微机体系结构，以满足工控领域对嵌入式控制的需求。Intel 公司于 1976 年推出的 MCS-48 系列 8 位单片机是典型代表，它在一个芯片内部集成了 8 位 CPU，64B 的 RAM，1KB 的 ROM，27 条并行 I/O 口和一个 8 位定时/计数器。MCS-48 系列单片机软、硬件功能较弱，但相对于当时的单板机及普通微机，控制功能、嵌入式应用等方面仍有较大优势，在工控领域得到了广泛的应用。

2. 单片机的完善阶段

1980 年 Intel 公司推出了 MCS-51 系列高性能 8 位单片机。内部集成了 8 位 CPU，128B 的 RAM，4KB 的 ROM，32 条并行 I/O 口，2 个 16 位定时/计数器，1 个全双工的串行口，程序和数据的寻址范围均达到 64KB。

MCS-51 的软、硬件功能较以前的产品有了显著提高，形成了完善的通用总线型单片机体系结构，是单片机产品的经典机型，成为事实上的单片机标准结构。以后有很多半导体公司采用 MCS-51 的 8051 内核，增加其他功能电路，开发出了各具特色的 80C51 系列单片机，并在单片机市场上占有很大的市场份额。

另外，Intel 公司还于 1983 年推出了功能更强大的 MCS-96 系列 16 位单片机，同期产品还有 Motorola 公司的 6801 和 Zilog 公司的 Z8 等。

3. 向微控制器发展阶段

早期的单片机仅集成微机的基本功能部件，在设计测控系统时，需要根据测控对象具体要求增加对应的外围接口电路，系统总体结构仍然比较复杂。为了更好地满足测控系统的要求，进一步缩小体积。该阶段单片机发展的特点是在原有计算体系结构的基础上，增加测控专用的外围电路，如模/数转换器 ADC、数/模转换器 DAC、脉宽调制器 PWM、高速 I/O 口、LCD 驱动电路、RTC 实时时钟、看门狗定时器 WDT 以及 SPI、I^2C 串行总线接口等。

单片机通过增加外围接口电路强化了其控制功能，在嵌入式应用中，一片单片机本身就能完成大多数测控任务，其结构组成和功能与微型计算机已有了很大的不同，国际上逐步采用微控制器作为单片机的标准名称，而国内仍然沿用已经习惯的称呼——单片机。

这一时期的典型代表是 AT80C51 系列，是很多半导体公司以 80C51 内核为基础，增加了自己擅长的技术和接口电路，并采用 CHMOS 工艺生产的与 MCS-51 兼容的单片机。这些单片机性能比 MCS-51 系列有了很大增强，统称为 80C51 系列。

4. 单片机高速发展阶段

近几年世界很多半导体公司相继开发出了各具特色的 8 位、16 位及 32 位单片机产品，例如，Motorola 公司的 68HC05，68HC08，68HC16，683XX 系列，Microchip 公司的 PIC 系列，TI 公司的 MSP430 系列，Atmel 公司的 AVR 系列和 AT89 系列，Philips 公司的 80C51 系列，TOSHIBA 公司的 TLCS 系列等。不同公司和不同型号的单片机各具特点，能够满足用户不同领域高、中、低端的需求，用户可以根据实际需要选择合适的型号。

由于单片机主要擅长于控制功能，高速数据运算处理能力只是小部分应用的需要，其发展过程并不像微处理器新型号推出后老型号迅速淘汰，而一直保持 8 位、16 位和 32 位单片机共存的发展格局，其中，8 位单片机占据着最大的市场份额，并继续在工业控制、智能产品中得到广泛应用，32 位单片机主要用在机器人、航空航天等高端应用中。

1.1.3 单片机的发展趋势

随着半导体集成技术和微电子技术的发展，单片机也向高性能和多品种方向发展，主要表现在以下几个方面。

1. CMOS 化

早期的单片机采用 HMOS 工艺，即高密度短沟道 MOS 工艺制造，而现在所有单片机已全部采用 CHMOS 工艺。CHMOS 工艺即互补金属氧化物的 HMOS 工艺，是 CMOS（互补金属氧化物半导体）和 HMOS 的结合，CHMOS 既有 CMOS 低功耗的特点，又有 HMOS 高速度和高密度的特点。例如，8051 芯片的功耗为 630mW，而 80C51 的功耗只有 120mW。

2. 高性能化

早期的单片机采用复杂指令集 CISC 结构，指令数量多，功能复杂，指令周期不固定，指令运行不易实现流水线操作，运行速度慢。例如，MCS-51 单片机采用 12MHz 的时钟时，单周期指令的运行速度为 1MIPS（Million Instructions Per Second，每秒百万条指令）。

为了提高性能，现在很多单片机采用精简指令集 RISC 结构和流水线技术，一个时钟周期就能执行一条指令，使指令运行速度达到 100MIPS 以上。在相同速度下，通过降低时钟频率，还可以获得良好的电磁兼容，提高系统的可靠性。

3. 大容量化

以前，单片机仅集成 4KB 的 ROM，128B 的 RAM，应用系统设计时，要扩展多片程序和数据存储器，造成系统体积过大，成本高等问题。随着半导体存储技术的发展和存储器价格的降低，很多单片机产品已集成了容量更大的存储器，用户只需选择合适的型号，就能满足对各类存储器的要求，外围存储器扩展已趋于淘汰。例如，Philips 公司的 P89C668 集成了 64KB 的 Flash 存储器和 8KB 的 RAM。宏晶公司的 STC89C58 RD+集成了 32KB 的 Flash 存储器，1280B 的 RAM，以及 16KB 的 E^2PROM。

4. 低功耗，低电压

CMOS 制造工艺，以及待机、掉电等低功耗运行方式，使单片机功耗从 mA 级降到了 μA

级。例如，TI 公司的 MSP430F20 系列整体功耗仅有 0.5μA。

单片机工作电压范围越来越宽，一般能在 3～6V 范围内正常工作，有的低电压单片机电源电压甚至可降到 1V 以下。低功耗、低电压单片机产品在便携式应用、无交流电供电场合具有很大的市场需求。

5. 小体积，低价格

嵌入式应用要求单片机价格低，体积小。体积较大的 PDIP 等封装芯片逐步被 QFP 等超小封装取代，还可以通过减少芯片引脚数进一步减小体积。另外，有的单片机已将复位电路、时钟和外围接口电路全部集成到芯片内部，不需任何外部扩展，通电后即能工作，成为真正意义上的单片机应用系统。

6. 串行扩展技术

采用地址总线、数据总线和控制总线三总线的并行扩展技术是传统单片机存储器及接口电路普遍采用的扩展方式，但并行扩展占用口线多，系统体积大，在空间狭小的嵌入式应用中不太方便。近几年来，仅采用 1～3 条端口线的串行扩展技术逐步取代并行扩展，成为主流单片机外围器件扩展方式，常用的串行总线接口有 1-Wire，I^2C，SPI，Microwire 等，目前市场上也有丰富的串行总线接口芯片可供用户选择。并行扩展技术应用越来越少，三总线在很多场合已没有存在的价值。为此，有的电子公司推出了没有并行总线的单片机产品，减少了单片机的引脚，使其体积更小。例如，Atmel 公司的 AT89C1051，AT89C2051 等。

7. Flash 型单片机成为主流

早期单片机内部程序存储器主要有掩膜 ROM、EPROM 和无 ROM 型。随着存储器技术的发展，EPROM 等存储器逐步被淘汰，一些新型高性能存储器开始用到单片机中。当前单片机中的程序存储器多采用 Flash Memory（闪存），Flash 存储器具有 1000 次以上的擦写周期，程序修改、升级非常方便。为了降低成本，还有很多公司的单片机采用 OTP ROM 作为程序存储器。

8. ISP 及基于 ISP 的开发环境

Flash 存储器在单片机中的广泛应用，推动了在系统可编程技术的发展。在系统可编程 ISP（In System Programmable）是指在微机中编程调试好的目标程序通过 SPI 接口下载线在线下载到单片机中。还可实现目标程序远程调试、升级。利用 ISP 技术，单片机的开发调试无须编程器、仿真器，降低了开发成本，提高了工作效率。现在已有很多单片机具有 ISP 功能，例如，Atmel 公司的 AT89S51，AT80S52，Philips 公司的 P89LPC920 等。

1.1.4 单片机的应用

单片机价格低，功耗小，抗干扰能力强，广泛应用于人们的工作和生活中，可以说无处不在。由于单片机体积非常小，使用时主要是嵌入到测控对象内部，作为其控制中心，所以平时很少见到单片机，但单片机在我们的工作和生活中发挥着越来越重要的作用。

日常生活中，很多家用电器都用单片机作为主控单元，例如，游戏机、电视机、空调、微波炉、电冰箱、洗衣机、计算器、数码相机等。汽车更是大量应用单片机来提高其性能，例如，汽车防盗器、ABS 防抱死装置、电喷系统、倒车雷达等。

温度仪、流量仪、数字电度表、水分测试仪、测距仪等智能仪表的核心也是单片机。智能仪表工作时，各类传感器将温度、压力、电压、频率等物理量送到单片机进行处理，然后显示，并根据设定的参数实现自动控制，还可通过总线联网，实现统一控制，这些都是普通仪表无法比拟的。

工厂中使用的机电一体化设备，如数控机床、纺织机械等，也利用单片机自动控制与生产。另外，单片机在机器人、航空航天、通信、军事中都有着广泛的应用。

1.1.5 单片机应用系统设计

单片机应用系统的硬件只有在程序的控制下才能工作，软件和硬件是单片机应用系统中不可分割的重要组成部分。单片机应用系统的设计也包括软件设计和硬件设计。单片机应用系统设计的一般步骤如下。

1. 总体设计

根据任务要求进行产品方案的论证和总体规划，明确需要解决的问题，选定合适的单片机型号，外围电路的类型及主要元器件的型号，使选择的方案合理，易于实现，产品具有先进性、实用性，能够被市场接受和认可。

2. 硬件系统设计

设计硬件系统的功能模块，例如，电源电路、复位电路、片外存储器、键盘接口、显示器接口、传感器接口等，用 Protel 等辅助设计软件绘制 PCB 电路板。硬件电路要全部或部分连线测试，确保没有问题后，再交付 PCB 生产厂家制作，防止做出后存在问题，造成损失。电路板制出后，还要用测试软件对硬件进行测试，测试合格后，硬件系统设计完毕。

3. 应用程序设计

根据任务要求划分功能模块，编写各模块的源程序，并在汇编软件的支持下，检查源程序中存在的语法错误并改正。只有通过汇编检查，源程序没有语法错误，才能进行仿真调试。

4. 源程序仿真调试

仿真调试是通过仿真器在线仿真环境下对源程序进行调试。汇编后的程序生成可执行目标文件，并下载到仿真器上。系统借助仿真器测试应用程序完成预期的功能，通过调试过程不断修改完善程序。

5. 系统脱机运行

系统软、硬件调试完成后，利用编程器将程序固化到单片机内部或扩展的程序存储器中，应用系统脱离仿真器运行，进一步测试软、硬件能否正常运行。测试无误后写入程序，焊接电路板，组装，并写出产品说明书等相关技术资料，产品开发完成。

目前，随着带 ISP 功能单片机的广泛应用，系统的调试及程序的写入完全可以不用仿真器、编程器等专用工具，只需一台微机和必要的软件即可，降低了开发成本，提高了生产效率。

1.2 常用单片机简介

由于单片机的市场需求量巨大，因此世界很多著名半导体公司相继投入到对单片机产品的开发上，到目前为止，单片机已有几百个系列近万种型号，为用户提供了广泛的选择。下面仅对常用的几个系列做简要介绍，为用户选择提供参考。

1.2.1 MCS-51 及兼容单片机

1. MCS-51 系列单片机

Intel 公司的 MCS-51 系列单片机包括 51 和 52 两个子系列。51 子系列是基本型，片内集成 4KB 的 ROM，128B 的 RAM，5 个中断源，2 个 16 位的定时/计数器和 1 个全双工串行口。

52 子系列是增强型，ROM 和 RAM 容量比 51 子系列增加一倍，还增加了一个定时/计数器和一个中断源。主要型号参数见表 1-1。

表 1-1　　　　　　　　　　　　MCS-51 系列单片机的主要型号参数

系　列	制造工艺	片内 ROM 类型			ROM 容量	RAM 容量	中断源	定时/计数器	串行口
		无	Mask ROM	EPROM					
51 子系列	HMOS	8031	8051	8751	4KB	128B	5	2×16b	1
	CHMOS	80C31	80C51	87C51	4KB	128B	5	2×16b	1
52 子系列	HMOS	8032	8052	8752	8KB	256B	6	3×16b	1
	CHMOS	80C32	80C52	87C52	8KB	256B	6	3×16b	1

　　MCS-51 系列单片机不同型号的主要区别是片内 ROM 类型不同，分为三类：803× 和 80C3× 片内没有 ROM；805× 和 80C5× 片内集成掩膜 ROM；875× 和 87C5× 片内集成可紫外线擦除可编程的 EPROM。

　　MCS-51 系列单片机采用 HMOS 和 CHMOS 两种半导体工艺生产，为区别于 HMOS 芯片，CHMOS 芯片型号中标有字母 C 以示区别，如 80C51，87C52 等。

　　推出 MCS-51 系列单片机后，Intel 公司并没有继续对 51 单片机进行技术改进和发布新型号，而是将精力投入到 80X86 微处理器开发上。Intel 公司把 MCS-51 单片机内核技术以出售或互换专利的方式授权给了 Philips、Atmel、NEC、SST、Siemens、华邦等半导体公司，这些公司利用 8051 内核，同时加入了自己擅长的技术和功能单元，并全部采用 CHMOS 工艺生产出了性能更加完善的 MCS-51 兼容单片机，这些单片机统称为 80C51 系列。

　　51 单片机并没有因 Intel 退出单片机市场而终止，而是随着多家有实力半导体公司的介入，重新焕发了强大的生命力，80C51 系列单片机的软、硬件与 MCS-51 兼容，有非常多的接口芯片和技术资料，使用户的开发成本降到最低。正是因为这些优势，在众多单片机品牌中，80C51 单片机仍然占据单片机市场的很大比例，而且其主流系列的地位会不断巩固。本书即通过 80C51 系列单片机来讲解单片机技术，不同类型单片机的原理及应用都是相通的，通过 51 单片机入门后，读者可以很容易地学习并掌握其他类型单片机。

　　2. AT89 系列单片机

　　美国 Atmel 公司是世界上著名的高性能，低功耗，非易失性存储器和数字集成电路半导体制造公司，Atmel 的 E^2PROM 和 Flash 存储技术一直在世界上位于领先地位。Atmel 推出的与 MCS-51 兼容的 AT89 系列单片机，最突出的特点是将可多次电擦写的闪存集成到单片机内部，作为程序存储器，使系统开发过程中修改程序和软件升级都非常方便，缩短了开发周期。AT89 系列单片机推出后取得了极大成功，并引导了单片机存储技术的发展方向。

　　AT89 系列常用型号见表 1-2。AT89C 系列是 Atmel 最初推出的型号，现在仍然有大量应用。为了充分发挥 Flash 存储器的优越性，Atmel 公司又推出了具有在系统可编程 ISP、看门狗定时器 WDT 和双数据指针的 AT89S 系列，使程序开发、升级更加方便。

　　AT89 系列是 80C51 单片机的主力军，在国内应用十分普遍，资料及开发工具也很多，本书后面将采用比较典型的 AT89C51 和 AT89S52 型号举例，实际应用时完全可以用其他 80C51 系列单片机代换。

表 1-2　　　　　　　　　　Atmel 公司 AT89 系列单片机的常用型号

型　号	Flash	RAM	I/O 口线	中断源	定时/计数器	串行口	WDT	ISP	比较器
AT89C1051	1KB	64B	15	3	$1\times16b$	—	—	—	Y
AT89C2051	2KB	128B	15	5	$2\times16b$	1	—	—	Y
AT89C51	4KB	128B	32	5	$2\times16b$	1	—	—	—
AT89C52	8KB	256B	32	6	$3\times16b$	1	—	—	—
AT89C55	20KB	256B	32	6	$3\times16b$	1	—	—	—
AT89S51	4KB	128B	32	5	$2\times16b$	1	Y	Y	—
AT89S52	8KB	256B	32	6	$3\times16b$	1	Y	Y	—

3. Philips 单片机

Philips 公司基于 8051 内核的 8 位单片机有 LPC900 系列、LPC76×系列、P8×C5×系列和增强型 80C51 四大系列，共几十种型号。LPC900 系列部分单片机的参数见表 1-3。

表 1-3　　　　　　　　　　Philips 公司 LPC900 系列部分单片机的参数

型　号	RAM	Flash	UART	I2C	SPI	Timer	WDT	ISP	IAP	Clock	I/O
P89LPC901	128B	1KB	—	—	—	2	Y	—	—	2	6
P89LPC903	128B	1KB	Y	—	—	2	Y	—	—	2	6
P89LPC908	128B	1KB	Y	—	—	2	Y	—	—	2	6
P89LPC912	128B	1KB	—	—	Y	2	Y	Y	Y	2	12
P89LPC913	128B	1KB	—	—	Y	2	Y	Y	Y	2	12
P89LPC920	256B	2KB	Y	Y	—	2	Y	Y	Y	2	18
P89LPC921	256B	4KB	Y	Y	—	2	Y	Y	Y	2	18
P89LPC931	256B	8KB	Y	Y	Y	2	Y	Y	Y	2	26

Philips 单片机片内集成了 ISP/IAP、ADC、PWM、WDT、SPI、I^2C、CAN 总线接口等部件。主要特点有：除基本中断功能外增加了一个四级中断优先级；能关闭 ALE，改善单片机的 EMI 电磁兼容性能；有些型号具有 6/12 时钟频率切换功能；部分型号指令执行时间只需 2～4 个时钟周期，在相同时钟下，速度可达到标准 80C51 的 6 倍。

1.2.2 其他系列单片机

1. Motorola 单片机

Motorola 是世界上最大的单片机厂商，推出的 68HC05，68HC08 和 68HC11 等系列是国际上应用最广泛的 8 位机型之一。Motorola 单片机在同样的速度下，时钟频率比其他类型单片机低得多，高频噪声低，抗干扰能力强，适合在工控领域等恶劣环境中使用。Motorola 8 位单片机过去以掩膜为主，在教学中选用不多。

2004 年 Motorola 半导体产品部从 Motorola 公司分离出来，更名为飞思卡尔（Freescale）半导体公司，其单片机也改称飞思卡尔单片机。Freescale 系列单片机采用哈佛结构和流水线指令结构，提供多种集成模块和总线接口，产品功能多，种类全，从 8 位到 32 位低、中、高端产品应有尽有，另外，还推出了 8 位/32 位引脚兼容的 QE128，可以从 8 位直接移植到 32 位，产品升级非常方便。近几年来，为了便于程序修改和升级，飞思卡尔也推出了 Flash 型单片机，例如，HCS08 系列采用第三代 0.25μm Flash 技术，集成了 2～60KB 闪存，可在线编程和数据存储。

2. PIC 系列单片机

美国 Microchip 公司的 PIC 系列单片机采用 RISC 结构，哈佛双总线使程序和数据分开传送，两级指令流水线允许 CPU 在执行一条指令的同时读取下条指令，速度比一般单片机提高 4～5 倍。产品分基本型、中级和高级三个系列，基本型有 12 位指令总线，33 条指令；中级系列有 14 位指令总线，35 条指令；高级系列有 16 位指令总线，58 条指令，并且指令向上兼容。

中级产品比基本型增加了 ADC、温度传感器、EEPROM、PWM 输出、比较输出、捕捉输入、I^2C、SPI、电压比较器和 LCD 驱动电路等外围接口电路。

高级产品具有很高的运算速度，可以满足用户高速运算和控制的要求。例如，PIC17C 系列和 PIC18C 系列可以在一个指令周期内完成 8 位×8 位的二进制乘法运算。

PIC 系列单片机主要有 OTP 型和 Flash 型两种，用户可根据需要选择不同的类型。

3. MSP430 系列单片机

MSP430 系列是由 TI（美国德州仪器）公司推出的 16 位单片机，其最大的特点是超低功耗，用电池供电可长期工作，适合于水表、流量计、医疗设备等应用。主要特点有：

采用 RISC 精简指令集结构，具有多种寻址方式，简捷的 27 条内核指令，以及大量的模拟指令，大量的寄存器及片内数据存储器都可参加多种运算，处理能力强。

当时钟频率为 8MHz 时，指令周期仅有 125ns，运算速度快。16 位数据宽度，125ns 指令周期及多功能硬件乘法器相配合，能实现数字信号处理的 FFT 等算法。

中断源较多，可以任意嵌套，使用时非常灵活方便。当系统处于省电的备用状态时，中断请求唤醒只需 6μs，响应速度快。

片内集成了看门狗、模拟比较器、定时器、串口、硬件乘法器、液晶驱动器、ADC、I^2C、直接数据存取 DMA、基本定时器等丰富的外设模块，这些外围模块的不同组合，加上不同的存储器，构成了众多型号，为系统单片解决方案提供了方便。

MSP430 系列有 OTP 型、Flash 型和掩膜 ROM 型。OTP 型和掩膜 ROM 型需要使用仿真器开发，调试成功后烧写或掩膜芯片。Flash 型片内有可电擦写的 Flash 存储器和 JTAG 调试接口，开发不需仿真器和编程器，只需要一台微机和一个 JTAG 调试器。调试时，先将程序下载到 Flash，再通过软件控制程序的运行，由 JTAG 接口读取片内信息，供设计者调试开发。

4. AVR 系列单片机

AVR 系列单片机是 Atmel 公司推出的 8 位精简指令集（RISC）单片机，各方面性能比 AT89 系统有了增强。AVR 单片机分为 ATtiny、AT90 和 ATmega 低、中、高档三个系列，适用于不同应用领域。主要特点有：内部 32 个通用工作寄存器都可作为累加器使用，避免了单累加器数据传输时的瓶颈现象；具有 10～20mA 或 40mA 大电流输出，可直接驱动继电器或 LED 显示器；内部集成模拟比较器、PWM、EEPROM、SPI、ADC、ISP 等模块；采用 Flash 存储器，16 位指令，指令周期可达 50ns。

5. 凌阳单片机

中国台湾凌阳科技股份有限公司主要有 SPMC65 系列 8 位单片机和 SPMC75 系列 16 位单片机。SPMC65 系列单片机是凌阳公司主推产品，采用 8 位 SPMC65 CPU 内核，抗干扰能力强，广泛应用于工业控制、智能仪表、安防报警及家用电器等领域。SPMC75 系列单片机集成了多种功能模块，有多功能 I/O 口、串行口、ADC、定时/计数器等硬件模块，以及能产生电机驱动波形的 PWM 发生器，多功能捕获比较模块，BLDC 电机驱动专用位置侦测接口，两相增量编码器接口等特殊硬件，主要用于变频电机驱动控制。SPMC75 系列单片机具有很强的抗干扰能力，广泛应用于变频家电、变频器、工业控制等领域。

1.3 单片机的信息表示

与其他计算机一样，单片机 CPU 也只能识别高电平和低电平两种信号，即只能处理二进制数 0 和 1，数字、字符等都要通过某种规则转换为二进制数表示形式，才能被单片机识别和处理。本节介绍数字、字符等在计算机中的表示方法和转换规则。

1.3.1 数制及转换

用几个数码表示数据，按进位的方法计数称为进位计数制，简称数制。表示数据的数码个数称为该数制的基数。每个数码在数据的不同位置表示的数值不同，其数值大小等于该数码乘以一个与数码所在位置有关的系数，这个系数称为位权，简称权。权是以基数为底，数码所在位置的序号为指数的指数函数。

常用数制有十进制（Decimal）、二进制（Binary）、八进制（Octal）和十六进制（Hexadecimal），各进制数之间的对应关系见表 1-4。为了便于区分，书写时可在数字后面用数字的基数作为下缀，例如：-100.82_{10}，10111000_2，1630_8，$3F.82_{16}$。更常用的办法是在数字后用数制英文名称的首字母作为后缀，十进制数加 D（十进制为默认数制，一般省略），二进制数加 B，八进制数加 O（为了避免与数字 0 混淆，也可用字母 Q 作为后缀），十六进制数加 H。例如，1234、500D、11001011B、36O、260Q、12FAH。

表 1-4 数制之间的对应关系

十进制数	二进制数	八进制数	十六进制数	十进制数	二进制数	八进制数	十六进制数
0	0000	0	0	8	1000	10	8
1	0001	1	1	9	1001	11	9
2	0010	2	2	10	1010	12	A
3	0011	3	3	11	1011	13	B
4	0100	4	4	12	1100	14	C
5	0101	5	5	13	1101	15	D
6	0110	6	6	14	1110	16	E
7	0111	7	7	15	1111	17	F

1. 十进制数

十进制数是人们工作生活中常用的数制，其特点如下：

（1）用 0，1，2，3，4，5，6，7，8，9 共十个数码表示数据；

（2）基数是 10，位置 i 处数码的权为 10^i；

（3）运算规则是"逢 10 进 1，借 1 当 10"；

（4）任意一个十进制数 N 可表示为

$$N = a_n a_{n-1} \cdots a_1 a_0 a_{-1} \cdots a_{-m}$$
$$= a_n \times 10^n + a_{n-1} \times 10^{n-1} + \cdots + a_1 \times 10^1 + a_0 \times 10^0 + a_{-1} \times 10^{-1} + \cdots + a_{-m} \times 10^{-m}$$
$$= \sum_{i=-m}^{n} a_i \times 10^i$$

例如：$698.205 = 6 \times 10^2 + 9 \times 10^1 + 8 \times 10^0 + 2 \times 10^{-1} + 0 \times 10^{-2} + 5 \times 10^{-3}$

2．二进制数

二进制数仅用 0 和 1 两个数码表示，运算规则简单，便于电路实现，是各类计算机内部运算处理采用的数制，二进制数是唯一能被计算机识别的数据。其特点如下：

（1）用 0，1 两个数码表示数据；

（2）基数为 2，位置 i 处数码的权为 2^i；

（3）运算规则是"逢 2 进 1，借 1 当 2"；

（4）任意一个二进制数 N 可表示为

$$N = \pm a_n a_{n-1} \cdots a_1 a_0 a_{-1} \cdots a_{-m} = \pm \sum_{i=-m}^{n} a_i \times 2^i$$

例如：$1101.011B = 1 \times 2^3 + 1 \times 2^2 + 0 \times 2^1 + 1 \times 2^0 + 0 \times 2^{-1} + 1 \times 2^{-2} + 1 \times 2^{-3} - 1011.1B$
$$= -(1 \times 2^3 + 0 \times 2^2 + 1 \times 2^1 + 1 \times 2^0 + 1 \times 2^{-1})$$

3．十六进制数

编程时若二进制数的数位较多，书写阅读都不太方便，通常采用与二进制数相互转换非常方便的十六进制数表示。例如，32 位二进制数 1000 0101 1101 0011 1010 1111 1010 0010B 对应的十六进制数是 85D3AFA2H，比二进制数要直观得多，而且程序中十六进制数能被汇编程序直接处理，并不需要人工转为二进制数。十六进制数的特点如下：

（1）用数字 0～9 和大写字母 A，B，C，D，E，F（对应十进制数 10～15）共 16 个数码表示数据；

（2）基数是 16，位置 i 处数码的权为 16^i；

（3）运算规则是"逢 16 进 1，借 1 当 16"；

（4）任意一个十六进制 N 可表示为

$$N = \pm a_n a_{n-1} \cdots a_1 a_0 a_{-1} \cdots a_{-m} = \pm \sum_{i=-m}^{n} a_i \times 16^i$$

例如：$2C8.A1H = 2 \times 16^2 + 12 \times 16^1 + 8 \times 16^0 + 10 \times 16^{-1} + 1 \times 16^{-2}$

八进制数的运算及转换方法与十六进制数相似，且使用较少，此处不再赘述。

4．二、十六进制数与十进制数的相互转换

（1）二、十六进制数转换为十进制数。根据前面的公式，将二、十六进制数按权展开并相加，即得到对应的十进制数。

【例 1-1】 将 11010.11B，8FA.6H 转换为十进制数。

$$11010.11B = 1 \times 2^4 + 1 \times 2^3 + 1 \times 2^1 + 1 \times 2^{-1} + 1 \times 2^{-2} = 26.75$$

$$8FA.6H = 8 \times 16^2 + 15 \times 16^1 + 10 \times 16^0 + 6 \times 16^{-1} = 2298.375$$

（2）十进制数转换为二、十六进制数。十进制数转换为二、十六进制数时，整数部分和小数部分要按不同的方法分别转换，然后将转换结果相加。

整数部分转换通常采用除基数取余法。转换为二进制数时，整数不断除以 2，保留余数，直到商为 0，然后将每一步的余数按由低位到高位的顺序依次排列，即为转换结果。同理，转换为十六进制数时，整数不断除以 16，当商为 0 时，将每一步的余数按由低位到高位的顺序依次排列，即为转换结果。

【例1-2】 将 214 分别转换为二进制数和十六进制数。

（1）采用除 2 取余法转换为二进制数：

$214 \div 2 = 107$ …………… 余数 0

$107 \div 2 = 53$ …………… 余数 1

$53 \div 2 = 26$ …………… 余数 1

$26 \div 2 = 13$ …………… 余数 0

$13 \div 2 = 6$ …………… 余数 1

$6 \div 2 = 3$ …………… 余数 0

$3 \div 2 = 1$ …………… 余数 1

$1 \div 2 = 0$ …………… 余数 1

按运算顺序将余数由低位到高位组合，即为对应的二进制数：214＝11010110B

（2）采用除 16 取余法转换为二进制数：

$214 \div 16 = 13$ …………… 余数 6

$13 \div 16 = 0$ …………… 余数 D（13）

则：214＝D6H

小数的转换常采用乘基数取整法。转换为二进制数时，将小数乘 2，保留结果的整数，再取小数乘 2，直到小数为 0，然后将每一步的整数，从小数点后顺序排列，即为转换结果。同理，转换为十六进制数时，将小数乘 16，保留结果的整数，再取小数乘 16，直到小数为 0，然后将每一步的整数，从小数点后顺序排列，即为转换结果。

需要注意的是，有些十进制小数乘基数时，乘积的小数部分永远不能为 0，这时可根据精度要求，转换到所需位数即可。

【例1-3】 将 0.8125 转换为二进制数和十六进制数。

（1）采用乘 2 取整法转换为二进制数：

$0.8125 \times 2 = 1.625$ …………… 整数 1

$0.625 \times 2 = 1.25$ …………… 整数 1

$0.25 \times 2 = 0.5$ …………… 整数 0

$0.5 \times 2 = 1$ …………… 整数 1

则：0.8125＝0.1101B

（2）采用乘 16 取整法转换为十六进制数：

$0.8125 \times 16 = 13$ …………… 整数 D

则：0.8125＝0.DH

5. 二进制数与十六进制数的转换

由表 1-4 可见，十六进制数的每个数码都对应 4 位二进制数，或者说，4 位二进制数的 16 种组合与十六进制数 16 个数码具有一一对应关系。这种对应关系是二、十六进制数之间相互转换的依据。

二进制数转换为十六进制数时，将要转换的二进制数从小数点开始向左右两边以 4 位为单位分组，向左不足 4 位的在左边补 0，向右不足 4 位的在右边补 0，然后将每组的 4 位二进制数转换为十六进制数，即得到转换结果。

【例 1-4】 将二进制数 101111001111010.011010101B 转换为十六进制数。

<u>0101</u> <u>1110</u> <u>0111</u> <u>1010</u> . <u>0110</u> <u>1010</u> <u>1000</u>B＝5E7A.6A8H

　5　　E　　7　　A　.　6　　A　　8

十六进制数转换为二进制数时，只需将每位十六进制数转换为对应的 4 位二进制数，并按顺序排列即可。

【例 1-5】 将十六进制数 7C3F.B26H 换为二进制数。

7　　C　　3　　F　.　B　　2　　6 H＝0111 1100 0011 1111 1011 0010 0110B

<u>0111</u> <u>1100</u> <u>0011</u> <u>1111</u> . <u>1011</u> <u>0010</u> <u>0110</u>

1.3.2 数值数据的表示

计算机中以二进制数形式表示的数称为机器数。机器数所代表的实际数值称为机器数的真值。机器数可采用不同的码制表示，常用的有原码、补码和反码表示法。

机器数在表示有符号数时，规定最高位作为符号位，"0"表示正数，"1"表示负数。

机器数中小数点的位置可以固定也可以浮动，小数点位置固定不变的数称为"定点数"，小数点位置浮动的数称为"浮点数"。

1. 原码

原码规定最高位为符号位，0 表示正号，1 表示负号，其他位表示数的绝对值。

n 位原码表示的整数范围是$-(2^{n-1}-1)\sim+(2^{n-1}-1)$，8 位原码表示的整数范围是$-127\sim+127$，16 位原码表示的整数范围是$-32767\sim+32767$。

例如：$X=+11010$B，则 X 的 8 位原码为$[X]_{原码}=00011010$B

X 的 16 位原码为$[X]_{原码}=0000000000011010$B

$Y=-11010$B，则 Y 的 8 位原码为$[X]_{原码}=10011010$B

Y 的 16 位原码为$[X]_{原码}=1000000000011010$B

2. 反码

正数的反码与其原码相同，负数的反码为其原码数值位按位取反，符号位不变。反码通常作为求补码的中间形式，反码表示的整数范围与原码相同。

例如：$X=+1101011$B，则 X 的 8 位原码为$[X]_{原码}=01101011$B，$[X]_{反码}=01101011$B。

$Y=-1101011$B，则 Y 的 8 位原码为$[Y]_{原码}=11101011$B，$[Y]_{反码}=10010100$B。

3. 补码

正数的补码与其原码相同，负数的补码为其原码符号位不变，其他位按位取反，然后末位加 1，即反码末位加 1。

n 位补码表示整数范围是$-2^{n-1}\sim+(2^{n-1}-1)$，8 位补码表示整数范围是$-128\sim+127$，16 位补码表示整数范围是$-32768\sim+32767$。补码可以使符号位参与运算，将减法运算转换为加法运算，计算机中有符号数通常用补码表示。

例如：$X=+1011011$B，则 X 的 8 位原码为$[X]_{原码}=[X]_{反码}=[X]_{补码}=01011011$B

$Y=-1101011$B，则 Y 的 8 位原码为$[Y]_{原码}=11101011$B

$[Y]_{反码}=10010100$B，$[Y]_{补码}=10010101$B

4. 无符号数

在表示全为正数的数据、存储单元及 I/O 端口地址等时，机器数可省略符号位，所有二进制位均为数值位，即作为无符号数使用。n 位无符号数表示整数范围是 $0 \sim 2^n - 1$，8 位无符号数表示整数范围是 $0 \sim 255$，16 位无符号数表示整数范围是 $0 \sim 65535$。

机器数定义为不同编码表示的真值不同，8 位二进制数作为不同编码所表示的真值见表 1-5。

表 1-5　　　　　　　　8 位二进制数作为不同编码所表示的真值

机 器 数	无 符 号 数	有 符 号 数		
		原　码	反　码	补　码
00000000B（00H）	0	+0	+0	+0
00000001B（01H）	1	+1	+1	+1
…	…	…	…	…
01111111B（7FH）	127	+127	+127	+127
10000000B（80H）	128	−0	−127	−128
…	…	…	…	…
11111110B（FEH）	254	−126	−1	−2
11111111B（FFH）	255	−127	−0	−1

1.3.3　BCD 码

BCD 码（Binary Coded Decimal），即二进制编码的十进制数，是用 4 位二进制数表示 1 位十进制数的编码。BCD 码使计算机能直接表示十进制数，同时指令系统也提供了 BCD 码运算指令。BCD 码有 8421 码、5211 码、4311 码、2421 码、余 3 码和格雷码等，最常用的是 8421 码。

4 位二进制数有 16 种组合 0000～1111，8421 码用 0000～1001 十种组合分别表示十进制数 0～9，其他 6 种组合 1010～1111 不能出现在 8421 BCD 码中。4 位二进制编码的权依次是 8，4，2，1，所以称为 8421 码。8421 BCD 码见表 1-6。

表 1-6　　　　　　　　8421 BCD 码表

十 进 制 数	8421 BCD 码	十 进 制 数	8421 BCD 码
0	0000	5	0101
1	0001	6	0110
2	0010	7	0111
3	0011	8	1000
4	0100	9	1001

BCD 码在计算机中有两种存储形式：用 1 字节的低 4 位存储 1 位十进制数的 BCD 码，高 4 位固定为 0，称为非压缩 BCD 码。例如：数字 8 的非压缩 BCD 码是 00001000B。用 1 字节的高、低 4 位分别存储两位十进制数的 BCD 码，称为压缩 BCD 码。例如：压缩 BCD 码 01010000B 表示十进制数 50。

压缩 BCD 码比非压缩 BCD 码的存储效率高一倍，例如：十进制数 2863 的非压缩 BCD 码为 00000010B，00001000B，00000110B，00000011B，占用 4 字节的存储单元。压缩 BCD 码为 00101000B，01100011B，只占用 2 字节的存储单元。

1.3.4　ASCII 码

计算机除了处理数值数据外，还使用字母、控制字符和专用字符等，这些字符通常用 ASCII 码表示。ASCII 码（American Standard Code for Information Interchange），即美国信息交换标准代码，用 1 字节的低 7 位编码，共有 128 个字符。ASCII 码包括数字 0～9 的 ASCII 码 30H～39H，小写字母 a～z 的 ASCII 码 61H～7AH，大写字母 A～Z 的 ASCII 码 41H～5AH，控制符的 ASCII 码 00H～1FH 和 7FH，以及 32 个专用字符的 ASCII 码。见表 1-7，ASCII 码中控制字符的功能见表 1-8。

表 1-7　　　　　　　　　　　　　　　ASCII　码　表

高3位 / 低4位		0	1	2	3	4	5	6	7
		000	001	010	011	100	101	110	111
0	0000	NUL	DLE	SP	0	@	P	`	p
1	0001	SOH	DC1	!	1	A	Q	a	q
2	0010	STX	DC2	"	2	B	R	b	r
3	0011	ETX	DC3	#	3	C	S	c	s
4	0100	EOT	DC4	$	4	D	T	d	t
5	0101	ENQ	NAK	%	5	E	U	e	u
6	0110	ACK	SYN	&	6	F	V	f	v
7	0111	BEL	ETB	'	7	G	W	g	w
8	1000	BS	CAN	(	8	H	X	h	x
9	1001	HT	EM	)	9	I	Y	i	y
A	1010	LF	SUB	*	:	J	Z	j	z
B	1011	VT	ESC	+	;	K	[	k	{
C	1100	FF	FS	,	<	L	\	l	|
D	1101	CR	GS	−	=	M	]	m	}
E	1110	SO	RS	.	>	N	↑	n	~
F	1111	SI	US	/	?	O	←	o	DEL

表 1-8　　　　　　　　　　　ASCII 码中控制字符的功能

字　符	功　能	字　符	功　能	字　符	功　能
NUL	空	FF	走纸控制	CAN	注销
SOH	标题开始	CR	回车	EM	纸尽
STX	正文结束	SO	移位输出	SUB	减
ETX	本文结束	SI	移位输入	ESC	换码
EOT	传输结束	DLE	数据链换码	FS	文字分隔符
ENQ	询问	DC1	设备控制 1	GS	组分隔符
ACK	承认	DC2	设备控制 2	RS	记录分隔符
BEL	报警符	DC3	设备控制 3	US	单元分隔符
BS	退一格	DC4	设备控制 4	SP	空格
HT	横向列表	NAK	否定	DEL	删除
LF	换行	SYN	空转同步		
VT	垂直制表	ETB	信息组传输结束		

计算机中用 1 字节存储单元存储 ASCII 码时，最高位可固定为 0，例如，字母 A 的 ASCII 码为 01000001B。串行通信中最高位也常作为奇偶校验位，提高数据传输的可靠性。例如，数字 1 的 ASCII 码是 0110001B，共有 3 个 1，若采用奇校验，字符应有奇数个 1，则最高校验位为 0，即 00110001B；若采用偶校验，应有偶数个 1，则最高校验位为 1，即 10110001B。

串行通信时发送方和接收方应设置相同的校验方式，例如：若采用奇校验，ASCII 码在发送时已通过奇偶校验位使 1 的总数为奇数个，接收方接收完一个字符后，通过检测 1 的个数是否仍为奇数个，就可以确定数据传输过程中有没有发生奇偶错，没有出错，则正常接收数据；出错，则进行出错处理。奇偶校验易于实现，在计算机通信中应用广泛。

复 习 思 考 题

1. 什么是单片机？单片机为什么又称为微控制器？
2. 单片机与普通微机有什么区别？
3. 单片机的程序存储器有几种类型？各有什么特点？
4. 80C51 系列与 MCS-51 系列单片机有什么区别？
5. 将下列十进制数转换为二进制数和十六进制数：
   （1）28 （2）206 （3）5682 （4）31260
6. 将下列十六进制数转换为二进制数和十进制数：
   （1）3AH （2）F2H （3）2741H （4）F0BAH
7. 将下列二进制数转换为十进制数和十六进制数：
   （1）10111100B （2）11011101B （3）110110B （4）1011010010101110B
8. 写出下列真值对应的 8 位机器数，分别用原码、反码和补码表示：
   （1）+1011B （2）+11001011B （3）−0010110B （4）−1011110B
9. 查 ASCII 码表写出下列字符的 ASCII 码：
   （1）9 （2）F （3）d （4）*
   （5）回车符 （6）换行符
10. 说明下列数据能表示什么类型的数据或字符，并写出实际表示的信息：
    （1）4EH （2）23H （3）FAH （4）06H

第 2 章　单片机硬件结构

学习目标

以 AT89S51/52 单片机为例学习 80C51 系列单片机的基本结构，引脚功能，并行 I/O 端口工作原理，存储系统的配置特点，工作时序及工作方式。

学习要求

➢ 了解：单片机的总体结构、时序、工作方式。
➢ 掌握：单片机的三总线结构、存储系统配置、并行 I/O 端口的原理、时序与工作方式等内容。

本章分析单片机基本硬件结构与原理，这些内容是单片机系统分析与设计的重要硬件基础，是学好单片机的关键，读者应熟练掌握。中断系统、定时/计数器和串行口也是单片机的重要组成部分，因篇幅较大，将在后面独立章节介绍。

2.1　单片机硬件结构与原理

2.1.1　单片机主要性能

AT89S 系列是 Atmel 公司推出的高性能、低功耗的 8 位单片机，采用 Atmel 高密度非易失性存储技术，既可在系统编程，又能用编程器编程，使用灵活，是原 AT89C 系列的升级产品。AT89S 系列单片机的主要性能如下：

➢ 与 MCS-51 单片机产品兼容。
➢ 4/8KB 在系统可编程（ISP）Flash 存储器，1000 次擦写周期。
➢ 灵活的在系统编程（ISP），字节或页写模式。
➢ 全静态操作：0Hz～33MHz。
➢ 4.0～5.5V 工作电压范围。
➢ 三级程序加密锁。
➢ 32 个可编程 I/O 端口线。
➢ 2/3 个 16 位定时/计数器。
➢ 6/8 个中断源。
➢ 1 个全双工 UART 串行通道。
➢ 空闲和掉电两种低功耗模式，掉电模式可中断唤醒。
➢ 看门狗定时器（WDT）。
➢ 双数据指针。
➢ 掉电标识符，快速编程。

2.1.2　单片机硬件结构

AT89S 系列是 AT89C 系列单片机的升级产品，在 AT89C 系列的基础上增加了 ISP 在系统可编程端口、看门狗和双数据指针 DPTR。其结构如图 2-1 所示。下面介绍单片机的主要组成部分及功能。

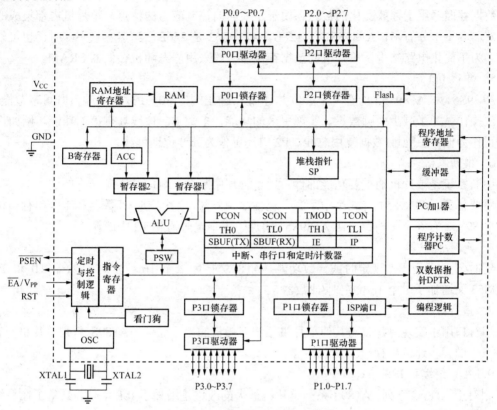

图 2-1　AT89S 系列单片机结构框图

1．中央处理器 CPU

单片机核心部件是字长为 8 位的中央处理器 CPU，CPU 由运算器和控制器组成。运算器由算术逻辑单元 ALU、累加器 A、程序状态字 PSW、B 寄存器、暂存器等组成，运算器不仅能进行 8 位数的算术运算和逻辑运算，还具有很强的位处理功能。控制器由指令寄存器、指令译码器、定时与控件逻辑等组成，控制器产生取指令及执行指令所需的控制信号，完成指令要求的功能。

2．时钟电路

单片机片内集成时钟发生电路，通过外接晶振可产生振荡信号，为 CPU 工作提供时钟脉冲序列。时钟电路虽然简单，但却是单片机工作最重要的功能单元。现在有的单片机已经将时钟信号发生电路全部集成到了芯片内部，不必外接晶振即可工作。

3．程序存储器

程序存储器用于存放程序和一些固定不变的数据。为了增强抗干扰能力，程序存储器多采用具有只读特性的 ROM 存储器。从单片机出现至今，随着存储技术的发展，片内程序存储器的类型也不断发生变化，主要有掩膜 ROM、无 ROM、EPROM、OTPROM、FlashROM

等。AT89 系列单片机全部是 Flash 型，其中，AT89S51 的容量是 4KB，AT89S52 的容量是 8KB。多数型号内部集成的 ROM 并不是单片机可访问的最大容量，当容量不够时，还可外部扩展程序存储器。

4. 数据存储器

数据存储器用于存放变化的数据。由于主要面向控制应用的特点，单片机内部集成的数据存储器容量十分有限，AT89S51 是 128B，AT89S52 是 256B，当然容量不够时，也可外部扩展。为了简化电路结构，单片机的数据存储器一般采用静态随机存储器 SRAM。

5. 并行 I/O 端口

AT89S51 和 AT89S52 均有 4 个 8 位并行输入/输出端口 P0～P3，每个端口既可字节操作，也可位操作。为了减少引脚数量，实现更多的功能，多数 I/O 口线具有第二功能。例如，P0 口还可作为低 8 位地址/数据复用总线；P2 口还可作为高 8 位地址线。

6. 中断系统

中断系统是单片机的重要功能部件，用于管理中断源，响应中断源送来的请求，并优先处理重要任务。AT89S51 有 5 个中断源，包括 2 个外部，2 个定时/计数器和 1 个串行口中断源。AT89S52 有 6 个中断源，比 AT89S51 增加了 1 个定时器和 T2 中断源。

7. 定时/计数器

定时/计数器用于实现定时或计数功能。AT89S51 有 2 个 16 位定时/计数器 T0 和 T1，AT89S53 又增加了 1 个 16 位定时/计数器 T2。

8. 串行口

串行口用于实现单片机与其他单片机系统或微机的串行通信。AT89S 系列单片机都有 1 个全双工的异步通信串行口。

9. 在系统编程 ISP 端口

相对于 AT89C 系列，AT89S 系列单片机最大的改进是增加了 ISP 端口，具备了在系统可编程功能，使 AT89 跟上了单片机技术发展的潮流。

10. 看门狗

硬件看门狗是提高系统可靠性的重要措施，在无人值守、可靠性要求高的应用中尤其显得重要，而 AT89C 系列及其他早期的 51 产品都没有集成，人们通常要在单片机外部扩展 MAX813L，X5045 等看门狗专用芯片。AT89S 等新型单片机已全部集成硬件看门狗，以节省成本，增强系统可靠性。

2.1.3　单片机工作原理

单片机与微机工作原理相似，也分取指令和执行指令两步。区别是微机的 CPU 取指令与执行指令大部分时间是同时进行的，而 80C51 单片机取指令和执行指令只能顺序进行，先读取指令，读完一条指令后才能执行，效率相对于微机要低。

单片机应用系统分为软件和硬件两部分，两者缺一不可。硬件包括单片机和外部扩展的存储器及 I/O 接口、外部设备等电路。软件即程序，是控制单片机完成预定功能的指令集合。单片机运行前，首先要将程序写入片内或片外的程序存储器中，写入的方式因存储器类型的不同会有所区别，例如，8751 内部集成了 EPROM 型存储器，需要专用的编程器写入程序；8051 内部为掩膜 ROM，程序由单片机厂家生产单片机时写入。

单片机运行时，接通电源，上电复位电路自动向单片机输入有效的复位信号，使单片机片内各寄存器及端口复位到初始状态，其中，程序计数器 PC 的复位值为 0000H，指向程序存储器 0000H 地址的指令，然后复位信号自动去掉，CPU 开始从 0000H 地址读取指令代码，暂存到指令寄存器，由指令译码器译码，译码结果送入定时与控制电路，产生各种定时与控制信号，控制 CPU 执行指令要求的控制、运算、读写数据等操作。

程序计数器 PC 具有自动加 1 功能，执行完一条指令后，PC 自动指向下一条指令的首地址，使 CPU 开始读取下一条指令并执行，实现了程序的顺序运行。另外，当进行程序转移、调用子程序及中断服务等操作时，转移指令或调用指令会改变 PC 值，使 PC 指向转移目的指令地址或调用程序的首地址，以转到相应的程序执行，这时 PC 值不再是加 1 操作，指令也不再是顺序执行。

2.2 单片机引脚功能

AT89S51/52 单片机芯片有 3 种封装形式：40 引脚的塑料双列直插式封装 PDIP（Plastic Dual Inline Package），44 个 "J" 形引脚的方形塑料封装 PLCC（Plastic J-Leaded Chip Carrier），44 引脚体积很小，适于表面贴焊的方形封装 TQFP（Plastic Gull Wing Quad Flat Package）。3 种封装形式的引脚如图 2-2 所示。

PLCC 封装有 4 个未连接的 NC（No Connection）引脚，TQFP 封装有 3 个 NC 引脚，有 2 个 GND 地引脚，因此，3 种封装芯片的有效引脚数均为 40 个。还需注意的是，3 种封装芯片的引脚排列并不一致。下面分别介绍各引脚的功能。

1. 电源和地

V_{CC}：电源端，供电电压范围为 +4V～+5.5V。

GND：地

2. 振荡电路引脚

XTAL1：内部振荡器反相放大器和时钟发生器的输入端。

XTAL2：内部振荡器反相放大器的输出端。

当采用内部振荡器时，两引脚须外接一个石英晶体，振荡电路才能产生振荡脉冲信号。为了产生精确的时钟信号，还要在两引脚与地之间各接上 1 只 30pF 的电容。当采用外部振荡器时，外部振荡信号由 XTAL1 输入，XTAL2 悬空不接。

3. RST 复位输入端

复位输入端，高电平有效。振荡器工作时，RST 引脚持续 2 个机器周期以上的高电平将使单片机复位，单片机工作时，RST 应保持低电平。

对于有 WDT 的 AT89S 单片机，若 WDT 溢出，将使 RST 引脚输出 98 个振荡周期的高电平，使单片机复位。设置 SFR 寄存器 AUXR（地址 8EH）的 DISRTO 位，可打开或关闭此功能，DISRTO 位默认为 RST 输出高电平有效。

4. ALE/$\overline{PROG}$

ALE/$\overline{PROG}$（Address Latch Enable）是地址锁存允许输出/编程脉冲输入信号。

当访问片外存储器或 I/O 端口时，由 ALE 输出脉冲信号控制片外地址锁存器锁存 P0 口送出的低 8 位地址。不访问存储器时，ALE 也以 1/6 振荡频率输出正脉冲，可作为外部电路的时钟信号或定时，需要注意的是，当访问片外 RAM 时，将跳过 1 个 ALE 脉冲。

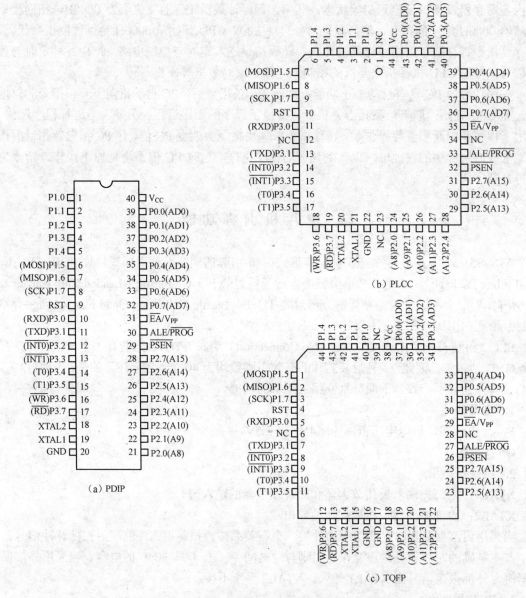

图 2-2　AT89S51 单片机 3 种封装形式的引脚图

该引脚的第二功能 $\overline{PROG}$ 用于对片内 EPROM 或 Flash 存储器编程时输入编程脉冲，这时低电平有效。

5.　$\overline{PSEN}$

$\overline{PSEN}$（Program Store Enable）是读片外程序存储器选通信号。当 CPU 访问片外程序存储器时，$\overline{PSEN}$ 送出负脉冲，选通 ROM。注意，访问片外 RAM 不用 $\overline{PSEN}$ 信号。

6.　$\overline{EA}$/VPP

$\overline{EA}$/VPP（External Access Enable）为片内、片外程序存储器选择/编程电压输入端。

当 $\overline{EA}$ 接低电平时，只能访问片外程序存储器；当 $\overline{EA}$ 接高电平时，既能访问片内，也能访问片外程序存储器。对于片内无程序存储器的芯片，应使 $\overline{EA}$ 接地；片内有程序存储器的芯片，应使 $\overline{\mathrm{EA}}$ 接高电平。例如，AT89S51 片内有 4KB 的 Flash 存储器，若将 $\overline{\mathrm{EA}}$ 接地，片内存储器将不可用，开机后，CPU 自动到片外取指。因此应使 $\overline{\mathrm{EA}}$ 接高电平，CPU 自动将片内的 4KB 作为低端存储空间，地址为 0000H～0FFFH，当地址超过 0FFFH 后，若外部扩展了程序存储器，CPU 自动转到片外 ROM 执行。

第二功能 VPP 是对片内 EPROM 或 Flash 存储器编程时用于输入 12V 编程电压。

7. P0 口（P0.0～P0.7）

P0 口有两种功能：当扩展片外存储器或 I/O 端口时，P0 口作为低 8 位地址和 8 位数据分时复用总线 AD0～AD7。不扩展存储器或 I/O 端口时，P0 口作为通用 I/O 口使用。

8. P1 口（P1.0～P1.7）

P1 口是供用户使用的通用 I/O 口。P1 口部分引脚也具有第二功能，具体功能定义见表 2-1。P1.5，P1.6 和 P1.7 是 AT89S 系列 ISP 端口引脚，用于将程序在线下载到单片机内部的闪存中。89S52 比 89S51 增加了定时器 T2，P1.0 和 P1.1 作为 T2 的引脚。

表 2-1　　　　　　　　　　　　　　P1 口第二功能定义

P1 口引脚	第二功能符号	第二功能作用
P1.0	T2	定时/计数器 2 的外部计数输入/时钟输出
P1.1	T2EX	定时/计数器 2 的捕获触发和双向控制
P1.5	MOSI	主机输出线，用于 ISP 在系统编程
P1.6	MISO	主机输入线，用于 ISP 在系统编程
P1.7	SCK	串行时钟线，用于 ISP 在系统编程

另外，在对 Flash 存储器编程和校验期间，P1 口输入低 8 位地址。

9. P2 口（P2.0～P2.7）

P2 口一般作为通用 I/O 口使用，但当外部扩展的存储器或 I/O 端口超过 256 字节时，P2 口作为高 8 位地址线 A8～A15，用于输出高 8 位地址。

10. P3 口（P3.0～P3.7）

P3 口也是双功能端口，除作为通用 I/O 口外，每个引脚都具有第二功能。P3 口各位第二功能定义见表 2-2。

表 2-2　　　　　　　　　　　　　　P3 口第二功能定义

P3 口引脚	第二功能符号	第二功能作用
P3.0	RXD	串行口接收
P3.1	TXD	串行口发送
P3.2	$\overline{\mathrm{INT0}}$	外部中断 0 输入
P3.3	$\overline{\mathrm{INT1}}$	外部中断 1 输入
P3.4	T0	定时/计数器 0 输入
P3.5	T1	定时/计数器 1 输入端
P3.6	$\overline{\mathrm{WR}}$	片外数据存储器写选通
P3.7	$\overline{\mathrm{RD}}$	片外数据存储器读选通

2.3 单片机存储器

存储器用于存储 CPU 运行所需的程序和数据，是单片机的重要组成部分。学习单片机之前，很多读者已学过微机原理，熟悉了微机存储器的特点，但单片机的存储系统与微机有很大的不同，学习时注意不要混淆。

2.3.1 半导体存储器类型

单片机用半导体存储器作为存储介质，半导体存储器按结构和使用特点可以分为随机存取存储器 RAM（Random Access Memory）和只读存储器 ROM（Read Only Memory）两类。单片机的程序和数据位于不同的存储器中，数据存储器通常采用随机存储器 RAM，程序存储器采用只读存储器 ROM。

1. 随机存取存储器 RAM

RAM 又称为读/写存储器。CPU 运行时，可随时对 RAM 进行读操作或写操作。断电后，RAM 中存储的数据全部丢失，适合存放程序运行时的临时数据和中间结果。RAM 分为静态随机存储器 SRAM 和动态随机存储器 DRAM 两类。

（1）静态随机存储器 SRAM。SRAM 存储器利用双稳态触发器作为存储单元，一个双稳态触发器存储 1 位二进制数据。只要不断电，SRAM 存储的信息就不会丢失，不需要刷新电路，使用方便，单片机的数据存储器一般采用 SRAM。

（2）动态随机存储器 DRAM。DRAM 利用电容存储电荷的原理存储信息，电容充电状态作为 1，放电状态作为 0。DRAM 电路简单，最简单的 DRAM 单元只需 1 个晶体管，具有集成度高、功耗低的优点。DRAM 中电容的容量很小，而且由于泄漏电流的放电电荷逐渐减少，高电平的持续时间只有几毫秒，为了保存信息，需另配刷新电路定时对存储单元刷新，电路结构复杂，主要用作微机的内存，在单片机中很少使用。

2. 只读存储器 ROM

只读存储器使用时，只能读出，不能写入，断电后，存储的信息不丢失。ROM 在单片机中主要作为程序存储器使用，有时也作为数据存储器存放设置的参数等需要长期保存的数据。单片机内部集成的 ROM 主要有以下 5 种类型。

（1）掩膜 ROM（mask ROM）。掩膜 ROM 由芯片厂家生产芯片时，将程序和数据通过掩膜工艺写入，用户只能读取，不能修改或删除。掩膜 ROM 型单片机在大批量应用时，价格很便宜。

（2）可编程 ROM（PROM）。PROM 由用户将调试好的程序和数据通过编程器一次性写入，写入后不能修改，只能读取，也称为一次性可编程 ROM（OTP ROM），OTP 型是目前单片机的主要类型之一，价格也较低，在大批量应用中使用较多。

（3）可擦除可编程 ROM（EPROM）。掩膜 ROM 和 OTP ROM 中的信息不能擦/写，单片机设计阶段若采用这类芯片，程序存在错误就会造成巨大损失，以后单片机应用系统也不能软件升级，EPROM 存储器可以弥补这些缺点。EPROM 利用电信号编程写入信息，通过紫外线照射可以擦除并写入新的数据，具有多次擦/写功能。很多单片机内部集成 EPROM，作为程序存储器。另外，单片机片外程序存储器的扩展也常选用 EPROM。

（4）电可擦除可编程 ROM（EEPROM）。EEPROM 也称为 E^2PROM，其编程与擦除都用电信号进行，编程电压和擦除电压与计算机的 5V 工作电压相同，不需另加电压。使用时像 RAM 一样，既能读操作，也能写操作，但是速度较慢。EEPROM 除了可以作为程序存储器外，也可作为数据存储器，长期保存数据。

（5）闪烁存储器（Flash ROM）。闪烁存储器也称为闪存，其使用与 EEPROM 相同。主要特点是：不加电时，数据可以保存 10 年以上，读写速度快，存储时间可达 70ns，可擦写几十万次，使用灵活方便。自推出后，迅速取代了 EPROM 等存储器，成为单片机程序存储器的主要类型，例如，Atmel 公司的 AT89 系列全部集成闪存，其他公司也都推出了 Flash 型单片机。

另外，近几年还出现了非易失静态存储器 NVSRAM、铁电存储器 FRAM 等新型存储器。这些存储器都属于 ROM，但既有 ROM 非易失性的特点，又具有 RAM 可随时读写的功能，传统 RAM 和 ROM 的定义对这些新型存储器已经不太确切。

2.3.2 存储器总体配置

普通微机的程序存储器和数据存储器公用一个逻辑空间，存储单元统一编址，一个地址对应唯一的存储单元，在这个统一的逻辑空间中，既能存放程序，也能存放数据。多数单片机程序存储器与数据存储器完全独立，只读存储器 ROM 作为程序存储器，随机存储器 RAM 作为数据存储器。程序与数据分开存放，使它们互不影响，便于安排存储空间。程序存放在只读存储器中，单片机运行时只能读取不能修改，提高了系统的抗干扰能力。

AT89S51 单片机存储器总体配置如图 2-3 所示。从物理结构上可以分为 4 个存储空间：4KB 片内程序存储器、256B 片内数据存储器、60KB 片外程序存储器和 64KB 片外数据存储器。

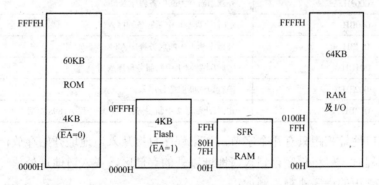

图 2-3　AT89S51 单片机存储器总体配置

从逻辑上，即从用户使用的角度可以分为 3 个存储空间：64KB 片内外统一编址的程序存储器、256B 片内数据存储器和 64KB 片外数据存储器。这 3 个存储空间都有地址重叠区域，CPU 访问时通过不同的指令及寻址方式区分，不同的存储单元不会因地址相同而混淆。由于单片机 I/O 端口与片外 RAM 统一编址，存储系统的 3 个寻址空间包含了单片机可以访问的全部存储器及 I/O 端口资源（程序计数器 PC 除外）。

AT89S51 单片机片内供用户使用的数据存储器只有 128B，地址范围是 00H～7FH，还有 128B 的特殊功能寄存器 SFR，地址范围是 80H～FFH，与片内数据存储器地址连续且统一编址，有时将两者合称为片内数据存储器。AT89S52 单片机片内用户数据存储器有 256B，地址范围是 00H～FFH，高 128B 地址与 SFR 全部重叠，访问时用不同的寻址方式区分。

2.3.3　程序存储器

　　单片机程序存储器分为片内程序存储器和片外扩展程序存储器两部分，片内程序存储器和片外程序存储器统一编址，公用 64KB 地址空间，用户编程时不必考虑程序位置，单片机运行时会自动根据地址找到指令。

　　程序存储器地址指针为 16 位程序计数器 PC，其寻址范围为 0000H～FFFFH。片内 ROM 占用从地址 0000H 开始的低端地址空间，片外扩展的 ROM 占用其余的高端地址。这时需要将 $\overline{EA}$ 引脚接高电平，使片内、片外 ROM 都可用。例如：AT89S51 片内集成了 4KB 的 ROM，地址范围为 0000H～0FFFH，片外最多可扩展 60KB 的 ROM，地址范围为 1000H～FFFFH。使 $\overline{EA}$ 为高电平，地址低于 4KB 时，从片内 ROM 取指；超出 4KB 时，程序计数器 PC 中的指令地址自动由 P0 口和 P2 口送出，转向从片外 ROM 取指。

　　有些型号的单片机片内没有集成 ROM，需要通过外部扩展 ROM 存放程序，应将 $\overline{EA}$ 接地，使单片机自动到片外取指。例如，8031 片内没有 ROM，程序存储器需片外扩展，目前这些芯片已经淘汰。

　　AT80C51 系列单片机程序存储器的低端有 7 个程序入口专用地址，作为复位入口和 6 个中断源的中断服务程序入口。具体功能见表 2-3。

表 2-3   复位与中断入口功能

地　　址	功　　能
0000H	复位入口
0003H	外部中断 0 中断服务程序入口
000BH	定时/计数器 0 中断服务程序入口
0013H	外部中断 1 中断服务程序入口
001BH	定时/计数器 1 中断服务程序入口
0023H	串行口中断服务程序入口
002BH	定时/计数器 2 中断服务程序入口（仅 AT89S52 有）

　　由于各入口地址相距只有几个字节，如果程序直接从入口地址开始存放，就会占用其他入口，所以编程时一般将程序存到入口地址以外的存储区，在入口地址处放一条无条件转移指令，以转到真正的程序执行。例如：

```
0013H          LJMP  INT1
             ...
8000H   INT1: ...
```

　　在外部中断 1 的入口地址 0013H 放一条无条件转移指令 LJMP INT1，外部中断 1 的中断服务程序 INT1 放到 8000H 开始的单元，当外部中断 1 产生中断请求时，通过 LJMP INT1 指令可以转到 INT1 中断服务程序执行。

2.3.4　片外数据存储器

　　AT80C51 系列单片机最多可扩展 64KB 片外数据存储器，片外 RAM 寻址范围是 0000H～FFFFH。低 256 字节地址与片内 RAM 重叠，为了不产生混淆，指令系统中专门为访问片外 RAM 提供了 MOVX 指令，且只能用寄存器间接寻址方式。片外 RAM 与 ROM 空间也存在地址重叠，ROM 中存放的数据是用 MOVC 指令读取的，所以也不会混淆。可见存储系统中有很多重叠的地址空间，各存储空间的访问用不同的指令或寻址方式来区别，只要选取合适的指令，就不会产生混淆。

AT80C51 单片机扩展的外设 I/O 端口采用存储器映射编址方式，I/O 端口与片外 RAM 公用统一的 64KB 地址空间，端口占用的地址片外 RAM 不能再使用。I/O 端口与片外 RAM 的访问方式完全相同，都是用 MOVX 指令，1 个 8 位 I/O 端口相当于 1 个字节的片外 RAM 单元。所以从程序中不能区分是对片外 RAM 还是对 I/O 端口的操作，还需根据具体应用系统的地址分配来确定。

2.3.5　片内数据存储器

AT89S51 单片机可供用户使用的片内数据存储器有 128B，地址为 00H～7FH，用于存放程序运行中的数据和结果等。片内 RAM 容量不大，但在编程中应用非常频繁，编程之前应进行合理分配。根据功能不同，片内 RAM 分为工作寄存器区、位寻址区和通用 RAM 区 3 部分。片内 RAM 的配置如图 2-4 所示。

区	字节地址	位地址							
通用RAM区		7F	7E	7D	7C	7B	7A	79	78
		77	76	75	74	73	72	71	70
		6F	6E	6D	6C	6B	6A	69	68
		67	66	65	64	63	62	61	60
		5F	5E	5D	5C	5B	5A	59	58
		57	56	55	54	53	52	51	50
		4F	4E	4D	4C	4B	4A	49	48
		47	46	45	44	43	42	41	40
		3F	3E	3D	3C	3B	3A	39	38
		37	36	35	34	33	32	31	30
位寻址区	2F	7F	7E	7D	7C	7B	7A	79	78
	2E	77	76	75	74	73	72	71	70
	2D	6F	6E	6D	6C	6B	6A	69	68
	2C	67	66	65	64	63	62	61	60
	2B	5F	5E	5D	5C	5B	5A	59	58
	2A	57	56	55	54	53	52	51	50
	29	4F	4E	4D	4C	4B	4A	49	48
	28	47	46	45	44	43	42	41	40
	27	3F	3E	3D	3C	3B	3A	39	38
	26	37	36	35	34	33	32	31	30
	25	2F	2E	2D	2C	2B	2A	29	28
	24	27	26	25	24	23	22	21	20
	23	1F	1E	1D	1C	1B	1A	19	18
	22	17	16	15	14	13	12	11	10
	21	0F	0E	0D	0C	0B	0A	09	08
	20	07	06	05	04	03	02	01	00
工作寄存器区		1F	1E	1D	1C	1B	1A	19	18	3组
		17	16	15	14	13	12	11	10	2组
		0F	0E	0D	0C	0B	0A	09	08	1组
		07	06	05	04	03	02	01	00	0组

图 2-4　片内 RAM 的配置

1．工作寄存器区

AT89S51 没有设置专门的工作寄存器，而是将片内 RAM 中地址为 00H～1FH 的 32 个字节单元作为工作寄存器区，分为 0 组～3 组共 4 个组，每组 8 个字节。单片机工作时，某一时刻只能使用其中的一个组，称为当前工作寄存器组，当前组的各字节单元用符号 R0～R7 表示。当前组由 PSW 寄存器中的 RS1 和 RS0 两位来选择。单片机复位后，RS1RS0＝00，所以复位后，系统自动使 0 组作为当前工作寄存器组。

例如，MOV A，R0，其功能是将 R0 寄存器的内容送入累加器 A，如果 0 组为当前组，则 R0 就是 00H 单元；如果 3 组为当前组，则 R0 就是 18H 单元。选择不同寄存器组，指令会将 RAM 不同地址单元的内容送入累加器 A。

编程时，根据需要确定用几个寄存器组，如程序很简单，可只用 0 组；如程序复杂，可用多个组。不同的程序用不同的寄存器组，避免了大量的堆栈操作，程序也不会互相影响。程序中用不到的寄存器组可作为通用 RAM 使用。

2. 位寻址区

地址为 20H～2FH 的 16 字节单元除了可字节寻址外，每个位还能独立位寻址，称为位寻址区，是布尔处理器的数据存储器。位寻址区共有 128 个位，位地址为 00H～7FH。可寻址位除了用位地址表示外，还可以用字节地址加位号的形式表示。例如，00H 位可表示为 20H.0，7FH 位可表示为 2FH.7。

3. 通用 RAM 区

地址为 30H～7FH 的 80 字节没有定义专门的用途，可用来存储各种参数、运算结果或作为数据缓冲区，称为通用 RAM 区。

2.3.6 特殊功能寄存器

AT89S51 单片机将 CPU、中断系统、定时/计数器、串行口及并行 I/O 端口中的 26 个寄存器统称为特殊功能寄存器 SFR（Special Function Registers），作为片内数据存储器的一部分，离散地分布在 80H～FFH 地址范围内。其余未定义的地址单元作为单片机升级的保留单元，用户不能使用，读这些单元将得到随机数，写这些单元不能得到预期结果。26 个特殊功能寄存器符号及名称是：

ACC	累加器 A
B	B 寄存器
PSW	程序状态字
SP	堆栈指针
DPTR0	数据指针 0（由 DP0L 和 DP0H 两个 8 位寄存器组成）
DPTR1	数据指针 1（由 DP1L 和 DP1H 两个 8 位寄存器组成）
P0	8 位并行端口 P0.0～P0.7
P1	8 位并行端口 P1.0～P1.7
P2	8 位并行端口 P2.0～P2.7
P3	8 位并行端口 P3.0～P3.7
IE	中断允许
IP	中断优先级
TMOD	定时/计数器方式
TCON	定时/计数器控制
TL0	定时/计数器 0 低字节
TH0	定时/计数器 0 高字节
TL1	定时/计数器 1 低字节
TH1	定时/计数器 1 高字节
SCON	串行口控制

SBUF	串行数据缓冲器
PCON	电源控制
WDTRST	看门狗复位
AUXR	辅助寄存器
AUXR1	辅助寄存器 1

其中，DP1L，DP1H，WDTRST，AUXR 和 AUXR1 是 AT89S51 新增加的，AT89C51 单片机只有 21 个 SFR。另外，AT89S52 单片机新增了定时/计数器 2，同时增加了以下 6 个特殊功能寄存器：

TL2	定时/计数器 2 低字节
TH2	定时/计数器 2 高字节
T2CON	定时/计数器 2 控制
T2MOD	定时/计数器 2 方式
RCAP2L	定时/计数器 2 捕获寄存器低字节
RCAP2H	定时/计数器 2 捕获寄存器高字节

26 个 SFR 在 80H～FFH 地址空间中的分布及各寄存器复位值如图 2-5 所示。表格左边一列中的 11 个寄存器都能位寻址，特征是其 16 位地址低位为 0 或 8，能被 8 整除。其他 14 个寄存器不能位寻址。编程时，SFR 只能用直接寻址方式访问。下面介绍与 CPU 相关的重要寄存器，其他功能模块中的寄存器在以后相应章节中分析。

0F8H								0FFH
0F0H	B 00000000							0F7H
0E8H								0EFH
0E0H	ACC 00000000							0E7H
0D8H								0DFH
0D0H	PSW 00000000							0D7H
0C8H								0CFH
0C0H								0C7H
0B8H	IP XX000000							0BFH
0B0H	P3 11111111							0B7H
0A8H	IE 0X000000							0AFH
0A0H	P2 11111111		AUXR1 XXXXXXX0				WDTRST XXXXXXXX		0A7H
98H	SCON 00000000	SBUF XXXXXXXX							9FH
90H	P1 11111111								97H
88H	TCON 00000000	TMOD 00000000	TL0 00000000	TL1 00000000	TH0 00000000	TH1 00000000	AUXR XXX00XX0		8FH
80H	P0 11111111	SP 00000111	DP0L 00000000	DP0H 00000000	DP1L 00000000	DP1H 00000000		PCON 0XXX0000	87H

图 2-5　26 个 SFR 在 80H～FFH 地址空间中的分布及各寄存器复位值

1. 累加器 ACC（Accumulator）

累加器 ACC 是 8 位寄存器，地址是 E0H。ACC 是 CPU 工作过程中使用最频繁的寄存器，用于存放一个操作数或运算的中间结果。

2. 寄存器 B

寄存器 B 是 8 位寄存器，地址是 F0H。寄存器 B 主要用于乘除运算，乘法指令 MUL A B 中寄存器 B 存放一个乘数，ACC 存放另一个乘数，运算后 B 存放乘积的高 8 位，ACC 存放乘积的低 8；除法指令 DIV A B 中 B 存放除数，ACC 存放被除数，运算后 B 存放余数，A 存放商。

在其他指令中，B 寄存器也可作为通用寄存器使用。

3. 程序计数器 PC（Program Counter）

程序计数器 PC 是 16 位的指令地址寄存器，用于存放程序运行时下一条指令的地址，寻址范围为 0000H～FFFFH（64KB）。PC 具有自动加 1 功能，CPU 每读取一个字节的指令代码，PC 自动指向下一字节。

PC 在物理结构上是独立的，也是唯一没有包含在 SFR 中的专用寄存器。PC 本身没有地址，不能直接对 PC 进行读/写操作，但转移、调用及返回指令可以改变 PC 值，使程序产生转移。

4. 双数据指针 DPTR0 和 DPTR1（Data pointer）

80C51 系列单片机多数只有一个 16 位数据指针 DPTR，DPTR 由 DPH 和 DPL 两个 8 位寄存器组成，高字节 DPH 的地址是 83H，低字节 DPL 的地址是 82H。DPTR 通常作为地址指针，用来存放 16 位地址，对程序存储器或片外数据存储器进行 64KB 的间接寻址。DPH 和 DPL 也可以作为 8 位寄存器单独使用。

为了便于对 16 位地址的存储器及 I/O 端口访问，AT89S 系列单片机设置了 DPTR0 和 DPTR1 两个 16 位数据指针，DPTR0 由 DP0L 和 DP0H 两个 8 位寄存器组成，DPTR1 由 DP1L 和 DP1H 两个 8 位寄存器组成，位于 SFR 中 82H～85H 地址单元。这 4 个寄存器都可以作为 8 位寄存器单独使用。

编程时，要通过辅助寄存器 AUXR1 的 DPS 位选择使用哪一个数据指针。AUXR1 寄存器的地址是 A2H，最低位是 DPS 位，其他位没有定义，其格式如下：

	D7	D6	D5	D4	D3	D2	D1	D0	
AUXR1	—	—	—	—	—	—	—	DPS	A2H

DPS 用于选择当前数据指针，当 DPS＝0 时，选择 DPTR0 数据指针，当 DPS＝1 时，选择 DPTR1 数据指针。AUXR1 的复位值是 XXXXXX0B，默认数据指针是 DPTR0。

5. 程序状态字 PSW（Program Status Word）

程序状态字 PSW 是 8 位寄存器，地址为 D0H，可位寻址。PSW 中的 CY，AC，OV 和 P 标志位用于存放程序运行中的状态信息，RS1 和 RS0 用于选择当前工作寄存器区，F0 和 F1 是用户标志位。PSW 寄存器的格式及各位含义如下：

	D7	D6	D5	D4	D3	D2	D1	D0	
PSW	CY	AC	F0	RS1	RS0	OV	F1	P	D0H

进位标志 CY（PSW.7）：8 位加法或减法运算时，若累加器 A 的最高位 D7 位有进位或借位时，CY＝1，否则 CY＝0。位运算中，进位标志 CY 作为位运算的累加器使用，这时用符号 C 表示。

辅助进位标志 AC（PSW.6）：8 位加法或减法运算时，若累加器 A 的低半字节向高半字节有进位或借位时，AC＝1，否则 AC＝0。AC 标志主要用于 BCD 码运算时进行二、十进制数调整。

溢出标志 OV（PSW.2）：8 位有符号数加法或减法运算时，如果结果超出累加器 A 的存储范围－128～＋127，产生溢出，OV＝1，否则 OV＝0。

对于 8 位有符号数的加减运算，溢出的逻辑表达式为 $OV = D_{7C} \oplus D_{6C}$，其中 D_{7C} 表示最高位 D7 位的进位或借位，D_{6C} 表示次高位 D6 位的进位或借位。

奇偶标志 P（PSW.0）：在每个机器周期中，根据累加器 A 中 1 的个数影响 P 标志位。若 A 中 1 的个数为奇数，P＝1；若 1 的个数为偶数，P＝0。因此，只要是改变累加器内容的指令，都影响奇偶标志 P。奇偶标志主要用在串行通信中，发送数据时，将奇偶标志发送出去，作为接收方检验数据传输是否出错的校验位。

工作寄存器组选择位 RS1（PSW.4）和 RS0（PSW.3）：这两位的组合用于选定程序中使用的当前工作寄存器组。RS1 和 RS0 的值与当前工作寄存器组的对应关系见表 2-4。

表 2-4   RS1 和 RS0 的值与当前工作寄存器组的对应关系

RS1	RS0	当前工作寄存器组	RAM 地址范围
0	0	0 组	00H～07H
0	1	1 组	08H～0FH
1	0	2 组	10H～17H
1	1	3 组	18H～1FH

单片机复位后，RS1 和 RS0 的复位值是 00，使 0 组成为默认工作寄存器组。程序中可通过指令改变 RS1 和 RS0 的值，设置 0～3 组中的某一组作为当前组。

用户标志位 F0（PSW.5）和 F1（PSW.1）：单片机没有指定该位功能，用户可以根据需要定义其功能，例如，可将其作为程序运行的出错标志或设备的工作状态标志，使用时可用位操作指令置 1 或清 0。

6. 堆栈指针 SP（Stack Pointer）

堆栈指针 SP 作为堆栈操作的 8 位地址指针，用于存放栈顶地址。堆栈指针 SP 的复位值为 07H，地址是 81H。

（1）堆栈。堆栈是位于片内 RAM 中，按照"先进后出，后进先出"的规则存取数据的一段存储区域。堆栈操作时，第一个压入堆栈的数据所在的存储单元称为栈底，最后压入堆栈的数据所在的存储单元称为栈顶，将数据写入堆栈的过程称为入栈（PUSH）。从堆栈中读出数据称为出栈（POP），出、入栈操作只能对栈顶数据进行。

（2）堆栈的作用。堆栈主要用于子程序和中断服务程序保存断点和现场信息，也可用于存放临时数据。

调用子程序及中断服务程序完成后，必须返回主程序继续执行，主程序返回地址称为断点地址。调用子程序或中断服务程序前，保存断点地址是能够正确返回的必要条件。将断点地址压入堆栈中保存称为保护断点。如果调用子程序，保护断点由调用指令实现；如果某一中断产生，进入相应的中断服务程序，保护断点由中断操作自动完成。

子程序或中断服务程序完成后，将堆栈中保存的断点地址弹出到 PC 中，称为恢复断点。

恢复断点由 RET 或 RETI 指令实现。

　　运行子程序及中断服务程序时，会用到并改变一些寄存器的内容，这些寄存器同样在主程序中使用，返回主程序后，各寄存器中的数据发生了变化，如果主程序直接使用，可能产生错误。为了在子程序和中断服务程序中利用寄存器又不改变原来的数据，在调用子程序或中断服务程序前，要先将这些寄存器内容压入堆栈保存，称为保护现场。保护现场用 PUSH 压栈指令实现。

　　子程序或中断服务程序结束前，将堆栈中保存的寄存器数据弹出到原寄存器中，称为恢复现场。恢复现场用 POP 出栈指令实现。

　　（3）堆栈操作。堆栈是各类计算机通用的存储技术，按照堆栈操作时地址的变化方向，分为向上生长型和向下生长型两类。向上生长型的特点是栈底为低地址单元，随着数据的进栈，地址递增，SP 内容增大，出栈时，地址递减，SP 内容减小。向下生长型正好相反。80x86 微机采用的是向下生长型，80C51 系列单片机采用的是向上生长型。

　　AT80C51 单片机的堆栈操作规则是：进栈时，首先 SP 加 1，然后写入 1 字节数据；出栈时，先读出 1 字节数据，然后 SP 减 1。

　　堆栈指针 SP 复位值为 07H，使堆栈从 08H 开始存放数据，占用了工作寄存器区。为了避免堆栈占用工作寄存器区和位寻址区，编程时可重新对 SP 赋值，将堆栈安排到通用 RAM 区的高地址单元，例如，使 SP 为 4FH 时，可以使堆栈从 50H 开始存放数据。但也要为压栈操作保留足够的存储单元，防止堆栈溢出，例如，使 SP 为 7AH 时，堆栈可用存储单元为 7BH～7FH，共 5 字节，若程序运行过程中压栈超过 5B，就会溢出，使程序产生错误。

2.4　单片机并行 I/O 端口

　　80C51 系列单片机有 4 个 8 位并行 I/O 端口 P0～P3，每个端口都可以作为通用 I/O 口使用，为了减少引脚数目，4 个端口的多数引脚还有第二功能。单片机对片外存储器的读写，对外设的访问及控制，都要通过 4 个端口进行，系统扩展也是通过这 4 个端口实现的。每个并行端口的 8 个位结构完全相同，下面通过位结构图分析各端口结构与原理。

2.4.1　P0 口

　　P0 口的位结构如图 2-6 所示。位结构包括一个 D 触发器组成的输出锁存器，两个三态门组成的输入缓冲器，多路开关 MUX、与门和非门组成的输出控制电路，场效应管 T1 和 T2 组成的输出驱动电路。

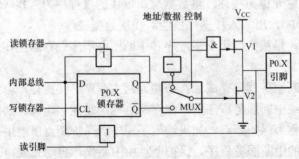

图 2-6　P0 口的位结构

P0 口既可以作为通用 I/O 口 P0～P7，也可以作为地址/数据复用总线 AD0～AD7，两种功能的切换是通过内部多路开关 MUX 实现的。

1. P0 口作为地址/数据总线

P0 口作为地址/数据总线时是真正的双向口。单片机扩展片外存储器或 I/O 端口时，P0 口专门用作地址/数据总线 AD0～AD7。首先送出地址 A0～A7，选中寻址单元，然后根据指令功能进行数据的读操作或写操作。

（1）输出地址/数据。CPU 向控制端发出高电平控制信号，一方面使多路开关 MUX 拨到上面，地址/数据通过非门、多路开关与场效应管 V2 的栅极相连；另一方面打开与门，地址/数据通过与门送到 V1 的栅极。

P0 口输出地址或数据的过程是相同的，若输出的地址或数据为 0，与门输出 0 送 V1 栅极，使 V1 截止，同时，非门输出 1 送 V2 栅极，使 V2 导通，最终使 P0.X 引脚输出 0。若输出的地址或数据为 1，与门输出 1 送 V1 栅极，使 V1 导通，同时，非门输出 0 送 V2 栅极，使 V2 截止，最终使引脚输出 1。可见，高低电平的地址或数据都能通过端口由引脚输出。

（2）输入数据。P0 口首先送出访问单元的地址，在读信号的作用下，选中单元的数据送 P0 口引脚。在指令控制下，CPU 将多路开关拨到下面，使 $\overline{Q}$ 与 V2 的栅极相连，并向 P0 口各锁存器送 1，使 V2 截止，P0.X 引脚浮空，避免了 V2 对送到引脚数据的影响。然后 CPU 发出读引脚的高电平信号，使下面的三态门打开，引脚数据通过三态门进入内部总线。

2. P0 口作为通用 I/O 口

不进行系统扩展时，P0 口作为通用 I/O 口使用，对 P0 口的操作分为输出数据、读引脚、读锁存器三种。

（1）输出数据。CPU 向控制端发出低电平控制信号，一方面封锁与门，向 V1 栅极送低电平，使 V1 截止；另一方面使多路开关拨到下面，锁存器的反相输出端 $\overline{Q}$ 通过多路开关与 V2 的栅极相连。由于 V1 截止不起作用，输出驱动电路只有 V2 工作，且 V2 的漏极开路，所以 P0 口各引脚必须外接上拉电阻，才能正常输出数据。

输出数据时，CPU 将数据通过内部总线送到锁存器的输入端 D，同时向 CL 端发出写锁存器信号，使锁存器打开，锁存数据由 $\overline{Q}$ 端反相输出，通过多路开关到 V2 的栅极，由 V2 再一次反相后，从 P0.X 引脚输出。数据经过两次反相输出，所以引脚与内部总线数据相同。

（2）读引脚。执行读引脚指令时，CPU 发出读引脚信号，使下面的三态门打开，引脚数据经过三态门进入内部总线。

执行读引脚指令前，如果向 P0.X 位输出了低电平，场效应管 V2 导通，使 P0.X 引脚被钳位到低电平，这时外部即使送来高电平，也不能改变引脚状态，读引脚操作不能读到正确的数据。所以在读引脚操作前，必须先执行一条向 P0 口写 1 的指令（MOV P0，#0FFH），使场效应管 V2 截止，不对引脚产生影响，才能保证读取到正确的数据。因此，P0 口作为通用 I/O 口时为准双向口。

当端口在指令中作为源操作数时，指令执行读引脚操作。例如：

```
ADD  A,P0        ;累加器 A 与 P0 口的内容相加,结果送入 A
MOV  C,P0.1      ;P0.1 位的内容送入 CY 位
```

（3）读锁存器。执行读锁存器指令时，CPU 发出读锁存器信号使上面的三态门打开，端口内部锁存器锁存的数据从 Q 端输出，经三态门进入内部总线，CPU 读取后根据指令功能进行运算，然后将运算结果重新写入 P0 口锁存器输出。这类指令又称为读—修改—写指令。

一般读锁存器指令的目地操作数为端口或端口的某一位。例如：

```
ANL P0,A      ;P0 口与 A 的内容相与,结果送 P0 口
INC P0        ;P0 口内容加 1,结果送回 P0 口
CPL P0.1      ;P0.1 位取反,并送回 P0.1 位
```

读引脚与读锁存器看起来并没有区别，那么读—修改—写指令为什么不直接读引脚？原因是引脚外接电路可能会使引脚电平与锁存器数据不同。例如：P0.X 引脚控制晶体管的基极，发射极接地，集电极通过电阻接电源。当向端口引脚送 1 时，晶体管导通，引脚被拉为低电平，读引脚就会得到错误数据，而锁存器数据就不会受外部电路的影响。

2.4.2　P1 口

P1 口的位结构如图 2-7 所示。P1 口的位结构比较简单，由输出锁存器、输入缓冲器及输出驱动电路三部分组成，其中前两部分的结构与 P0 口相同。输出驱动电路内部已经集成了上拉电阻 R（上拉电阻在单片机内部实际上是一个负载场效应管），所以 P1.X 引脚不用再外接上拉电阻。

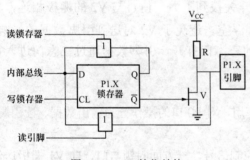

图 2-7　P1 口的位结构

P1 口与 P0 口作为通用 I/O 口时的工作原理相同，也有输出数据、读引脚、读锁存器三种操作。输出数据时，内部总线的数据送锁存器锁存，由 $\overline{Q}$ 端反相后送 V 的栅极，再由输出驱动电路反相后输出到引脚。读—修改—写指令是对端口锁存器的读写操作。读引脚前，也必须先向相应的锁存器写 1，使场效应管截止。因此，P1 口也是一个准双向口。

另外，AT89S51/52 系列单片机还将 P1.5～P1.7 作为在系统编程 ISP 引脚，AT89C52 和 AT89S52 单片机将 P1.0 和 P1.1 作为定时/计数器的外部引脚，这两种功能在位结构图中没有画出。

2.4.3　P2 口

P2 口的位结构如图 2-8 所示。与 P1 口相比，P2 口增加了一个实现功能转换的多路开关 MUX。P2.X 锁存器数据从同相输出端 Q 输出，为了使数据同相输出，电路中还增加了一个非门，其他电路结构与 P1 口相同。

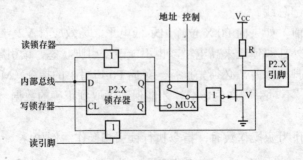

图 2-8　P2 口的位结构

1. P2 作为高 8 位地址线

P2 口作为高 8 位地址线时，CPU 发出高电平控制信号，使多路开关 MUX 拨到上面，与片内地址线连接，程序计数器 PC 或数据指针 DPTR 中的高 8 位地址通过非门和输出驱动电路两次反相后，送到 P2 口引脚。

2. P2 口作为通用 I/O 口

P2 口作为通用 I/O 口时，CPU 发出低电平控制信号，使多路开关 MUX 拨到下面，与锁存器的同相输出端 Q 相连，实现数据的输出。

P2 口的读操作也分为读引脚和读锁存器两种。读引脚前，必须先向端口写 1，所以 P2 口也是一个准双向口。P2 口作为通用 I/O 口的工作原理与 P1 口相似，这里不再详述。

3. P2 口的主要功能

（1）如果系统扩展了片外程序存储器，由于取指操作连续不断，程序计数器 PC 要不断送出指令代码的 16 位地址，这时 P2 口只能作为高 8 位地址 A8～A15，不能作为通用 I/O 口使用。

（2）如果系统扩展的片外 RAM 及 I/O 端口地址多于 8 位，需要用 MOVX A,@DPTR 和 MOVX @DPTR,A 指令访问，这时 P2 口作为高 8 位地址线使用，不能再作为通用 I/O 口。

（3）系统扩展片外 RAM 及 I/O 端口时，如果高 8 位地址线没有全部用到，为了节省端口线，可用 P1，P2 或 P3 端口中的几条引脚单独传送高位地址，使 P2 口的全部或部分引脚仍然可作为通用 I/O 口使用。

例如：设片外 RAM 容量为 512B，需 9 条地址线 A0～A8，低 8 位地址 A0～A7 由 P0 口传送，地址 A8 由 P1.0 传送，P2 口可以作为通用 I/O 口使用。程序如下：

```
CLR P1.0            ;先送高位地址 A8=0
MOV R0,#7FH         ;低 8 位地址指针 R0 赋初值
MOVX A,@R0          ;读取片外 RAM 中 7FH 单元的内容到累加器 A
SETB P1.0           ;先送高位地址 A8=1
MOVX @R0,A          ;将累加器 A 中的数据送片外 RAM 的 17FH 单元
```

（4）如果系统仅扩展了 256B 以内的片外 RAM 或 I/O 端口，可以用 MOVX A,@Ri 和 MOVX @Ri,A 指令访问，8 位寄存器 R0 或 R1 作为地址指针，由 P0 口输出 8 位地址。P2 口可以作为通用 I/O 口使用。

（5）如果系统没有扩展存储器或 I/O 端口，P2 口作为通用 I/O 口使用。

2.4.4 P3 口

P3 口的位结构如图 2-9 所示。电路中的两输入端与非门用于功能切换及反相，增加了第二功能输入端，锁存器和缓冲器与前几位端口相同，输出驱动电路与 P1，P2 口相同，由场效应管和上拉电阻组成。P3 口也是一个双功能端口，除了可以作为通用 I/O 口，每个端口线都具有第二功能。

1. P3 口作为通用 I/O 口

P3 口作为通用 I/O 口使用时，也具有数据输出、读引脚和读锁存器三种操作。当输出数据时，CPU 自动将第二功能输出端置 1，打开与非门，用于将内部总线的数据输出。读引脚及读锁存器操作与前几个端口相似，P3 口也是一个准双向口。

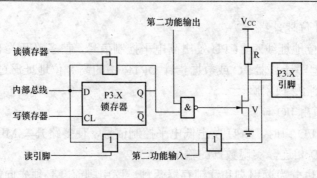

图 2-9　P3 口的位结构

2. P3 口作为第二功能

P3 口作为第二功能输出时，CPU 自动使锁存器的 Q 端置 1，打开与非门，第二功能输出端的信息经过与非门和输出驱动电路两次反相后，输出至引脚。

P3 口作为第二功能输入数据时，Q 端与第二功能输出端均为 1，与非门输出 0，使场效应管截止。外部送到 P3 口引脚的数据进入第二功能输入端。

2.4.5　端口功能小结

1．4 个端口作为通用 I/O 时，都是准双向口，输入数据前，必须先向端口写 1。只有 P0 作为地址/数据线时为真正的双向口。

2．4 个端口作为通用 I/O 口时，都有输出数据、读引脚和读锁存器三种操作方式。

3．单片机复位后，各端口锁存器全部置 1，复位值均为 FFH。

4．4 个端口既可以字节访问，也可以按位操作。

5．P0 口的输出驱动器能驱动 8 个 LSTTL 负载，P1，P2 和 P3 口只能驱动 4 个 LSTTL 负载。一个 TTL 负载的输入电流一般为 100μA，因此 P0 口输出电流为 800μA，其他三个端口的输出电流只有 400μA。

2.5　单片机时序

2.5.1　时钟电路

单片机是一个复杂的同步时序逻辑电路，时钟电路用来为单片机提供精确的时钟信号，使单片机在时钟信号的控制下，按确定的时序工作。

80C51 单片机的时钟电路如图 2-10 所示。单片机内部有一个高增益反相放大器，其输入端为 XTAL1，输出端为 XTAL2，将晶体振荡器接到 XTAL1 和 XTAL2 引脚之间，就与内部反相放大器构成了一个能产生精确周期性脉冲信号的自激振荡器。振荡频率取决于晶振频率，范围一般为 0～24MHz，常用晶振频率有 6MHz，12MHz，11.0592MHz 和 24MHz 等。一些新型单片机还可以采用更高的频率。外接电容的作用是对振荡器进行微调，使振荡信号频率与晶振频率一致，一般选用 30PF 左右的瓷片电容。振荡脉冲信号送入内部时钟电路，由内部时钟电路二分频后作为系统工作所需的时钟信号。

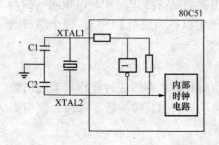

图 2-10　80C51 单片机的时钟电路

在多个单片机组成的系统中，为了实现各单片机的同步，通常由外部电路产生公用的振荡信号，由各单片机的 XTAL1 或 XTAL2 引脚输入。

2.5.2 几个周期概念

了解时序中的相关周期概念，是正确分析时序的前提，下面首先介绍几个周期的概念。各周期之间的相互关系如图 2-11 所示。

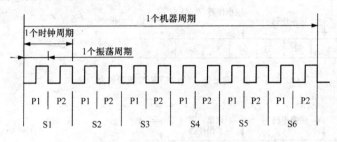

图 2-11 各周期之间的相互关系

1. 振荡周期

振荡周期是片内振荡电路或片外为单片机提供的脉冲信号的周期。时序中，1 个振荡周期定义为 1 个节拍，用 P 表示。

2. 时钟周期

振荡脉冲送入内部时钟电路，由时钟电路对其二分频后，输出的时钟脉冲周期称为时钟周期。时钟周期为振荡周期的两倍。时序中，1 个时钟周期定义为 1 个状态，用 S 表示。每个状态包括两个节拍，用 P1 和 P2 表示。

3. 机器周期

机器周期是单片机完成一个基本操作所需要的时间。一条指令的执行需要一个或几个机器周期。一个机器周期固定由 6 个状态 S1～S6 组成。为了分析时序方便，将机器周期中的每个节拍定义了符号，依次是：S1P1，S1P2，S2P1，S2P2，…，S6P1，S6P2 共 12 个节拍。

4. 指令周期

执行一条指令所需要的时间称为指令周期。一般用指令执行所需机器周期数表示。8051 单片机多数指令的执行需要 1 个或 2 个机器周期，只有乘除两条指令的执行需要 4 个机器周期。例如：单片机的晶振频率为 12MHz，则振荡周期＝1/12MHz＝1/12μs，时钟周期＝1/6μs，机器周期＝1μs，一条单周期指令的执行需 1μs，双周期指令的执行需 2μs。

2.5.3 时序

时序是单片机在执行指令时 CPU 发出的控制信号在时间上的先后顺序。控制信号分为芯片内部和芯片外部两类。内部的控制信号由片内控制总线送到片内各部件，不需用户操作，不必关注。外部控制信号由 CPU 通过控制总线引脚送出，作为片外系统扩展的控制信号，是电路扩展及时序分析的重点。

任何指令的执行都分为取指令和执行指令两个阶段。取指操作是 CPU 从 ROM 程序存储器中读取指令的机器码，送入指令寄存器中。取完指令后，CPU 对指令译码并执行。多数指令执行时，ALE 信号周期性地出现，每个机器周期 ALE 出现两次，第一次 S1P2 出现，S2P1 结束，第二次 S4P2 出现，S5P1 结束，ALE 信号有效宽度均为一个状态。每出现一个 ALE 信号，CPU 进行一次取指操作。

下面通过时序图 2-12 分析几种典型取指和执行指令时序。

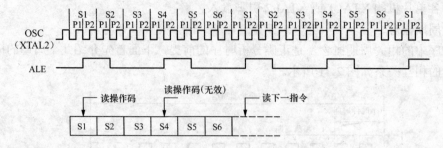

（a）单字节单周期指令。例如，CLR A，机器码为 E4H

（b）双字节单周期指令。例如，MOV A，20H，机器码为 E5H，20H

（c）单字节双周期指令。例如，INC DPTR，机器码为 A3H

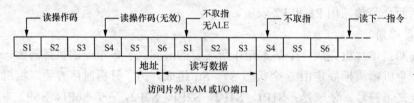

（d）MOVX 指令。例如，MOVX A,@DPTR，机器码为 E0H

图 2-12　8051 单片机的典型时序

1. 单字节单周期指令

当第一个 ALE 信号出现时，CPU 读取操作码，送入指令寄存器，然后开始执行指令。S4P2 时刻，第二个 ALE 信号出现时，CPU 再读操作码，但是程序计数器 PC 并不加 1，所以读取的仍是这条指令的操作码，这次读操作无效。机器周期结束时，指令执行完成。

2. 双字节单周期指令

双字节单周期指令需要两次读入机器码，第一个 ALE 时刻，读入指令操作码，送指令寄存器，第二个 ALE 时刻，读入第二字节的操作数，然后执行指令，这类指令也是在一个机器周期内执行完成。

3. 单字节双周期指令

第一个 ALE 时刻，读取操作码并开始执行，整个指令执行周期内，PC 不变，因此后面三次读取的操作码仍是这条指令的操作码，并且全部无效。这类指令的执行要持续两个机器周期。

4. MOVX 类指令

MOVX 类指令用于访问片外 RAM 及 I/O 端口,都是单字节双周期指令,执行时与上面一类指令差别较大。MOVX 指令在第一个 ALE 时刻读取指令操作码,送入指令寄存器开始执行,第二个 ALE 时刻,PC 不变,读取的操作码无效。第一个机器周期的 S5 时刻,送出访问的片外 RAM 或 I/O 端口地址,随后对选中单元进行读写操作,通过数据总线送出或读入数据,第二个机器周期的 S3 状态读/写结束。第二个机器周期中没有取指操作,而且 S1P2 时刻不产生 ALE 信号。因此执行一条 MOVX 指令会少一个 ALE 脉冲信号,如果系统设计时用 ALE 信号作为其他外部电路的时钟脉冲,要特别注意这一点。

2.6　单片机运行方式

单片机有复位、连续执行、单步执行、掉电方式、节电方式、EPROM 编程及校验等运行方式。当前应用中 EPROM 型单片机已被集成 Flash ROM 新型存储器的单片机所替代,EPROM 编程及校验方式这里不再介绍。

2.6.1　复位

1. 复位电路

单片机复位电路如图 2-13 所示。单片机 RST 复位引脚与复位电路之间通过一个斯密特触发器连接,正常的高电平复位信号能通过斯密特触发器送到复位电路,低于斯密特触发器触发电平的噪声干扰脉冲不能通过,防止干扰使单片机复位,提高了单片机的抗干扰能力。复位电路在每个机器周期的 S5P2 时刻对 RST 采样一次,如果 RST 引脚上保持 2 个机器周期以上的高电平,就能使单片机可靠复位,直到复位信号去掉后,单片机才开始运行。

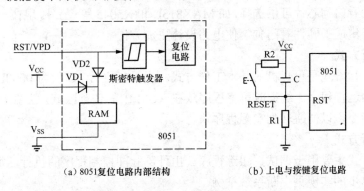

（a）8051复位电路内部结构　　　（b）上电与按键复位电路

图 2-13　复位电路

2. 复位对单片机的影响

复位操作主要使单片机 SFR 寄存器恢复到初始状态,片内 RAM 不受复位影响,复位后,RAM 中的内容是随机的。各寄存器的复位值如图 2-6 所示,分为以下几种情况:

（1）程序计数器 PC 清 0,使 CPU 从 0000H 地址取指令运行;

（2）堆栈指针 SP 为 07H,使堆栈从 08H 地址开始存放数据;

（3）P0～P3 端口锁存器为 FFH,可以直接作为输入口;

（4）SBUF 寄存器不确定;

（5）其他 SFR 寄存器都被清 0。

3. 复位方式

（1）上电复位。单片机通电后，由上电复位电路向 RST 端送入高电平信号，实现复位操作。上电复位是利用电容端电压不能突变的原理实现的，由电阻 R1 和电容 C 构成充电电路，通电瞬间电容端电压为 0V，RST 端电位为＋5V，电源开始对电容充电，电容端电压上升，RST 端电位下降，当 RST 端电位降到低电平时，复位结束，单片机开始运行。RST 端高电平持续时间的长短取决于 R1 和 C 的大小，电阻阻值或电容容量越大，充电时间越长，高电平持续时间越长，可以通过选择合适的元件数值，使复位信号保持两个机器周期以上。

（2）开关复位。单片机工作过程中如果产生死机等故障，可手动按一下 RESET 复位开关，为 RST 引脚送入高电平，使单片机复位。

（3）看门狗复位。在无人值守或可靠性要求非常高的单片机系统中，如果发生死机，系统不能正常返回工作状态，会造成很大损失，甚至发生事故，应该在系统中加入看门狗（Watchdog）电路，随时监控单片机的运行状况，出现故障，立即使单片机复位，保证系统的正常工作。

看门狗实际上是经过一段时间就会溢出的定时器，单片机正常运行时，在小于定时器溢出周期的时间内输出脉冲信号，将看门狗复位。当单片机受到干扰，致使程序进入死循环时，不能再发送复位脉冲，看门狗定时到后溢出，输出脉冲信号，使单片机复位。

看门狗最简单的实现形式是，利用单片机内部的一个定时器，将其定时溢出中断设为高级中断，用程序来实现看门狗的功能，这种方式称为软件看门狗，可靠性比硬件看门狗要差一些。硬件看门狗完全独立于单片机，使用时，CPU 只需定时向其发送复位信号。现在已有很多功能完善的看门狗芯片可供选择，如 MAX813L 和 X5045 等。另外，现在一些新型的 8051 单片机内部已经集成了硬件看门狗，使电路设计更加方便。

2.6.2　连续执行方式

程序连续执行方式是单片机的基本工作方式。由于复位后 PC 值为 0000H，CPU 总是从 0000H 地址开始运行程序。编程时可将程序放在 ROM 中的任意区域，并在 0000H 地址放一条无条件转移指令，以便跳转到实际程序执行。

2.6.3　单步执行方式

单步执行方式主要用于调试、跟踪程序。由外部脉冲控制程序的执行，每来一个脉冲执行一条指令。单步的实现见中断系统举例。

2.6.4　HMOS 单片机掉电方式

HMOS 型单片机功耗较大，没有低功耗运行方式，只设置了掉电保护方式，电路如图 2-14 所示。掉电保护的备用电源由 RST/VPD 引脚输入，通过二极管 V1 和 V2 对主电源和备用电源进行切换。当单片机正常工作时，主电源电压高于备用电源 V1 导通，V2 截止，系统由主电源 V_{CC} 供电。当 V_{CC} 电压低于备用电源或断电时，V1 截止，V2 导通，备用电源通过 RST/VPD 引脚对片内 RAM 和 SFR 供电，使 RAM 中的数据不丢失，这时芯片的功耗降至正常工作时的 10%左右。

2.6.5　CHMOS 单片机低功耗方式

CHMOS 型单片机比 HMOS 型耗电少，还设置了两种低功耗节电工作方式：空闲方式（等待）和掉电（停机）方式。工作在节电方式下，可以进一步降低功耗，适用于电池供电的场合。单片机正常工作时的电流为 11～20mA，空闲方式为 1.7～5mA，掉电方式为 5～50μA。节电方式控制电路如图 2-14 所示。

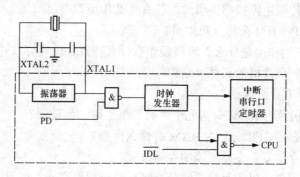

图 2-14　CHMOS 单片机节电方式控制电路

节电方式由电源控制寄存器 PCON 中的两个相关位控制。PCON 寄存器地址为 87H，不可位寻址。各位定义如下：

	D7	D6	D5	D4	D3	D2	D1	D0	
PCON	SMOD	—	—	—	GF1	GF0	PD	IDL	87H

IDL：空闲方式位。IDL＝1，进入空闲方式。

PD：掉电方式位。PD＝1，进入掉电方式。

当 PD 位和 IDL 位同时为 1 时，优先取 PD＝1，进入掉电方式。PCON 的复位值为 0XXX0000B，单片机正常运行。

GF1、GF0：两个通用标志位。

SMOD：波特率加倍位，具体用法在串行口中介绍。

PCON.4～PCON.6：三个保留位，用户不能使用。

1. 空闲方式

执行使 IDL 置 1 的指令 ORL PCON，#01H 后，单片机进入空闲方式。送往 CPU 的时钟信号被与非门封锁，CPU 停止工作。这时中断、定时器和串行口继续工作。PC、SP、PSW、ACC、片内 RAM 和 SFR 的内容保持不变，I/O 引脚保持进入空闲方式前的状态，ALE 和 $\overline{PSEN}$ 引脚为高电平。

有两种方式可以退出空闲方式，一种方式是任一开放的中断□□□□□□□□□□□□□□动将 IDL 位清 0，终止空闲方式，CPU 响应中断请求，开始执□□□□□□□□□□□后，返回并从激活空闲方式指令的下一条指令开始执行程序□□□□□□□□□□空闲方式下时钟仍然工作，所以可用复位信号使单片机返回□□□□□□□□

2. 掉电方式

执行使 PD 置 1 的指令 ORL PCON，#02H 后，单片机□□□□□□□□□□止，CPU 及其他所有功能单元全部停止工作，片内 RAM 和□□□□□□□□式期间，V_{CC} 可以降至 2V，以降低功耗。只能通过硬件复位□□□□□□□应使 V_{CC} 恢复到正常电压。

复习思考题

1. AT89S51 单片机由哪些部件组成，各有什么作用？

2. 程序计数器 PC 有什么特点和作用？

3. 堆栈指针 SP 的作用是什么？堆栈操作有什么特点？堆栈可以开辟在什么区域？

4. 什么是总线？单片机的三总线结构？

5. $\overline{RD}$ 和 $\overline{PSEN}$ 有什么区别？

6. 80C51 单片机片内 RAM 分为几个区域？编程时如何使用？

7. 特殊功能寄存器 SFR 与片内 RAM 有什么区别？

8. 如何在程序存储器中安排程序的存储位置？

9. 从逻辑结构上单片机的存储系统分为哪三部分存储空间？如何区分？

10. 系统扩展时，P0 口和 P2 口的作用是什么？

11. 对并行端口的读操作有哪两种方式？区别是什么？

12. 单片机的晶振频率为 6MHz，计算振荡周期，时钟周期，机器周期，一条双周期指令执行需要多长时间？

13. 如何使单片机复位，复位对单片机有什么影响？

14. CHMOS 单片机有几种节电方式，如何进入和退出？

第3章　指　令　系　统

🔖 **学习目标**

学习 80C51 指令系统中操作数的 7 种寻址方式及各寻址方式的寻址范围，80C51 单片机指令系统中各类指令的功能、用法及指令影响标志位的情况。

🔖 **学习要求**

➢ 了解：指令格式，指令系统中的常用符号含义，各类指令对标志位的影响。
➢ 掌握：7 种寻址方式的寻址范围，80C51 单片机指令系统中常用指令的用法。

指令系统是编写单片机汇编语言程序所用指令的集合，设计单片机硬件的同时，规定了指令总数及每条指令的功能，用户只能使用，不能更改。不同系列单片机指令功能及总数不同，编写的汇编语言程序也不具有通用性，但同系列单片机指令系统功能相同，例如，MCS-51 及与其兼容的 80C51 单片机型号众多，硬件组成及功能各有特色，由于全部采用 8051 硬件内核，所以指令系统相同，汇编语言程序相互通用。熟练掌握指令功能和用法是单片机汇编语言程序设计的基础。

80C51 单片机是复杂指令集计算机 CISC（Complex Instruction Set Computer），指令数量多，功能全面，寻址能力强，并具有很强的位操作能力。80C51 单片机的指令系统共有 111 条指令，按指令功能可以分为五大类：

（1）数据传送类指令 29 条；

（2）算术运算类指令 24 条；

（3）逻辑操作类指令 24 条；

（4）控制转移类指令 17 条；

（5）位操作类指令 17 条。

指令系统按指令执行时间分为单周期指令 64 条、双周期指令 45 条和四周期指令 2 条；按指令长度分为单字节指令 49 条，双字节指令 45 条和三字节指令 17 条。

3.1　指令格式及符号约定

3.1.1　指令格式

指令是控制单片机完成某种操作的命令，是构成程序的基本单位。只有按照规定的格式书写指令，程序汇编时才能被计算机处理，也便于程序的阅读和修改。80C51 单片机汇编语言指令的基本格式为：

[标号：]　操作码　[操作数]　[；注释]

指令由操作码、操作数、标号和注释四部分组成，操作码是指令必不可少的部分，其他中括号中的部分不是必要的，有无取决于具体指令及应用需要。

　　1. 操作码

　　操作码规定了指令的操作功能，是指令最重要的组成部分，为便于编程使用，操作码用指令功能的英文缩写表示，又称为助记符。例如，MOV（move）是数据传送指令，ADD（addition）是加法指令。

　　2. 操作数

　　不同指令的操作数数量不同，主要有以下 4 种。

　　（1）无操作数指令：NOP，RET 和 RETI 三条指令没有操作数或操作数隐含在操作码中。

　　（2）单操作数指令：指令中只有一个操作数，如指令 CLR A 和 RRC A。

　　（3）双操作数指令：多数指令有源操作数和目的操作数两个操作数，目的操作数在左边，源操作数在右边，如指令 MOV A,R1 和 ORL A,#2FH。

　　（4）三操作数指令：CJNE 等转移指令有三个操作数，如指令 CJNE A,20H,LOOP。

　　3. 标号

　　标号是指令的符号地址，相当于指令操作码在存储器中的物理地址。标号由字母开头的 1～8 个字母、数字及下划线组成，且不能与保留的符号重名。完整程序的第一条指令通常要设置标号，作为程序的名字，便于程序的调用和转移。当一条指令作为其他转移指令的目的指令时，也常为其设置标号。

　　4. 注释

　　注释是指令功能的简要说明。编程时，为主要指令加上注释便于程序阅读及以后的维护。编程时，要严格按照指令格式规定的顺序书写，各部分之间还要加上规定的分隔符。标号以冒号结束，助记符与操作数之间用空格分开，操作数之间用逗号分隔，操作数与注释用分号分隔。

3.1.2　指令系统符号约定

　　为便于阐述指令功能，指令系统中定义了一些符号，表示寄存器、存储单元、数据和地址等。这些符号约定如下：

A	累加器 A_{CC}。
B	B 寄存器，主要用于乘除指令，也可作为通用寄存器使用。
DPTR	16 位数据指针，一般用于存放 16 位地址。
C	进位标志，在位操作中作为位运算的累加器。
$	当前指令的地址。
#	立即数前缀。
@	间接寻址方式中，作为间接寻址寄存器的前缀。
/	位操作指令中，位操作数的取反操作符。
Rn（n＝0～7）	当前工作寄存器组的 8 个寄存器 R0～R7，Rn 在片内 RAM 中的地址由 PSW 中的 RS1，RS0 位的组合决定。
Ri（i＝0，1）	当前工作寄存组中能作为间接寻址寄存器的两个工作寄存器 R0 和 R1。
Direct	8 位直接地址，片内 RAM 或 SFR 中某一字节单元的地址。
#data	8 位或 16 位立即数。
Addr11	11 位目的地址，用于 ACALL 和 AJMP 指令中，目的地址必须放在

与下一些条指令首字节相同的 2KB 程序存储器地址空间中。

Addr16　　　　　16 位目的地址,用于 LCALL 和 LJMP 指令中,目的地址可在整个 64KB 程序存储器地址空间中。

Rel　　　　　　补码形式的 8 位相对偏移地址,用在相对转移指令中表示相对跳转的偏移字节,偏移量以下条指令首字节地址为基值,偏移范围为–128～127。

Bit　　　　　　片内 RAM 或特殊功能寄存器 SFR 中某一可寻址位的位地址。

编程时,这些符号中不表示具体地址或数据的,不能直接用到指令中,必须用确定的单元符号、数据或地址代替。例如,指令 MOV A,Rn 用在程序中是错误的,必须将 Rn 换成 R0～R7 中的某一个工作寄存器,ADD A,#data 在程序中必须将#data 换成一个确定的 8 位立即数,如 ADD A,#8CH。

另外,在指令注释中还定义了以下几个符号:

(X)　　　　　　表示某寄存器或存储单元的内容。

((X))　　　　　表示以某寄存器或存储单元内容作为地址的存储单元内容。

←　　　　　　将箭头右边的内容送入箭头左边的单元。

例如:

A←(R1)　　　　R1 寄存器的内容送入累加器 A。

A←4CH　　　　立即数 4CH 送入累加器 A。

A←(62H)　　　62H 单元的内容送入累加器 A。

P1←(A)　　　　累加器 A 的内容送 P1 口。

3AH←((R0))　　以 R0 寄存器内容为地址的单元内容送入 3AH 单元。

3.1.3　机器码格式

助记符形式的汇编语言指令方便编程和阅读,但是不能被单片机认识和执行,必须手工或借助计算机汇编成能被单片机硬件直接识别并运行的二进制机器码(目标代码)。汇编时,汇编语言指令与机器码之间具有一一对应的关系。

机器码包括操作码和操作数两部分,按照编码长度分为单字节、双字节、三字节指令,为了书写方便,常用十六进制数表示。

(1)单字节指令的编码格式:操作码。

例如: INC DPTR 指令的机器码为 A3H

　　　CLR　A 指令的机器码为 E4H

　　　NOP 指令的机器码为 00H

(2)双字节指令的编码格式:操作码、操作数。

例如: MOV A,30H 的机器码为 E5H,30H

　　　ADD A,#8FH 的机器码为 24H,8FH

(3)三字节指令的编码格式:操作码、操作数 1、操作数 2。

例如: MOV DPTR,#1234H 的机器码为 90H,12H,34H

　　　CJNE　A,#10,25H 的机器码为 B4H,10H,25H

指令汇编为机器码时,有以下几个特点。

(1)机器码的首字节为操作码,CPU 根据操作码完成指令功能。有些指令的操作数要占用操作码的部分位:当操作数为 R0～R7 寄存器时,占用操作码的低 3 位表示采用了哪个寄存器；当操作数为@Ri 寄存器间址时，占用操作码的最低位表示采用了 R0 还是 R1。例如：

```
INC R6              ;机器码为 00001110B,低 3 位 110 表示寄存器 R6。
INC @R0             ;机器码为 00000110B,最低位 0 表示间址寄存器为 R0。
```

（2）若操作数为立即数或直接寻址，机器码中操作数也为相同的立即数或直接寻址单元地址。例如：

```
MOV A,20H           ;机器码为 E5H,20H
MOV A,#3FH          ;机器码为 74H,3FH
```

（3）A、B、DPTR、位 C 的寄存器寻址，以及@DPTR 的寄存器间址、基址加变址寻址的操作数隐含在操作码中，不占用字节。例如：

```
SWAP  A             ;机器码为 C4H,操作数 A 隐含在操作码中。
CLR   C             ;机器码为 C3H,操作数 C 隐含在操作码中。
MOVX  A,@DPTR       ;机器码为 E0H,操作数 A、@DPTR 隐含在操作码中。
```

（4）相对转移指令中一般书写目的指令的标号，机器码中的操作数必须提供 8 位偏移量 rel。例如：SJMP　NXT，机器码为 80H，rel，应计算出 8 位偏移量写入 rel 位置，不能将 NXT 的地址写到 rel 位置。

3.2　寻　址　方　式

指令中操作数或操作数地址的提供方式称为操作数寻址方式，寻址方式是单片机设计时规定的，寻址方式越多，编程越灵活，指令功能越强，能更有效地处理各种数据，理解寻址方式是掌握指令功能、合理选用指令的前提。

80C51 单片机指令系统有立即数寻址、直接寻址、寄存器寻址、寄存器间接寻址、基址加变址寻址、相对寻址和位寻址 7 种寻址方式，各寻址方式的寻址空间见表 3-1。

表 3-1　　　　　　　　　　　　　各寻址方式的寻址空间

寻 址 方 式	寻 址 空 间
立即数寻址	操作数在指令中给出，作为指令机器码的一部分存在 ROM 中
直接寻址	1. 内部 RAM 低 128 字节 00H～7FH
	2. SFR（80H～FFH）中的可用单元（SFR 只能直接寻址）
寄存器寻址	1. 当前工作寄存器组中的 8 个寄存器 R0～R7
	2. A、B（仅在乘除指令中）、DPTR
寄存器间接寻址	1. 片内 RAM 所有单元
	2. 片外 RAM 所有单元（片外 RAM 只能间接寻址）
基址加变址寻址	程序存储器 ROM
相对寻址	程序存储器 ROM
位寻址	1. 片内 RAM 中的可寻址位 00H～7FH
	2. SFR 中的可寻址位

3.2.1　立即数寻址

若操作数是已知常数，可在指令中直接给出，称为立即数。当指令翻译成机器码后，立即数以指令字节的形式存放在程序存储器中，CPU 读指令时，即将操作数读取。立即数只是一个常数，在指令中只能作为源操作数。立即数前加"#"前缀，与直接寻址中的地址区别。

指令中常用的是 8 位立即数。另外，指令系统中还有一条用到 16 位立即数的指令 MOV DPTR,#data。例如：

```
MOV A,#0F2H        ;A ←F2H
MOV R1,#10H        ;R1←10H
MOV DPTR,#1234H    ;DPH←12H,DPL←34H
```

3.2.2 直接寻址方式

操作数在片内 RAM 低 128 字节（00H～7FH）单元或 SFR 中时，用操作数所在单元地址的形式表示操作数，称为直接寻址方式。程序运行时，CPU 根据指令所提供的操作数地址对相应单元进行操作。

书写指令时，若操作数在片内 RAM 中，用其地址表示，例如：

```
MOV A,30H          ;A←(30H)
MOV 50H,#2FH       ;50H←2FH
```

若操作数在 SFR 中，既可以用地址表示，也可用 SFR 寄存器符号名称表示，例如：

```
MOV P1,A           ;P1←(A)
MOV 90H,A          ;90H←(A)
```

90H 是 **P1** 口地址，上面两条指令的功能都是将累加器 A 的数据送入 P1 口，显然用寄存器名表示更直观易懂，最好是用符号表示 SFR 单元。

3.2.3 寄存器寻址方式

以寄存器内容作为操作数的寻址方式称为寄存器寻址。在指令中操作数的位置用寄存器名字表示。对当前工作寄存器组 8 个工作寄存器 R0～R7 的访问一般用寄存器寻址方式。另外，可用寄存器寻址方式的还有 A，B 和 DPTR 寄存器。例如：

```
MOV 20H,R3         ;20H←(R3)
MOV R0,#88H        ;R0←88H
```

寄存器寻址与直接寻址方式很容易混淆，初学者经常认为对 SFR 寄存器的访问都是寄存器寻址方式。下面对这两种寻址方式做进一步的说明。

（1）片内 RAM 的 32 字节工作寄存器区中，只有被 RS1 和 RS0 位选中的当前工作寄存器组的 8B 可以用寄存器寻址，在指令机器码中占用操作码的低 3 位表示使用了 R0～R7 中的哪一个寄存器。其他寄存器组若不需作为工作寄存器，也可作为通用 RAM 使用。

（2）SFR 中 A，B 和 DPTR 可用寄存器寻址方式，其他 SFR 单元只能直接寻址。

（3）B 寄存器在乘除指令中为寄存器寻址，在其他指令中作为通用寄存器时为直接寻址。例如：

```
MOV A,B            ;A为寄存器寻址,B为直接寻址
MUL AB             ;A、B均为寄存器寻址
```

（4）累加器以 A 表示时，为寄存器寻址，以 ACC 表示时，为直接寻址。例如：

```
MOV A,#20H         ;指令机器码74H,20H,执行时间是 1 个机器周期
MOV ACC,#20H       ;指令机器码75H,E0H,20H,执行时间是 2 个机器周期
```

对比两条指令，当累加器为寄存器寻址时，隐含在操作码中，不占用存储空间，指令执行只需 1 个机器周期；当累加器为直接寻址时，在机器码中用其地址 E0H 表示，占用 1B 的存储空间，指令执行时间为 2 个机器周期。虽然这两条指令差别很大，实际上完成的功能完全相同，都是将立即数 20H 送入累加器，可见累加器采用寄存器寻址比用直接寻址无论在占用存储空间还是运行时间上都有优势。累加器一般优先采用寄存器寻址方式。不过也有例外，例如，指令 PUSH A 是错误的，而 PUSH ACC 是正确的，原因是 PUSH 指令的操作数必须是直接寻址。

3.2.4　寄存器间接寻址方式

以寄存器内容作为操作数所在存储单元的地址，称为寄存器间接寻址方式。间址寄存器又称为操作数地址指针。间接寻址方式为对多个连续 RAM 单元操作提供了方便。

可用于间接寻址的寄存器有 R0，R1 和 DPTR。间址寄存器前须加"@"，以区别于寄存器寻址。

间接寻址空间为所有片内 RAM 和片外 RAM 单元。R0，R1 作为 8 位地址指针，用于访问片内 RAM 及片外 RAM 的低 256B（00H～FFH）单元。DPTR 作为 16 位地址指针，能够访问片外 RAM 全部 64KB（0000H～FFFFH）单元。例如：

```
MOV  A,@R0          ;A←((R0)),R0 指向的片内 RAM 单元的数据送到 A
MOVX A,@R1          ;A←((R1)),R1 指向的片外 RAM 单元的数据送到 A
MOVX A,@DPTR        ;A←((DPTR)),DPTR 指向片外 RAM 单元的数据送到 A
```

堆栈操作也是寄存器间接寻址方式，堆栈指针 SP 作为间址寄存器，不过 SP 在堆栈操作指令中并不出现，而是隐含在指令中。例如：

```
PUSH 20H           ;SP←(SP)+1,(SP)←20H
POP  PSW           ;PSW←((SP)),SP←(SP)-1
```

3.2.5　基址加变址寻址方式

基址加变址寻址方式中，以 DPTR 或 PC 作为基址寄存器存放基地址，以累加器 A 作为变址寄存器存放偏移量，基址寄存器和变址寄存器的内容之和作为操作数的地址。

指令系统中使用该寻址方式的指令共有 3 条：

```
MOVC A,@A+DPTR     ;A←((A)+(DPTR))
MOVC A,@A+PC       ;A←((A)+(PC))
JMP  @A+DPTR       ;散转指令,用于实现多分支
```

3.2.6　相对寻址方式

相对寻址方式用于相对转移指令中实现转移。在指令中用 8 位偏移量 rel 表示。指令执行时，以 PC 当前值为基准，加上指令中的相对偏移量，形成转移目的地址。

PC 当前值是指执行完相对转移指令的 PC 值，也就是转移指令的地址加上它的字节数。转移指令的地址称为源地址，转移目的指令的地址称为目的地址，它们有以下关系：

目的地址＝PC 当前值＋偏移量 rel＝源地址＋转移指令字节数＋偏移量 rel

偏移量 rel 是 8 位带符号数，在机器码中用补码表示。8 位带符号数的范围为 −128～＋127，相对转移指令以 PC 当前值为起点，最大可向高地址转移 127 字节，向低地址转移 128 字节。相对转移指令长度有 2B 和 3B 两种，下面分析其偏移量 rel。

（1）当向高地址转移时，偏移量 rel 是正数，补码与原码相同，则：

偏移量 rel＝目的地址－源地址－转移指令的字节数＝地址差－2/3

上式中，地址差＝目的地址－源地址，地址差为正数。

（2）当向低地址转移时，偏移量 rel 是负数，则：

偏移量 rel＝（目的地址－源地址－转移指令的字节数）_补

　　　　　＝［－2/3－（源地址－目的地址）］_补＝FEH/FDH－地址差

上式中，地址差＝源地址－目的地址，地址差也为正数。FEH 为–2 的补码，FDH 为–3 的补码，分别用于 2B 和 3B 转移指令中。例如：

```
SJMP LOP                ;无条件转到 LOP,2B
CJNE A,#0FFH,NEXT       ;A 的内容不等于 FFH 转到 NEXT,3B
```

3.2.7　位寻址方式

位处理指令通过位寻址方式获取操作数，位寻址空间有两部分：一是片内 RAM 位寻址区 128 个可寻址位，二是 SFR 中 11 个可位寻址寄存器的 83 个可寻址位。

位寻址中位地址表示方法有以下几种。

（1）所有可寻址位都有唯一的位地址，指令中可直接用位地址表示。例如：7FH 是片内 RAM 中 2FH 字节单元的 D7 位，90H 是 P1 端口的 D0 位，即 P1.0。

这种位地址形式与字节地址形式相同，在编程中会不会混淆呢？读者不必担心，我们可以通过指令中另外一个操作数的类型或指令类型来区分。例如：MOV A,60H 和 MOV C,60H 两条指令，根据指令中两个操作数类型匹配的原则，可以看出第一条指令中的 60H 为片内 RAM 字节单元，第二条指令中的 60H 为片内 RAM 的可寻址位。再比如 INC 20H 指令，由于 INC 指令只能用于字节的加 1 操作，可以确认 20H 为片内 RAM 的 1 字节。

（2）采用字节地址加位号的形式表示。例如：20H.3 表示片内 RAM 20H 字节单元的 D3 位；80H.7 表示 P0 端口的 D7 位，即 P0.7。

（3）对于 SFR，还可以用寄存器名加位号的形式表示。如 PSW.7，P1.0，P3.4。

（4）SFR 中的有些可位寻址寄存器各位都有位名，这些可寻址位用名字表示是最好的选择。如 RS1，TR0，EA 等。

还需要说明的是位操作中，可寻址位也可以看做直接寻址。位累加器在指令中可以用 C 或 CY 表示，用 C 表示时为寄存器寻址，用 CY 表示时为直接寻址。例如：

```
CLR C        ;机器码为 C3H,操作数隐含。
CLR CY       ;机器码为 C2H,D7H,D7H 为 CY 的位地址
CLR 0D7H     ;机器码为 C2H,D7H
```

以上三条指令功能完全相同，都是将标志位 CY 清 0。第一条指令中 C 表示位处理器的累加器，寄存器寻址，机器码中操作数隐含。第二、三条指令都为直接寻址，操作数占用机器码 1 字节。可见 CY 不能表示位操作累加器，只表示地址为 D7H 的一个普通可寻址位。

3.3　数据传送类指令

数据传送类指令共有 29 条，包括片内 RAM、片外 RAM、SFR、ROM、I/O 端口等的数据传送、数据交换及堆栈操作。数据传送指令不影响 CY，AC，OV 标志位，指令若改变累加器 A，会影响奇偶标志位 P，A 中 1 的个数为奇数个时，P＝1；A 中 1 的个数为偶数个时，P＝0。

3.3.1　片内 RAM、SFR 数据传送指令

片内 RAM 及 SFR 的数据传送非常频繁，指令系统提供了 16 条指令进行操作，寻址方式非常灵活，在为编程提供了方便的同时，也增加了学习的难度，读者在理解时切不可一味死记硬背，而要对同一类指令对比分析，找出它们的特征，理解其原理，然后进行大量的编程实践，只有这样，才能真正掌握指令。

片内 RAM 及 SFR 的数据传送指令使用 MOV 助记符，都是双操作数指令，功能是将源操作数中的数据复制到目的操作数单元中，且源操作数不变。由于这类指令操作数组合非常多，容易混淆，下面按照目的操作数的不同进行分类，并用表格的形式同时提供汇编指令格式、机器码、功能、代码长度、指令周期等，便于对比分析。

1. 累加器 A 为目的操作数的指令

累加器 A 为目的操作数的指令见表 3-2。

表 3-2　　　　　　　　　　　　　累加器 A 为目的操作数的指令

汇 编 指 令	机 器 码	功　　能	代 码 长 度	指 令 周 期
MOV A,#data	74H,data	A←data	2	1
MOV A,direct	E5H,direct	A←(direct)	2	1
MOV A,Rn	E8H+n	A←(Rn)	1	1
MOV A,@Ri	E6H+i	A←((Ri))	1	1

可以向 A 传送数据的源操作数有：立即数、工作寄存器、直接寻址单元、间接寻址单元。指令执行时间均为 1 个机器周期。例如：

```
MOV A,#1FH      ;立即数 1FH 送入 A
MOV A,60H       ;片内 RAM 中 60H 单元的数据送入 A
MOV A,P1        ;P1 口的数据送入 A
MOV A,R3        ;R3 寄存器的数据送入 A
MOV A,@R0       ;R0 指向的片内 RAM 单元的数据送入 A
```

2. 直接地址 direct 为目的操作数的指令

直接地址 direct 为目的操作数的指令见表 3-3。

表 3-3　　　　　　　　　　　直接地址 direct 为目的操作数的指令

汇 编 指 令	机 器 码	功　　能	代 码 长 度	指 令 周 期
MOV direct,A	F5H,direct	direct←(A)	2	1
MOV direct,#data	75H,direct,data	direct←data	3	2
MOV direct,direct	85H，源地址，目的地址	direct←(direct)	3	2
MOV direct,Rn	88H+n,direct	direct←(Rn)	2	2
MOV direct,@Ri	86H+i,direct	direct←((Ri))	2	2

这 5 条指令用于向片内 RAM 或 SFR 单元传送数据，源操作数有 5 种寻址方式，其中当源操作数为 A 时，指令执行需 1 个机器周期，其他都需 2 个机器周期，说明指令中用到累加器 A，会提高执行效率。

MOV direct,direct 指令说明两个直接寻址单元可以直接传递数据，而不需通过累加器 A 中转。在手工汇编程序时，还要注意这条指令机器码的两个操作数顺序与汇编指令操作数相反，例如：

```
MOV 10H,5FH        ;指令机器码为 85H,5FH,10H
```

3. 寄存器 Rn 为目的操作数的指令

寄存器 Rn 为目的操作数的指令见表 3-4。

表 3-4 寄存器 **Rn** 为目的操作数的指令

汇 编 指 令	机 器 码	功 能	代 码 长 度	指 令 周 期
MOV Rn,A	F8H+n	Rn←(A)	1	1
MOV Rn,#data	78H+n,data	Rn←data	2	1
MOV Rn,direct	A8H+n,direct	Rn←(direct)	2	2

可以向 Rn 传送数据的源操作数有：立即数、累加器 A、直接寻址单元。注意源操作数不能是 Rn 或@Ri。在指令系统中，源和目的操作数不能同时为 Rn 寄存器寻址或同时为@Ri 寄存器间址，也不能一个为 Rn，另一个为@Ri。编程时不能出现这三种错误组合。

4. 寄存器间址单元@Ri 为目的操作数的指令

寄存器间址单元@Ri 为目的操作数的指令见表 3-5。

表 3-5 寄存器间址单元**@Ri** 为目的操作数的指令

汇 编 指 令	机 器 码	功 能	代 码 长 度	指 令 周 期
MOV @Ri,A	F6H+i	(Ri)←(A)	1	1
MOV @Ri,#data	76H+i,data	(Ri)←data	2	1
MOV @Ri,direct	A6H+i,direct	(Ri)←(direct)	2	2

源操作数与上一组指令相同，可以是立即数、累加器 A 或直接单元，不能为 Rn 或@Ri。

5. DPTR 为目的操作数的指令

DPTR 为目的操作数的指令见表 3-6。

表 3-6 **DPTR** 为目的操作数的指令

汇 编 指 令	机 器 码	功 能	代 码 长 度	指 令 周 期
MOV DPTR,#data	90H,data	DPTR←data	3	2

这是指令系统中唯一用到 16 位立即数的指令，用于为数据指针 DPTR 赋值。DPTR 是由 DPH 和 DPL 两个 8 位寄存器组成的，可见，16 位立即数实际上分别送入了 DPH 和 DPL。例如：

```
MOV DPTR,#3456H    ;低 8 位 56H 送入 DPL,高 8 位 34H 送入 DPH
MOV DPTR,#08H      ;低 8 位 08H 送入 DPL,高 8 位 00H 送入 DPH
```

3.3.2 片外 RAM 及 I/O 端口数据传送指令

与微机 I/O 端口的独立编址方式不同，80C51 单片机的 I/O 端口采用存储器映射编址方式，即片外 RAM 与片外扩展的 I/O 端口统一编址，共用 64KB 片外 RAM 地址空间，指令系统没有专门的片外 I/O 端口读/写指令，而是与片外 RAM 共用下面 4 条指令。

片外 RAM 与片外 I/O 端口数据传送指令的助记符为 MOVX，只能与累加器 A 传送数据，只能用寄存器间址方式。可用的间址寄存器有 8 位寄存器 R0、R1 和 16 位寄存器 DPTR。当用 @Ri 间接寻址时，只能访问片外低 256B 单元。当用 @DPTR 间接寻址时，可对片外 64KB 资源进行访问。片外低 256B 单元应优先用 @Ri 间址。

1. 读片外 RAM 及 I/O 端口指令

读片外 RAM 及 I/O 端口指令见表 3-7。

表 3-7   读片外 RAM 及 I/O 端口指令

汇 编 指 令	机 器 码	功　　能	代 码 长 度	指 令 周 期
MOVX A,@Ri	E2H+i	A←((Ri))	1	2
MOVX A,@DPTR	E0H	A←((DPTR))	1	2

例如：

```
MOV R0,#50H
MOVX A,@R0              ;将片外 50H 单元的数据送入 A
MOV DPTR,#7FFFH
MOVX A,@DPTR           ;将片外 7FFFH 单元的数据送入 A
```

2. 写片外 RAM 及 I/O 端口指令

写片外 RAM 及 I/O 端口指令见表 3-8。

表 3-8   写片外 RAM 及 I/O 端口指令

汇 编 指 令	机 器 码	功　　能	代 码 长 度	指 令 周 期
MOVX @Ri,A	F2H+i	(Ri)←(A)	1	2
MOVX @DPTR,A	F0H	(DPTR)←(A)	1	2

例如：

```
MOV R1,#0F7H
MOVX @R1,A             ;将 A 中的数据送入片外 F7H 单元
MOV DPTR,#3000H
MOVX @DPTR,A          ;将 A 中的数据送入片外 3000H 单元
```

由于片外 RAM 与片外 I/O 端口统一编址，上面的指令并不能确认是对片外 RAM 还是片外 I/O 端口的访问，只有根据实际单片机系统的地址分配才能确定。

3.3.3 查表指令

查表指令见表 3-9。

表 3-9   查 表 指 令

汇 编 指 令	机 器 码	功　　能	代 码 长 度	指 令 周 期
MOVC A,@A+PC	83H	PC←(PC)+1, A←((A)+(PC))	1	2
MOVC A,@A+DPTR	93H	A←((A)+(DPTR))	1	2

程序存储器 ROM 中除了存放程序代码外，还常用来存放程序运行过程中使用的一些数据，如 LED 数码管显示器的七段代码等，ROM 中连续存放的这些数据称为数据表格。读 ROM 指令专门用于读取表格数据，这两条指令又称查表指令。查表指令的助记符为 MOVC，只能用基址加变址寻址方式读取数据，并送入累加器 A。

MOVC A,@A+PC 指令执行时，首先 PC 值加 1，然后 A 与 PC 的内容之和作为操作数的地址，基地址是 PC 当前值，即查表指令的下一条指令的首字节地址，而不是查表指令的地址，这一点要特别注意。A 中的偏移量为 8 位无符号数，可见该指令查表范围是 PC 当前值为起始地址的 256B，定义表格时不能超出这个范围。

【例 3-1】 累加器 A 中存放 1 位非压缩 BCD 码，用查表法求其 ASCII 码，结果仍然存至累加器 A 中。

查表程序如下：

```
B_ASC:  INC A                   ;修正偏移量
        MOVC A,@A+PC            ;查表得到对应 ASCII 码
        RET                     ;返回调用程序
ATAB:   DB 30H,31H,32H,33H,34H,35H,36H,37H,38H,39H    ;0~9 的 ASCII 码表
```

ATAB 表格按顺序存放 0~9 的 ASCII 码，若以 0 的 ASCII 码 30H 的地址为基地址，则每一位 BCD 码正好是它们的 ASCII 码地址与基地址之间的偏移量，可直接作为查表指令的偏移量，但程序首先对 A 中的 BCD 码（即偏移量）加 1，然后作为查表的偏移量，原因是这条查表指令的基址是 RET 指令的地址，而不是表格首址，要先修正，才能查到正确的数据。如果查表指令与表格首址之间有若干条指令，同样需要计算出所有指令的字节数，加到 A 中修正，这是用 PC 作为基址查表必须注意的问题。当然，如果查表指令后紧跟表格，则不需修正偏移量，但程序却不能向下运行，为此用这条查表指令实现的查表操作一般用子程序的形式实现。

MOVC A,@A+DPTR 指令直接将 DPTR 和 A 的内容相加作为操作数的地址。由于 DPTR 可赋值范围为 0000H~FFFFH，基地址可设置在 ROM 空间的任意位置，所以这条指令可对位于全部 64KB 程序存储器空间中长度小于 256B 的表格进行操作。

【例 3-2】 用 MOVC A,@A+DPTR 指令实现 BCD 码到 ASCII 码的转换。

```
查表程序: ...                    ;其他指令
        MOV DPTR,#ATAB          ;DPTR 指向表格首址
        MOVC A,@A+DPTR          ;查表
        ...                     ;其他指令
ATAB:   DB 30H,31H,32H,33H,34H,35H,36H,37H,38H,39H    ;0~9 的 ASCII 码表
```

程序分析：DPTR 指向表格首址，A 中的 BCD 码直接作为偏移量，查表即得到对应的 ASCII 码。ATAB 表格可放在 ROM 中的任何位置，为使程序结构清晰，一般将表格放到所有程序的最后。

对比这两个程序可见，以 DPTR 为基址的查表，无论是查表范围，还是使用方便性，都比以 PC 为基址的查表指令强。

3.3.4 数据交换指令

数据交换指令见表 3-10。

表 3-10   **数 据 交 换 指 令**

汇编指令	机 器 码	功　　能	代码长度	指令周期
XCH A,direct	C5H,direct	(A)与(direct)交换	2	1
XCH A,Rn	C8H+n	(A)与(Rn)交换	1	1
XCH A,@Ri	C6H+i	(A)与((Ri))交换	1	1
XCHD A,@Ri	D6H+i	(A3~0)与((Ri)3~0)交换	1	1
SWAP A	C4H	(A3~0)与(A7~4)交换	1	1

　　数据交换指令的目的操作数只能是累加器 A。3 条 XCH 指令使累加器 A 与工作寄存器、直接寻址单元或间址单元交换数据。1 条 XCHD 指令使 A 与间址的片内 RAM 单元交换低 4 位，高 4 位不变。SWAP A 指令使累加器 A 的高、低 4 位互换。

【例 3-3】　　分析下面程序执行结果。

```
MOV A,#3AH      ;(A)=3AH
MOV 3AH,#25H    ;(3AH)=25H
MOV R0,#4FH     ;(R0)=4FH
XCH A,R0        ;(A)=4FH,(R0)=3AH
XCHD A,@R0      ;(A)=45H,(3AH)=2FH
SWAP A          ;(A)=54H
```

3.3.5　堆栈操作指令

　　堆栈操作指令见表 3-11。

表 3-11   **堆 栈 操 作 指 令**

汇编指令	机 器 码	功　　能	代码长度	指令周期
PUSH direct	C0H,direct	SP←(SP)+1,(SP)←(direct)	2	2
POP direct	D0H,direct	direct←((SP)),SP←(SP)-1	2	2

　　进栈指令 PUSH 将 direct 单元的内容送入栈顶单元。执行时首先 SP 加 1，再进栈保存。进栈指令是一个双操作数指令，源操作数为指令中给出的 direct 单元，目的操作数为 SP 间址的栈顶单元，由于堆栈操作只用 SP 间址，所以目的操作数@SP 隐含，这是与@Ri、@DPTR 间址的区别。

　　出栈指令 POP 将栈顶单元内容弹出到 direct 单元，执行时先出栈，再使 SP 减 1，操作顺序与进栈相反。出栈指令也是双操作数指令，源操作数为 SP 间址的栈顶单元，目的操作数为指令中给出的 direct，源操作数@SP 隐含。

【例 3-4】　　分析程序执行结果，并说明程序功能。

```
MOV SP,#60H     ;(SP)=60H
MOV A,#0F0H     ;(A)=F0H
MOV 30H,#6BH    ;(30H)=6BH
PUSH ACC        ;(SP)=61H,(61H)=F0H
PUSH 30H        ;(SP)=62H,(62H)=6BH
POP ACC         ;(ACC)=6BH,(SP)=61H
POP 30H         ;(30H)=F0H,(SP)=60H
```

第一条指令使 SP 指向 60H，则堆栈从 61H 开始存放数据。A 和 30H 单元写入数据后，依次将 A 和 30H 内容进栈，接下来的出栈与进栈顺序相同，弹出到 ACC 和 30H 中的数据不再是它们原来的数据，而是双方做了交换，显然这个程序的功能是交换 ACC 和 30H 单元的数据。从这个程序中，我们也体会到了堆栈后进先出的数据操作规则，要使堆栈保存的数据恢复到原来的单元，必须使出栈与入栈顺序相反。

3.4 算术运算类指令

算术运算指令共有 24 条，包括加、减、乘、除运算指令，十进制调整指令，还提供了加 1 和减 1 指令，可以对操作数进行递增或递减操作，使循环程序中修改指针和计数器比较方便。

3.4.1 加法运算指令

1. 不带进位加法指令

不带进位加法指令见表 3-12。

表 3-12   不 带 进 位 加 法 指 令

汇 编 指 令	机 器 码	功 能	代 码 长 度	指 令 周 期
ADD A,#data	24H,data	A←(A)+data	2	1
ADD A,direct	25H,direct	A←(A)+(direct)	2	1
ADD A,Rn	28H+n	A←(A)+(Rn)	1	1
ADD A,@Ri	26H+i	A←(A)+((Ri))	1	1

ADD 加法指令将两个 8 位操作数相加，和送入累加器。目的操作数只能是累加器 A，源操作数可以是立即数、寄存器、直接或寄存器间接寻址方式。操作数的类型由用户定义，不同类型操作数的表示范围不同，无符号数的范围为 $0\sim255$（00H～FFH），带符号数的范围为 $-128\sim127$（80H～7FH），BCD 码的范围为 $0\sim99$（00H～99H）。例如，二进制数 87H 如果作为无符号数是 135，作为带符号数（补码表示）是 -79，作为 BCD 码则为 87。

ADD 加法指令影响 PSW 中的 4 个状态位，影响情况如下。

进位标志 CY：当 D7 位有进位时 CY=1，否则 CY=0。CY 标志主要用于无符号数的加法运算，借助 CY 可实现多字节的加法运算。

辅助进位标志 AC：当 D3 位有进位时，AC=1，否则 AC=0。AC 标志主要用于 BCD 码的加法运算。

溢出标志 OV：当 D7，D6 位只有一个有进位时，运算结果产生溢出，OV=1，否则，OV=0。即 $OV=D_{6C}\oplus D_{7C}$，其中 D_{6C} 表示 D6 位的进位，D_{7C} 表示 D7 位的进位。OV 标志主要用于带符号数的加法运算。运算是否溢出取决于存放结果寄存器的位数，例如，用 16 位寄存器存放结果，当结果超出 $-32768\sim32767$ 时，产生溢出。而 MCS-51 单片机加法运算结果存到 8 位累加器中，结果超出 $-128\sim127$ 时就会溢出。

奇偶标志 P：当累加器 A 中 1 的个数为奇数时，P=1，为偶数时，P=0。

2. 带进位加法指令

带进位加法指令见表 3-13。

表 3-13   带 进 位 加 法 指 令

汇编指令	机 器 码	功 能	代码长度	指令周期
ADDC A,#data	34H,data	A←(A)+data+(C)	2	1
ADDC A,direct	35H,direct	A←(A)+(direct)+(C)	2	1
ADDC A,Rn	38H+n	A←(A)+(Rn)+(C)	1	1
ADDC A,@Ri	36H+i	A←(A)+((Ri))+(C)	1	1

ADDC 指令操作数的格式及对标志位的影响与 ADD 指令完全相同,唯一的区别是 ADDC 除了将源和目的两个操作数相加之外,还同时加上 ADDC 指令执行前的 CY 值。ADDC 指令主要用于多字节的加法运算。

3. 加 1 指令

加 1 指令见表 3-14。

表 3-14   加 1 指 令

汇编指令	机 器 码	功 能	代码长度	指令周期
INC A	04H	A←(A)+1	1	1
INC direct	05H,direct	direct←(direct)+1	2	1
INC Rn	08H+n	Rn←(Rn)+1	1	1
INC @Ri	06H+i	(Ri)←((Ri))+1	1	1
INC DPTR	A3H	DPTR←(DPTR)+1	1	2

所有加 1 指令不影响 CY、AC、OV 标志位,只有 INC A 指令影响奇偶标志 P。操作数可以是 A、工作寄存器、直接寻址单元或寄存器间址单元。另外,还有一条 16 位数据指针 DPTR 的加 1 操作指令,加 1 指令中的操作数既是源操作数,又是目的操作数,因为其操作是先读取操作数数据,加 1 后再将结果送回操作数本身。

4. 十进制调整指令

十进制调整指令见表 3-15。

表 3-15   十 进 制 调 整 指 令

汇编指令	机 器 码	功 能	代码长度	指令周期
DA A	D4H	若$(A_{3\sim0})$>9 或(AC)=1,则$(A_{3\sim0})$←$(A_{3\sim0})$+6 若$(A_{7\sim4})$>9 或(C)=1,则$(A_{7\sim4})$←$(A_{7\sim4})$+6	1	1

DA A 指令用于配合加法指令实现 BCD 码的加法运算。若要对两个 BCD 码进行加法运算,可用二进制 ADD 指令相加,然后用 DA A 指令对 A 中的结果进行修正,就能得到正确的 BCD 码。由指令功能可见,修正的依据是 A 的数据,以及 AC 和 C 两个状态位,可见,DA A 指令必须在 ADD 加法指令后面与加法指令成对出现。还要保证加法指令中的两个操作数都是 BCD 码。

【例 3-5】   编程对 89 和 38 两个十进制数相加,并分析运算过程与结果。

```
MOV A,89H   ;(A)=89H
ADD A,#38H  ;(A)=C1H,(AC)=1
DA A        ;(A)=27H,(CY)=1
```

```
  10001001      89H
+ ) 00111000    38H      执行 ADD A,#38H
```
```
  11000001      C1H      (AC)=1
+ ) 01100110    66H      执行 DA A
```
```
1 00100111      27H      产生进位(CY)=1
```

两个十进制数用 BCD 码表示,执行加法运算后,A 中的和 C1H 不是 BCD 码,需要修正,后面的 DA 指令根据 A、AC、CY 的内容确定如何修正。由于(AC)=1,低 4 位需要加 6 修正,高 4 位为十六进制数 C,大于 9,也需要加 6 修正,因此 A 中的结果需要加 66H 修正,DAA 指令实际上是将 C1H 与 66H 进行二进制加法运算,结果为 27H,产生了进位,由进位和 A 中的数据共同组成了最终结果 127。

3.4.2 减法运算指令

1. 带借位减法指令

带借位减法指令见表 3-16。

表 3-16 带 借 位 减 法 指 令

汇编指令	机 器 码	功　　　能	代 码 长 度	指 令 周 期
SUBB A,#data	94H,data	A←(A)-data-(C)	2	1
SUBB A,direct	95h,direct	A←(A)-(direct)-(C)	2	1
SUBB A,Rn	98H+n	A←(A)-(Rn)-(C)	1	1
SUBB A,@Ri	96H+i	A←(A)-((Ri))-(C)	1	1

SUBB 是带借位的减法指令,累加器 A 同时减去源操作数和进位标志 CY,结果送入 A,这为多字节的减法运算提供了方便。指令系统中没有不带借位的减法指令,在进行单字节减法运算前,需先将进位标志 CY 清 0。

减法指令操作数的格式与加法指令完全相同。对状态位的影响情况如下。

进位标志 CY:当 D7 位有借位时,CY=1,否则,CY=0。CY 标志主要用于无符号数的加、减法运算,借助 CY 可实现多字节的减法运算。

辅助进位标志 AC:当 D3 位有借位时,AC=1,否则,AC=0。

溢出标志 OV:当 D7,D6 位只有一个有借位时,运算结果产生溢出,OV=1,否则,OV=0。即 $OV=D_{6C}\oplus D_{7C}$,其中 D_{6C} 表示 D6 位的借位,D_{7C} 表示 D7 位的借位。OV 标志主要用于有符号数的减法运算。

奇偶标志 P:当累加器 A 中 1 的个数为奇数时,P=1,为偶数时,P=0。

【例 3-6】 编程实现片内 RAM 中 30H 和 31H 中两个数的减法运算,31H 为被减数,结果存入 30H。

```
MOV A,31H      ;被减数送入 A
CLR C          ;将 CY 清 0
SUBB A,30H     ;减法运算,结果存入 A
MOV 30H,A      ;结果存 30H
```

2. 减 1 指令

减 1 指令见表 3-17。

表 3-17　　　　　　　　　　　　　　　减　1　指　令

汇 编 指 令	机 器 码	功　　能	代 码 长 度	指 令 周 期
DEC A	14H	A←(A)-1	1	1
DEC direct	15H,direct	direct←(direct)-1	2	1
DEC Rn	18H+n	Rn←(Rn)-1	1	1
DEC @Ri	16H+i	(Ri)←((Ri))-1	1	1

与加 1 指令相似，所有减 1 指令不影响 CY、AC、OV 标志位，只有 DEC A 指令影响奇偶标志 P。操作数的类型也与加 1 指令相同，需要注意的是没有 DPTR 的减 1 指令。

3.4.3　乘、除运算指令

乘、除运算指令见表 3-18。

表 3-18　　　　　　　　　　　　　　　乘、除运算指令

汇 编 指 令	机 器 码	功　　能	代 码 长 度	指 令 周 期
MUL AB	A4H	A←A*B 结果低 8 位，B←A*B 结果高 8 位	1	4
DIV AB	84H	A←A/B 的商，B←A/B 的余数	1	4

乘除指令能够对两个 8 位无符号数进行乘、除运算，如果要进行多字节的乘、除运算，需编程实现。在使用乘、除指令时，注意 A 和 B 两个操作数要连在一块，中间不能加逗号。乘、除指令是指令系统中运行时间最长的指令，都需 4 个机器周期才能完成一次运算。

1. MUL AB 指令

对 A、B 中的两个 8 位无符号数相乘，16 位乘积低 8 位存入 A，高 8 位存入 B。若乘积大于 255（FFH），则 OV=1，若乘积小于等于 255，则 OV=0。可以通过 OV 标志判断乘积是 8 位还是 16 位。乘法运算时，CY 标志总是清 0。

【例 3-7】　编程对 E8H 和 64H 两个 8 位数进行乘法运算。

```
MOV A,#0E8H    ;E8H=232
MOV B,#64H     ;64H=100
MUL AB         ;乘积为 5AA0H=23200
```

乘法执行后，乘积低 8 位 A0H 送入 A，高 8 位 5AH 送入 B。（OV）=1 表示结果大于 255，（CY）=0。

2. DIV AB 指令

用于两个 8 位无符号数的除法运算，被除数存在 A 中，除数存在 B 中，运算后商存在 A，余数存在 B 中。只有当除数为 0 时，OV=1，CY 总是清 0。

【例 3-8】　编程对 E8H 和 64H 两个 8 位数进行除法运算。

```
MOV A,#0E8H    ;E8H=232
MOV B,#64H     ;64H=100
DIV AB         ;为 02H，余数为 20H=32
```

除法运算后，商 02H 送入 A，余数 20H 送入 B。（OV）=0，（CY）=0。

3.5 逻辑操作类指令

逻辑操作类指令共有 24 条，包括与、或、非、异或运算指令，此外，将 A 的清 0 和移位指令也归在此类中介绍。逻辑运算不影响 CY、AC、OV，只有当目的操作数为 A 时，才影响 P。逻辑运算都是按位进行的，分析指令逻辑功能时，可将操作数化为二进制数。

与、或、异或三类逻辑运算指令共有 18 条，用 ANL、ORL、XRL 三个助记符。它们的操作数格式完全相同，当目的操作数为 A 时，源操作数可以是立即数、直接、寄存器、寄存器间址 4 种寻址方式；当目的操作数为直接地址单元时，源操作数只能为 A 或立即数。学习时找到这些规律可以起到事半功倍的效果，轻松掌握知识点，是比死记硬背更有效的学习方法。

3.5.1 与运算指令

与运算指令见表 3-19。

表 3-19 与 运 算 指 令

汇编指令	机 器 码	功 能	代 码 长 度	指 令 周 期
ANL A,#data	54H,data	A←(A)∧data	2	1
ANL A,direct	55H,direct	A←(A)∧(direct)	2	1
ANL A,Rn	58H+n	A←(A)∧(Rn)	1	1
ANL A,@Ri	56H+i	A←(A)∧((Ri))	1	1
ANL direct,A	52H,direct	direct←(direct)∧(A)	2	1
ANL direct,#data	53H,direct,data	direct←(direct)∧data	3	2

【例 3-9】 分析下列指令的执行结果。

```
MOV A,#0ADH
ANL A,#07H
```

```
     10101101    ADH
∧)   00000111    07H        执行 ANL A,#07H
     ─────────────
     00000101    03H        按位相与的结果
```

由位运算表达式可见，A 的低 3 位 101 与 111 相与后，结果仍为 101 不变；累加器 A 的高 5 位 10101 与 00000 相与后变为 00000。与运算具有屏蔽位的功能，若要将 A 或直接单元的某些位清 0，只要这些位与 0 相与，其他不变的位与 1 相与即可。

3.5.2 或运算指令

或运算指令见表 3-20。

表 3-20 或 运 算 指 令

汇编指令	机 器 码	功 能	代 码 长 度	指 令 周 期
ORL A,#data	44H,data	A←(A)∨data	2	1
ORL A,direct	45H,direct	A←(A)∨(direct)	2	1
ORL A,Rn	48H+n	A←(A)∨(Rn)	1	1
ORL A,@Ri	46H+i	A←(A)∨((Ri))	1	1
ORL direct,A	42H,direct	direct←(direct)∨(A)	2	1
ORL direct,#data	43H,direct,data	direct←(direct)∨data	3	2

【例 3-10】　分析下列指令的执行结果。

```
MOV A,#0ADH
ORL A,#07H
```

```
     10101101    ADH
∨)   00000111    07H      执行 ORL A,#07H
     ─────────────────────────────────────
     10101111    AFH      按位相或的结果
```

由或运算表达式可见，A 的低 3 位 101 与 111 相或后，结果变为 111；A 的高 5 位 10101 与 00000 相或后不变。可见或运算具有将某些位置位的功能，若要将 A 或直接单元的某些位置 1，只要这些位与 1 相或，其他不变的位与 0 相或即可。

3.5.3　异或运算指令

异或运算指令见表 3-21。

表 3-21　　　　　　　　　　　　　异 或 运 算 指 令

汇编指令	机器码	功能	代码长度	指令周期
XRLA,#data	64H,data	A←(A)⊕data	2	1
XRLA,direct	65H,direct	A←(A)⊕(direct)	2	1
XRLA,Rn	68H+n	A←(A)⊕(Rn)	1	1
XRLA,@Ri	66H+i	A←(A)⊕((Ri))	1	1
XRLdirect,A	62H,direct	direct←(direct)⊕(A)	2	1
XRLdirect,#data	63H,direct,data	direct←(direct)⊕data	3	2

【例 3-11】　分析下列指令的执行结果。

```
MOV A,#0ADH
XRL A,#07H
```

```
     10101101    ADH
⊕)   00000111    07H      执行 XRL A,#07H
     ─────────────────────────────────────
     10101010    AAH      按位相或的结果
```

由异或运算表达式可见，异或运算具有将某些位取反的功能。若要将 A 或直接单元的某些位取反，只要这些位与 1 相异或，其他不变的位与 0 相异或即可。

在对存储单元或端口的部分位进行处理时，不能直接用传送指令，可以用以上三类逻辑运算指令进行部分位的清 0、置 1 及取反操作。

3.5.4　累加器 A 清 0 与取反指令

累加器 A 清 0 与取反指令见表 3-22。

表 3-22　　　　　　　　　　　累加器 A 清 0 与取反指令

汇编指令	机器码	功能	代码长度	指令周期
CLR A	E4H	A←0	1	1
CPL A	F4H	A←$\overline{(A)}$	1	1

由于只有累加器 A 的取反（逻辑非运算）指令，因此若要将其他存储单元内容取反，可先送入 A，取反后再送回原单元。

3.5.5 循环移位指令

循环移位指令见表 3-23。

表 3-23 循 环 移 位 指 令

汇编指令	机 器 码	功 能	代码长度	指令周期
RR A	03H	$A_{6-0}\leftarrow(A_{7-1}),A_7\leftarrow(A_0)$	1	1
RRC A	13H	$A_{6-0}\leftarrow(A_{7-1}),C\leftarrow(A_0),(A_7)\leftarrow C$	1	1
RL A	23H	$(A_{7-1})\leftarrow A_{6-0},(A_0)\leftarrow A_7$	1	1
RLC A	33H	$(A_{7-1})\leftarrow A_{6-0},C\leftarrow(A_7),(A_0)\leftarrow C$	1	1

移位操作全部为对累加器 A 的循环移位，分为带进位 C 和不带进位两类。指令执行一次只能移一位，如果需要移多个位，可连续使用移位指令。

RR A 指令将最低位移入最高位，其他各位依次向低位移一位。

RRC A 指令将最低位移入 C，C 移入最高位，其他各位依次向低位移一位。

RL A 指令将最高位移入最低位，其他各位依次向高位移一位。

RLC A 指令将最高位移入 C，C 移入最低位，其他各位依次向高位移一位。

【例 3-12】 分析下列程序各条指令的功能。

```
MOV A,#10H  ;(A)=10H
RR A        ;(A)=20H
RR A        ;(A)=40H
RL A        ;(A)=20H
RL A        ;(A)=10H
SETB C      ;(C)=1
RRC A       ;(A)=88H,(C)=0
RLC A       ;(A)=10H,(C)=1
```

由程序可见，RR A 使 A 中的数据右移一位，相当于 A 除以 2；RL A 使 A 中的数据左移一位，相当于 A 乘以 2。移位指令的执行时间是一个机器周期，而乘、除指令需要 4 个机器周期，有时可以用这两条指令代替乘、除指令，以提高执行效率。

3.6 控制转移类指令

控制转移指令共有 16 条，分为无条件转移指令、条件转移指令、子程序调用指令、返回指令。另外，1 条空操作指令也归在此类中介绍。

3.6.1 无条件转移指令

无条件转移指令见表 3-24。

表 3-24 无 条 件 转 移 指 令

汇编指令	机 器 码	功 能	代码长度	指令周期
SJMP rel	80H,rel	$PC\leftarrow(PC)+2+rel$	2	2
AJMP addr11	a10a9a800001B,a7~a0	$PC\leftarrow(PC)+2,PC_{10-0}\leftarrow addr11$	2	2
LJMP addr16	02H,addr$_{15-8}$,addr$_{7-0}$	$PC\leftarrow addr16$	3	2
JMP @A+DPTR	73H	$PC\leftarrow(A)+(DPTR)$	1	2

1. 短转移指令 SJMP rel

短转移指令采用相对寻址方式，也称为相对转移指令。偏移量 rel 是 8 位带符号数，其取值范围为-128～127，负数向低地址转移，正数向高地址转移，因此 SJMP 指令以 PC 当前值（PC+2）为起点，向低地址最大可以转移 128B，向高地址最大可以转移 127B。

编程用到 SJMP 指令时，并不需要计算出偏移量作为操作数，而是直接将目的指令的标号作为操作数。如 SJMP LOOP 指令表示转到 LOOP 指令执行。但是将指令手工汇编为机器码时，切记不能再将目的指令的地址作为操作数，必须算出其偏移量，作为机器码的操作数。如果用计算机汇编，用户不需要考虑这些问题。

例如：

```
0060H        SJMP NXT        ;转到 NXT 所在的指令
             ...             ;其他指令
0080H   NXT:MOV P1,A         ;SJMP 指令的目的指令
```

向高地址转移时，偏移量为正数，所以 rel＝地址差-2＝（80H-20H）-2＝1EH，转移指令的机器码为 80H，1EH。

再例如：

```
1000H        WAT:SJMP WAT
```

该指令无条件转到它本身，由于转移的起点地址是 1002H，属于向低地址转移，rel＝FEH-地址差＝FEH-（1000H-1000H）＝FEH，指令机器码为 80H，FEH。这条指令还常用 SJMP $形式，$符号表示当前指令的地址。SJMP $也是无条件转到指令本身。与上边指令的区别是，不需要为指令设置标号，应用更方便。编程中可用这条指令使程序原地踏步，等待中断的到来。

2. 绝对转移指令 AJMP addr11

AJMP 指令执行时，先将 PC 值加 2，得到 PC 当前值（即 AJMP 指令的下一条指令地址），再将 11 位目的地址 addr11 送入 PC 低 11 位，与 PC 当前值的高 5 位共同构成 16 位绝对地址 $PC_{15\sim11}a_{10}\sim a_0$，然后转到目的指令执行。

AJMP 指令的机器码中，操作码只占用了第一字节的低 5 位，为 00001B，第一字节的高 3 位 a10a9a8 及第二字节 a7～a0 为指令中提供的 11 位目的地址 addr11。手工汇编时应分析出 11 位目的地址写入相应位置。程序中一般也是用目的指令的标号作为 AJMP 指令的操作数，并不需要分析 addr11 目的地址。

绝对转移的范围是 2KB，可以向高地址转，也可以向低地址转，不过注意并非向高、低各为 1KB。原因是目的地址与 PC 当前值的高 5 位相同，只有低 11 位不同，因此转移目的地址必须与 PC 当前值在同一个 2KB（2^{11}）范围内，否则就会超出转移范围。例如：

```
8002H  AJMP NXT1
```

该指令执行时的 PC 当前值为 8002H+2＝8004H，位于 2KB 存储区域 8000H～87FFH。以 PC 当前值为起点，AJMP 指令向低地址转移的范围为 4B，向高地址转移的范围为 2KB～4B。很明显，此时 AJMP 指令向低地址转移的能力不如 SJMP 指令。

3. 长转移指令 LJMP addr16

LJMP 指令中直接提供 16 位目的指令的地址，能转到 64KB 程序存储器的任意地址。为编程方便，书写指令时，addr16 一般用目的指令的标号表示。

　　由于 AJMP 指令向高、低地址转移的范围取决于 PC 当前值在 2KB 区域中的位置,有时向高(或低)地址转移的范围很小,但在编程中看不出来,所以在距离较远的转移中优先选用长转移指令。

　　例如:

```
        LJMP 1F00H
        LJMP NXT
        …
1F0QH   NXT:MOV A,2FH
```

　　标号为 NXT 的指令地址为 1F00H,这两条长转移指令功能相同,但编程时并不知道目的指令的地址,还会因程序的修改变动使其地址发生变化,所以最好用第二种形式。

　　4. 间接转移指令 JMP @A+DPTR

　　JMP 指令使用基址加变址寻址方式,由 A 和 DPTR 中的无符号数相加,形成目的指令的地址。指令以 DPTR 作为基地址,通过改变 A 的值,实现程序的多分支。JMP 指令又称为散转指令。

　　【例 3-13】　根据累加器 A 中数 0~9,转到不同的子程序 KEY0~KEY9 执行。

```
        MOV B,#3
        MUL AB
        MOV DPTR,#KTAB
        JMP @A+DPTR
KTAB:   LJMP KEY0
        LJMP KEY1
        LJMP KEY2
        …
        LJMP KEY9
        …
KEY0:   …
        …
KEY9:   …
```

　　程序分析:由于 JMP 指令多分支的范围不超过 256B,如果直接转到子程序,一般会超出寻址空间,程序中用 LJMP 集中为各子程序建立了入口,散转指令先转到各 LJMP 指令,再由 LJMP 指令转到各子程序。这样就解决了 JMP 指令寻址能力不足的问题,各子程序的长度及在存储器中的位置不受限制。由于 LJMP 指令长度为 3B,将 A 中的数据乘以 3,得到对应子程序入口距 KTAB 的偏移量。

3.6.2　条件转移指令

　　条件转移指令中有 1 个或 2 个操作数作为条件,当条件满足时,转移到目的地址,不满足时,向下顺序执行。所有条件转移指令均为相对寻址方式,转移范围为 –128~127。

　　1. 累加器 A 为条件的转移指令

　　累加器 A 为条件的转移指令见表 3-25。

表 3-25　　　　　　　　　　　　　　累加器 A 为条件的转移指令

汇编指令	机 器 码	功　能	代 码 长 度	指 令 周 期
JZ rel	60H,rel	若(A)=00H,则 PC←(PC)+2+rel 若(A)≠00H,则 PC←(PC)+2	2	2
JNZ rel	70H,rel	若(A)≠00H,则 PC←(PC)+2+rel 若(A)=00H,则 PC←(PC)+2	2	2

JZ/JNZ 指令以累加器 A 的内容是否为 0 作为转移的条件，JZ 是 A 为 0 时的转移指令，JNZ 是 A 不为 0 时的转移指令。

2. 比较不等转移指令

比较不等转移指令见表 3-26。

表 3-26 比 较 不 等 转 移 指 令

汇编指令	机器码	功能	代码长度	指令周期
CJNE A,#data,rel	B4H,data,rel	若(A)=data，则 PC←(PC)+3 若(A)>data，则 PC←(PC)+3+rel,C←0 若(A)<data，则 PC←(PC)+3+rel,C←1	3	2
CJNE A,direct,rel	B5H,direct,rel	若(A)=direct，则 PC←(PC)+3 若(A)>direct，则 PC←(PC)+3+rel,C←0 若(A)<direct，则 PC←(PC)+3+rel,C←1	3	2
CJNE Rn,#data,rel	B6H+n,data,rel	若(Rn)=data，则 PC←(PC)+3 若(Rn)>data，则 PC←(PC)+3+rel,C←0 若(Rn)<data，则 PC←(PC)+3+rel,C←1	3	2
CJNE @Ri,#data,rel	B8H+i,data,rel	若((Ri))=data，则 PC←(PC)+3 若((Ri))>data，则 PC←(PC)+3+rel,C←0 若((Ri))<data，则 PC←(PC)+3+rel,C←1	3	2

CJNE 是指令系统中仅有的 4 条三操作数指令，前两个操作数是转移条件，第三个操作数是相对寻址偏移量。第一个操作数为 A 时，第二个操作数可以是立即数或直接寻址单元；第一个操作数为工作寄存器或间址单元时，第二个操作数必须为立即数。

CJNE 是比较不相等转移指令，具体功能为

若第一个操作数＝第二个操作数，则 PC←(PC)+3，向下顺序执行，且 C＝0；

若第一个操作数＞第二个操作数，则 PC←(PC)+3+rel，转移，且 C＝0；

若第一个操作数＜第二个操作数，则 PC←(PC)+3+rel，转移，且 C＝1。

CJNE 指令除了具有不相等转移功能外，还对 CY 位产生影响。实际上，指令对两个条件的判断是通过第一个操作数减去第二个操作数的减法运算实现的，当减法运算的结果不为 0 时，条件不相等，转移，同时当第一个操作数小于第二个操作数时，会产生借位，使 CY 置 1，否则，CY 清 0。CJNE 指令执行过程中，两个条件并不会发生变化。

利用 CJNE 指令可以对两个单元中的数据比较大小，这在工业控制等场合非常有用。例如，中央空调需要自动将室温控制在合适的范围内，可以通过键盘向单片机输入温度的上、下限。程序中用 CJNE 指令比较室内温度值与设定的限值，根据比较的大小，控制空调的工作。

3. 减 1 不为 0 转移指令

减 1 不为 0 转移指令见表 3-27。

表 3-27 减 1 不为 0 转移指令

汇编指令	机器码	功能	代码长度	指令周期
DJNZ direct,rel	D5H,direct,rel	先 direct←(direct)−1，再判断： 若(direct)≠00H，则 PC←(PC)+3+rel 若(direct)=00H，则 PC←(PC)+3	3	2
DJNZ Rn,rel	D8H+n,rel	先 Rn←(Rn)−1，再判断： 若(Rn)≠00H，则 PC←(PC)+3+rel 若(Rn)=00H，则 PC←(PC)+3	2	2

　　DJNZ 指令执行时，先使操作数减 1，再判断结果是否为 0，不为 0，转移，为 0，向下执行。DJNZ 指令一般用于构成循环次数已知的循环程序，工作寄存器或直接寻址单元用来存放循环次数。

　　【例 3-14】　　编程将片内 RAM 中 30H 地址开始的 50 个数据送片外 RAM 6000H 地址开始的单元。

```
SND:    MOV R0,#30H        ;取数指针 R0 设初值,指向 30H
        MOV DPTR,#6000H    ;存数指针 DPTR 设初值,指向 6000H
        MOV R2,#50         ;计数器 R2 初值为 50
LOP:    MOVX A,@R0         ;读数到 A
        MOVX @DPTR,A       ;送到片外 RAM
        INC R0             ;修改取数指针,指向下一单元
        INC DPTR           ;修改存数指针,指向下一单元
        DJNZ R2,LOP        ;未传送完循环
```

3.6.3　子程序调用指令

　　子程序调用指令见表 3-28。

表 3-28　　　　　　　　　　　子 程 序 调 用 指 令

汇编指令	机　器　码	功　　　　能	代码长度	指令周期
ACALL addr11	a10a9a810001B,a7~a0	$PC \leftarrow (PC)+2$ $SP \leftarrow (SP)+1,(SP) \leftarrow (PC_{7\sim0})$ $SP \leftarrow (SP)+1,(SP) \leftarrow (PC_{15\sim8})$ $PC_{10\sim0} \leftarrow addr11$	2	2
LCALL addr16	12H,addr$_{15\sim8}$,addr$_{7\sim0}$	$PC \leftarrow (PC)+3$ $SP \leftarrow (SP)+1,(SP) \leftarrow (PC_{7\sim0})$ $SP \leftarrow (SP)+1,(SP) \leftarrow (PC_{15\sim8})$ $PC \leftarrow addr16$	3	2

　　子程序是可被其他程序调用的独立程序。将程序中多次用到的、功能相同的程序段写成子程序是一个良好的编程习惯，以便简化程序设计，使程序结构清晰，缩短程序长度，减小占用 ROM 空间，便于资源共享。

　　子程序可以被主程序调用，也能被子程序调用，将调用子程序的程序称为调用程序。调用子程序由调用指令实现，子程序运行完后，还要返回调用程序，继续执行调用指令的下一条指令，这条指令的地址称为返回地址，又称为断点地址。转入子程序前，通过进栈操作保存断点地址是能够正常返回的必要条件，称为保护断点。

　　子程序执行完后，通过返回指令返回断点继续执行。返回指令的主要功能是将堆栈中保存的断点恢复到 PC 中，返回调用程序。

　　1. 绝对调用指令 ACALL addr11

　　ACALL 指令的执行分三步，先将 PC 值加 2，得到断点地址；然后两次进栈操作，将 16 位断点地址压入堆栈保存；最后将 11 位目的地址送入 PC 低 11 位，与断点地址的高 5 位共同构成 16 位绝对地址 $PC_{15\sim11}a_{10}\sim a_0$，转到子程序执行（即调用子程序）。ACALL 指令调用子程序的条件是子程序的首地址须与断点地址在同一 2KB 范围内，具体原理与 AJMP 指令相似，读者可参考前面的介绍。

　　ACALL 指令的机器码中，操作码 10001B 只占用了第一字节的低 5 位，第一字节的高 3

位和第二字节为 11 位目的地址 addr11。书写指令时，操作数 addr11 一般用子程序的名字代替，并不需计算子程序的 11 位目的地址。

2. 长调用指令 LCALL addr16

LCALL 指令中直接提供调用子程序的 16 位地址，能够调用 64KB 程序存储器中任意位置的子程序。书写指令时，16 位目的地址 addr16 一般用子程序的名字代替。

LCALL 指令的执行也分三步：先将 PC＋3，得到断点地址；再通过两次进栈操作，实现断点保护；最后用指令中提供的 16 位目的地址重新对 PC 赋值，转到子程序执行（调用子程序）。

3.6.4　返回指令

返回指令见表 3-29。

表 3-29　　　　　　　　　　　　返　回　指　令

汇编指令	机器码	功　能	代码长度	指令周期
RET	22H	$PC_{15-8} \leftarrow ((SP)), SP \leftarrow (SP)-1$ $PC_{7-0} \leftarrow ((SP)), SP \leftarrow (SP)-1$	1	2
RETI	32H	$PC_{15-8} \leftarrow ((SP)), SP \leftarrow (SP)-1$ $PC_{7-0} \leftarrow ((SP)), SP \leftarrow (SP)-1$	1	2

返回指令的主要功能是将堆栈中保存的断点地址弹出到 PC，使程序返回到断点继续运行。RET 指令是子程序返回指令，通过两次出栈操作，将堆栈中保存的断点地址送入 PC，返回断点继续执行。必须放在子程序的最后。

RETI 是中断服务程序返回指令，除返回断点继续执行外，还具有清除相应中断优先级状态位，以允许响应该优先级的中断请求的功能。RETI 必须位于中断服务程序的最后。

3.6.5　空操作指令

空操作指令见表 3-30。

表 3-30　　　　　　　　　　　　空　操　作　指　令

汇编指令	机器码	功　能	代码长度	指令周期
NOP	00H	$PC \leftarrow (PC)+1$	1	1

空操作指令执行时，CPU 不做任何工作，只是起到延时一个机器周期的作用。例如：当晶振频率为 12MHz 时，一个机器周期为 1μs，执行一条 NOP 指令就延时 1μs。可见空操作指令主要用于构成软件延时程序。

3.7　位　操　作　类　指　令

微处理器是以字节作为操作的基本单元，而单片机主要是面向控制应用，除了能进行字节操作外，还增加了位处理的软硬件，使单片机具有很强的控制功能。

80C51 单片机内部硬件集成了一个布尔处理器（位处理器），布尔处理器有累加器（CY位）和存储器（片内 RAM 及 SFR 中的可寻址位）资源。同时指令系统中有控制布尔处理器实现各种位操作的布尔指令集。布尔处理器能进行位逻辑运算、位传送、位控制转移等操作，还能用位逻辑运算指令实现各种组合逻辑电路的功能。

3.7.1 位传送指令

位传送指令见表 3-31。

表 3-31 位 传 送 指 令

汇编指令	机器码	功能	代码长度	指令周期
MOV C，bit	A2H,bit	C←(bit)	2	1
MOV bit,C	92H,bit	bit←(C)	2	2

位传送指令用于 C 与任意可寻址位之间的传送。各寻址位之间不能直接传送数据，只能通过 C 进行。例如：

```
MOV C,20H
MOV F0,C
MOV P1.0,C
```

3.7.2 位清 0 与置位指令

位清 0 与置位指令见表 3-32。

表 3-32 位清 0 与置位指令

汇编指令	机器码	功能	代码长度	指令周期
CLR C	C3H	C←0	1	1
CLR bit	C2H,bit	bit←0	2	1
SETB C	D3H	C←1	1	1
SETB bit	D2H,bit	bit←1	2	1

这 4 条指令用于将 C 或可寻址位清 0 或置 1。例如：

```
CLR RS1
SETB RS0          ;选择 1 组作为当前工作寄存器组
```

3.7.3 位逻辑运算指令

位逻辑运算指令见表 3-33。

表 3-33 位 逻 辑 运 算 指 令

汇编指令	机器码	功能	代码长度	指令周期
ANL C,bit	82H,bit	C←(C)∧(bit)	2	2
ANL C,/bit	B0H,bit	C←(C)∧$\overline{\text{(bit)}}$	2	2
ORL C,bit	72H,bit	C←(C)∨(bit)	2	2
ORL C,/bit	A0H,bit	C←(C)∨$\overline{\text{(bit)}}$	2	2
CPL C	B3H	C←$\overline{\text{(C)}}$	1	1
CPL bit	B2H,bit	bit←$\overline{\text{(bit)}}$	2	1

位运算有与、或、非三种逻辑运算指令。与、或运算只能以 C 作为目的操作数，源操作数为任意一个可寻址位 bit 或可寻址位取反/bit。

【例 3-15】 对 20H、21H 两个可寻址位进行异或运算，结果送 22H。

位逻辑运算指令没有提供异或运算功能，但可以编程实现。异或运算的表达式为 $22\text{H}=20\text{H}\cdot\overline{21\text{H}}+\overline{20\text{H}}\cdot21\text{H}$。

程序为

```
MOV C,20H
ANL C,/21H       ;C←(20H)∧(21H)
MOV 22H,C        ;暂存
MOV C,21H
ANL C,/20H       ;C←(20H)∧(21H)
ORL C,22H
MOV 22H,C        ;异或运算结果送入 22H
```

3.7.4 位条件转移指令

位条件转移指令见表 3-34。

表 3-34   位 条 件 转 移 指 令

汇编指令	机 器 码	功　　能	代码长度	指令周期
JC rel	40H,rel	若(C)=1，则 PC←(PC)+2+rel 若(C)=0，则 PC←(PC)+2	2	2
JNC rel	50H,rel	若(C)=0，则 PC←(PC)+2+rel 若(C)=1，则 PC←(PC)+2	2	2
JB bit,rel	20H,bit,rel	若(bit)=1，则 PC←(PC)+3+rel 若(bit)=0，则 PC←(PC)+3	3	2
JBC bit,rel	10H,bit,rel	若(bit)=1，则 PC←(PC)+3+rel，且(bit)←0 若(bit)=0，则 PC←(PC)+3	3	2
JNB bit,rel	30H,bit,rel	若(bit)=0，则 PC←(PC)+3+rel 若(bit)=1，则 PC←(PC)+3	3	2

位转移指令都是相对寻址方式的条件转移指令，JC/JNC 以 C 作为是否转移的条件。JB/JBC/JNB 以可寻址位 bit 作为转移的条件。其中 JBC 指令当条件 bit 为 1 转移的同时，还会自动将 bit 清 0，相当于 JB bit,rel 和 CLR bit 两条指令的组合。有些标志位当事件发生时置 1，作为转移指令的条件，然后必须软件清 0，才能作为下次事件发生的标志。这时用 JBC 指令会使编程更方便。

【例 3-16】   当 RI 标志位为 1 时，调用 REC 子程序，同时将 RI 清 0，当 RI 为 0 时，等待。

程序如下。

```
WAT:    JBC RI,NXT
        SJMP WAT
NXT:    LCALL REC
        …
```

也可用以下程序实现：

```
JNB RI,$
CLR RI
LCALLL REC
…
```

复 习 思 考 题

1. 80C51 单片机指令操作数有哪 7 种寻址方式？各寻址方式的寻址空间如何？

2. 汇编语言与机器语言有什么区别？

3. 寄存器寻址与寄存器间址有什么区别？

4. 如何读取程序存储器中的数据？

5. 片内 RAM 可用哪几种寻址方式？举例说明。

6. 判断下列指令格式是否正确，如有错误，说明原因并改正。

```
MOV A,#1234H        MOV @R7,A
PUSH A              POP B
DIV A,B             DEC DPTR
XRL C,00H           MOV C,P1
MOV R1,@R0          MOV P1.0,P2.1
MOV A,@DPTR         SWAP P1
INC R6              DEC #80H
ADDC 20H,R1         XCH R1,A
SJMP 8000H          RET 1FH
MOVC A,@R2+DPTR     ORL R2,A
```

7. 说明下列指令操作数的寻址方式及功能。

```
MOVX A,@DPTR        MOV A,@R0
ADDC A,#20H         MOVC A,@A+DPTR
MOV C,20H           MOV A,30H
INC 6FH             ORL 38H,#2FH
JNC LOP             DIV AB
XCH A,0F8H          CPL 00H
```

8. 分析下列指令执行结果及对 PSW 中标志位的影响情况。

```
MOV A,#0B4H
ADDC A,#5DH
```

9. 分析下列程序中各条指令的作用，说明程序功能和类型。

```
SCT:    PUSH DPL
        PUSH DPH
        PUSH PSW
        PUSH A
        MOV DPTR,#1200H
        MOVX A,@DPTR
        MOVX P1,A
        POP A
        POP PSW
        POP DPH
        POP DPL
        RETI
```

10. 分析下列程序中各条指令的执行结果。

```
MOV A,#0F3H
MOV 50H,#34H
ANL A,50H
ANL A,#0FH
ORL A,#07H
XRL A,50H
```

11. 将下面的延时程序翻译成机器码，并计算程序延时时间。Fosc＝12MHz。

```
DLY:    MOV R1,#05H
LOP:    NOP
        NOP
        NOP
        DJNZ R1,LOP
        RET
```

12. 编程将片内 RAM 7FH 单元与片外 RAM FFH 单元内容交换。

13. 编程读取 ROM 中地址 8000H 和 8001H 单元的内容分别送到片内 RAM 的 50H 和 51H 单元。

14. 编程将 P1 口内容送地址为 2F00H 的输出设备。

第4章　汇编语言程序设计

学习目标

本章讲述 80C51 单片机汇编语言程序的基本结构，常用伪指令的用法，并通过大量应用实例说明典型应用程序设计方法与技巧。

学习要求

➢　了解：常用伪指令的用法，汇编语言程序的设计方法与步骤。
➢　掌握：典型应用程序的设计，能根据应用系统硬件电路要求编写相应的程序。

80C51 单片机主要采用汇编语言或 C51 高级语言编程，掌握汇编语言编程可以帮助读者深入理解单片机的硬件结构与原理，因此本章主要讨论汇编语言程序设计。汇编语言程序是单片机应用系统设计的重要组成部分，是单片机应用系统可靠运行的关键。通过学习，应初步具备汇编语言程序设计的能力，为应用系统的设计打下基础。

4.1　概　　述

4.1.1　汇编语言与汇编

1. 机器语言

机器语言是用二进制机器码表示指令和数据的程序设计语言，是唯一能被计算机直接识别和执行的语言，机器语言能直接操作硬件，执行速度快，效率高，但机器码用二进制或十六进制数表示，编程、阅读和调试程序都非常困难。机器语言只在计算机产生的初期用来编写程序，现在已经不再使用机器语言，而是采用汇编语言或各种高级语言。

2. 汇编语言

汇编语言是用助记符表示指令功能的语言。由于助记符为指令功能的英文缩写，识记相对于机器语言要容易得多。汇编语言指令和机器语言指令一一对应，因此汇编语言编写的程序也具有占用存储空间少，运行速度快，能直接控制和管理硬件等特点。不同类型的 CPU 有专用的汇编语言指令系统，编写的程序不能相互通用。由于汇编语言指令直接操作硬件的最低层，是面向计算机的语言，程序员只有熟悉计算机系统的硬件结构与原理，才能编写出正确高效的汇编语言程序。

3. 汇编

采用汇编语言指令编写的程序称为汇编语言源程序。汇编语言源程序不能被计算机直接识别和执行，必须翻译成机器语言程序才能运行。这个翻译的过程称为汇编。

汇编有手工汇编和机器汇编两种方式。手工汇编是程序员通过查指令系统表，将汇编语言源程序的每条指令翻译成对应的机器码。这种方法效率低，容易出错，在产品设计开发中已经很少使用。机器汇编是由计算机中的汇编程序软件将汇编语言源程序自动翻译成机器码程序。

【例4-1】 将下面的汇编语言源程序手工汇编为目标程序。

```
        ORG 0000H
        LJMP MAIN
        ORG 0030H
MAIN:   MOV R0,#30H
        MOV DPTR,#8000H
        MOV R2,#50
LP:     MOVX A,@DPTR
        MOV @R0,A
        INC R0
        INC DPTR
        DJNZ R2,LP
        SJMP $
        END
```

手工汇编一般分两步进行，首先查找指令系统表，得到所有指令的操作码字节，写出非转移指令的操作数字节。然后确定作为指令符号地址的标号的真实地址，并计算转移指令、调用指令的目标地址和地址偏移量，完成汇编过程，得到完整的机器码目标程序，写入单片机的 ROM 程序存储器后，即能控制单片机系统工作。表4-1 是汇编结果。

表 4-1　　　　　　　　　　　　　源 程 序 汇 编 结 果

行　数	地　址	目　标　程　序	汇编语言源程序	
1				ORG 0000H
2	0000	020030		LJMP MAIN
3				ORG 0030H
4	0030	7830	MAIN:	MOV R0,#30H
5	0032	908000		MOV DPTR,#8000H
6	0035	7A32		MOV R2,#50
7	0037	E0	LOP:	MOVX A,@DPTR
8	0038	F6		MOV @R0,A
9	0039	08		INC R0
10	003A	A3		INC DPTR
11	003B	DAFA		DJNZ R2,LOP
12	003D	80FE		SJMP $
13				END

机器汇编与手工汇编得到的目标程序完全相同，而且汇编过程由计算机实现，程序员只需改正汇编程序发现的错误并改正，比手工汇编效率高很多，是单片机系统开发常用的汇编方式。

4.1.2　汇编语言程序设计步骤

汇编语言程序的基本要求是正确高效地实现预定功能。编程完成某一任务，实现某种运算或控制功能，可以采用不同的结构、算法及不同的指令实现，不同方案编写的程序执行时间和占用存储空间相差较大，因此选用合理的结构和算法，并按照一定的步骤设计程序是非常重要的，汇编语言程序设计一般按以下步骤进行。

1. 分析系统要求

分析应用系统的具体要求，对复杂问题抽象简化，建立数学模型，找出已知条件，明确程序完成的具体功能，运行速度，运算精度等要求。

2. 确定合理算法

算法是编程解决问题的方法，很多问题有现成的算法或程序，可以直接使用或参考，以提高编程效率。另外，完成某一功能可能有多种算法，应综合考虑运行时间和占用存储空间等因素，选择最佳算法编程。

3. 画流程图

流程图是根据问题算法绘制的表示程序执行过程的框图。画出流程图，可以理清编程思路，明确程序结构，提高编程效率。对于复杂的程序，一般先画出流程图，按照流程图编程，如果程序功能比较简单，也可以直接编程。流程图常用的符号如图 4-1 所示。

端点框　　　　处理框　　　　判断框　　　　子程序框　　　流程线　　连接框

图 4-1　流程图常用的符号

端点框表示程序的开始或结束，开始框有 1 个出口，可在框中填入开始、程序名或开始地址等。结束框有 1 个入口，可在框中填入结束。

处理框表示某种处理功能或过程，有 1 个入口和 1 个出口，框内用文字或符号简要说明一段程序的功能或处理过程。

判断框表示程序运行过程的分支点，一般有 1 个入口和 2 个出口，框内为判断的条件，各分支出口用 "Y" 或 "N" 标明条件是否成立。

子程序框表示调用子程序，框内写上调用的子程序名或其入口地址。

流程线为带箭头的线段，箭头方向表示程序执行的流向，箭头的方向根据需要确定。

连接框表示流程中止但没有结束，用于连接多个流程图。当流程图较大，在一页纸上画不下时，可以分解为若干个局部流程图，用连接框内的数字或字母注明相同的连接点。

4. 资源分配

根据系统总体规划合理分配单片机片内并行端口、程序存储器、数据存储器、定时/计数器和中断源等硬件资源，其中片内 RAM 是资源分配的重点。如果片内资源不够，还要确定需外部扩展的存储器及 I/O 端口资源的数量及串并行扩展方式。

5. 编写汇编语言程序

做好前面的准备工作后，就可以利用分配好的资源，参照流程图开始编写汇编语言源程序。前期准备工作做得好，可以提高编程效率，减少程序中存在的错误。

6. 调试程序

将汇编语言源程序汇编生成目标程序并执行，检查调试程序，修改程序中存在的错误，通过反复调试，使程序完善。

4.1.3　伪指令

伪指令是汇编过程中控制汇编程序汇编的命令，也称为汇编命令。伪指令用于确定数据、程序在程序存储器中的存储位置，定义程序中用到的一些数据、符号等。伪指令只能被汇编程序识别，并指导汇编如何进行，只在汇编过程中有效，汇编后不产生供单片机执行的机器代码，所以称为"伪指令"。

1. 汇编起始地址伪指令 ORG

格式：ORG　16 位地址或标号

功能：ORG（Origin）伪指令在程序或数据块的前面，用于规定程序或数据块在存储器中的起始地址，程序中可以多次使用 ORG 伪指令。

【例 4-2】
```
          ORG 0000H              ;主程序入口地址
          LJMP MAIN
          ORG 000BH              ;外部中断 0 的中断服务程序入口地址
          LJMP SINT0
          …
          ORG 0030H              ;MAIN 主程序起始地址
MAIN:     …
          …
          ORG 0800H              ;DELAY 子程序起始地址
DELAY:    …
          …
          ORG 1000H              ;SINT0 中断服务程序起始地址
SINT0:    …
          …
          ORG 6000H              ;TAB 数据表格的起始地址
TAB1:     DB 30H,31H,32H
TAB2:     DW 1200H,38H,'CF'
```

编写源程序时，首先要用 ORG 伪指令确定主程序和各中断服务程序的入口地址，并在其后放一条无条件转移指令转到相应的程序。为了保留各中断入口单元，主程序也用 ORG 指令确定起始地址。其他各子程序、中断服务程序和数据表格可以定义起始地址也可以不定义，如果不定义，汇编成目标程序后，在程序存储器中连续存放。

2. 汇编结束伪指令 END

格式：END

功能：END（End of Assembly）伪指令位于源程序最后，表示源程序结束。汇编程序对 END 后的程序和数据都不作处理。一个程序中只能有一条 END 指令。

3. 赋值伪指令 EQU

格式：字符名称　EQU　数据或汇编符号

功能：EQU（Equate）伪指令用于为字符赋值，将 EQU 右面的值赋给左面用户定义的符号。字符必须先定义后使用，因此 EQU 伪指令一般放在源程序的开头。为字符赋值的数据位数为 8 位或 16 位，定义后的字符在程序中可以作为数据或地址使用。例如：

```
REG0 EQU R0          ;REG0 赋值为工作寄存器 R0
DAT1 EQU 10H         ;DAT1 的值等于 10H
DAT2 EQU 2FH         ;DAT2 的值等于 2FH
ADR1 EQU 36H         ;ADR1 的值等于 36H
ADR2 EQU 1200H       ;ADR2 的值等于 1200H
MOV A,REG0           ;相当于 MOV A,R0
MOV A,@REG0          ;相当于 MOV A,@R0
MOV R5,#DAT1         ;相当于 MOV R5,#10H,DAT1 作为数据使用
MOV A,#DAT2          ;相当于 MOV A,#2FH,DAT2 作为数据使用
MOV A,DAT2           ;相当于 MOV A,2FH,DAT2 作为地址使用
MOV C,ADR1           ;相当于 MOV C,36H,ADR1 作为位地址使用
LJMP ADR2            ;相当于 LJMP 1200H,ADR2 作为 16 位地址使用
```

4. 定义字节伪指令 DB

格式：[标号:] DB 字节常数或字符

功能：DB（Define Byte）从程序存储器指定地址单元开始，连续存储若干字节数据或字符。

【例 4-3】 用 DB 伪指令在程序存储器中定义 4 个数据表格。

```
ORG 0800H
TAB1: DB 12H,0AFH,00111100B
TAB2: DB -1,-2,11,100
TAB3: DB '1','2','A','B'
TAB4: DB 'MCU'
```

DB 伪指令功能示意图如图 4-2 所示。ORG 0800H 位于 TAB1 表格定义伪指令前面，汇编时使 TAB1 的数据从 0800H 地址开始连续存储，TAB2，TAB3，TAB4 三个表格定义指令前没有 ORG 伪指令，汇编时数据存储地址紧接前条指令的存储单元，比如，TAB1 存储到 0802H 单元，TAB2 从 0803H 地址开始存储。

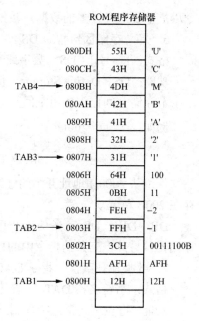

图 4-2 DB 伪指令功能示意图

TAB1 为二进制或十六进制表示的字节数据，存储后与原数相同。TAB2 为数据的真值，转换为补码形式存储。TAB3 的数据或字符都用引号括起，存储的是其 ASCII 码。TAB4 为引号括起来的字符串，分别转换为各字符的 ASCII 码，并依次存储。使用 DB 伪指令定义多个数据时，各数据之间要用逗号分隔。

5. 定义字伪指令 DW（Define Word）

格式：[标号:] DW 字常数或字表

功能：DW（Define Word）伪指令用于从程序存储器的指定地址单元开始，连续存储若干个字数据或字表。

【例 4-4】 在程序存储器 1000 地址开始定义字数据表格 WTAB。

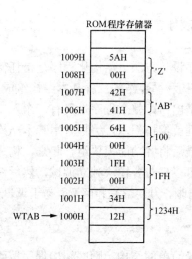

图 4-3 DW 伪指令功能示意图

```
ORG 1000H
WTAB: DW 1234H,1FH,100,'AB','Z'
```

DW 伪指令功能示意图如图 4-3 所示。一个字为 16 位，占用连续的 2 字节存储单元，80C51 单片机规定 16 位字的高字节存入低地址单元,低字节存入高地址单元。例如，数据 1234H 的高字节 12H 存入 1000H 低地址单元，低字节 34H 存入 1001H 高地址单元。

若一个数据为 8 位，汇编时会自动低位补 0，转为 16 位数据，并分别存入两个字单元。例如，数据 1FH 存储时占用了两个字节，1002H 低地址单元存放 00H，1003H 高地址单元存放 1FH。

一条 DB 或 DW 伪指令定义数据表的数据个数最多为 80 个，但在编程时为了方便，一条 DB 或 DW 伪指令尽量不要定义过多的数据，数据较多时，可用若干条 DB 或 DW 伪指令分别定义。

　　6. 定义存储区伪指令 DS

　　格式：[标号:]　DS　数字或表达式

　　功能：DS（Define Storage）伪指令从指定地址单元开始，保留由数字或表达式指定的若干字节存储空间作为备用空间。

　　例如：
```
    ORG 2000H
SPC:  DS 0AH
    DB 15H,2AH
```

　　保留从 2000H 地址开始的连续 10 个字节单元 2000H～2009H，15H 存在 200A 单元，2AH 存在 200B 单元。

　　DB，DW，DS 三条伪指令只能对程序存储器单元定义数据或保留空间，不能用于数据存储器。另外，三条伪指令中的标号都是可选项，编程时根据需要设置。

　　7. 数据地址赋值伪指令 DATA

　　格式：字符名称 DATA　表达式

　　功能：将表达式指定的数据地址或代码地址赋予规定的字符名称，DATA 与 EQU 伪指令的功能相似，区别是 DATA 定义的符号可先使用后定义。DATA 在程序中常用来定义数据地址，可放在程序的开头或末尾。

　　8. 定义位地址符号伪指令 BIT

　　格式：字符名称　BIT　位地址

　　功能：将位地址赋给字符。在位操作指令中，可用定义的符号代替位地址。例如：

```
OUT1 BIT P1.0        ;OUT1 表示 P1.0 位
FLG1 BIT 00H         ;FLG1 表示 00H 位
FLG2 BIT F0          ;FLG2 表示 F0 位
CLR OUT1             ;相当于 CLR P1.0
MOV C,FLG1           ;相当于 MOV C,00H
CPL FLG2             ;相当于 CPL F0
```

4.2　汇编语言程序结构

　　与高级语言编程类似，汇编语言编程也采用结构化程序设计方法。结构化程序是指任何复杂的程序都由顺序结构、分支结构和循环结构三种基本结构组成，每种基本结构只有一个入口和一个出口，整个程序也只有一个入口和一个出口。结构化程序设计过程就像搭积木，编程时用基本结构编写完成不同功能的程序模块，最后将各功能模块组合起来，构成一个完整的程序。调试程序时，可以先对各模块独立调试，然后统调。结构化程序设计使程序结构清晰，方便编程和阅读，易于调试，可靠性高。

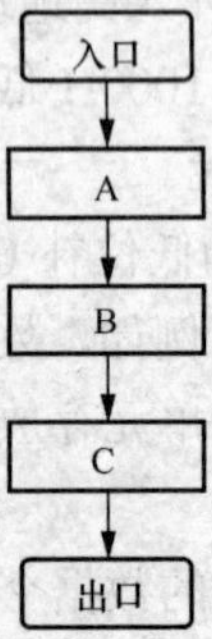

4.2.1　顺序结构

　　顺序结构是三种基本结构中最简单的结构，顺序结构程序按照指令顺序依次执行，没有分支和循环。顺序结构如图 4-4 所示。

图 4-4　顺序结构流程图

【例 4-5】　编程实现两个双字节无符号数的加法运算。一个加数存在片内 RAM 的 30H 和 31H 单元，另一个加数存在 32H 和 33H 单元（高地址存高字节），结果存在 40H 开始的单元。

加法指令只能进行单字节数加法运算，双字节加法需要用加法指令分两次完成，其中低字节相加不需要加进位，用 ADD 指令实现，高字节相加时，还要加上低字节的进位，用 ADDC 指令实现。运算的结果为 3 字节，从高到低依次存放在 42H，41H 和 40H 单元中。程序如下：

```
DOUA:    MOV A,30H
         ADD A,32H          ;低字节相加
         MOV 40H,A          ;存结果低字节
         MOV A,31H
         ADDC A,33H         ;高字节相加
         MOV 41H,A          ;存结果
         CLR A
         ADDC A,#00H        ;将进位转为字节
         MOV A,42H          ;存结果高字节
```

【例 4-6】　当前工作奇存器 R6，R7 中存放 16 位二进制数，编程将其取反加 1。设 R6 存放高字节，R7 存放低字节。程序如下：

```
MOV A,R7
CPL A                  ;低字节取反
ADD A,#01H             ;低字节加 1
MOV R7,A
MOV A,R6
CPL A                  ;高字节取反
ADDC A,#00H
MOV R6,A
```

【例 4-7】　片内 RAM 中 50H 单元存放 8 位二进制数，编程转换为非压缩 BCD 码，并由低位到高位依次存到片内 RAM 60H 开始的单元。

8 位二进制数可表示十进制数的范围是 0～255，最多由 3 位十进制数组成，可用除法运算分离出百位、十位和个位。非压缩 BCD 码 1 字节表示 1 位十进制数，因此转换为 BCD 码需要 3 字节存放，百位存在 62H 单元，十位存在 61H 单元，个位存在 60H 单元。程序如下：

```
CBCD:    MOV A,50H          ;欲转换数送 A
         MOV B,#100         ;除数为 100
         DIV AB             ;除法运算,A 中为百位数
         MOV 62H,A          ;百位数存在 62H 单元
         MOV A,#10          ;除数为 10
         XCH A,B
         DIV AB             ;除法运算,A 中为十位数,B 中为个位数
         MOV 61H,A          ;十位数存在 61H
         XCH A,B
         MOV 60H,A          ;个位数存在 60H
```

4.2.2　分支结构

计算机具有逻辑判断能力，指令系统中也提供了实现分支结构的逻辑判断指令，分支结构也称为选择结构。分支结构中，由条件转移指令对程序中的某个条件进行判断，根据条件是否成立决定执行哪一个分支。

    分支结构分为单分支、双分支和多分支三种结构，如图 4-5 所示。单分支结构条件成立时，执行 A 分支，条件不成立时，退出。双分支结构当条件成立时，执行 A 分支，不成立时，执行 B 分支。多分支结构的条件有 0～N 若干种可能，不同的条件执行不同分支，80C51 单片机指令系统中没有多分支指令，通常用 JMP 散转指令实现多分支程序。

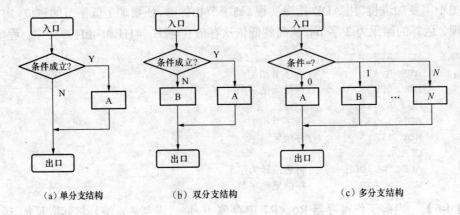

    （a）单分支结构   （b）双分支结构   （c）多分支结构

图 4-5   分支结构流程图

【例 4-8】 读取片外 RAM 中 260CH 单元的内容，判断是否等于 A2H，若是将标志位 F0 置位，否则将 F0 清 0。

    这是一个双分支结构问题，可以用 CJNE 不等转移指令判断，根据条件是否成立，决定对标志位 F0 的清 0 或置 1 操作。程序如下：

```
RPT:    MOV DPTR,#260CH     ;地址指针赋值
        MOVX A,@DPTR        ;读数据
        CJNE A,#0A2H,RP1    ;判断是否相等
        SETB F0             ;相等,F0 置位
        SJMP RP2            ;退出
RP1:    CLR F0              ;不相等,F0 清 0
RP2:    RET
```

【例 4-9】 空调控制系统检测室内温度，并自动控制室温在合适范围内。若温度大于上限，控制降温，若温度小于下限，控制升温，若温度在上、下限范围内，保持原有状态不变。P1.0 置位控制降温，P1.1 置位控制升温，采集温度数据，存在片内 RAM 30H 单元，设置好的温度下限和温度上限分别存放在 31H，32H 单元，编程实现上述控制功能。

    CJNE 指令仅能判断两数是否相等，不能判断大小，可用 CJNE 指令配合 JC/JNC 指令共同判断温度大于、小于或等于上、下限并产生分支，然后进行相应的控制操作。程序如下：

```
KTCTL:  MOV A,#30H      ;温度值送 A
        CJNE A,32H,KT1  ;判断是否等于上限
        SJMP KT3        ;等于上限退出
KT1:    JNC JW          ;判断是否大于上限,C=0,转降温
        CJNE A,31H,KT2  ;判断是否等于下限
        SJMP KT3        ;等于下限退出
JW:     CLR P1.1
        SETB P1.0       ;降温
        SJMP KT3
KT2:    JC SW           ;判断是否小于下限,C=1,转升温
```

```
            SJMP KT3
SW:         CLR P1.0
            SETB P1.1               ;升温
KT3:        RET
```

【例 4-10】　片内 RAM 45H，46H 单元中存放两个无符号数，比较两数大小，并将小数存在 45H 单元，大数存在 46H 单元。

上面的例子用 CJNE 和 JN/JNC 指令配合比较两数的大小，下面用另外一种方法判断，先对两个数进行减法运算，然后根据进位标志 C 的状态，判断两数的大小。两种方法所用指令不同，但可以完成相同的功能。程序如下：

```
CMPR:       CLR C                  ;进位标志清 0
            MOV A,46H
            SUBB A,45H             ;两数相减
            JNC CM1                ;通过 C 判断大小,若 C=0,不需交换,退出
            MOV A,45H              ;两数交换
            XCH A,46H
            MOV 46H,A
CM1:        RET
```

4.2.3　循环结构

循环结构可以使一段程序重复执行多次，例如，多字节加减运算，数据传送及查找数据等操作，如果用顺序结构编程，会占用大量程序存储空间，而用循环结构能完成同样的功能，且程序简练，占用存储空间少。

循环结构如图 4-6 所示，主要分为两类：一类是先执行后判断，如果条件不成立，循环，条件成立，退出，循环体至少执行一次。另一类是先判断后执行，如果条件不成立，循环，条件成立，退出，如果第一次判断时条件即不成立，则循环体一次也不执行。循环程序一般由三部分组成：

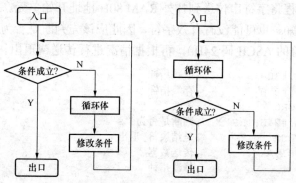

图 4-6　循环结构流程图

1. 初始化部分

位于循环程序开头，主要用于设置循环计数器、地址指针初值，对某些寄存器或存储单元设置初值。

2. 循环体部分

是循环程序的主体，由处理程序和循环控制程序组成，循环控制程序修改循环控制变量，并判断是否继续循环。任何循环程序都要设置合适的循环结束条件，使循环体执行若干次后，

正常退出，否则会因为条件永远不满足而不能退出循环体，进入死循环状态，使系统无法正常工作。

根据循环条件的不同，循环程序分为已知循环次数和未知循环次数两类。若循环次数已知，可以在循环程序初始化部分设置计数器，循环体中用 DJNZ 指令修改计数器，并控制循环过程。未知循环次数的循环程序可在循环体最后用条件转移指令判断条件是否满足，并控制循环。

3. 结束部分

当退出循环体后，结束部分用于存储循环程序执行结果，结束循环程序。有的循环程序没有这一部分，退出循环体，循环程序即完成。

【例 4-11】　编程将片外 RAM 5000H 地址开始的 20 字节数据传送到片内 RAM 40H 地址开始的单元。

20 字节数据需传送 20 次，可设置计数器作为循环条件，用循环程序传送数据，数据操作应采用寄存器间址方式，用 DPTR 作为片外 RAM 的地址指针，R0 作为片内 RAM 的地址指针。程序如下：

```
TRAN:   MOV DPTR,#5000H      ;取数指针
        MOV R0,#40H          ;存数指针
        MOV R2,#20           ;计数器初值20
TRA:    MOVX A,@DPTR         ;取数
        MOV @R0,A            ;存数
        INC R0               ;修改指针
        INC DPTR
        DJNZ R2,TRA          ;修改计数器,未传送完返回继续
        RET
```

【例 4-12】　片内 RAM 30H 地址开始存放一字符串，字符串有效字符数为 0～50 个，以 "$" 作为结束符，编程将字符串传送到片外 RAM 80H 地址开始单元。

传送字符个数未知，也可能没有有效字符，因此应该先判断是否为 "$" 结束符（存储器中实际存放 "$" 字符的 ASCII 码 24H），再根据情况进行传送或退出。程序如下：

```
TRAS:   MOV R0,#30H          ;取数指针
        MOV R1,#80H          ;存数指针
TRS:    MOV A,@R0            ;读数
        CJNE A,#24H,TRS1     ;判断是否为 "$"
        SJMP TRS2            ;是结束符,退出
TRS1:   MOVX @R1,A           ;传送数据
        INC R0               ;修改指针
        INC R1
        SJMP TRS             ;返回,取下一个字符
TRS2:   RET
```

【例 4-13】　单片机晶振频率为 12MHz，编写延时 100ms 的软件延时子程序。

$f_{osc}=12\text{MHz}$，则机器周期为 1μs，如果用单循环 DJNZ R2,$ 指令实现延时，该指令为 2 周期指令，最长延时时间为 $2\times256=512\mu s$，如果在循环中加入几条 NOP 空操作指令，延时时间也只能达到几个毫秒，所以 100ms 延时最好用 2 重循环编程，在循环程序中设置两个计数器，将其中一个设为固定值，通过调整另一个来达到精确的定时。如果要实现更长的延时，可采用多重循环程序。软件延时子程序如下：

```
DLY100:   MOV R3,#250          ;设置 R3 初值为 250,1T
DY1:      MOV R2,#CONT         ;先不确定 R2 的初值,1T
DY2:      NOP                  ;空操作,1T
          DJNZ R2,DY2          ;内循环,2T
          NOP                  ;1T
          DJNZ R3,DY1          ;外循环,2T
          RET                  ;2T
```

计算 CONT 的值：$1+2+[1+1+2+(1+2)×CONT]×250=100000$，则 CONT≈131.996，取整数 CONT=132，将 132 代入上式，可得该程序的运行时间为 $100003\mu s≈100ms$，这个定时精度已经非常高，能满足多数应用要求。在延时程序中，还可通过改变计数初值或利用 NOP 指令调整延时时间，得到比较精确的定时。

软件延时程序与振荡器的晶振频率密切相关，同一个延时程序在晶振频率不同的单片机系统中，运行时间也不相同，因此一个延时程序移植到其他系统后，要根据晶振频率重新计算循环次数。

【例 4-14】 片内 RAM 60H~69H 单元存放长度为 10 字节无符号数组，编程对数组由小到大排序，并存回到 60H 开始的单元。

排序方法有很多种，这里采用常用的冒泡法编程。冒泡排序的原理是：从最低地址 60H 开始，对相邻的数据两两比较，若低地址数据小于相邻高地址数据，则保持不变，相反，则对调两单元中的数据。经过 9 次比较，完成一遍循环，数组中的最大数移到最高地址 69H。然后再从最低地址开始下一遍循环比较，完成后，次大数移动到次高地址 68H。依次类推，最多经过 9 遍循环，完成数组由小到大的排序。排序过程中，数据不断由低地址向高地址移动，像气泡上升，所以形象地称为冒泡排序。

实际排序过程中，除非数组大小顺序正好与要求的顺序完全相反，否则不用 9 遍就能全部排完。排序完成的标志是一遍循环中没有任何相邻的数相互交换，为提高效率，在程序中设置一个交换标志，完成一遍排序后，先检测标志是否置 1，若置 1，说明还没排完，再进行下一遍排序，若标志为 0，说明已排序完成。程序如下：

```
COMP:     MOV R1,#60H          ;地址指针置初值
          MOV R2,#9            ;比较循环次数计数器置初值
          CLR F0              ;交换标志清 0
          MOV A,@R1           ;取前数
CMP1:     MOV B,A             ;暂存前数
          INC R1              ;指向后数
          SUBB A,@R1          ;前数减后数
          JC CMP2             ;比较大小,若前数小于后数,不用交换,转 CMP2
          MOV A,B             ;两数交换
          XCH A,@R1
          DEC R1
          XCH A,@R1
          INC R1
          SETB F0             ;交换标志位置位
CMP2:     MOV A,@R1           ;大数送入 A
          DJNZ R2,CMP1        ;一遍比较未完,转 CMP1 继续
          JB F0,COMP          ;有交换,转 COMP,开始下一遍
          RET
```

4.3　典型汇编程序设计

4.3.1　算术逻辑操作程序

【例 4-15】　多字节无符号数加法。有两个 4 字节无符号数分别存放在片内 RAM 30H 和 50H 开始的单元（低地址存低字节），编程求两个数之和，并将结果存在 30H 开始单元。

多字节运算用循环结构编程，运算时，最低字节不加进位，其他字节都要加进位。为简化程序，加法均用 ADDC 指令，为避免第一次加法加上进位，初始化时可先将 C 清 0，则第一次 ADDC 加法相当于 ADD 不带进位加法。程序如下：

```
MAD:    MOV R0,#30H       ;加数地址指针置初值
        MOV R1,#50H       ;加数地址指针置初值
        MOV R2,#4         ;加法次数送 R2
        CLR C             ;清进位标志
MA1:    MOV A,@R0
        ADDC A,@R1        ;加法运算
        MOV @R0,A         ;存结果
        INC R0            ;修改指针
        INC R1            ;修改指针
        DJNZ R2,MA1       ;未加完继续
```

【例 4-16】　片内 RAM 30H 开始存放 10 个单字节无符号数，编程求和，并存放到 3EH 和 3FH 单元中，3EH 存放低字节。

10 个单字节数的加法运算，最终结果为单字节或双字节，由十个数的大小决定，编写的程序应具有通用性，因此用两个字节单元存放结果。每次加法运算后，都将进位 C 加到高字节中。程序如下：

```
MUAD:   MOV 3EH,#0        ;3EH 单元清 0
        MOV 3FH,#0        ;3FH 单元清 0
        MOV R0,#30H       ;地址指针 R0 指向 30H
        MOV R7,#10        ;计数器 R7 初值为 10
MU1:    MOV A,@R0         ;取第一个加数
        ADD A,3EH         ;加法运算
        MOV 3EH,A         ;送入 3EH
        CLR A
        ADDC A,3FH        ;进位加到高字节单元
        MOV 3FH,A         ;送入 3FH
        INC R0            ;修改指针，指向下一个加数
        DJNZ R7,MU1       ;未加完，返回继续
```

【例 4-17】　多字节无符号数减法运算。片内 RAM 50H 开始的单元存放 8 字节被减数，30H 开始的单元存放 8 字节减数，编程将两数相减，结果存在 30H 开始的单元。

多字节减法运算与加法运算相似，第一次最低字节的减法不减 C，其他字节都要减借位 C。程序如下：

```
MSB:    MOV R0,#30H       ;减数地址指针赋初值
        MOV R1,#50H       ;被减数地址指针赋初值
        MOV R2,#8         ;减法运算次数送 R2
```

```
       CLR C           ;清进位标志
MS1:   MOV A,@R1       ;取被减数
       SUBB A,@R0      ;加法运算
       MOV @R0,A       ;存结果
       INC R0          ;修改指针
       INC R1          ;修改指针
       DJNZ R2,MS1     ;未加完继续
```

【例 4-18】　　多字节无符号数乘法运算。两个双字节无符号数分别放在 R2，R3 和 R4，R5 寄存器中（R3、R5 寄存器存放高字节），编程将两数相乘，结果存在片内 RAM 60H 开始的单元。

乘法指令 MUL AB 只能对两个 8 位数进行乘法运算，双字节乘法需分解为若干单字节乘法运算，然后将部分积相加即可。分解表达式为：

（R3R2）×（R5R4）

$$= (R3) \cdot (R5) \cdot 2^{16} + (R2) \cdot (R5) \cdot 2^8 + (R3) \cdot (R4) \cdot 2^8 + (R2) \cdot (R4)$$

由上式可见，双字节乘法可通过 4 次单字节乘法进行，其中 R3，R5 相乘后的部分积乘以 2^{16}，可通过部分积左移 16 位实现，同样乘以 2^8 可通过部分积左移 8 位实现。

运算过程如图 4-7 所示，R2R4H 表示两寄存器内容乘积高 8 位，R2R4L 表示乘积低 8 位，其他相同。最终结果为 32 位，依次存到 60H，61H，62H，63H 四个片内 RAM 单元。程序如下：

```
DMULT:  MOV R0,#60H     ;地址指针 R0 指向 60H
        MOV A,R2
        MOV B,R4
        MUL AB          ;R2×R4
        MOV @R0,A       ;R2R4L 存在 60H
        INC R0          ;R0 指向 61H
        MOV @R0,B       ;R2R4H 存在 61H
        MOV A,R3
        MOV B,R4
        MUL AB          ;R3×R4
        ADD A,@R0       ;R2R4H+R3R4L
        MOV @R0,A       ;送 61H
        CLR A
        ADDC A,B        ;R3R4H 加进位
        INC R0          ;R0 指向 62H
        MOV @R0,A       ;存入 62H
        DEC R0          ;R0 指向 61H
        MOV A,R2
        MOV B,R5
        MUL AB          ;R2×R5
        ADD A,@R0       ;加上 R2R5L
        MOV @R0,A       ;存入 61H
        INC R0          ;R0 指向 62H
        MOV A,B
        ADDC A,@R0      ;加上 R2R5H 和进位 C
        MOV @R0,A       ;存入 62H
        CLR A
```

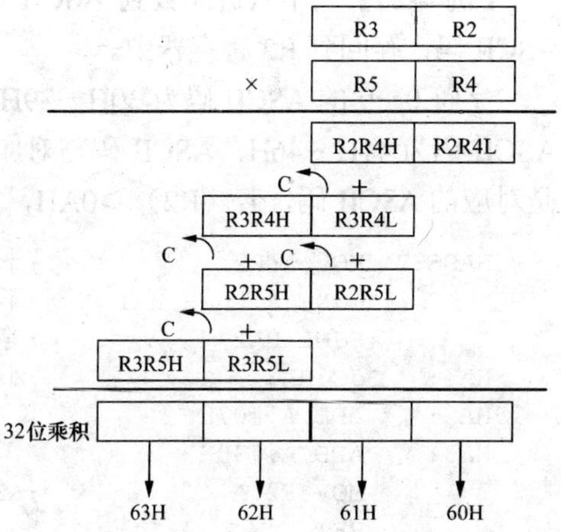

图 4-7　双字节乘法运算过程示意图

```
        ADDC A,#00H
        INC R0              ;R0 指向 63H
        MOV @R0,A           ;进位 C 送入 63H
        DEC R0              ;R0 指向 62H
        MOV A,R3
        MOV B,R5
        MUL AB              ;R3×R5
        ADD A,@R0           ;加上 R3R5L
        MOV @R0,A           ;送入 62H
        INC R0              ;R0 指向 63H
        MOV A,B
        ADDC A,@R0          ;加上 R3R5H
        MOV @R0,A           ;送入 63H
```

【例 4-19】 片内 RAM 20H 单元有 8 位数据：

（20H）＝$X_7X_6X_5X_4X_3X_2X_1X_0$

编程将其低 4 位按相反顺序排列，并将 21H 高 4 位置为 1100，结果送 21H 单元，即：

（21H）＝1100 X_0 X_1 X_2 X_3。

20H 单元可位寻址，可将各位用位传送指令单独取出，通过移位指令按要求的顺序移入 A，并装配成需要的数据，送入 21H。程序如下：

```
ASS:    MOV C,00H           ;20H.0 位，即 X0 送入 C
        RLC A               ;X0 移入 A 的最低位
        MOV C,01H
        RLC A               ;X1 移入 A 的最低位
        MOV C,02H
        RLC A               ;X2 移入 A 的最低位
        MOV C,03H
        RLC A               ;X3 移入 A 的最低位
        ANL A,#0CFH         ;将 D5D4 位清 0
        ORL A,#0C0H         ;将 D7D6 位置 1
        MOV 21H,A
```

4.3.2 代码转换程序

【例 4-20】 十六进制数到 ASCII 码的转换。编程将 R2 寄存器中的十六进制数转换为 ASCII 码，存回到 R2 寄存器中。

字符 0～9 的 ASCII 码为 30H～39H，ASCII 码与对应数字的差都是 30H；字符 A～F 的 ASCII 码为 41H～46H，ASCII 码与对应数字的差都是 37H。若（R2）＜0AH，加上 30H 就是对应的 ASCII 码，若（R2）≥0AH，加上 37H 就得到对应的 ASCII 码。程序如下：

```
HASC:   MOV A,R2            ;十六进制数送入 A
        CJNE A,#0AH,HA1     ;不等于 0AH,转到 HA1 判断大小
        SJMP HA2            ;等于 0AH,转到 HA2
HA1:    JC HA3             ;小于 0AH,转到 HA3
HA2:    ADD A,#07H
HA3:    ADD A,#30H
        MOV R2,A            ;ASCII 码送回 R2
        RET
```

该数据转换还可以用另外一种算法实现，程序如下：

```
HASC1:    MOV A,R2                ;十六进制数送入 A
          ADD A,#90H
          DA A
          ADDC A,#40H
          DA A
          MOV R2,A                ;ASCII 码送回 R2
          RET
```

如果十六进制数为 0AH～0FH，则加上 90H 后，执行 DA A 时，C=1，如果十六进制数为 00H～09H，不会产生进位。后面的 ADDC 和 DA A 指令用于产生 ASCII 码的高位 4 或 3。例如：对 0BH 转换，ADD 加法后，（A）=9BH，第一条 DA A 调整后，（A）=01H，（C）=1，ADDC 加法后，（A）=42H，（C）=0，第二条 DA A 调整后，（A）=42H。

若对 03H 转换，ADD 加法后，（A）=93H，第一条 DA A 调整后，（A）=93H 不变，（C）=0，ADDC 加法后，（A）=D3H，第二条 DA A 调整后，（A）=33H。

【例 4-21】　ASCII 码到十六进制数的转换。编程将 R2 寄存器中的 ASCII 码转换为十六进制数，存回到 R2 寄存器中。

若 ASCII 码数据在 30H～39H 之间，将其减去 30H，即得到对应的十六进制数，若在 41H～46H 之间，只要将其减去 37H 即可。程序如下：

```
AHEX:     MOV A,R2        ;ASCII 码送入 A
          CLR C
          SUBB A,#30H     ;ASCII 码减去 30H
          MOV R2,A        ;暂存入 R2
          SUBB A,#0AH     ;再减 0AH
          JC AH1          ;小于 0AH,转 AH1
          XCH A,R2
          SUBB A,#07H     ;减去 07H
AH1:      MOV R2,A        ;转换结果送回 R2
          RET
```

【例 4-22】　压缩 BCD 码到非压缩 BCD 码的转换。片内 RAM 20H 单元存放一压缩 BCD 码，将其转换为两个非压缩 BCD 码，低位存 R2 中，高位存 R3 中。

转换过程可用数据交换指令 XCHD 和 SWAP 实现，程序如下：

```
BBCD:     MOV R0,#20H     ;R0 指向 20H
          MOV A,#00H
          XCHD A,@R0      ;低 4 位交换
          MOV R2,A        ;低位 BCD 码存在 R2
          MOV A,20H       ;7CH 内容送 A
          SWAP A          ;高低 4 位交换
          MOV R3,A        ;高位 BCD 码存在 R3
```

【例 4-23】　BCD 码到 ASCII 码的转换。片内 RAM 50H 单元存放一压缩 BCD 码，编程将其转换为两个 ASCII 码，并分别存放到 51H，52H 单元。

字符 0～9 对应的 ASCII 码为 30H～39H，两者相差 30H。转换时，首先把 50H 单元中的两位 BCD 码转换为非压缩 BCD 码，然后将 BCD 码的高四位置成 0011，或者将 BCD 码加上 30H 即可。程序如下：

```
BASC:    MOV A,50H          ;压缩 BCD 码送入 A
         ANL A,#0FH         ;屏蔽高 4 位，转换为非压缩 BCD 码
         ORL A,#30H         ;高 4 位置为 3，转换为 ASCII 码
         MOV 51H,A          ;送入 51H 单元
         MOV A,50H          ;压缩 BCD 码送入 A
         SWAP A             ;高低位 BCD 码交换
         ANL A,#0FH
         ORL A,#30H
         MOV 52H,A          ;送入 52H 单元
```

【例 4-24】　多位 BCD 码到二进制数的转换。4 位十进制数以非压缩 BCD 码的形式由低到高存放在片内 RAM 40H 开始的单元，编程将其转换为二进制数，并存到 R2，R3 寄存器中，R3 存放高字节。

4 位 BCD 码表示十进制数的范围是 0000～9999，转换为二进制数是 0000H～270FH，转换结果用 2 字节存储单元即可。以 6789 为例来说明转换方法，6789 可分解为：$6789 = 6 \times 10^3 + 7 \times 10^2 + 8 \times 10 + 9 = [(6 \times 10 + 7) \times 10 + 8] \times 10 + 9$，多位 BCD 码转换为二进制数，只要从高位开始，依次将高位乘以 10，再加相邻的低位即可。转换如图 4-8 所示。程序如下：

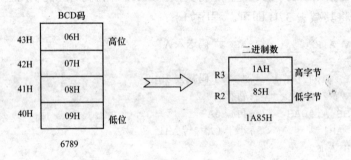

图 4-8　BCD 码到二进制数的转换

```
DTOB:    MOV R7,#03H        ;计数器置初值
         MOV R0,#43H        ;指向 BCD 码最高位
         MOV R3,#00H        ;结果高字节清 0
         MOV A,@R0          ;取 BCD 码
         MOV R2,A           ;送入 R2
DT1:     MOV A,R2
         MOV B,#0AH
         MUL AB             ;高位乘以 10
         MOV R2,A           ;暂存(R2)×10 的低字节
         MOV A,B
         XCH A,R3           ;暂存(R2)×10 的高字节，取出原 R3 中的数
         MOV B,#0AH
         MUL AB             ;原 R3 中的数乘以 10
         ADD A,R3           ;加上(R2)×10 的高字节
         MOV R3,A           ;完成高位乘 10 运算
         DEC R0             ;指向低一位 BCD 码
         MOV A,@R0          ;取出低位 BCD 码
         ADD A,R2           ;与结果单元低位相加
         MOV R2,A           ;存回 R2
```

```
        MOV A,R3            ;取结果单元高字节
        ADDC A,#00H         ;加低字节的进位
        MOV R3,A            ;存回 R3
        DJNZ R7,DT1         ;运算未完,返回继续
        RET
```

4.3.3 散转程序

散转程序即多分支程序。单片机应用系统经常需要根据某些条件产生多路分支,执行不同的程序。例如,系统对键盘的处理,用户通过键盘向单片机发送不同的命令,当单片机检测到某一按键按下后,首先通过扫描得到对应键的键值,然后根据键值转到不同的处理程序执行。

多分支程序可用多条 CJNE 条件转移指令实现,但比较麻烦。指令系统中提供了一条专门用来产生多分支的散转指令 JMP @A+DPTR,这条指令将累加器 A 中的 8 位无符号数和数据指针 DPTR 的内容相加,作为转移的目的地址,装入程序计数器 PC,实现程序的转移。

编写散转程序的常用方法有 4 种:采用转移指令表的散转程序、采用地址偏移量表的散转程序、采用转移地址表的散转程序,以及采用 RET 指令的散转程序。

1. 采用转移指令表的散转程序

JMP 指令转移的目的地址应在以 DPTR 为起始地址的 256 个字节范围内,256 个字节一般不能存放多个分支程序,因此可在散转指令的转移目的地址放上若干条 LJMP 无条件转移指令,组成转移指令表,由 LJMP 指令转移到各分支程序,这样各分支程序就可放到 64KB ROM 的任意位置。转移指令表也可用 AJMP 指令,但分支程序首址必须与 AJMP 指令在同一个 2KB 范围内,转移的范围要小很多。

【例 4-25】 单片机应用系统键盘有 16 个按键,单片机扫描到有键按下时,将闭合键键号(0~15)存到片内 RAM 3FH 单元,然后转到相应的处理程序,编程用散转指令实现程序的多分支转移。程序如下:

```
MKEY:   MOV A,3FH           ;闭合键键号送入 A
        MOV B,#3
        MUL AB              ;键号乘以 3,得到变址值,即偏移量
        MOV DPTR,#KTAB      ;DPTR 指向转移指令表首址
        JMP @A+DPTR         ;散转到闭合键对应程序入口
KTAB:   LJMP KEY0           ;转到 0 号键处理程序
        LJMP KEY1
        LJMP KEY2
        ...
        LJMP KEY15
        ...
KEY0:   ...                 ;0 号键处理程序
        ...
KEY1:   ...
        ...
KEY2:   ...
        ...
KEY15   ...
        ...
```

　　由于转移指令表中每条长转移指令为 3 个字节，键号乘以 3 正好是相应长转移指令距表格首址的字节数，因此散转前先将键号乘以 3，得到偏移量。键号范围为 0～15，偏移量最大为 45，乘法运算的偏移量仅在累加器 A 中，可直接用散转指令实现分支转移。

　　【例 4-26】　编程实现 300 路（0～299）分支的散转程序。分支号低字节存在片内 RAM 32H 单元，高字节存在 33H 单元。

　　本例转移指令表若采用 LJMP 指令，300 路分支的最大偏移量为 299×3＝897B，多于 256B，变址寄存器 A 存放不下，需两个字节存放，应先将偏移量加到 DPTR 中，然后执行散转指令，实现多路分支。程序如下：

```
MFIL:   MOV DPTR,#MTAB      ;DPTR 指向转移指令表首址
        MOV A,33H           ;散转号高字节送入 A
        MOV B,#3
        MUL AB              ;散转号高字节乘以 3
        ADD A,DPH           ;加到 DPH 中
        MO DPH,A            ;(33H)×3+(DPH)送入 DPH
        MOV A,32H           ;散转号低字节送入 A
        MOV B,#3
        MUL AB              ;散转号低字节乘以 3
        XCH A,B             ;交换，结果高字节送 A，低字节送 B
        ADD A,DPH           ;(32H)×3 的高字节加上 DPH
        MOV DPH,A           ;送入 DPH
        XCH A,B             ;(32H)×3 的低字节送入 A
        JMP @A+DPTR
MTAB:   LJMP OPT0           ;300 路分支转移指令表
        LJMP OPT1
        LJMP OPT2
        …
        LJMP OPT299
OPT0:   …                  ;0 路分支处理程序
        …
OPT1:   …
        …
OPT2:   …
        …
OPT299: …
        …
```

2. 采用地址偏移量表的散转程序

　　建立一表格，表格数据为各分支程序首址相对于表格首址的偏移量（该偏移量不能大于 FFH）。先用 MOVC 指令查表，得到偏移量，然后用 JMP 散转指令直接转到分支程序执行。这种方法仅适合于所有分支程序首址及地址偏移量表格数据在同一页内，即相距都不超过 256B 的情况。

　　【例 4-27】　采用地址偏移量表的方法，根据寄存器 R2 中存放的分支号（0～5），编写 6 分支程序。程序如下：

```
AREL:   MOV A,R2
        MOV DPTR,#ARTAB     ;DPTR 指向地址偏移量表 ARTAB
        MOVC A,@A+DPTR      ;查表得到该分支的地址偏移量
        JMP @A+DPTR         ;直接转到分支程序
ARTAB:  DB OPT0-ARTAB       ;地址偏移量表
```

```
                DB OPT1-ARTAB
                DB OPT2-ARTAB
                DB OPT3-ARTAB
                DB OPT4-ARTAB
                DB OPT5-ARTAB
        OPT0:   …                      ;0 分支处理程序
                …
        OPT1:   …
                …
                …
                …
        OPT5:   …
                …
```

例如：（R2）＝5，MOVC 指令查表得到地址偏移量为（A）＝OPT5－ARTAB，散转指令的转移目的地址为 ARTAB＋（OPT5－ARTAB）＝OPT5，正好是 6 号分支程序的入口地址，可以由散转指令直接转到分支程序执行。程序中，各地址偏移量用表达式表示，不用计算具体数据，使编程修改都比较方便。

3. 采用转移地址表的散转程序

将各分支程序 2 字节入口地址按顺序组成一个表格，称为转移地址表。编程时根据分支号，先用 MOVC 查表指令查找到对应的转移目的地址，并将其送入 DPTR，再将 A 清 0，然后执行 JMP 散转指令，直接转到分支程序执行。这种散转方法可将分支程序安排在 64KB ROM 的任意位置。

【例 4-28】　采用转移地址表的方法，根据寄存器 R2 中的分支号编写 N 路分支程序。

```
        JMPA:   MOV DPTR,#JATAB        ;DPTR 指向转移地址表首址
                MOV A,R2               ;取分支号
                ADD A,R2               ;分支号乘 2,计算查表偏移量
                JNC JM1                ;无进位,转 JM1
                INC DPH                ;进位加到 DPH 中
        JM1;    MOV R2,A               ;查表偏移量送入 R2
                MOVC A,@A+DPTR         ;查表,得到转移地址高字节
                XCH A,R2               ;转移地址高字节送 R2,查表偏移量送 A
                INC A
                MOVC A,@A+DPTR         ;查表,得到转移地址低字节
                MOV DPL,A              ;转移地址低字节送入 DPL
                MOV DPH,R2             ;转移地址高字节送入 DPH
                CLR A
                JMP @A+DPTR            ;转到对应分支程序
        JATAB:  DW OPT0                ;转移地址表,高字节在前,低字节在后
                DW OPT1
                …
                DW OPTN
        OPT0:   …                      ;0 分支处理程序
                …
        OPT1:   …
                …
                …
                …
        OPTN:   …
                …
```

4. 采用 RET 指令的散转程序

RET 是子程序返回指令，用于返回断点。其功能是将栈顶两个字节弹出到程序计数器 PC 中。因此可先将转移地址低字节和高字节先后压栈，然后执行 RET 指令，将转移地址弹出到 PC 中，无条件转到分支程序执行，实现与 JMP @A+DPTR 散转指令相同的功能。

【例 4-29】　用压栈操作和 RET 指令配合实现 N 路分支程序。仍然采用转移地址表，分支号存在寄存器 R2 中。

```
JMPB:   MOV DPTR,#JATAB     ;DPTR 指向转移地址表首址
        MOV A,R2            ;取分支号
        ADD A,R2            ;分支号乘 2,计算查表偏移量
        JNC JM1            ;无进位,转 JM1
        INC DPH            ;进位加到 DPH 中
JP1:    MOV R2,A           ;查表偏移量送入 R2
        MOVC A,@A+DPTR     ;查表,得到转移地址高字节
        XCH A,R2           ;转移地址高字节送 R2,查表偏移量送 A
        INC A
        MOVC A,@A+DPTR     ;查表,得到转移地址低字节
        PUSH A             ;转移地址低字节压栈
        MOV A,R2
        PUSH A             ;转移地址高字节压栈
        RET                ;转到对应分支程序
JATAB:  DW OPT0            ;转移地址表,高字节在前,低字节在后
        DW OPT1
        …
        DW OPTN
OPT0:   …                  ;0 分支处理程序
OPT1:   …
        …
        …
        …
OPTN:   …
        …
```

由于 RET 指令的两次出栈操作，第一次弹出到 PC 高 8 位，第二次弹出到 PC 低 8 位，因此得到转移地址后，必须先将转移地址低字节压栈，再将高字节压栈。否则将不能转到分支程序。

4.3.4　查表程序

单片机程序存储器除了存放程序外，还经常用来存放程序运行中需要的固定数据，例如：LED 数码管显示器的七段显示代码，LCD 液晶显示器的点阵代码，打印机打印字符及图形数据、ASCII 码，传感器补偿数据等。这些数据称为数据表格。指令系统中提供了两条访问数据表格的查表指令。

1. MOVC A,@A+DPTR 查表指令

以 DPTR 作为基址寄存器，累加器 A 作为变址寄存器，查表操作可分三步进行：

（1）将表格首址送入数据指针 DPTR；

（2）将查找数据距离表格首址的字节数送入累加器 A；

（3）执行 MOVC A,@A+DPTR 指令，指令执行后，A 中即为查找的数据。

DPTR 可由程序员赋值，这条查表指令可查找位于 64KB 程序存储器中任意位置的表格，具有查找范围广，使用方便的优点。

累加器 A 的内容为 8 位无符号数，一个独立表格的数据不能多于 256B。如果对数据多于 256B 的表格进行操作，需要对 DPTR 进行变换，例如，将 DPTR 拆分为 DPH 和 DPL，用算术运算指令进行计算或修改。

2. MOVC A,@A+PC 查表指令

以 PC 作为基址寄存器，累加器 A 作为变址寄存器，查表操作也分三步进行：

（1）将查找数据距离表格首址的字节数送入累加器 A；

（2）计算 MOVC 查表指令的下条指令首址距离表格首址的字节数，并加到 A 中，对 A 中的数据进行偏移量修正；

（3）执行 MOVC A,@A+PC 指令，指令执行后，A 中即为查找的数据。

用该指令查表时，程序员不能改变 PC 值，使之指向表格首址，查表的基址只能是 PC 当前值，即 MOVC 查表指令的下条指令的首址，因此查表前必须进行偏移量的修正，否则查找不到需要的数据。

累加器 A 的内容为 8 位无符号数，数据表格中所有数据距离 PC 当前值不能超过 256B，否则超出该指令查表范围。因此该指令只能查找距离查表指令比较近的小表格。

以 PC 为基址的查表指令查表范围小，使用麻烦，所以通常选用 DPTR 为基址的查表指令，但在 DPTR 被占用的情况下，可采用 PC 为基址的查表指令。

【例 4-30】 片内 RAM 60H 单元存放两位十六进制数，编程用查表法将其转换为 ASCII 码，并存到 61H、62H 单元。

（1）用 MOVC A,@A+DPTR 指令查表，程序如下：

```
BASC1:  MOV  A,60H           ;取数
        ANL  A,#0FH          ;屏蔽高位
        MOV  DPTR,#ATAB      ;DPTR 指向 ASCII 码表格
        MOVC A,@A+DPTR       ;查表
        MOV  61H,A           ;低位对应 ASCII 码存入 61H 单元
        MOV  A,60H           ;取数
        SWAP A               ;高低 4 位交换
        ANL  A,#0FH          ;屏蔽高位
        MOVC A,@A+DPTR       ;查表
        MOV  62H,A           ;高位对应 ASCII 码存入 62H 单元
        ...
ATAB:   DB 30H,31H,32H,33H,34H,35H,36H,37H,38H,39H
        DB 41H,42H,43H,44H,45H,46H
```

（2）用 MOVC A,@A+PC 指令查表，程序如下：

```
BASC2:  MOV  A,60H           ;取数
        ANL  A,#0FH          ;屏蔽高位
        ADD  A,#13           ;修正偏移量
        MOVC A,@A+PC         ;查表
        MOV  61H,A           ;低位对应 ASCII 码存入 61H 单元,2B
        MOV  A,60H           ;取数,2B
        SWAP A               ;高低 4 位交换,1B
```

```
          ANL A,#0FH              ;屏蔽高位,2B
          ADD A,#3                ;修正偏移量,2B
          MOVC A,@A+PC            ;查表,1B
          MOV 62H,A               ;高位对应 ASCII 码存入 62H 单元,2B
          RET                     ;返回,1B
    ATAB: DB 30H,31H,32H,33H,34H,35H,36H,37H,38H,39H
          DB 41H,42H,43H,44H,45H,46H
```

这个程序中用了两次 PC 为基址的查表操作,两次查表的偏移量修正值并不相同,因为两条查表指令执行时的 PC 当前值与 ATAB 表格首址的距离分别是 13B 和 3B,编程时,只有将相关程序写完,才能计算出其距离,并写到指令中。而以 DPTR 为基址的查表操作不需修正,使用相对方便。

【例 4-31】 有一巡回检测报警装置依次对 16 路(路数为 0~15)输入数据与报警值比较,每一路超过报警值时报警,当前检测路数存放在 R2 中,编程用查表法读取当前路数对应的报警值,存入 R3、R4 中。

将各路报警值按路数从小到大的顺序依次存放在 ROM 中,建立报警值表格 ALTAB。每路报警值为 2 个字节,报警值首字节距离表格首址的字节数正好是路数的两倍,查表前只要将路数加倍,即得到查表偏移量。程序如下:

```
ALM:      MOV A,R2                ;路数送入 A
          ADD A,R2                ;路数加倍,得到查表偏移量
          MOV R3,A                ;暂存入 R3
          MOV DPTR,#ALTAB         ;DPTR 指向表格首址
          MOVC A,@A+DPTR          ;查表,得到报警值首字节
          XCH A,R3                ;报警值首字节存入 R3,偏移量送入 A
          INC A                   ;得到报警值第二字节的偏移量
          MOVC A,@A+DPTR          ;查表,得到报警值第二字节
          MOV R4,A                ;报警值第二字节存入 R4
          RET                     ;返回
          …
    ALTAB: DW 05F0H,0E89H,0A69H,1EAAH  ;报警值表格
          DW 0D9BH,7E93H,0373H,26D7H
          DW 2710H,9E3FH,1A66H,22E3H
          DW 1174H,16EFH,33E4H,6CA0H
```

【例 4-32】 某温度测量系统,测量的电压值与对应温度值为非线性关系,测量电压通过 ADC 转换为 10 位二进制数(占用 2B 的低 10 位,高 6 位为 0)送入片内 RAM,30H 单元存放低字节,31H 单元存放高字节。编程用查表法对温度数据进行线性化处理,仍然送回原存储单元。

电压数据为 10 位二进制数,共有 $2^{10}=1024$(0~1023)个数据,通过实验或其他方法,测出与电压值对应的温度数据,按电压值由小到大的顺序将对应温度数据存到 ROM 中,建立温度表格 TTAB,高字节在前,低字节在后,每个温度值为 2B,表格数据总数为 2048B。

任一个温度数据首字节与 TTAB 表格首址的距离字节数为电压值的 2 倍,所以可将电压值加倍,直接作为查表的偏移量。另外,由于这个表格数据量非常大,只能用 MOVC A, @A+DPTR 指令查表,且不能用常规查表方法,因为变址寄存器 A 只能存放 8 位偏移量,而这里的偏移量却有 10 位,程序在查表前先将偏移量直接加到 DPTR 中,并将 A 清 0,然后

查表，这是对大数据表格查表的常用方式。程序如下：

```
TEMS:    MOV DPTR,#TTAB      ;DPTR 指向 TTAB 表首址
         MOV A,30H           ;30H,31H 中电压数据左移一位,即乘 2
         CLR C
         RLC A
         MOV 30H,A           ;左移后,低字节送回 30H
         MOV A,31H
         RLC A
         MOV 31,A            ;左移后,高字节送回 31H
         MOV A,30H
         ADD A,DPL           ;表首址低字节加偏移量低字节
         MOV DPL,A           ;送回 DPL
         MOV A,31H
         ADDC A,DPH          ;表首址高字节加偏移量高字节
         MOV DPH,A           ;送回 DPH
         CLR A               ;因偏移量已加到 DPTR 中,将 A 清 0
         MOVC A,@A+DPTR      ;查表得线性温度高字节
         MOV 31H,A           ;存放高字节
         INC DPTR            ;指向线性温度低字节
         CLR A
         MOVC A,@A+DPTR      ;查表得线性温度低字节
         MOV 30H,A           ;存放低字节
         RET                 ;返回
TTAB:    DW ...              ;温度数据表格,共 2048B
```

4.3.5　子程序

1. 程序类型

根据程序功能和进入方式不同，单片机程序可分为三类。

（1）主程序：单片机复位后，PC 指向程序存储器的 0000H 地址单元，从 0000H 地址取指运行，一般在此地址放一条无条件转移指令，转到主程序。单片机系统复位后，自动运行主程序，其他程序都是在主程序运行过程中通过指令或中断响应调用。

（2）子程序：子程序的数目取决于应用需要和程序存储空间的容量。程序设计时，为了节省 ROM 存储空间，使程序结构清晰，提高编程效率，便于程序调试维护，通常将一些重复性的程序段和完成特定功能的程序段编写为单独的程序，需要时通过调用指令调用，这种程序称为子程序。

指令系统中提供了三条子程序相关指令：LCALL 和 ACALL 指令用于调用子程序，RET指令用于子程序完成后返回调用程序。子程序的调用非常灵活，主程序、中断服务程序可以调用子程序，子程序也可嵌套调用其他子程序，嵌套层数主要取决于堆栈的大小，只要有足够的堆栈空间，就能多层嵌套调用。

（3）中断服务程序：80C51 单片机有 5 个或 6 个中断源，每个中断源对应一个中断服务程序，当中断源向 CPU 发出中断请求后，CPU 暂停当前程序，转到相应中断服务程序执行。由于中断源的中断请求都是随机发生的，何时进入中断服务程序不能确定，因此需要在中断服务程序的开始保护现场，退出中断服务程序，返回断点前恢复现场，防止中断服务程序破坏寄存器或存储单元的数据，返回断点后运行出错。

2. 子程序结构特点

子程序结构具有如下特点。

（1）子程序第一条指令前要设置符号地址，作为子程序名，其他程序通过子程序名调用子程序，CPU 由该地址转入子程序执行。

（2）保护现场。子程序的调用位置是已知的，调用程序调用子程序前用到的寄存器，如果调用完子程序后还要继续使用，应在调用子程序前或在子程序开始处压栈保护。

堆栈操作的操作数只能是直接寻址，例如，PUSH R0，PUSH A 指令是非法的。若需保护工作寄存器，可改变当前工作寄存器组，使子程序运行过程中不使用原先的工作寄存器，从而起到保护寄存器数据的作用。

（3）子程序主体。完成子程序预定功能，与其他程序没有区别。若在子程序中有其他压栈操作，子程序结束前，必须将压入的数据弹出，否则不能正常返回断点。

（4）恢复现场。若在子程序开头有保护现场操作，在退出子程序前必须恢复现场。若用压栈操作保护的现场，出栈顺序与入栈顺序正好相反；若通过改变当前工作寄存器组保护现场，也要恢复到原来的工作寄存器组。

（5）子程序最后以 RET 指令结束。RET 指令能将堆栈中保存的断点地址恢复到 PC 中，返回调用程序的断点继续执行。

【例 4-33】 调用 SBPA 子程序时，需要保护 ACC，B，PSW，R0，R2，R3 等寄存器的数据，用两种方法写出保护现场和恢复现场的程序。

① 保护现场和恢复现场在调用程序中进行，程序如下：

```
MAIN:   ...
        PUSH ACC        ;压栈保护现场
        PUSH B
        PUSH PSW
        SETB RS0        ;设置当前工作寄存器组为 1 组
        CLR RS1
        LCALL SBPA      ;调 SBPA 子程序
        CLR RS0         ;恢复当前工作寄存器组为 0 组
        CLR RS1
        POP PSW         ;出栈恢复现场,顺序与压栈相反
        POP B
        POP ACC
        ...
SBPA:   ...             ;SBPA 子程序
        ...
        RET
```

②保护现场和恢复现场在子程序中进行，程序如下：

```
MAIN:   ...
        LCALL SBPA
        ...
SBPA:   PUSH ACC        ;压栈保护现场
        PUSH B
        PUSH PSW
        SETB RS0        ;设置当前工作寄存器组为 1 组
```

```
        CLR RS1
        …
        …
        CLR RS0          ;恢复当前工作寄存器组为 0 组
        CLR RS1
        POP PSW          ;出栈恢复现场,顺序与压栈相反
        POP B
        POP ACC
        RET
```

3. 子程序的参数传递

为了使子程序具有通用性,调用程序先将子程序中用到的参数放到约定位置,然后调用子程序,子程序到相应位置取出参数运算处理,这些参数称为入口参数。子程序返回前,也要将运算结果等数据存到约定位置,返回后供调用程序使用,这些参数称为出口参数。常用的参数传递方法有三种。

(1)用寄存器传递参数。将入口或出口参数放在工作寄存器、累加器或其他寄存器中,这是最常用的参数传递方法,操作简单,传输速度快,但只能传递较少的参数。

【例4-34】 用寄存器传递参数编写通用片外 RAM 向片内 RAM 传递数据的子程序。并调用该子程序,将片外 RAM AFH 地址开始的 50 个字节的数据传到片内 RAM 30H 开始的单元。子程序如下:

入口参数:DPTR 为取数地址指针,R0 为存数地址指针,传送数据字节数在 R2 中。
出口参数:无。

```
TRAN:   MOVX A,@DPTR     ;传送数据子程序
        MOV @R0,A
        INC DPTR
        INC R0
        DJNZ R2,TRAN
        RET
```

调用程序如下:

```
CALP:   …
        MOV DPTR,#0AFH   ;入口参数赋值
        MOV R0,#30H
        MOV R2,#50
        LCALL TRAN       ;调用子程序
        …
        …
```

虽然本例中取数开始地址为 8 位,取数地址指针似乎用 8 位寄存器 R1 更合适,但是片外 RAM 多数单元的地址是多于 8 位的,考虑程序的通用性,还是用 DPTR 更合适。

【例4-35】 编写双字节原码转换为补码的通用子程序,用寄存器传递参数。

双字节原码的模为 10000H,用模减原码的方法可以得到补码,子程序如下:

入口参数:待转换的原码在 R7R6 中,R6 存低字节。
出口参数:转换后的补码仍存回 R7R6。

```
CSBA:   CLR C            ;C清 0
        CLR A            ;A清 0
```

```
        SUBB A,R6           ;低字节求补
        XCH R6,A            ;补码低字节存在 R6
        CLR A
        SUBB A,R7           ;高字节求补
        XCH A,R7            ;补码高字节存在 R7
        RET
```

原码到补码的转换还可以用原码取反加 1 的方法，子程序如下：

入口参数：待转换的原码在 R7R6 中，R6 存低字节。
出口参数：转换后的补码仍存回 R7R6。

```
CSBB:   MOV A,R6            ;原码低字节送入 A
        CPL A              ;取反
        ADD A,#01H         ;加 1
        MOV R6,A           ;补码低字节存 R6
        MOV A,R7           ;原码高字节送入 A
        CPL A              ;取反
        ADDC A,#0          ;加进位
        MOV R7,A           ;补码高字节存 R7
        RET
```

　　注意，程序中 ADD A,#01H 指令不能用 INC A 指令代替，因为 INC A 指令不影响进位标志 C，不能实现两个字节的加 1 运算。

　　（2）用寄存器间址传递参数。当传递数据量较大时，可将参数放在存储器中，通过 @R0，@R1 或 @DPTR 寄存器间接寻址方式传递参数。

　　【例 4-36】　编写片内 RAM 中多字节 BCD 码减法子程序。并用来实现两个四字节 BCD 码的减法运算，被减数首址为 50H，减数首址为 55H。（低地址单元存低字节）

　　计算机中二进制数的减法可通过补码的加法运算实现。BCD 码的减法也可以用这种方法，先用 100 减去减数对 10 取补码，再将被减数加上减数的补码。因为 9AH 经十进制调整后是 100，所以求补时用 9AH 代替 100。子程序如下：

入口参数：字节数存在 R3，R0 作为被减数指针，R1 作为减数指针（低地址单元存低字节）。
出口参数：结果存放在片内 RAM 被减数单元。

```
BCDSB:  CLR C
BCS:    MOV A,#9AH         ;9AH 十进制调整后等于 100
        SUBB A,@R1         ;减数对 10 取补,(A)为减数的补码
        ADD A,@R0          ;BCD 补码加法运算
        DA A               ;十进制调整
        MOV @R0,A          ;存结果
        INC R0             ;指向高一字节被减数
        INC R1             ;指向高一字节减数
        CPL C              ;将补码加法的进位转换为借位
        DJNZ R3,BCS        ;未完成，返回继续运算
        RET
```

调用程序如下：

```
CALB:   …
        MOV R0,#50H        ;R0 指向被减数首址
        MOV R1,#55H        ;R1 指向减数首址
        MOV R3,#4          ;BCD 码字节数
```

```
        LCALL BCS          ;调用子程序
        ...
        ...
```

该程序用了两种参数传递方法：三个入口参数用寄存器传递。运算结果存放在片内 RAM 被减数所在单元，出口参数用寄存器间址方式传递。

（3）用堆栈传递参数。堆栈也可传递较多的参数，调用子程序前先将参数压入堆栈，进入子程序后，用寄存器间址方式访问堆栈中参数存放单元，取出所需的参数，返回之前，再将出口参数送入堆栈。

【例 4-37】 编写十六进制数的 ASCII 码转换为对应十六进制数的子程序，并调用子程序，将片内 RAM 50H 地址开始的 20 个 ASCII 码转换为十六进制数，并存到片外 RAM 1F00H 开始的单元。子程序如下：

入口参数：ASCII 码存放在(SP)-2 所指单元。
出口参数：转换的十六进制数仍存回 ASCII 码存放的单元。

```
HASUB:  MOV R0,SP          ;R0 指向栈顶
        DEC R0
        DEC R0             ;R0 指向入口参数
        XCH A,@R0          ;将 ASCII 码送入 A
        CLR C
        SUBB A,#3AH        ;ASCII 码减 3AH
        JC HAS             ;C=1,为 0~9 的 ASCII 码,转 HAS
        SUBB A,#07H
HAS:    ADD A,#0AH
        XCH A,@R0          ;转换后的十六进制数送入堆栈
        RET
```

调用程序如下：

```
CLHA:   MOV R1,#50H        ;R1 指向取数首址
        MOV R2,#10         ;计数器初值
        MOV DPTR,#1F00H    ;存数指针
        MOV SP,#20H        ;重置 SP 初值
CLP:    MOV A,@R1          ;ASCII 码送入 A
        PUSH ACC           ;压入堆栈,传递入口参数
        LCALL HASUB        ;调转换子程序
        POP B              ;转换的一位十六进制数暂存 B 寄存器
        INC R1             ;指向下一个 ASCII 码
        MOV A,@R1
        PUSH ACC           ;压入堆栈,传递入口参数
        LCALL HASUB        ;调转换子程序
        POP ACC            ;转换的下一位十六进制数送入 A
        SWAP A             ;转换的十六进制数移至高 4 位
        ORL A,B            ;两个 ASCII 码对应的十六进制数组装成 1B 数据
        MOVX @DPTR,A       ;存到片外 RAM
        INC R1             ;指向下一个 ASCII 码
        INC DPTR           ;指向下一存数单元
        DJNZ R2,CLP        ;未转换完,返回继续
```

该程序通过堆栈向转换子程序传递要转换的 ASCII 码，子程序也将转换结果用堆栈传递。每个 ASCII 码对应的十六进制数占用 4 位存储单元，程序中还将两个相邻的十六进制数组合

到一个字节存储单元中，所以对 20 个 ASCII 码的转换只循环了 10 次，一次循环完成两个 ASCII 码的转换和组合。

复 习 思 考 题

1．说明下列伪指令的功能，并分析程序存储器 1000H 地址开始的存储单元的数据。

```
ORG 1000H
REG0 EQU R0
ADR1 EQU 80H
ADR2 EQU 1234H
DB 'A','MCU','8051',0A2F0H
DW ADR1,ADR2,1FH,2C80H
...
```

2．编写数据块传送程序，将片内 RAM 20H 地址开始的 60B 数送片外 RAM 1F00H 开始的单元。

3．编写数据块传送程序，将片外 RAM 起始地址为 2000H 的 250B 连续数据传送到以 3000H 为首址的区域中。

4．单片机晶振频率为 12MHz，编写延时 1 秒的软件延时程序。

5．片外 RAM 20H 和 60H 开始的单元分别存放两个多字节 BCD 码（低地址单元存低字节），编程将这两个十进制数相加，并将结果存到片内 RAM 60H 开始的单元。

6．编程将片外 RAM 03FEH 地址开始的 8 个非压缩 BCD 码转换为 ASCII 码，并存到原数据单元。

7．片外 RAM 2F00H 地址开始存放一字符串，字符串以$字符结束，编程找出字符串中第一个"Z"字符（ASCII 码为 5AH），并将其地址送片内 RAM 61H 和 62H 单元。（低地址单元存低字节）

8．片外 RAM 1000H 地址开始存放长度为 100B 的字符串，编程计算字符串中"A"（ASCII 码为 41H）的个数，并送入片内 RAM 30H 单元。

9．编程对两个双字节无符号数进行减法运算，被减数存放在寄存器 R3R2 中，减数存放在寄存器 R5R4 中，R3，R5 存放高字节。结果送片内 RAM 60H 开始的单元，高字节存在高地址，低字节存在低地址。

10．四字节带符号数的原码存放在片内 RAM 50H 开始的单元中，低地址存放低字节，编程将其转换为补码形式，并存回原存储单元。

11．片内 RAM 从地址 30H 开始存放一字符串，字符串以回车符（ASCII 码为 0DH）作为结束符，编程计算字符串长度，并送 7FH 单元保存。

12．片内 RAM 35H 单元低 4 位存放一个十六进制数，编程用查表法计算其平方值，并将结果送入 36H 单元。

13．编写一个将片外 RAM 数据块清 0 的通用子程序，并调用该程序将片外 RAM 首址为 8A00H 的 230 个单元清 0。

第 5 章　中　断　系　统

学习目标

学习中断的概念及特点，80C51 单片机中断系统结构与功能，中断源的种类，CPU 处理中断的工作过程，外部中断源的扩展方法及中断服务程序的编写。

学习要求

➢ 了解：中断的概念，CPU 处理中断的工作过程，外部中断源的扩展方法。
➢ 掌握：80C51 单片机中断系统结构，中断源的种类及特点，中断控制寄存器的使用及中断服务程序的编写。

中断系统是单片机的重要功能单元，单片机与外部设备的数据交换、实时控制和故障处理都要用到中断，中断使单片机的功能更强，效率更高。

5.1　概　　述

5.1.1　中断的概念

1. 中断系统

单片机中实现中断功能的软件和硬件统称为中断系统。

2. 中断

中断是指单片机在运行程序过程中，有更重要的任务向 CPU 发出请求时，CPU 暂停当前程序，转去执行重要任务的处理程序，服务完成后，再返回原程序被中断位置继续执行的过程。中断处理过程如图 5-1 所示。

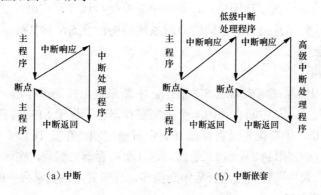

（a）中断　　　　　　　　　　　　（b）中断嵌套

图 5-1　中断处理过程示意图

3. 断点

原程序中被中断的位置称为断点。断点位置的指令地址是中断服务完成后正常返回的重要条件，CPU 在中断服务前，先要将断点地址压栈保存，中断服务完成后，从堆栈中取回断点地址，返回断点继续执行原程序。

4. 中断处理程序

从断点处转去执行的程序称为中断处理程序或中断服务程序，原来执行的程序通常称为调用程序，调用程序可以是主程序，也可以是子程序或中断处理程序。

5. 中断源

能够产生中断请求的软、硬件称为中断源，不同中断源产生中断请求的方式不同，在单片机系统中，中断源是单片机内部或外部硬件电路向中断系统发出中断请求，而微机除了硬件中断外，有些指令的执行也可以使 CPU 转入中断服务程序，即软件中断。

5.1.2 中断的作用

1. 并行工作

单片机工作于查询或等待方式时，如果外设速度很慢，CPU 要不断查询外设状态或延时等待，查询等待期间，CPU 不能做其他工作，效率很低。

采用中断方式时，CPU 与外设，以及不同外设之间可以并行工作，CPU 启动外设后，去执行其他程序，外设完成后，主动向 CPU 发出中断请求，请求 CPU 优先对其服务。CPU 转入中断服务程序，只需用很少的时间，就可完成对外设的服务，解决了 CPU 与慢速外设之间速度不匹配的矛盾，大大提高了运行效率。

2. 实时控制

单片机利用中断可以构成实时控制系统，及时响应被控对象送来的中断请求，使被控对象保持最佳工作状态，达到预定控制功能。

3. 故障处理

单片机运行过程中如果出现掉电、运算溢出和程序出错等问题，以中断源方式向 CPU 发出请求，CPU 能够随时检测到故障，并及时处理，保证了系统的可靠运行。

5.2 中 断 系 统

中断系统是单片机的重要功能单元，利用中断系统可以实现实时控制，故障快速处理等重要任务。80C51 系列单片机具有相同的中断系统结构，有 5/6 个中断源，2 个中断优先级，可以实现两级中断嵌套。

5.2.1 中断系统结构

80C51 单片机中断系统结构如图 5-2 所示。中断系统由控制寄存器、优先级硬件查询电路和中断请求引脚组成。与中断有关的 4 个控制寄存器全部属于 SFR 特殊功能寄存器，分别是中断允许寄存器 IE、中断优先级寄存器 IP、定时器控制寄存器 TCON（用到 6 个位）和串行口控制寄存器 SCON（用到 2 个位）。通过对这 4 个寄存器的编程，实现中断触发方式选择，中断开放与禁止，以及中断优先级选择等中断操作，理解其用法是掌握中断系统的关键。

5.2.2 中断源与中断入口

1. 单片机的中断源

80C51 系列单片机的中断源分为外部中断、定时/计数器中断和串行口中断三类。AT89C51，AT89S51 等型号有 5 个中断源：2 个外部中断、2 个定时/计数器中断和 1 个串行口中断。另外，AT89C52，AT89S52 等型号还增加了 1 个定时/计数器 T2 溢出中断，共有 6 个中断源。中断系统有 2 个优先级，每个中断源都可编程设置为高优先级或低优先级，CPU 工作过程中可以实现两级中断嵌套。

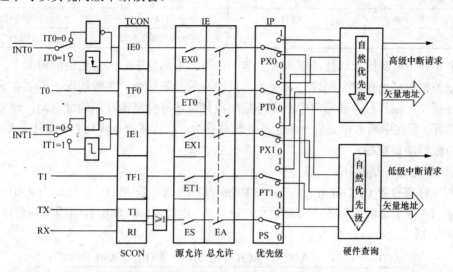

图 5-2   80C51 中断系统结构框图

（1）外部中断。外部中断的请求信号由外部电路产生，并通过引脚送入单片机中断系统。外部中断 0 的中断请求信号通过 $\overline{INT0}$（P3.2）引脚输入，外部中断 1 的中断请求信号通过 $\overline{INT1}$（P3.3）引脚输入。外设通过这两个引脚向 CPU 发出中断请求，要求 CPU 优先对其服务。

单片机的两个外部中断请求输入引脚只能接收两个外设送来的中断请求。若有更多外设需要以中断方式工作，可以外部扩展中断源，扩展方法后面分析。

外部中断源的有效中断请求有低电平触发和下降沿触发两种方式，TCON 寄存器的 IT0 和 IT1 位用于选择触发方式。

（2）定时/计数器中断。单片机内部有 2 个定时/计数器 T0 和 T1，T0 和 T1 既能工作在定时方式，作为定时器使用，也可工作在计数方式，作为计数器使用。实现定时和计数功能的主要电路是 1 个位数可编程的加 1 计数器。当定时或计数到后，加 1 计数器溢出，溢出信号置位中断请求标志 TF0 或 TF1，向 CPU 发出中断请求。图 5-1 中的 T0 和 T1 表示定时/计数器内部溢出信号，并非 T0 和 T1 的外部引脚。

（3）串行口中断。单片机有 1 个全双工的异步串行通信口，能同时进行数据的串行发送和接收操作，与其他单片机系统或微机交换数据。串行口发送完一帧数据时，置位 TI 标志，接收完一帧数据时，置位 RI 标志，然后 TI 或 RI 标志位通过或门向 CPU 发出串口中断请求。

串行口中断请求也是在单片机内部产生的，没有外部请求引脚。图 5-1 中的 TX 和 RX 表示发送或接收完一帧数据产生的内部信号，由这两个信号将 TI 或 RI 中断请求标志置位。

2. 中断入口

某中断源发出中断请求后，如果开放了该中断，并且满足中断响应的条件，CPU 会暂停当前程序，转到中断源对应的中断服务程序执行。80C51 单片机为每个中断源规定了一个固定的中断入口地址（向量地址），中断响应时只能通过对应的入口地址进入中断服务程序。各中断源的入口地址见表 5-1。

表 5-1 各中断源的入口地址

中　断　源	中断入口地址	中　断　源	中断入口地址
外部中断 0	0003H	定时/计数器 1 中断	001BH
定时/计数器 0 中断	000BH	串行口中断	0023H
外部中断 1	0013H	定时/计数器 2 中断	002BH

两个相邻中断源的入口地址间隔 8 字节，在不占用其他中断入口地址的情况下，中断源的中断服务程序可用存储空间仅有 8 字节，只能存放几条指令，多数情况下不能存放完整的中断服务程序。编程时，通常将中断服务程序放到程序存储器的高端地址空间，避开中断入口地址单元，而在中断入口处放一条无条件转移指令，由转移指令转到真正的中断服务程序。

5.2.3　中断控制寄存器

1. 中断允许寄存器 IE

中断允许寄存器 IE（Interrupt Enable Register）的地址是 A8H，位地址为 A8H～AFH，可位寻址。IE 用于分别控制各中断源的允许或禁止，也能同时控制所有中断源的允许或禁止。IE 寄存器的格式及各位功能如下：

	AFH	AEH	ADH	ACH	ABH	AAH	A9H	A8H	
IE	EA	—	ET2	ES	ET1	EX1	ET0	EX0	A8H

（1）EA——CPU 总中断允许位。

若 EA＝1，CPU 开放总中断，此时，某一中断源的请求能否被 CPU 响应还取决于源允许是否开放；

若 EA＝0，CPU 禁止所有的中断请求。EA 相当于中断系统的总开关，程序中可通过 EA 位方便地开放或禁止所有的中断源。

（2）EX0——外部中断 0 中断允许位。

EX0＝1，允许外部中断 0 中断；

EX0＝0，禁止外部中断 0 中断。

（3）EX1——外部中断 1 中断允许位。

EX1＝1，允许外部中断 1 中断；

EX1＝0，禁止外部中断 1 中断。

（4）ET0——定时/计数器 0 溢出中断允许位。

ET0＝1，允许 T0 中断；

ET0＝0，禁止 T0 中断。

（5）ET1——定时/计数器 1 溢出中断允许位。

ET1＝1，允许 T1 中断；

ET1＝0，禁止 T1 中断。

（6）ET2——定时/计数器 2 溢出中断允许位，仅 AT89C52，AT89S52 有此位。

ET2＝1，允许 T2 中断；

ET2＝0，禁止 T2 中断。

（7）ES——串行中断允许位。

ES＝1，允许串行口中断；

ES＝0，禁止串行口中断。

AEH 位未定义，ADH 位在 AT89S51，AT89C51 中未定义。单片机复位后，IE 寄存器的复位值为 0x000000B，禁止所有中断。

2. 中断优先级寄存器 IP

80C51 单片机具有两个中断优先级，每个中断源都可通过中断优先级寄存器 IP（Interrupt Priority Register）设置为高优先级或低优先级中断。IP 的地址是 B8H，位地址为 B8H～BFH，可位寻址。IP 寄存器的格式及各位功能如下：

	BFH	BEH	BDH	BCH	BBH	BAH	B9H	B8H	
IP	—	—	PT2	PS	PT1	PX1	PT0	PX0	B8H

（1）PX0——外部中断 0 中断优先级控制位。

PX0=1，设定外部中断 0 为高优先级中断；

PX0=0，设定外部中断 0 为低优先级中断。

（2）PX1——外部中断 1 中断优先级控制位。

PX1=1，设定外部中断 1 为高优先级中断；

PX1=0，设定外部中断 1 为低优先级中断。

（3）PT0——T0 中断优先级控制位。

PT0=1，设定 T0 为高优先级中断；

PT0=0，设定 T0 为低优先级中断。

（4）PT1——T1 中断优先级控制位。

PT1=1，设定 T1 为高优先级中断；

PT1=0，设定 T1 为低优先级中断。

（5）PT2——T2 中断优先级控制位，仅 AT89C52，AT89S52 有此位。

PT2=1，设定 T2 为高优先级中断；

PT2=0，设定 T2 为低优先级中断。

（6）PS——串行口中断优先级控制位。

PS=1，设定串行口为高优先级中断；

PS=0，设定串行口为低优先级中断。

BEH 位和 BFH 位未定义，BDH 位在 AT89S51，AT89C51 中未定义。单片机复位后，IP 寄存器的复位值是 xx000000B，所有中断源设置为低优先级中断。

高优先级中断可以中断正在执行的低优先级中断服务程序，实现二级中断嵌套，除非在执行低优先级中断服务程序时关闭 CPU 总中断，或禁止了高优先级中断。而同级或低优先级中断在任何情况下都不能中断正在执行的中断服务程序。

为了实现这两个中断处理规则，中断系统内部有两个对用户不透明，用户不可访问的中断优先级状态触发器。高优先级触发器指示某一高优先级中断服务正在进行，其他后来的中断请求都被禁止。低优先级触发器指示正在进行低优先级服务，所有同级中断都被禁止，而高优先级中断能够被响应。CPU 响应中断请求，进入中断服务程序时，自动将相应的触发器置位，中断服务完成后，由 RETI 指令将相应的触发器复位。

系统工作过程中，若几个优先级相同的中断源同时发出中断请求，CPU 只能响应其中一个，此时中断系统通过硬件查询的方式，按照自然优先级的顺序决定响应哪个中断请求。自然优先级是单片机硬件设计时对中断源确定的优先级顺序，用户不能改变。自然优先级由高到低的顺序：外部中断 0，定时/计数器 0 中断，外部中断 1，定时/计数器 1 中断，串行口中断，定时/计数器 2 中断。

3．定时器控制寄存器 TCON

定时器控制寄存器 TCON（Timer Control Register）的地址是 88H，位地址 88H～8FH，可位寻址。TCON 寄存器高 4 位是定时/计数器控制位，低 4 位是两个外部中断源控制位，与定时/计数器无关。TCON 共有 6 个位与中断有关，其格式及与中断有关位的功能如下：

	8FH	8EH	8DH	8CH	8BH	8AH	89H	88H	
TCON	TF1	TR1	TF0	TR0	IE1	IT1	IE0	IT0	88H

（1）IT0——外部中断 0 触发方式控制位。

当 IT0＝0 时，外部中断 0 为低电平触发方式。CPU 在每个机器周期的 S5P2 期间采样 $\overline{INT0}$（P3.2）引脚，若为低电平，将 IE0 置 1；若为高电平，将 IE0 清 0。电平触发方式下，CPU 响应中断时，不能清除 IE0 标志，中断返回前，中断源必须撤销 $\overline{INT0}$ 引脚的低电平，否则，会再次引起中断而产生错误。

当 IT0＝1 时，外部中断 0 为下降沿触发方式。CPU 也在每个机器周期的 S5P2 期间采样 $\overline{INT0}$ 引脚，若在连续两个机器周期先后采样到高电平和低电平，将 IE0 置 1，CPU 响应中断时，硬件自动将 IE0 清 0。下降沿触发方式时的高电平和低电平的持续时间都必须保持 1 个机器周期以上，才能保证 CPU 在连续的两个机器周期可靠检测到电平跳变，否则可能因为时间太短，CPU 检测不到有效的下降沿而不能及时进行中断服务。

（2）IT1——外部中断 1 触发方式控制位，功能与 IT0 位相似。

当 IT1＝0 时，外部中断 1 为低电平触发方式。

当 IT1＝1 时，外部中断 1 为下降沿触发方式。

（3）IE0——外部中断 0 中断请求位。

IE0＝1，外部中断 0 向 CPU 请求中断服务；

IE0＝0，外部中断 0 没有中断请求。

（4）IE1——外部中断 1 中断请求位，功能与 IE0 位相似。

IE1＝1，外部中断 1 向 CPU 请求中断服务；

IE1＝0，外部中断 1 没有中断请求。

（5）TF0——定时/计数器 0 溢出中断请求位。

T0 启动后，在计数脉冲的控制下，从初值开始加 1 计数，当计数器溢出后，由硬件自动将 TF0 置 1，向 CPU 发出中断请求。CPU 响应中断后，由硬件自动将 TF0 清 0。若没有开放 T0 中断，也可以用程序查询 TF0 位的状态，以检测定时或计数到，并由软件将 TF0 清 0。

（6）TF1——定时器/计数器 1 的溢出中断请求位，与 TF0 位功能相似。

4．串行口控制寄存器 SCON

串行口控制寄存器 SCON（Serial Control Register）的地址是 98H，位地址 98H～9FH，可位寻址。其中，TI 和 RI 位是串行口中断请求标志位。SCON 寄存器的格式及 TI、RI 位的功能如下：

	9FH	9EH	9DH	9CH	9BH	9AH	99H	98H	
SCON	SM0	SM1	SM2	REN	TB8	RB8	TI	RI	98H

（1）TI——串行发送中断请求位。CPU 将一个 8 位数据写入发送缓冲器 SBUF，启动一次串行发送过程，发送完一帧数据后，硬件自动将 TI 置 1，向 CPU 请求中断服务。CPU 响应中断时，不能自动清除 TI 位，必须在中断服务程序中，由软件将 TI 清 0。程序中，也可通过查询 TI 位的状态来检测串行数据是否发送完成，TI 位仍然要由软件清除。

（2）RI——串行接收中断请求位。串行口允许接收数据时，每接收完一帧数据，由硬件自动将 RI 置 1，向 CPU 请求中断服务。CPU 响应中断时，不能自动清除 RI 位，必须在中断服务程序中由软件将 RI 清 0。程序中，也可通过查询 RI 位的状态来检测是否接收完串行数据，RI 位仍然要由软件清除。

5.3　中 断 处 理 过 程

中断处理过程 CPU 实现对中断源的优先服务。单片机各中断源发出中断请求时，CPU 执行中断处理的过程基本相同，分为中断请求、中断响应、中断处理和中断返回 4 个阶段。

5.3.1　中断请求

不同类型的中断源产生中断请求的方式不同，定时/计数器中断是定时时间到（定时方式）或计数次数到（计数方式）时产生中断请求，串行口中断是串行口发送或接收完一帧数据时产生中断请求，外部中断则是由外设将有效中断请求信号通过 $\overline{INT0}$ 或 $\overline{INT1}$ 引脚送到片内中断系统，产生中断请求的外设根据需要确定，如键盘、打印机等都常作为外部中断源。

各中断源的中断请求都具有随机性，CPU 在每个机器周期的 S6 状态根据各中断源的优先级顺序依次查询各中断请求标志，如果查询到某标志位置 1，而且该中断源开放，CPU 就在下一机器周期的 S1 状态响应中断。

另外，在中断查询过程中如果遇到以下三种情况之一，则中断响应被封锁。

（1）CPU 正在执行同级或更高优先级的中断服务程序。

（2）查询周期不是当前指令的最后一个机器周期。目的是保证当前执行的多周期指令能连续完成，不被中断服务打断。

（3）当前正在执行 RETI 指令或对 IE、IP 寄存器的操作指令，以保证在执行 RETI 指令或对 IE、IP 的操作指令完成后，至少再执行完一条其他指令，才能响应中断请求。

80C51 单片机不能存储中断查询结果，封锁中断响应结束后，如果请求标志已消失，或有更高级的中断请求产生，原先的中断请求就不能再响应，这时 CPU 会重新查询各标志位。

5.3.2　中断响应

1. 中断响应

满足中断响应条件时，CPU 开始中断响应过程，先将相应的中断优先级触发器置位，阻止后来的低级和同级中断。然后由硬件自动生成 LCALL 长调用指令，调用指令执行时，先将断点地址压入堆栈，保护断点，再将相应的中断源入口地址（向量地址）送入程序计数器 PC，转到中断服务程序，进行中断服务。

2. 中断响应时间

中断响应时间是指从中断请求有效，即中断请求标志位置 1，到转到中断入口所需的时间，中断响应时间可用机器周期数表示。每次中断响应的时间并不相同，主要有以下几种情况。

（1）若中断查询周期正在执行一条单周期指令或多周期指令的最后一个机器周期，该周期结束后立即响应中断，执行硬件生成的 LCALL 指令。这时中断响应时间由 1 个查询机器周期和执行 LCALL 指令的 2 个机器周期组成，共需 3 个机器周期，这是中断响应的最短时间。

（2）若中断查询时 CPU 正在执行 RETI 指令，假设该指令执行完返回断点后执行的是一条时间最长的 4 周期乘法指令，乘法指令完成后才能中断响应，执行硬件生成的 LCALL 指令。这个中断响应过程由执行 RETI 指令的 2 个机器周期，乘法指令的 4 个机器周期和 LCALL 指令的 2 个机器周期组成，共需 8 个机器周期，这是中断响应的最长时间。

（3）中断响应时间多数在 3～8 个机器周期之间，但是如果某中断请求时，CPU 正在对同级或高级中断服务，只有等到当前中断服务完成后，才能响应新的中断请求，中断服务程序还要多长时间结束是不定的，这时中断响应时间不能确定。

3. 中断请求的撤销

CPU 响应中断后，转入中断服务程序执行，中断返回前，应及时清除相应的中断请求标志，否则会再次引起中断，产生错误。中断请求标志的撤销有以下几种。

（1）电平触发的外部中断：外部中断工作在电平触发方式时，中断标志 IE0、IE1 随时根据 $\overline{\text{INT0}}$、$\overline{\text{INT1}}$ 引脚的电平变化，CPU 不能干预。中断源送来低电平请求信号，将标志位置 1，CPU 转到中断服务程序后，外部中断源应及时将低电平撤销，才能避免中断返回后再次触发中断，但中断源通常不能主动及时撤销低电平中断请求信号，这就需要增加外部电路实现。

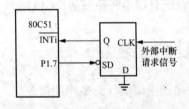

图 5-3　撤销外部中断请求电路

撤销外部中断请求信号的典型电路如图 5-3 所示。外部中断请求信号送到 D 触发器的 CLK 端，向 CLK 端送来正跳变时，D 触发器打开，由于输入端 D 接地，输出端 Q 输出低电平，向单片机发出中断请求。CPU 响应中断进入中断服务程序后，通过 P1.7 引脚向直接置位端 SD 送低电平，使 Q 端输出高电平，将中断请求信号撤销。P1.7 的低电平可用以下两条指令产生：

```
ANL P1,#7FH    ;P1.7 输出低电平，使 D 触发器置位
ORL P1,#80H    ;P1.7 输出高电平
```

也可用位操作指令实现：

```
CLR P1.7
SETB P1.7
```

（2）下降沿触发的外部中断：外部中断工作在下降沿触发方式时，CPU 在响应中断后，由硬件自动将 IE0 或 IE1 标志位清除，不需增加任何硬件和程序，是外部中断常用的触发方式。

（3）定时/计数器中断：定时/计数器设置为定时方式或计数方式时，CPU 响应中断后，都能由单片机硬件自动清除标志位 TF0 或 TF1。

（4）串行口中断：CPU 响应串行口中断后，硬件不能自动清除 TI 和 RI 标志位。从中断

系统结构图看，发送标志 TI 和接收标志 RI 通过或门合为一个请求信号，无论哪个标志置位，CPU 响应中断时，都执行同一个串行口中断处理程序。进入中断服务程序后，要用条件转移指令检测 TI 和 RI 的状态，判断是发送完还是接收完数据引起的中断，并进行相应的处理。TI 和 RI 标志判断完后，必须用软件清 0，以撤销中断，为下次中断请求做准备。

5.3.3　中断处理

中断处理流程如图 5-4 所示。中断处理过程是由中断处理程序完成的，中断处理程序编写要注意以下几个问题。

1. 保护现场与恢复现场

各类程序运行时，都要使用累加器和其他寄存器存储数据，如果某些寄存器在主程序和中断服务程序中都用到，当 CPU 转入中断服务程序时，程序就会使用并修改这些寄存器的内容，中断服务完成返回主程序后，寄存器中的数据已不是主程序运行时存入的数据，使主程序运行出错。进入中断服务程序后，首先要用进栈指令 PUSH 将这些寄存器内容（即现场数据）保存到堆栈中，称为保护现场。

中断处理程序结束前，还要用出栈指令 POP 将堆栈中保存的现场数据恢复到原先的寄存器中，称为恢复现场。保护和恢复现场的操作使中断处理过程不会对调用程序产生影响，保证了系统的正常运行。

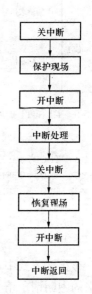

图 5-4　中断处理流程图

2. 开中断与关中断

在保护现场和恢复现场期间，为了防止 CPU 响应高级中断，破坏现场数据，应临时关闭中断，使 CPU 暂不响应高级中断请求。

若执行当前中断程序时禁止更高优先级中断，可以将 EA 清 0，禁止所有中断，或禁止某中断源，中断返回前再开放中断。若执行当前中断程序时允许响应高级中断请求，应将相应的中断开放。

5.3.4　中断返回

中断处理程序最后必须放一条 RETI 中断返回指令，中断处理完成后用于返回主程序。CPU 执行 RETI 指令时，首先将中断优先级触发器复位，表示该中断服务已结束，然后将堆栈中保存的断点地址弹出到程序计数器 PC 中，返回主程序断点处继续执行。

中断服务程序不能用 RET 指令代替 RETI 指令。因为 RET 指令只有将栈顶单元弹出到 PC 的出栈功能。如果中断服务程序最后使用 RET 指令，也能返回断点执行主程序，但没有清除相应的中断优先级触发器，CPU 认为该中断仍在执行，事实上中断服务已结束。在这种情况下，如果不对单片机进行复位操作，该中断优先级触发器永远不能复位，再来同级或低级中断请求，CPU 不予响应。如果这是一个高级中断服务，就会导致中断系统瘫痪。

5.4　外部中断源的扩展

80C51 单片机只能接收两个外部中断请求，单片机系统中如果有两个以上的外设以中断方式工作，需要外部扩展中断源。扩展中断源常用的方法有两种，一种是利用单片机内部的定时/计数器扩展，另一种是用中断和查询相结合的方法扩展中断源。

5.4.1 定时/计数器扩展中断源

　　单片机内部的两个定时/计数器空闲时，可以用来扩展外部中断源。T0 和 T1 扩展中断源的电路如图 5-5 所示。下面以 T0 为例说明扩展的原理。

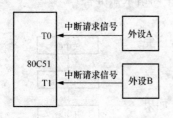

图 5-5　T0 和 T1 扩展中断源

　　将外设中断请求信号线连到 T0 引脚,定时/计数器 T0 设置为计数方式,工作在方式 2（即 8 位自动重装初值方式）,计数初值设为满量程 FFH,开放 T0 中断。

　　计数器启动后,对外设送到 T0 引脚的脉冲（即中断请求信号）计数,外设送来的请求信号下降沿使计数器加 1,产生溢出,将 TF0 置位,向 CPU 申请中断,CPU 转入 T0 的中断服务程序执行,同时 T0 又自动置入初值 FFH,为下次中断请求做准备。程序如下:

```
MOV TMOD,#06H     ;设置 T0 为方式 2,计数方式
MOV TH0,#0FFH     ;设置计数初值
MOV TL0,#0FFH
SETB TR0          ;启动 T0 计数
SETB ET0          ;允许 T0 中断
SETB EA           ;开 CPU 总中断
```

　　该扩展方式中,T0 作为计数次数为 1 次的计数器使用,与一般计数器的区别是,由外设送来的中断请求信号作为计数脉冲,在定时/计数器 T0 的中断服务程序中对外设服务。

5.4.2 中断与查询结合扩展中断源

　　中断与查询结合扩展外部中断源的原理是,将若干中断请求信号连到外部中断 $\overline{INT0}$ 或 $\overline{INT1}$ 引脚,利用并行端口的 I/O 口线判断是哪一个中断源产生的请求,并对其中断服务。这个方法每扩展一个中断源,需增加一条端口线,可扩展中断源的数量主要取决于可用端口线的条数。

　　例如,用外部中断 1 扩展 4 个外部中断源,使 4 个外部设备以中断方式工作,扩展电路如图 5-6 所示。

　　外部中断 1 设置为低电平触发方式,4 个外设的中断请求线同时连到 $\overline{INT1}$ 引脚,电路中的二极管可以避免各中断请求线相互影响。4 条中断请求线分别与 P1 口的 P1.0～P1.4 相连,用来识别哪个设备发出的请求。外设数据口与 P0 口相

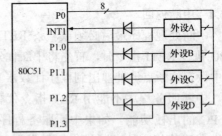

图 5-6　中断与查询结合扩展中断源的扩展电路

连,由 P0 口与外设交换数据。例如,A 外设向 P0 口送出数据后,发出中断请求信号,CPU 响应中断后,进入外部中断 1 的中断服务程序,在中断服务程序中首先检测 P1.0～P1.3 线的状态,由于 A 外设的请求线连到 P1.0,使 P1.0 引脚为低电平,而其他线为高电平,由此可以确认是 A 外设发出的请求,中断服务程序对 A 外设进行服务。中断服务程序为

```
EXINT:  PUSH PSW          ;保护现场
        PUSH ACC
        JNB P1.0,INA      ;A 外设中断请求?
        JNB P1.1,INB      ;B 外设中断请求?
```

```
            JNB P1.2,INC    ;C 外设中断请求?
            JNB P1.3,IND    ;D 外设中断请求?
            LJMP EXT
    INA:    …                ;对 A 外设服务
            …
            LJMP EXT
    INB:    …                ;对 B 外设服务
            …
            LJMP EXT
    INC:    …                ;对 C 外设服务
            …
            LJMP EXT
    IND:    …                ;对 D 外设服务
            …
    EXT:    POP ACC          ;恢复现场
            POP PSW
            RETI             ;中断返回
```

外部扩展的 4 个中断源优先级取决于中断服务程序对各中断请求信号的检测顺序,改变程序检测顺序就能方便地改变优先级顺序。上面这段程序中;优先级由高到低依次为 A→B→C→D。

5.5 外 部 中 断 应 用 举 例

本节举例说明外部中断的典型应用与编程,定时/计数器中断和串行口中断在后续章节中介绍。

【例 5-1】 利用外部中断 0 使单片机工作在单步方式,$\overline{INT0}$（P3.2）引脚接开关 S,用于输入高电平脉冲控制程序单步执行。单步执行电路如图 5-7 所示。

单片机完成中断服务程序,返回主程序后,至少再执行完一条指令,才能重新中断响应。利用中断的这个特点,借助外部中断 0 或外部中断 1,可以实现程序的单步执行。

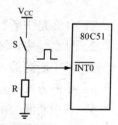

图 5-7 单步执行电路

单步开始前,先要在主程序中编程,使 $\overline{INT0}$ 为低电平触发方式,开放外部中断 0,然后单片机就开始在外部脉冲的控制下单步执行主程序。主程序为

```
…
CLR IT0      ;INT0 设为电平触发方式
SETB PX0     ;INT0 设为高优先级中断
SETB EA      ;开放 CPU 总中断
SETB EX0     ;允许外部中断 0 中断
…
```

中断服务程序中实现单步的主要指令为

```
…
…              ;中断服务程序段
```

```
…
JNB P3.2,$  ; INT0 =0,等待变高
JB P3.2 $   ; INT0 =1,等待变低
RETI
```

【例 5-2】   某输入设备向单片机发送数据,设备准备好数据后,向 INT1 引脚发出低电平脉冲,通知 CPU 接收,CPU 读取数据后,存入片外 RAM 1000H 地址开始的单元。编程实现上述功能,设备地址为 8FH。

外部中断 1 初始化程序为

```
…
SETB IT1             ; INT1 设为下降沿触发方式
MOV DPTR,#1000H      ; 设置接收数据缓冲区首址
SETB EA              ; 开放 CPU 总中断
SETB EX1             ; 允许外部中断 1 中断
…
```

中断服务程序为

```
RDINT:  PUSH ACC     ; 保护现场
        PUSH PSW
        MOV R0,#8FH  ; 指向外设
        MOVX A,@R0   ; 读外设数据
        MOVX @DPTR,A ; 数据送接收缓冲区
        INC DPTR     ; 修改指针,指向下一存储单元
        POP PSW      ; 恢复现场
        POP ACC
        RETI         ; 中断返回
```

复 习 思 考 题

1. 什么是中断?中断处理程序与子程序调用有什么区别?
2. 什么是中断源?AT89S51 单片机有几个中断源?中断源如何发出中断请求?
3. 各中断源的入口地址是什么?中断服务程序是否从入口地址开始存放?
4. 中断方式与查询方式传送数据有什么不同?哪种方式效率高?
5. 各中断源的中断处理程序入口地址能否由用户指定?
6. 与中断系统有关的特殊功能寄存器有几个?它们有什么作用?
7. 单片机响应中断应满足哪些条件?
8. 外部中断的触发方式有哪两种?这两种方式有什么区别?
9. 各中断源的请求标志如何置位和清 0?
10. 中断响应时,能否在主程序中保护现场?不保护现场会出现什么问题?
11. 中断处理程序中,若 PUSH 和 POP 不成对使用,会出现什么问题?
12. 什么是中断优先级?80C51 单片机有几个优先级?中断优先级的处理原则是什么?
13. 中断服务程序中能否用 RET 指令代替 RETI 指令?代替会出现什么问题?
14. 什么是自然优先级?各中断源的自然优先级能否改变?
15. 中断源的扩展有几种方法?各方法有什么特点?

第6章　定时/计数器

学习目标

学习 80C51 单片机定时/计数器 T0、T1 及 T2 的结构原理，定时/计数器控制寄存器的格式和位功能，定时/计数器工作方式及编程应用，看门狗定时器 WDT 的原理与操作。

学习要求

➤ 了解：定时与计数的区别及实现方法，定时/计数器工作原理，看门狗定时器的原理。
➤ 掌握：定时/计数器控制寄存器的用法，定时/计数器工作方式，初始化及应用编程，看门狗定时器 WDT 的编程操作。

定时/计数器是单片机的重要功能单元，定时功能用于定时控制，定时检测，实时时钟及延时等场合，计数功能用于对外部事件计数。80C51 单片机定时/计数器的核心是可编程的 16 位加 1 计数器，通过软件编程可以设置不同的工作方式。

6.1　T0 和 T1 的结构与原理

6.1.1　定时/计数方式

定时与计数功能在单片机应用系统设计中经常用到，实现定时和计数的方法主要有软件方式、硬件方式和可编程定时/计数器三种。

1. 软件方式

软件方式常用来实现定时功能，如第 4 章的延时程序。软件定时通过一段程序实现，不需要增加任何硬件电路，可以修改程序循环次数或指令条数改变定时时间，使用灵活，但程序运行时要占用 CPU 时间，定时时间较长时，影响其他任务的执行，使 CPU 效率降低。

2. 硬件方式

硬件方式用简单数字逻辑电路实现定时或计数功能。这种方式不需要程序控制，不占用 CPU 时间，通电后即能独立工作，但要通过更换电路元件参数改变定时时间或计数值，只能用于简单应用场合，如声光控开关等。

3. 可编程定时/计数器

可编程定时/计数器能独立工作，不占用 CPU 时间，可以通过程序改变定时/计数值，具有多种工作方式，功能强，兼有软件和硬件方式的优点，又弥补了它们的不足。可编程定时/计数器在各类计算机系统中都得到了广泛的应用，单片机也将其作为必备的功能单元。本章主要分析单片机内部可编程定时/计数器的结构、原理及应用。

6.1.2　T0 和 T1 的结构

80C51 系列单片机多数型号集成了可编程定时/计数器 T0 和 T1，每个定时/计数器都有 4

种工作方式可供选择，可以设置为定时器，实现精确定时，也能作为计数器，对外部事件计数。**T1** 还经常作为串行口的波特率发生器。

　　T0 和 **T1** 的逻辑结构如图 6-1 所示。两个定时/计数器主要由 TL0，TH0，TL1，TH1，TCON，TMOD 六个 SFR 寄存器及 T0 和 T1 引脚组成，使用定时/计数器主要是对这 6 个寄存器的编程操作实现，掌握各寄存器的用法是使用定时/计数器的关键。

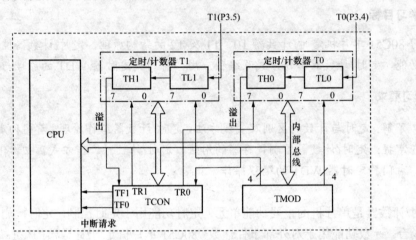

图 6-1　T0 和 T1 逻辑结构框图

　　定时/计数器的核心是位数可编程的加法计数器，TL0 和 TH0 组成 T0 加法计数器的低 8 位和高 8 位，TL1 和 TH1 组成 T1 加法计数器的低 8 位和高 8 位。

　　定时/计数器 T0 和 T1 通过 TMOD 寄存器编程设置，作为定时器或计数器使用。作为计数器使用时，计数脉冲信号由外部提供，通过单片机 T0（P3.4）引脚或 T1（P3.5）引脚输入至加法计数器。首先将初值写入加法计数器，然后启动计数器，计数器就在初值的基础上，每来一个外部脉冲信号加 1 计数，当加法计数器溢出时，置位 TF0 或 TF1 溢出标志位，表示计数次数到。如果此时开放了定时/计数器中断，就会进入相应的中断处理程序。

　　作为定时器使用时，单片机内部振荡信号经过 12 分频后作为计数脉冲，加法计数器对内部送来的计数脉冲加 1 计数，当溢出后，置位 TF0 或 TF1 溢出标志位。由于计数脉冲是精确的周期性脉冲信号，而且其周期与机器周期相同，计数次数与机器周期的乘积即计数过程所经历的时间，因此选择合适的计数值就能得到所需要的定时。可见定时器本质上也是计数器，定时与计数方式所用的硬件资源是完全相同的，区别仅是送到加法计数器的计数脉冲的来源不同。

6.2　T0 和 T1 的控制寄存器

1. 定时器控制寄存器 TCON

TCON 寄存器的字节地址为 88H，位地址为 88H～8FH，可位寻址。TCON 高 4 位用于控制定时/计数器的启动与停止，以及作为定时/计数溢出的标志位。低 4 位是外部中断相关位，与定时/计数器无关，TCON 的格式及高 4 位功能如下：

	8FH	8EH	8DH	8CH	8BH	8AH	89H	88H	
TCON	TF1	TR1	TF0	TR0	IE1	IT1	IE0	IT0	88H

（1）TR0——T0 运行控制位。

TR0＝1 时，T0 开始计数；

TR0＝0 时，T0 停止计数。由软件清 0 或置 1。

例如：执行指令 SETB TR0 可启动 T0，执行指令 CLR TR0 可停止 T0。

（2）TR1——T1 运行控制位。

TR1＝1 时，T1 开始计数；

TR1＝0 时，T1 停止计数。由软件清 0 或置 1。

（3）TF0——T0 溢出标志位。

T0 定时/计数溢出时，由硬件自动将 TF0 置 1，并向 CPU 申请中断。如果 T0 中断允许，CPU 响应中断，进入中断服务程序后，硬件将 TF0 自动清 0。如果屏蔽了 T0 中断，可软件查询 TF0 位，等待定时/计数到，并进行相应处理，此时硬件不会自动将 TF0 清 0，当查询到 TF0 置 1 后，必须用软件将其清 0。

（4）TF1——T1 溢出标志位。与 TF0 用法相同。

2. 定时器工作方式寄存器 TMOD

TMOD 寄存器用于设置 T0、T1 工作方式，低 4 位设置 T0 工作方式，高 4 位设置 T1 工作方式。TMOD 字节地址为 89H，不可位寻址。TMOD 的格式及位功能如下：

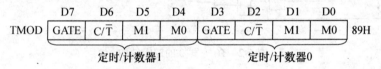

（1）M1 和 M0——工作方式选择位。

M1 和 M0 的组合设置 T0/T1 的 4 种工作方式，见表 6-1。

表 6-1 定时/计数器工作方式选择

M1	M0	工作方式	功 能
0	0	方式 0	13 位定时/计数器
0	1	方式 1	16 位定时/计数器
1	0	方式 2	8 位自动重装定时/计数器
1	1	方式 3	T0：分为两个 8 位定时/计数器 T1：停止工作

（2）$C/\overline{T}$——定时/计数方式选择位。

$C/\overline{T}$＝1 时，T0/T1 为计数器方式，对送到 T0/T1 引脚的外部脉冲计数。

$C/\overline{T}$＝0 时，T0/T1 为定时器方式。

（3）GATE——门控位。

门控位的用法有两种：

当 GATE＝0 时，定时/计数器的工作仅由 TR0/TR1 位控制，TR0/TR1＝1 时，启动 T0/T1；TR0/TR1＝0 时，T0/T1 停止。这是定时/计数器最常用的控制方式。

当 GATE＝1 时，只有将 TR0/TR1 位置 1，且 $\overline{INT0}$/$\overline{INT1}$ 引脚为高电平时，才能启动 T0/T1。这种方式一般用于测量送到 $\overline{INT0}$/$\overline{INT1}$ 引脚上的正脉冲宽度。

6.3　T0 和 T1 的工作方式

定时/计数器 T0 和 T1 通过 M1 和 M0 两位设置 4 种工作方式。方式 0、方式 1、方式 2 的逻辑结构和工作原理相同。T0 设置为方式 3 时，分为两个独立的 8 位定时/计数器，T1 设置为方式 3 时，停止工作。下面以 T0 为例分析各工作方式。

6.3.1　方式 0——13 位定时/计数器

T0 方式 0 的逻辑结构如图 6-2 所示。

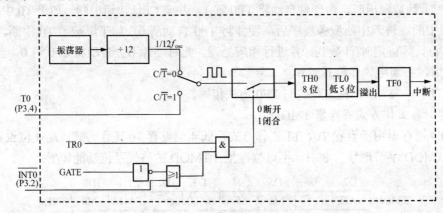

图 6-2　T0 方式 0 的逻辑结构

1. 加法计数器原理

T0 方式 0 是 13 位加法计数器，TH0 作为加法计数器的高 8 位，TL0 的低 5 位作为加法计数器的低 5 位，TL0 的高 3 位不用。T0 启动前，应将计数初值转换为二进制数，先将低 5 位送入 TL0，再将其他高位送 TH0。

启动 T0 后，内部或外部计数脉冲使 TL0 的低 5 位加 1 操作，TL0 低 5 位计数溢出后，向 TH0 进位，使 TH0 加 1 操作，TH0 计数溢出后，向 TF0 进位，使 TF0 硬件置位，并向 CPU 请求中断。若开放了 T0 中断，CPU 转入 T0 的中断处理程序，进行中断服务；若没有开放 T0 中断，也可通过查询 TF0 是否置 1，判断定时或计数是否完成。

2. 定时/计数器的启动和停止

TR0 位、GATE 位和 $\overline{INT0}$ 引脚通过 3 个门电路控制定时/计数器的启动与停止。有两种使用方法：

（1）当 GATE=0 时，通过非门向或门输入 1，封锁或门，使或门恒定向与门输入 1，则与门的输出电平由 TR0 位决定。当 TR0=1 时，与门输出 1，控制电子开关闭合，计数脉冲送到加法计数器，启动定时/计数器；当 TR0=0 时，与门输出 0，控制电子开关断开，加法计数器收不到计数脉冲，停止工作。

（2）当 GATE=1 且 TR0=1 时，若 $\overline{INT0}$ 引脚为高电平，与门输出 1，启动定时/计数器；若 $\overline{INT0}$ 引脚为低电平，与门输出 0，停止定时/计数器。外部送到 $\overline{INT0}$ 引脚的电平控制 'T0 的启动与停止。利用控制电路的这个特点，将定时/计数器 T0 设置为定时工作方式，可用来测量送到 $\overline{INT0}$ 引脚的正脉冲宽度。

3. 定时/计数方式的选择

$C/\overline{T}$ 位用于选择定时或计数方式，图中用二选一多路开关来说明 $C/\overline{T}$ 位的功能。

（1）计数器。当 $C/\overline{T}=1$ 时，多路开关拨到下面，计数脉冲由外部通过 T0（P3.4）引脚输入，外部脉冲信号的下降沿使加法计数器加 1，这时 T0 作为计数器，对外部事件计数。计数次数为：

$$计数次数 = 2^{13} - 计数初值$$

不同初值可以得到不同的计数次数，13 位计数器的最小计数次数为 1，最大计数次数为 8 192（2^{13}）。

计数器工作时，CPU 在每个机器周期 S5P2 时刻都要检测 T0 引脚状态，若在某一机器周期检测到 T0 引脚为高电平，下一机器周期为低电平，加法计数器加 1 计数。

为确保单片机采样到外部脉冲信号，外设送来的脉冲信号高低电平持续时间都要大于 1 个机器周期，否则高低电平可能不到 S5P2 时刻就已经结束，导致单片机检测不到脉冲，使计数器计数结果比实际送来的脉冲数少。从计数器计数原理可以看到，单片机必须用两个机器周期才能完成对一个计数脉冲的检测，所以送到 T0 引脚的外部脉冲的周期最小为机器周期的两倍，否则也会使计数出错。例如：当晶振频率 $f_{OSC}=12MHz$ 时，计数器能检测的外部脉冲频率不能大于 500kHz。

（2）定时器。当 $C/\overline{T}=0$ 时，多路开关拨到上面，单片机内部振荡脉冲经过 12 分频器分频后，作为计数脉冲送 13 位加法计数器。内部计数脉冲是周期性信号，而且其周期正好等于机器周期，每个机器周期加法计数器加 1，设置不同的计数值，就能产生需要的定时。T0 对内部脉冲信号计数，实际上是作为定时器使用。其定时时间为：

$$定时时间 = (2^{13} - 计数初值) \times 机器周期$$

13 位定时器的最小定时时间为 1 个机器周期，最大定时时间为 8192（2^{13}）个机器周期。例如：晶振频率 $f_{OSC}=12MHz$ 时，机器周期为 1μs，则：

$$最小定时时间 = (2^{13} - 8191) \times 1μs = 1μs$$
$$最大定时时间 = (2^{13} - 0) \times 1μs = 8192μs$$

6.3.2 方式 1——16 位定时/计数器

T0 方式 1 的逻辑结构如图 6-3 所示。方式 1 与方式 0 原理相同，区别只是计数器位数不同。T0 工作在方式 1 时，TH0 和 TL0 组成 16 位加法计数器，TL0 作为低 8 位，TH0 作为高 8 位。计数脉冲使 TL0 加 1 计数，TL0 溢出后，向 TH0 进位，TH0 计数溢出后，向 TF0 进位。

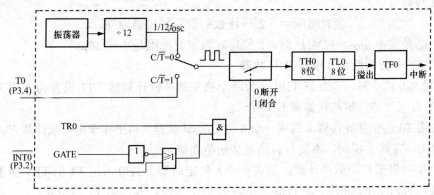

图 6-3 T0 方式 1 的逻辑结构

作为 16 位计数器使用时：

$$计数次数 = 2^{16} - 计数初值$$

16 位计数器计数范围是 $1 \sim 65536$（2^{16}），最小计数次数为 1，最大计数次数为 65536。

作为 16 位定时器使用时：

$$定时时间 = (2^{16} - 计数初值) \times 机器周期$$

例如，晶振频率 $f_{osc} = 12MHz$ 时，机器周期为 $1\mu s$，则 16 位定时器的最小定时时间为 $1 \times 1\mu s = 1\mu s$，最大定时时间为 $65536 \times 1\mu s = 65536\mu s$。

6.3.3 方式 2——8 位自动重装定时/计数器

T0 方式 2 的逻辑结构如图 6-4 所示。T0 工作在方式 2 时，TL0 作为 8 位加法计数器，TH0 只用于存放计数初值。运行过程中，TL0 计数溢出，使 TF0 置位，然后 TH0 中存放的初值自动载入 TL0，重新开始下一轮计数。

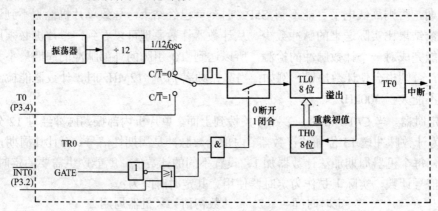

图 6-4　T0 方式 2 的逻辑结构

方式 2 与前两个方式的最大区别是具有自动重装初值功能。启动后不需软件操作，即能循环定时或计数，具有定时精度高，占用 CPU 时间少的特点，还常作为串行口波特率发生器使用。

作为计数器时：

$$计数次数 = 2^8 - 计数初值$$

8 位计数器计数范围是 $1 \sim 256$（2^8）。

作为定时器时：

$$定时时间 = (2^8 - 计数初值) \times 机器周期$$

例如，晶振频率 $f_{osc} = 12MHz$ 时，8 位定时器定时范围是 $1 \sim 256\mu s$。

6.3.4 方式 3——分为两个 8 位定时/计数器

T0 设置为方式 3 时，TL0 和 TH0 分为两个独立的 8 位计数器。T1 设置为方式 3 时，停止计数。T0 方式 3 的逻辑结构如图 6-5 所示。

TL0 占用 T0 的全部硬件资源构成一个 8 位定时/计数器，可工作于定时或计数方式。工作原理与方式 0、方式 1 相同，不具有自动重装初值功能。

TH0 只能对机器周期脉冲计数，构成一个 8 位定时器。TH0 占用 T1 的 TR1 和 TF1 位，由 TR1 控制 TH0 的启动和停止，TH0 溢出将使 TF1 置位，并占用 T1 的中断。

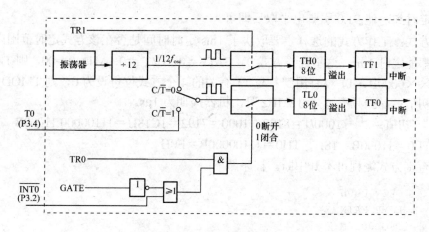

图 6-5 T0 方式 3 的逻辑结构

由于 T0 方式 3 占用了 T1 的 TR1、TF1 位，T1 可以工作在方式 0、方式 1、方式 2，但只能用 C/$\overline{\text{T}}$ 位选择定时/计数方式，不能再用 TR1 启动和停止，T1 置入初值后即开始工作，可通过将 T1 设置为方式 3 停止定时或计数。另外，T1 定时/计数到后，也不能使 TF1 置位，若设置为方式 0、方式 1，定时/计数到后，不能通过 TF1 位检测。因此实际应用中，T0 设置为方式 3 的前提是 T1 作为串行口的波特率发生器，使 T1 工作于方式 2，定时器连续不断地向串行口提供波特率信号。

6.4 T0 和 T1 的 应 用

6.4.1 定时/计数器的初始化

初始化编程是使用可编程定时/计数器的关键，主要是对 T0 和 T1 相关 SFR 寄存器的操作，初始化分析与编程步骤如下：

（1）根据具体应用选择合适的工作方式及定时/计数方式，对 TMOD 寄存器赋值。

（2）计算计数初值，并写入 TH0、TL0 或 TH1、TL1。

作为计数器时：

$$初值＝最大计数值－计数次数$$

作为定时器时：

$$初值＝最大计数值－定时时间/机器周期$$

最大计数值由工作方式决定，方式 0 是 8192（2^{13}），方式 1 是 65536（2^{16}），方式 2 和方式 3 是 256（2^8）。

（3）若定时/计数器工作在中断方式下，通过对 IE 寄存器赋值，开放相应中断。

（4）将 TR0 或 TR1 置 1，启动定时/计数器。将 GATE 置 1 时，用于测量送到 $\overline{\text{INT0}}$/$\overline{\text{INT1}}$ 引脚的正脉冲宽度，只有中断引脚为高电平时，才开始运行。

6.4.2 T0 和 T1 应用举例

【例 6-1】 定时/计数器 T0 作为方波信号发生器，在 P1.0 端输出 500Hz 方波，并驱动扬声器发声。设晶振频率为 12MHz。

方波周期为 1/500＝2ms，高、低电平持续时间均为 1ms，只要使 T0 不断产生 1ms 的定时，每次定时到，使 P1.0 引脚电平取反即可。

选择方式：工作方式的选择主要取决于 1ms 定时时间是否在该方式定时范围内，方式 0 和方式 1 都能定时 1ms，这里选择方式 0。GATE＝0，C/$\overline{\text{T}}$＝0，M1M0＝00，则 TMOD 方式字为×××0000B，T1 没有用到，与 T1 有关的 4 个方式位可设为 0，则 TMOD＝00H。

计算初值：晶振频率 f_{osc}＝12MHz 时，机器周期为 1μs。

$$初值＝2^{13}－1000/1＝8192－1000＝7192＝1C18H＝\underline{11100000\ 11000}B$$

则：TL0＝11000B＝18H，TH0＝11100000B＝E0H。

采用查询方式编程可不开中断。程序如下：

```
            ORG 0000H
            LJMP MAIN
            ORG 0030H
MAIN:       MOV TMOD,#00H      ;写入方式字
            MOV TL0,#18H       ;写入计数初值
            MOV TH0,#0E0H
            SETB TR0           ;启动 T0 定时器
LP:         JNB TF0,$          ;等待定时到
            CLR TF0            ;清 TF0 标志
            CPL P1.0           ;P1.0 电平取反
            MOV TL0,#18H       ;重新载入计数初值
            MOV TH0,#0E0H
            SJMP LP            ;循环
            END
```

该例中采用 13 位定时器方式，计数初值必须转换为二进制数，然后将低 5 位送入 TL0，其他高位送入 TH0，容易出错，16 位定时器方式初值设置方便且不易出错，定时时间比方式 0 长，类似的问题可以优先选择方式 1。另外，定时到与下一次定时开始间隔了几条指令，使定时时间有微小的误差，需要精确定时的场合应根据间隔指令执行时间加以修正。

【例 6-2】　AT89S51 单片机 P1 口接 8 个 LED 发光二极管。T1 作为定时器，使 LED 自上往下以 100ms 的间隔循环发光，中断方式编程实现。单片机晶振频率为 6MHz。电路如图 6-6 所示。

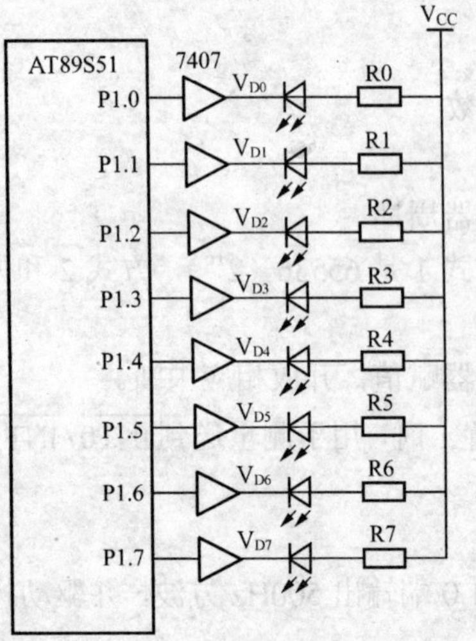

AT89S51 单片机端口驱动能力很弱，不能直接驱动 LED 发光，驱动器 7407 用来增强其驱动能力。LED 正极通过限流电阻接 V_{CC} 电源，P1 口端口线控制 LED 负极，端口线送低电平，灯亮，高电平，灯灭。使灯从上往下循环发光，初始值应为 FEH，然后利用左移指令将最低位的 0 左移，并送 P1 口。

选择方式：T1 定时时间 100ms 超出了方式 0、方式 2、方式 3 的定时范围，只能选择方式 1。GATE＝0，C/$\overline{\text{T}}$＝0，M1M0＝01，则 TMOD＝10H。

计算初值：晶振频率 f_{osc}＝6MHz 时，机器周期＝2μs，初值＝$2^{16}－100000/2＝15536＝3CB0H$，则 TL1＝B0H，TH1＝3CH。

图 6-6　P1 口控制 LED 发光的电路图

采用中断方式编程，程序如下：

```
        ORG 0000H
        LJMP MAIN
        ORG 001BH
        LJMP RINT          ;T1 中断入口
        ORG 0030H
MAIN:   MOV TMOD,#10H      ;写方式字,T1 方式 1 定时
        MOV TL1,#0B0H      ;写初值
        MOV TH1,#3CH
        SETB TR1           ;启动 T1 定时
        SETB EA            ;开 CPU 总中断
        SETB ET1           ;允许 T1 中断
        MOV A,#0FEH        ;控制 LED 初值
        SJMP $             ;原地等待中断
RINT:   RLA
        MOV P1,A
        MOV TL1,#0B0H      ;重装初值
        MOV TH1,#3CH
        RETI
        END
```

【例 6-3】　湿度传感器输出与湿度成比例线性的频率信号，频率范围 8000～10000Hz，用 T0 检测传感器 100ms 输出的脉冲个数，存放到片内 RAM 30H 和 31H 单元。

由频率范围可知，100ms 内输出脉冲 800～1000 个，选用 T0 方式 1 计数功能检测，100ms 定时用软件延时程序实现。计数器初值设为 0，启动计数器后立即开始定时，定时到后关闭计数器，则 TH0 和 TL0 中的数值即为脉冲个数。源程序如下：

```
        ORG 0000H
        LJMP MAIN
        ORG 0030H
MAIN:   MOV TMOD,#05H      ;T0 方式 1 计数
        MOV TL0,#00H       ;写 TL0 初值
        MOV TH0,#00H       ;写 TH0 初值
        SETB TR0           ;启动 T0 计数
        LCALL D100MS       ;定时 100ms
        CLR TR0            ;停止 T0 计数
        MOV 30H,TL0        ;存计数值低字节
        MOV 31H,TH0        ;存计数值高字节
        SJMP $
D100MS: MOV R3,#200        ;100ms 延时子程序
DLY1:   MOV R2,#248
        DJNZ R2,$
        NOP
        DJNZ R3,DLY1
        RET
        END
```

【例 6-4】　利用 T1 测量送到 $\overline{INT1}$（P3.3）引脚正脉冲的宽度，并将测量的计数值送内

部 RAM 的 61H、62H 单元。设单片机晶振频率为 12MHz。

T1 的 GATE＝1，TR1＝1 时，T1 是否工作由 $\overline{INT1}$ 引脚电平控制，当 $\overline{INT1}$ 引脚为高电平时，T1 运行，当 $\overline{INT1}$ 引脚为低电平时，T1 停止。设置 T1 为定时方式，初值设为 0，由外部送到 $\overline{INT1}$ 引脚的高电平脉冲的上升沿启动定时，高电平脉冲的下降沿停止定时。定时结束后，TH1、TL1 中的计数值乘以机器周期，即为所测量正脉冲的宽度。由于测量正脉冲最大宽度取决于定时器定时时间，选择方式 1。程序如下：

```
        ORG 0000H
        LJMP MAIN
        ORG 0030H
MAIN:   MOV TMOD,#90H    ;T1 方式 1 定时,GATE=1
        MOV TL1,#00H     ;计数器清 0
        MOV TH1,#00H
        JB P3.3,$        ;等待 P3.3 引脚变低电平
        SETB TR1         ;由外部正脉冲控制 T1 的启动与停止
        JNB P3.3,$       ;等待正脉冲到来,脉冲到来,启动定时
        JB P3.3,$        ;等待正脉冲结束,脉冲结束,停止定时
        CLR TR1          ;关闭 T1
        MOV 61H,TL1      ;存计数值低字节
        MOV 62H,TH1      ;存计数值高字节
        SJMP $
        END
```

6.5 定时/计数器 T2

AT89S52、AT89C52 等单片机除了 T0 和 T1 外，又增加了 1 个功能更强的定时/计数器 T2。T2 有 3 种工作方式：16 位自动重装方式、捕捉方式和波特率发生器方式。与 T2 有关的 SFR 寄存器共有 6 个：TL2 和 TH2 构成 16 位加法计数器，捕捉寄存器 RCAP2L 和 RCAP2H 在捕捉方式下用于存放捕捉的 TL2、TH2 瞬时值，控制寄存器 T2CON 用于控制 T2 的工作，方式寄存器 T2MOD 设置 T2 的工作方式。

6.5.1 T2 控制寄存器

1. T2 控制寄存器 T2CON

T2CON 寄存器字节地址 C8H，位地址 C8H～CFH，可位寻址。T2CON 的格式及各位功能如下：

	CFH	CEH	CDH	CCH	CBH	CAH	C9H	C8H	
T2CON	TF2	EXF2	RCLK	TCLK	EXEN2	TR2	C/$\overline{T2}$	CP/$\overline{RL2}$	C8H

（1）C/$\overline{T2}$——定时/计数方式选择位。

C/$\overline{T2}$＝1 时，T2 为计数器方式，对 T2 引脚的外部脉冲计数。

C/$\overline{T2}$＝0 时，T0/T1 为定时器方式，即对内部振荡脉冲的 12 分频信号计数。

（2）CP/$\overline{RL2}$——捕捉与自动重装方式选择位。

CP/$\overline{RL2}$＝1 时，T2 工作于捕捉方式；

CP/$\overline{RL2}$＝0 时，T2 工作于自动重装方式。

（3）TR2——T2 运行控制位。

TR2＝1 时，T2 开始计数；

TR2＝0 时，T2 停止计数。由软件清 0 或置 1。

（4）TF2——T2 溢出标志位。

T2 工作在捕捉或自动重装方式时，定时/计数溢出时，硬件将 TF2 置 1，向 CPU 申请中断。CPU 响应中断后，硬件不清除 TF2，必须由软件清 0。

T2 工作在波特率发生器方式时，计数溢出不将 TF2 置 1，不向 CPU 发出中断请求。

（5）EXF2——T2 外部中断标志。

T2 工作在捕捉或自动重装方式时，EXEN2＝1 且 T2EX 引脚出现负跳变时，使 EXF2＝1，向 CPU 申请中断。CPU 响应中断后，必须由软清 0。

T2 工作在加 1/减 1 计数方式（DCEN＝1）时，EXF2 不置位。

（6）EXEN2——T2 外部允许控制标志。

当 EXEN2＝1 时，如果 T2 工作在捕捉方式，T2EX 引脚上的负跳变使 TL2 和 TH2 中的当前计数值自动送入 RCAP2L 和 RCAP2H，同时 EXF2 置 1，向 CPU 申请中断。如果 T2 工作在自动重装方式，T2EX 引脚上的负跳变使 RCAP2L 和 RCAP2H 中的数据自动装入 TL2 和 TH2 中，同时 EXF2 置 1，向 CPU 申请中断。

当 EXEN2＝0 时，T2EX 引脚的电平变化对 T2 不会产生影响。

（7）RCLK——串行口接收时钟选择标志。

RCLK＝1 时，T2 工作于波特率发生器方式，T2 的溢出脉冲作为串行口方式 1 和方式 3 的接收时钟。

RCLK＝0 时，T1 的溢出脉冲作为串行口方式 1 和方式 3 的接收时钟。

（8）TCLK——串行口接收时钟选择标志。

TCLK＝1 时，T2 工作于波特率发生器方式，T2 的溢出脉冲作为串行口方式 1 和方式 3 的发送时钟。

TCLK＝0 时，T1 的溢出脉冲作为串行口方式 1 和方式 3 的发送时钟。

2. T2 方式寄存器 T2MOD

T2MOD 寄存器字节地址是 C9H，不可位寻址。T2MOD 只定义了低 2 位的功能，另外 6 位不可用。其格式及功能如下：

	D7	D6	D5	D4	D3	D2	D1	D0	
T2MOD	X	X	X	X	X	X	DCEN	T2OE	C9H

（1）T2OE——T2 输出允许位。

T2OE＝1 时，允许 T2 输出；

T2OE＝0 时，禁止 T2 输出。

（2）DCEN——T2 加 1/减 1 计数允许位。

T2 工作于自动重装方式时，若 DCEN＝1，允许 T2 加 1/减 1 计数。当 T2EX 引脚为高电平时，T2 加 1 计数，当 T2EX 引脚为低平时，T2 减 1 计数。

6.5.2　T2 工作方式

定时器 T2 有自动重装方式（向上或向下计数）、捕捉方式和波特率发生器三种工作方式。工作方式由 CP/$\overline{\text{RL2}}$，TCLK 和 RCLK 决定，如表 6-2 所示。

表 6-2   T2 工作方式

RCLK＋TCLK	CP/$\overline{\text{RL2}}$	TR2	工 作 方 式
0	0	1	16 位自动重装方式
0	1	1	16 位捕捉方式
1	×	1	波特率发生器
×	×	0	停止工作

C/$\overline{\text{T2}}$ 位用来选择定时或计数方式。定时方式下，每个机器周期 T2 都会加 1 计数，计数频率是晶振频率的 1/12。计数方式下，T2 引脚脉冲的下降沿触发 T2 加 1 计数。

1. 自动重装方式

CP/$\overline{\text{RL2}}$＝0，TCLK＝0 和 RCLK＝0 使 T2 工作于自动重装方式，其结构如图 6-7 所示。

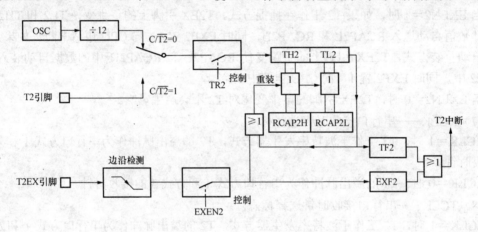

图 6-7   T2 自动重装方式结构图

当 EXEN2＝0 时，控制开关断开，T2EX 引脚信号对 T2 没有影响。C/$\overline{\text{T2}}$＝0 时，T2 作为定时器使用，加法计数器对机器周期脉冲进行加 1 计数，当 f_{osc}＝12MHz 时，定时范围是 1～65536μs。C/$\overline{\text{T2}}$＝1 时，T2 作为计数器使用，加法计数器对 T2 引脚的外部脉冲计数，计数范围是 1～65536。

当 EXEN2＝0 时，控制开关闭合，如果 T2EX 引脚出现 1 到 0 的负跳变，边沿检测电路检测到后，输出高电平。高电平分为两路：一路控制两个三态门打开，使 RCAP2H，RCAP2L 中预置的初值送入 TH2，TL2，使 T2 提前开始新的计数过程；另一路使外部中断标志 EXF2 置 1，向 CPU 发出中断请求。

2. 捕捉方式

CP/$\overline{\text{RL2}}$＝1、TCLK＝0 和 RCLK＝0 时，T2 既可以作为普通的 16 位定时/计数器，也可以工作于捕捉方式，随时捕捉当前计数值。其结构如图 6-8 所示。

当 EXEN2＝0 时，控制开关断开，T2 作为普通 16 位定时/计数器。C/$\overline{\text{T2}}$＝0 时，作为定时器使用，加法计数器对机器周期脉冲加 1 计数。C/$\overline{\text{T2}}$＝1 时作为计数器使用，加法计数器对 T2 引脚外部脉冲计数。当定时或计数到后 TH2 溢出使 TF2 置 1 向 CPU 发出中断请求。

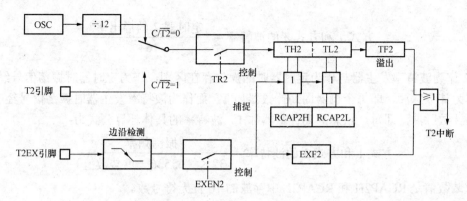

图 6-8　T2 捕捉方式结构图

当 EXEN2＝1 时，控制开关闭合，T2 作为具有捕捉功能的 16 位定时/计数器。如果 T2EX 引脚出现 1 到 0 的负跳变，边沿检测电路检测到后，输出高电平。高电平分为两路：一路控制两个三态门打开，使 TH2，TL2 中的当前计数值送入 RCAP2H，RCAP2L，实现捕捉功能；另一路使外部中断标志 EXF2 置 1，向 CPU 发出中断请求。

3. 波特率发生器方式

TCLK 和 RCLK 用于选择 T1 或 T2，作为串行口的波特率发生器。当设置 T2 作为波特率发生器时，T1 可作为普通定时/计数器。T2 作为波特率发生器的结构如图 6-9 所示。

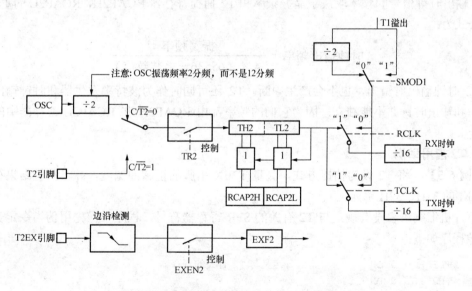

图 6-9　T2 作为波特率发生器的结构图

当 RCLK＝0，TCLK＝1 时，T2 的溢出脉冲作为串行口发送时钟；当 RCLK＝1，TCLK＝0 时，T2 溢出脉冲作为串行口接收时钟；当 RCLK＝1，TCLK＝1 时，T2 的溢出脉冲同时作为串行口的发送、接收时钟。

波特率发生器与自动重装方式相似，TH2 的溢出使 RCAP2H、RCAP2L 中的计数初值重新装入 TH2、TL2，从初值开始重新计数。T2 的溢出信号经 16 分频后，作为串行口移位时钟，因此串行口方式 1 和方式 3 的波特率主要由 T2 的溢出速率决定，其关系式为：

$$方式1和方式3的波特率 = \frac{定时器2的溢出率}{16}$$

T2 作为波特率发生器与作为定时器时的操作存在区别，作为定时器时振荡信号经 12 分频后作为计数脉冲，即每个机器周期计数器加 1，而作为波特率发生器时振荡信号经 2 分频后作为计数脉冲，即每个状态周期计数器加 1。波特率的具体计算公式为：

$$方式1和方式3的波特率 = \frac{振荡频率}{32\times（65536-重装数值）}$$

重装数值是 RCAP2H 和 RCAP2L 中存放的 16 位无符号数。

T2 作为波特率发生器时，TH2 的溢出不置位 TF2，不产生中断请求。若将 EXEN 置 1，T2EX 引脚的负跳变使 EXF2 置 1，向 CPU 申请中断，因此 T2EX 可作为一个独立的外部中断源使用。波特率发生器工作过程中不能对 TH2、TL2 进行读写操作，若需访问，应先将 TR2 清 0，以关闭波特率发生器。

4. 可编程时钟输出

定时/计数器 T2 还可通过编程，使 T2（P1.0）引脚输出占空比为 50% 的时钟信号。当 CPU 工作频率为 16MHz 时，P1.0 输出的时钟频率范围为 61Hz～4MHz。

T2 作为时钟发生器的条件是使 C/$\overline{T2}$=0，T2OE＝1。TR2 控制 T2 时钟发生器的启动与停止，输出时钟信号的频率取决于晶振频率和 T2 捕捉寄存器 RCAP2H，RCAP2L 的重装值，计算公式为：

$$时钟输出频率 = \frac{振荡频率}{4\times（65536-重装数值）}$$

T2 时钟输出时溢出，也不会产生中断。T2 还可同时作为波特率发生器和时钟输出，但波特率和输出时钟并不能独立，因为它们的频率都由 RCAP2H 和 RCAP2L 寄存器中的重装值决定。

6.5.3　T2 应用举例

【例 6-5】　将 T2 设为捕捉方式，测量 T2EX 引脚的正脉冲宽度，并将测量结果存到片内 RAM 的 31H、32H 单元。

单片机汇编语言没有规定与 T2 有关的 SFR 寄存器符号，程序中应先用伪指令定义后使用。源程序如下：

```
TL2 EQU 0CCH                ;定义与 T2 有关的寄存器
TH2 EQU 0CDH
T2CON EQU 0C8H
RCAP2L EQU 0CAH
RCAP2H EQU 0CBH
TR2 BIT 0CAH
TF2 BIT 0CFH
EXF2 BIT 0CEH
ORG 0000H
LJMP MAIN
ORG 002BH
LJMP INTT2
```

```
        ORG 0030H
MAIN:   MOV IE,#0A0H        ;开放总中断和 T2 中断
        JB P1.1,$           ;等待信号变低
        MOV T2CON,#09H      ;T2 设为捕捉方式
        JNB P1.1,$          ;等待高电平到来
        MOV TH2,#00H        ;清 T2
        MOV TL2,#00H
        SETB TR2            ;启动 T2 定时
        SJMP $              ;等待
INTT2:  CLR TR2             ;停止 T2
        MOV 31H,RCAP2L      ;存结果
        MOV 32H,RCAP2H
        CLR EA              ;清中断标志
        CLR EXF2
        RETI
        END
```

6.6 WDT 看门狗定时器

看门狗定时器是提高系统抗干扰能力的重要措施。AT89C51 和 AT89C52 等片内没有看门狗的单片机，通常是外接 X5045 和 MAX813L 等专用看门狗芯片。AT89S51 和 AT89S52 等型号已将看门狗集成到内部。目前其他公司新推出的单片机也已将看门狗定时器作为单片机的基本配置。

1. WDT 的使用

WDT 实际是一个定时时间固定的定时器，单片机系统中，WDT 监视程序的运行状态，当程序进入死循环时，WDT 能够及时发出复位信号，使单片机恢复到正常工作状态。AT89S51 单片机的 WDT 由一个 14 位计数器和一个看门狗复位寄存器 WDTRST 组成。WDT 计数器既不能读，也不能写。WDTRST 是属于 SFR 的 8 位只写寄存器，其地址是A6H。

单片机复位后，WDT 处于关闭状态。启动 WDT 的方法是顺序向 WDTRST 寄存器写入 1EH 和 0E1H，写完后，WDT 从 0 开始，每个机器周期加 1 计数，当计数到 16383（3FFFH）时，WDT 溢出，使 RST 引脚输出高电平，复位信号控制单片机复位，复位脉冲的持续时间为 98 个振荡周期。WDT 启动后，除硬件复位或 WDT 溢出复位外，没有其他方法关闭WDT。

WDT 的溢出周期取决于晶振频率。例如，当晶振频率为 12MHz，机器周期 1μs，则溢出周期为 16384μs≈16ms。若系统采用 24MHz 的晶振，溢出周期只有 8ms。

编程时，应首先计算出 WDT 的溢出周期，在程序中加入"喂狗"指令，使程序运行时在溢出周期内复位 WDT，保证 WDT 不会产生溢出而使单片机复位。WDT 复位的方法与启动 WDT 的方法相同，即顺序向 WDTRST 寄存器写入 1EH 和 0E1H。

AT89S52 单片机的 WDT 结构和用法与 AT89S51 相似，区别是其计数器为 13 位，计数次数为 8192（2^{13}），在相同时钟下，其溢出周期是 AT89S51 的一半。因此适用于 AT89S51的程序用到 AT89S52 时，必须调整 WDT 复位指令的位置和个数，不使 WDT 溢出。

2. 掉电和空闲方式下的 WDT

进入掉电方式后，振荡电路停止工作，WDT 也停止工作，用户不能再复位 WDT。AT89S 单片机退出掉电方式的方法有两种：硬件复位或激活一个外部中断。通过硬件复位退出掉电方式时，对 WDT 的操作与上电复位一样。通过中断退出掉电方式则有所不同，中断低电平应持续到晶振稳定，当中断变高时，执行中断服务程序。为了防止 WDT 在中断为低电平时复位单片机，WDT 直到中断引脚被拉高后才开始计数，WDT 应在中断服务程序中复位。

为了确保在离开掉电方式最初的几个状态周期 WDT 不溢出，最好在进入掉电方式前就复位 WDT。

进入空闲方式前，AUXR 寄存器 WDIDLE 位决定 WDT 是否继续计数。WDIDLE 复位值是 0，因此空闲方式下，WDT 默认继续计数。为了防止 WDT 在空闲方式下溢出，复位单片机，用户应设置一个定时器，定时离开空闲方式，对 WDT 复位，然后再进入空闲方式。

3. 辅助寄存器 AUXR

辅助寄存器 AUXR 字节地址是 8EH，不可位寻址，有效位有 3 个，其格式及功能如下：

	D7	D6	D5	D4	D3	D2	D1	D0	
AUXR	—	—	—	WDIDLE	DISRTO	—	—	DISALE	8EH

（1）DISALE——ALE 控制位。

当 DISALE＝0 时，ALE 引脚固定输出 1/6 晶振频率信号。

当 DISALE＝1 时，ALE 引脚仅在执行 MOVX 或 MOVC 指令时才输出信号。

（2）DISRTO——复位输出控制位。

当 DISRTO＝0 时，WDT 看门狗溢出后，RST 复位引脚输出高电平。

当 DISRTO＝1 时，复位引脚总是输入状态。

（3）WDIDLE——WDT 方式选择位。

当 WDIDLE＝0 时，空闲方式期间 WDT 仍然计数。

当 WDIDLE＝1 时，WDT 停止计数，进入空闲方式后才恢复计数。

复 习 思 考 题

1．单片机定时/计数的原理？定时和计数有什么异同？

2．AT89S52 单片机有几个定时/计数器，各有什么功能？

3．T0 和 T1 定时/计数器 4 种工作方式的特点，如何选择工作方式？

4．门控位 GATE 有什么作用，如何设置？

5．与 T0 和 T1 有关的寄存器有哪些，编程时如何使用？

6．单片机晶振频率为 6MHz，利用 T0 工作方式 2 在 P1.1 引脚产生 100kHz 的方波，中断方式编程。

7．利用 T0 定时控制 P1.0 引脚，输出高电平 40μs，低电平 160μs 的矩形波。设晶振频率为 12MHz。

8．单片机 P1 口接有 8 个发光二极管，高电平使 LED 发光，用 T1 定时，使 8 个 LED 以 1s 间隔循环发光。设晶振频率为 6MHz。

9. 定时/计数器 T1 对生产线上的产品计数，生产完 100 件产品，由 P1.7 发出一高电平，脉冲信号控制包装设备包装，编程实现上述功能。

10. 编程利用 T0 测量送到 INT0 引脚正脉冲的宽度，并将测量计数值送片内 RAM 的 30H，31H 单元。设单片机晶振频率为 6MHz。

11. T2 有哪几种工作方式？各有什么特点？

12. 看门狗定时器 WDT 的作用及工作原理是什么？程序中如何对其操作？

第 7 章　串　行　接　口

> 📘 **学习目标**

学习串行通信的概念，RS-232C 和 RS-485 串行通信接口，80C51 单片机串行口的结构原理，串行口编程应用。

> 📗 **学习要求**

> ➢ 了解：串行通信的基本概念，RS-232C、RS-485 串行通信接口的特点，信号电平定义及传输原理。
> ➢ 掌握：80C51 单片机串行口在扩展并行输入/输出口、双机通信和多机通信中的应用。

80C51 单片机集成了一个全双工异步串行通信接口，使单片机除了单机应用外，还能与其他单片机系统或微机通信，构成双机或多机系统，增强了单片机系统功能，拓宽了单片机的应用领域。

7.1　串行通信概述

1. 通信的概念

通信是每个人都熟知的词汇，原意是指人们相互传递信件，用书信交换信息，这是自古以来人们远程传递信息的主要途径。之所以今天写信的人可能不多了，因为有了电话、传真、E-mail 等更便捷的通信方式。计算机或智能仪器等数据处理设备之间通过线路交换信息也称为通信，传输信息线路称为通信网络。完整的通信系统由发送器、接收器、数据转换接口和通信线路组成。

传送或接收信息的设备称为数据终端设备 DTE（Data Terminal Equipment），如计算机、单片机应用系统等都属于 DTE，它们一般都兼有发送器和接收器的功能。

为了实现远距离传输，DTE 将数据发出后，必须先将其转换为模拟电信号，再送到传输线路上；数据接收时，也要先将线路中的模拟电信号转换为原来的数据，才能送到计算机处理。实现数据与模拟电信号之间相互转换的设备称为数据通信设备 DCE（Data Communication Equipment），常用的 DCE 是调制解调器（Modem）。

通过 DCE 转换后的模拟电信号可以送到公共电话网上传输，通信距离可达到几万米，而且不需专门铺设线路，具有成本低，距离远的优点。近距离通信不必通过 DCE 设备将数据转换为模拟信号，而是直接通过标准接口将计算机或设备相连。

2. 通信协议

语言是人们通信的协议，只有懂得相同语言的人才能对话。计算机之间的"对话"也需要有相同的"语言"，即通信协议。通信协议是为实现计算机之间通信而由用户规定的每台计算机都必须遵守的通信规则，包括通信数据格式、波特率、工作方式等内容。完善的通信协议是实现可靠通信的前提。

3. 并行与串行通信

按照每次传输信息位数的不同，通信分为并行通信和串行通信两种方式。

（1）并行通信。并行通信（Parallel Communication）是将数据的各位同时传送的通信方式。如 8 位数据总线的微机一次可以传输 8 位数据。由于一条数据线只能传输一位数字信号，并行通信中传输多少位数据信息，就需要多少条数据线，另外还需要一条地线和若干条状态控制线，使并行通信传输线非常多。并行通信传输速度高，但是信号传输过程中，容易因线路电压信号衰减、信号间相互干扰等导致传输数据出现错误，如果传输线较长，问题更加严重。因此，并行通信只适用于短距离的数据传输。

（2）串行通信。串行通信（Serial Communication）是数据各位按顺序依次传送的通信方式。不论传输多少位数据，串行通信只需要一条数据线和一条地线就能进行数据传递，用线量远少于并行方式，适合于远距离数据传输，传输距离从几米到几万米，还可借助电话线等网络，使传输成本降到很低。

串行通信传输速度比较低，但随着技术的发展，出现了一些速度很快的新型串行总线，如 USB 通用串行总线，USB 1.1 数据传输速率为 12Mbps，USB 2.0 数据传输速率达到了 480Mbps，USB 总线以良好的性能取代了微机并口（打印口），成为当前打印机标准数据传输接口。IEEE 1394（FireWire）最高数据传输速率可达 1Gbps，完全能满足高速数据传输的要求。

4. 串行通信数据传输方向

串行通信中，按照数据传输方向，数据通路可以分为三种形式。

（1）单工方式。单工（Simplex）方式只能单向传输数据，发送方只能发送，不能接收，接收方只能接收，不能发送。如图 7-1（a）所示，A 中只有串行数据发送器，B 中只有串行数据接收器，双方通过一条串行数据线连接，只能由 A 到 B 单向传输数据。

（2）半双工方式。半双式（Half-duplex）方式能双向传输数据，但发送和接收不能同时进行。如图 7-1（b）所示，A 和 B 内部都有发送器和接收器，两者只通过一条串行数据线连接，为了实现数据双向传输，电路中增加了两个开关，通过开关的切换可实现由 A 到 B 或者由 B 到 A 的数据传输，A（或 B）的发送、接收只能分时进行。

（3）全双工方式。全双工（Full-duplex）方式是功能最全面的串行数据传输方式，双方能同时进行数据发送和接收操作。如图 7-1（c）所示，A 和 B 内部都有能独立工作的发送器和接收器，A 的发送器通过一条串行数据线与 B 的接收器相连，B 的发送器通过

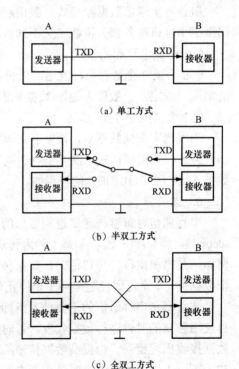

图 7-1　串行通信数据传输方向

另一条串行数据线与 A 的接收器相连。A 和 B 在发送数据的同时也能接收数据。

5. 同步通信与异步通信

串行通信分为同步通信和异步通信两种通信方式。

（1）同步通信（Synchronous Communication）。同步通信以数据块（即信息帧）为单位传输数据。在面向字符的同步传输中，帧格式由同步字符、数据块和 CRC（循环冗余校验）校验字符三部分组成，如图 7-2 所示。

同步字符1	同步字符2	数据块	CRC字符1	CRC字符2

图 7-2　同步通信的帧格式

发送方首先发送 1 个或 2 个同步字符，单同步字符采用 16H，即 ASCII 码表中 SYN 字符的 ASCII 码；双同步字符采用 EB90H（国际通用标准代码），接收方收到同步字符后，与自己存储的同步字符比较，如果相同，即实现了同步，开始接收后面送来的数据块，最后接收 CRC 校验字符。数据块中的字符是连续的，字符之间没有附加其他信息，传输波特率较高。同步方式需要提供单独的时钟信号，保持发送器与接收器的同步，硬件电路比较复杂。

（2）异步通信（Asynchronous Communication）。异步通信以字符或字节作为传输基本单位，每个数据加上起始位、停止位、校验位等组成一帧信息。异步通信时，发送器与接收器使用独立的时钟，为了保证发送与接收的速率相同，通信双方波特率应该保持一致。发送器发送数据时，可以连续发送，也可以断续发送，帧与帧之间间隔时间没有限制。接收端通过起始位、停止位与发送端同步。

串行异步通信数据帧格式一般由起始位、数据位、奇偶校验位和停止位四部分组成，不同微机串行口对各部分位数定义不同。80C51 串行口数据帧格式由三部分组成：

①1 个低电平起始位；

②8 个或 9 个数据位，发送时低位在前，高位在后。数据位个数为 9 个时，第 9 位的功能由用户确定，一般作为地址/数据标志位，也可作为奇偶校验位使用；

③1 个高电平停止位。

当发送完一帧数据后，如果不立即发送下一帧，数据线保持高电平，称为空闲位。图 7-3（a）为 8 位数据帧格式，图 7-3（b）为 9 位数据帧格式，图 7-3（c）为串行口异步发送 8 位数据 5AH（01011010B）的波形图。

6. 波特率

串行通信时每秒传送二进制信息的位数称为波特率（band rate）。波特率单位是 bps（bit per second），即位/秒。波特率是 1 秒内传送的所有二进制信息总位数，而不仅是有效数据位数。例如，某微机串行异步通信时，数据传输速率是 960 字符/秒，每帧字符包含 1 个起始位、7 个数据位、1 个奇偶校验位和 1 个停止位，则波特率为 960×10＝9600bps。

波特率是串行通信的重要技术指标，反映了串行通信传输数据的快慢。异步通信双方各自使用独立的时钟进行数据收发，若时钟频率等于波特率，双方频率有微小的偏差就可能使数据接收出现错误。为提高数据传输的可靠性，时钟频率通常为波特率的若干倍，如 16 倍、32 倍或 64 倍，即在多个时钟周期内发送及接收一位数据，这样接收端就能可靠采样到送来的数据。

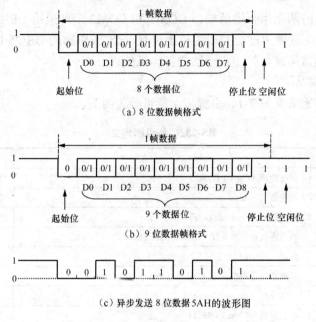

（a）8 位数据帧格式

（b）9 位数据帧格式

（c）异步发送 8 位数据 5AH 的波形图

图 7-3　80C51 单片机异步通信帧格式

设计单片机应用系统时，通过编程设置能得到不同的波特率。如果设置的波特率比较特殊，如 129bps、168.7bps、1258bps，同时设计的两个系统能够通信，但是却不能与微机或其他现有设备通信。为了使设计的应用系统具有通用性，一般选取 RS-232C 规定的标准波特率。常用标准波特率有 600bps、1200bps、2400bps、4800bps、9600bps、19.2kbps、38.4kbps、57.6kbps、115.2kbps 等。

7.2　串行通信标准接口

单片机串行接口电路采用 TTL 电平标准，在双机或多机通信中，如果将各串行接口直接连接，抗干扰能力差，传输距离近，不能起到远距离可靠交换信息的目的，没有实用价值。串行接口通信一般通过标准串行接口实现，在工业应用领域，常用标准接口有 RS-232C、RS-485、RS-422A 等。

7.2.1　RS-232C 标准接口

RS-232C 是美国电子工业协会（EIA）制定并发布的串行通信接口标准，最初是为了利用公共电话网络和调制解调器进行远距离数据通信，其信号定义都与调制解调器有关。RS-232C 串行接口现在已成了微机及工业控制中应用最广泛的串行通信接口标准。

1. RS-232C 串行接口连接器

RS-232C 串行接口连接器有两种：25 引脚 DB-25 插座和 9 引脚 DB-9 插座，引脚排列如图 7-4 所示。DB-25 插座包含作为同步和异步通信的所有信号，DB-9 插座仅有异步通信信号。微机及其他设备的串行通信一般采用异步方式。同步通信用得很

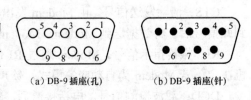

（a）DB-9 插座(孔)　　　（b）DB-9 插座(针)

图 7-4　DB-9 连接器引脚排列

少，现在微机上配备的两个串行通信端口 COM1 和 COM2 全部采用 DB-9 插座（针座），且已经集成在了主板上。读者可能会发现主机上也有一个 25 引脚的 DB-25 插座（孔座），实际上是并行接口，即通常用来与打印机通信的打印机接口。

2．RS-232C 引脚功能

RS-232C 各引脚定义见表 7-1。引脚按功能可分为两类。

表 7-1　　　　　　　　　　　　　　　　**RS-232C 各引脚定义**

引　脚	符　号	功　　　　能	传 输 方 向
1	DCD	载波检测（Carrier Detect）	微机←Modem
2	RXD	接收数据（Receive Data）	微机←Modem
3	TXD	发送数据（Transmit Data）	微机→Modem
4	DTR	数据终端设备准备好（Data Terminal Ready）	微机→Modem
5	GND	地线（Ground）	
6	DSR	数据通信设备准备好（Data Set Ready）	微机←Modem
7	RTS	请求发送（Request To Send）	微机→Modem
8	CTS	清除发送（Clear To Send）	微机←Modem
9	RI	振铃指示（Ring Indicator）	微机←Modem

（1）数据线和地线。

RXD：数据接收线。计算机从 RXD 端接收远程传送来的数据。接收数据的过程中，数据高、低电平变化会使 Modem 的 RXD 信号指示灯闪烁。

TXD：数据发送线。计算机将需要发送的数据转换为串行数据后，从 TXD 端发送出去。发送数据的过程中，数据高、低电平变化会使 Modem 的 TXD 信号指示灯闪烁。

GND：信号地。通信时，作为计算机及 Modem 发送或接收数据的电位参考点，RS-232C 串行通信双方必须用公共地线将各自的接地端连到一起，否则会使发送与接收信号的电位不同而产生错误。

（2）联络信号。

DTR：数据终端设备准备好信号，由计算机发出，送往 Modem。DTR＝1 表示计算机已准备好接收数据。Modem 收到此信号后，可向计算机发送数据。

DSR：数据通信设备准备好信号，高电平有效，由 Modem 发出，送往计算机。DSR＝1 表示 Modem 准备好接收数据，计算机收到后，可以向 Modem 发送数据。

RTS：请求发送信号，由计算机发出，送往 Modem。Modem 收到此信号后，将从电话线上收到的数据传送到计算机。若 RTS 信号有效前有数据送到 Modem，Modem 会先暂存到缓冲区中。

CTS：清除发送信号，由 Modem 发出，送往计算机，通知计算机发送数据。当计算机收到此信号后，将数据送到 Modem，Modem 收到数据后，调制成模拟信号，由电话线送出。

RI：振铃指示信号。Modem 通过 RI 信号通知计算机有电话进来，是否接听电话由计算机决定。若 Modem 为自动应答模式，铃声响一定次数后自动接听电话。

DCD：载波检测信号。电话接通后，Modem 检测到线路中的载波信号，通过 DCD 信号通知计算机准备接收数据。若计算机收不到 DCD 信号，则控制 Modem 挂机。

3. RS-232C 接口典型应用

以下介绍 RS-232C 接口典型应用。

（1）远程通信。图 7-5 是利用电话网和 Modem 实现远程通信的示意图。微机 A 将需要发送的数据送到 Modem，由 Modem 对载波进行调制，将数据信息包含到载波中，并发送到电话线上，通过电信局的公共电话网和程序交换机传输，到达接收端的 Modem 后，由接收端 Modem 解调出载波中的数字信息，送入微机 B 进行处理。这种通信方式的距离主要取决于公共电话网的长度，只要有电话线的地方，就能进行数据通信，最远可实现数万米的远程通信。

图 7-5　利用电话网和 Modem 实现远程通信示意图

（2）短距离通信。通信距离只有几十米时，可通过 RS-232C 接口直接连接。这时联络信号只用几条或者全部不用。图 7-6 为微机通过 RS-232C 直接连接的电路。除了两条数据线外，有几条联络线也要交叉连接。这种连接方式对某一微机来说，另一微机相当于一个虚拟 Modem。

单片机与单片机或单片机与微机构成的点对点双机通信系统，只用于数据和命令的发送和接收操作，不需要联络信号，只要将 RXD，TXD，GND 三条线连接起来即可。电路如图 7-7 所示，双方的 RXD 线和 TXD 线交叉连接，其他信号线不用。这种方式也可用于两台微机之间的串行通信，是 RS-232C 串行通信应用最广泛的方式之一。

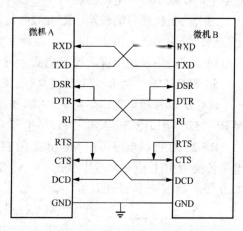

图 7-6　微机通过 RS-232C 直接连接的电路

4. RS-232C 的电气特性

为了增加信号传输距离，提高串行通信抗干扰能力，RS-232C 标准规定了专用的 RS-232C 信号标准，用负逻辑和双极性信号表示传输数据的高、低电平，RS-232C 信号标准如图 7-8 所示。

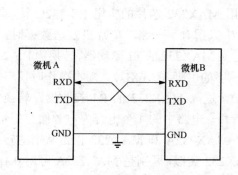

图 7-7　RS-232C 不用联络线直接连接的电路

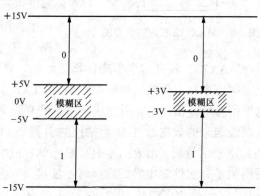

图 7-8　RS-232C 信号标准

发送端：+5～+15V 表示逻辑 0（或称为 SPACE 空号，对应于 ON 状态），–5～–15V 表示逻辑 1（或称为 MARK 信号，对应于 OFF 状态）。

不同的计算机或设备采用的实际电压并不相同，只要电压值在规定范围内，就能正常通信。例如，微机接口和单片机扩展的 RS-232C 接口逻辑 0 为+10V 左右，逻辑 1 为–10V 左右。

接收端：为了减小噪声电压的影响，接收端又加大了高、低电平的电压范围，规定+3～+15V 之间的电压为逻辑 0，–3～–15V 为逻辑 1。如果接收信号电压在–3～+3V 之间，串行接口不能正确识别，有可能送计算机高电平，也可能送低电平。这一段电压范围称为模糊区。信号电平落入模糊区是通信出错的主要原因。

由图 7-7 可见，发送器和接收器具有公共地线，发送和接收数据的信号电平都以公共地作为参考，这种传输方式称为非平衡传输方式。信号传送时，共模噪声电压会叠加到信号电压中，送到接收端，使接收数据出错。RS-232C 标准用较高的电压和很宽的电压范围表示高、低电平，以减小噪声电压的影响。

由于抗干扰能力比较差，RS-232C 传输数据速率和传输距离都比较小。RS-232C 标准规定数据传输速率最大为 20kbps。当波特率为 19.2kbps 时，最大传输距离为 15m。实际应用时，通过降低波特率及使用屏蔽线等措施，可以增加传输距离。

5. 80C51 单片机 RS-232C 接口

80C51 单片机串行口采用+5V 的 TTL 电平信号，与其他单片机或微机通信时，需要扩展 RS-232C 接口电路，实现 TTL 电平和 RS-232C 电平的转换。

RS-232C 接口电路可由 MC1488（TTL 电平转换为 RS-232C 电平）和 MC1489（RS-232C 电平转换为 TTL 电平）芯片组成，但 MC1488 芯片需另外提供±15V 或±12V 电源，使用不太方便。当前产品设计开发中，一般采用只需+5V 电源供电的一体电平转换芯片，如 MAX232、MAX232A、MAX233、LT1180A 等。下面以美国 MAXIM 公司的 MAX232 为例说明 RS-232C 接口电路的原理。

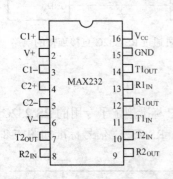

图 7-9　MAX232 芯片的引脚图

MAX232 是单 5V 供电的 RS-232 收发器，包括两个驱动器、两个接收器和双充电泵电压变换器三部分。两个驱动器能将两路 TTL 信号转换为 RS-232 信号输出；两个接收器能接收两路 RS-232 信号，并转换为 TTL 信号；双充电泵电压变换器能将+5V 电源电压变换为 RS-232 所需的±10V 输出信号电平。图 7-9 为 MAX232 芯片的引脚图。

图 7-10 为采用 MAX232 芯片的实用 RS-232C 接口电路。MAX232 各有两个驱动器和接收器，该电路中只用到了一路。单片机发送数据时，8 位数据由串行口转换为串行数据后，由 TXD 引脚送到 MAX232 的 T1 驱动器，转换为 RS-232 电平信号后，由 $T1_{OUT}$ 引脚输出，送到 9 脚 D 型插座的引脚 3（TXD）。接收操作时，串行数据线送来的数据通过 D 型插座的引脚 2（RXD），进入 MAX232 的 R1 接收器，转换为 TTL 电平信号后，由 $R1_{OUT}$ 引脚输入单片机的串行口。电路中的 4 个电容为电源储存能量，采用的是有极性的电容，连接时不能接反。另外，MAX232A 和 MAX233 也是常用的转换芯片，它们是 MAX232 的改进型，工作原理与 MAX232 类似，区别是 MAX232A 可用 0.1μF 电容，MAX233 不用外接电容。

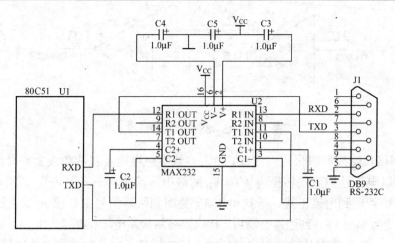

图 7-10 采用 MAX232 芯片的实用 RS-232C 接口电路

7.2.2 RS-485 标准接口

1. 三种串行接口比较

RS-232C 接口仅适用于两台微机之间的通信，数据直接传输距离短，传输速率低，易受外界电磁干扰。为弥补其不足，EIA 又制定并发布了 RS-422A，RS-485 等接口标准，三种标准接口性能比较见表 7-2。

表 7-2   三种标准接口性能比较

特性参数　　　标准接口	RS-232C	RS-485	RS-422A
传输模式	单端收发（非平衡式）	差动收发（平衡式）	差动收发（平衡式）
接线方式	3 线～9 线	2 线	4 线/2 线
传输方向	全双工	半双工	全双工
传输速率	20kbps	10Mbps	10Mbps
传输距离	15m	1200m	1200m
驱动器数目	1	32	1
接收器数目	1	32	10

RS-422A 和 RS-485 最大数据传输速率为 10Mbps，最大传输距离可达 1200m，比 RS-232 有了显著提高。这两个接口主要用于多机通信，RS-422A 可以双全工通信，RS-485 只能半双工通信。多机通信中，半双工方式用得更多，可见 RS-485 网络在工业控制中应用非常普遍，也是单片机系统多机通信的主要总线。

2. RS-485 传输原理

RS-485 信号传输原理如图 7-11 所示。RS-485 接口采用两条数据线 A 和 B 以平衡方式传送数据。两条数据线电压是反相的。发送端若数据为高电平，则 V_A 比 V_B 高 1.5V 以上；若数据为低电平，则 V_A 比 V_B 低 1.5V 以上。接收端同样根据 A，B 两条线的电压差转换为信号电平，为了使 RS-485 总线传输更远的距离，接收端的灵敏度为 0.2V，即 A，B 两端电压只要大于 0.2V 就是有效数据。若 V_A 比 V_B 高 0.2V 以上，接收端输出 TTL 高电平；若 V_A 比 V_B 低 0.2V 以上，接收端输出 TTL 低电平。

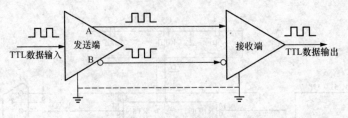

图 7-11　RS-485 信号传输原理

RS-485 网络传输线一般采用双绞线，绝大多数噪声电压会在两条线上同时出现。例如，发送端将数据以电压差的形式转换为 V_A、V_B 两路电压输出，三者关系为 $V_{OUT}=V_A-V_B$。数据传输过程中若受到电磁干扰，干扰电压 V_N 叠加到两路信号上，使 A 线电压变为 V_A+V_N，B 线电压变为 V_B+V_N，到达接收端后，接收器将两线路电压相减，为 $V_{IN}=(V_A+V_N)-(V_B+V_N)=V_A-V_B$，数据传输过程中受到的干扰被抵消了，接收器收到的仍然是发送的电压信号。可见，RS-485 平衡传输方式能够有效地避免干扰，适用于干扰比较严重的工业应用。

7.3　单片机串行口结构

80C51 单片机串行口是一个全双工通用异步收发器，即 UART（Universal Asynchronous Receiver Transmitter），能同时发送和接收串行数据，与其他单片机或微机组成双机或多机通信系统。另外，串行口还可以作为同步移位寄存器，用来扩展并行 I/O 端口。

7.3.1　串行口结构与原理

1. 串行口结构

80C51 串行口简化结构如图 7-12 所示，串行口硬件结构比较复杂，为便于理解，图中省略了一些细节，这并不影响对结构和原理的理解。串行口硬件结构由独立的发送器和接收器两大部分组成。发送器主要由发送 SBUF 和发送控制器及一些门电路组成。接收器包括接收 SBUF、接收移位寄存器、接收控制器等。

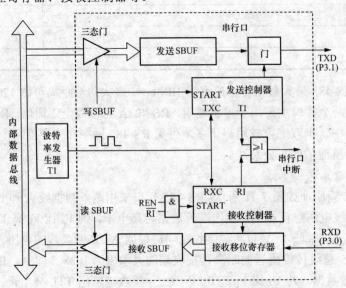

图 7-12　80C51 串行口简化结构框图

使用串行口主要是通过对串行口相关 SFR 寄存器的操作实现。这几个寄存器是，数据缓冲器 SBUF、串行口控制寄存器 SCON 和电源控制寄存器 PCON。串行口不包含时钟电路，发送接收数据所需的波特率信号由单片机时钟或定时器 T1 提供。

2. 串行口工作原理

以下介绍串行口工作原理。

（1）发送数据。CPU 执行一条以 SBUF 为目的操作数的数据传送指令，如 MOV SBUF,A，即启动一次发送过程。指令执行时，产生写 SBUF 控制信号，该信号有两方面的作用：一是打开输出三态门，使送到内部数据总线的数据进入发送缓冲器 SBUF；二是使发送控制器得到发送启动信号 START，控制门电路将发送 SBUF 中待发送的 8 位数据（或 9 位数据，第 9 位在 TB8 中）转换为串行数据，并按照从低位到高位的顺序依次从 TXD 引脚发送出去。发送过程中，发送控制器自动为每个字符/字节数据加上起始位和停止位。数据发送完成后，发送控制器将 TI 位置 1，通过或门向 CPU 发出串行口中断请求，CPU 可以开始下一帧数据的发送。

发送器是单缓冲结构，即数据送入发送缓冲器 SBUF 后直接输出。发送操作没有必要采用双缓冲或多缓冲结构，因为 CPU 每送出一个数据都可通过检测 TI 标志确认数据有没有发送完成，前一个数据没有发送完时，不能发送下一个数据，只要程序正确，发送操作是不会出现数据冲突的。

（2）接收数据。当 REN＝1 且 RI＝0 时，启动串行口的接收操作，串行口不断检测 RXD 线的状态，当 RXD＝0 时，串行口认为对方开始发送数据，接收移位寄存器将随后送到 RXD 引脚的串行数据从低位到高位依次接收，并转换为 8 位并行数据，然后送入接收缓冲器 SBUF，若接收到 9 位数据，第 9 位存入 RB8 中，数据接收并转换完成后，接收控制器将 RI 位置 1，通过或门向 CPU 发出串行口中断请求。若 CPU 执行一条读 SBUF 指令，如 MOV A,SBUF，指令会自动产生读 SBUF 控制信号，打开输入三态门，使接收 SBUF 中的数据通过三态门进入内部数据总线，被 CPU 读取到指定存储单元。

接收器由接收移位寄存器和接收缓冲器 SBUF 构成双缓冲结构，在前一个数据送入接收 SBUF，还没有被 CPU 读取的情况下，串行口就可以开始下一个数据的接收，这种结构能提高串行口接收数据的效率，防止前一个数据没来得及取走就被后来数据覆盖。但是如果第二个数据接收完时，前一个数据仍没被取走，就会被后来的数据覆盖。串行口收到数据后应及时取走，防止有效数据丢失。

7.3.2 串行口寄存器

1. 数据缓冲器 SBUF

串行口包含两个在物理上独立的数据缓冲器：发送缓冲器和接收缓冲器。发送缓冲器只能写不能读，接收缓冲器只能读不能写，这两个缓冲器共用相同的符号（SBUF）和地址（99H），由指令形式决定是对哪个数据缓冲器的访问。

以 SBUF 为目的操作数的指令是对发送器 SBUF 的操作，用于将数据通过串行口发送出去，例如：

```
MOV SBUF,A      ;将 A 的内容通过串行口发送
MOV SBUF,#3FH   ;将立即数通过串行口发送
```

以 SBUF 为源操作数据的指令是对接收 SBUF 的操作，用于读取串行口接收到的数据，

例如：

```
MOV A,SBUF        ;将串行口 SBUF 中的数据送入 A
MOV 6AH,SBUF      ;将串行口 SBUF 中的数据送入片内 RAM 6AH 单元
```

由于 SBUF 属于 SFR 中的单元，在指令中一般用 SBUF 名称直接寻址方式访问。

2. 串行口控制寄存器 SCON

SCON 用于设置串行口的工作方式，存储串行口的状态信息等。字节地址为 98H，可位寻址，位地址为 98H～9FH。各位功能如下：

	9FH	9EH	9DH	9CH	9BH	9AH	99H	98H	
SCON	SM0	SM1	SM2	REN	TB8	BB8	TI	RI	98H

SM0，SM1：工作方式选择位。两位的组合用于设置串行口的 4 种工作方式，见表 7-3。注意选择工作方式时 SM0 为高位，SM1 为低位，这是与其他组合设置位不同的。

表 7-3　　　　　　　　　　　　　串 行 口 的 工 作 方 式

SM0	SM1	方　式	功　　能	波　特　率
0	0	0	8 位同步移位寄存器	$f_{osc}/12$
0	1	1	8 位 UART	可变，由定时器决定
1	0	2	9 位 UART	$f_{osc}/32$ 或 $f_{osc}/64$
1	1	3	9 位 UART	可变，由定时器决定

表中 f_{osc} 表示振荡器频率。

SM2：多机通信控制位。在方式 2 或方式 3 中，若 SM2＝1，当接收到 RB8 中的第 9 位数为 1 时，RI 被置位，向 CPU 申请中断；第 9 位数为 0 时，不能置位 RI，接收数据无效。若 SM2＝0，接收到的任何数据都能使 RI 置位。在方式 1 中，若 SM2＝1，只有收到有效的停止位，才能使 RI 置 1。方式 0 中应将 SM2 设为 0。

REN：串行口接收允许位。REN＝1，允许接收；REN＝0，禁止接收。REN 一般用位操作指令置 1 或清 0。

TB8：在方式 2 和方式 3 中，存放发送数据的第 9 位。发送数据前由指令置 1 或清 0。在 80C51 单片机多机通信中，TB8 用做地址/数据的标志位，TB8＝1 表示前 8 位为地址；TB8＝0 表示前 8 位为数据。另外，TB8 也可作为奇偶校验位。

RB8：在方式 2 和方式 3 中，存放接收数据第 9 位。该位的作用取决于发送方对 TB8 中第 9 位的定义。一般是地址/数据标志位或奇偶校验位。在方式 1 中，若 SM2＝0，RB8 存放接收到的停止位。在方式 0 中该位不用。

TI：发送中断标志。在方式 0 中，发送完 8 位数据，由硬件自动将 TI 置 1；在方式 1、方式 2、方式 3 中，开始发送停止位时，由硬件自动将 TI 置 1。TI 置 1 是串行口向 CPU 发出的中断服务请求信号，表示一帧数据发送完成，发送缓冲器空，CPU 可以发送下一个数据。若串行口中断开放，CPU 响应串行口中断请求，进行中断服务。若没有开放串行口中断，也可通过查询 TI 位，以判断数据是否发送完成，用查询方式编程发送数据。在任何方式下都必须用 CLR TI 指令将 TI 清 0。

RI：接收中断标志。在方式 0 中，接收完 8 位数据，由硬件自动将 RI 置 1；在方式 1、

方式 2、方式 3 中，当接收到停止位的中间位置时，由硬件自动将 RI 置 1。RI 也是串行口向 CPU 发出的中断服务请求信号，表示已接收完一帧数据，并存到接收 SBUF，要求 CPU 读取接收到的数据。与 TI 位的用法相似，若串行口中断开放，CPU 响应串行口中断请求，进行中断服务。若没有开放串行口中断，也可通过查询 RI 位，以判断有没有收到数据，用查询方式编程接收数据。在任何方式下都必须用 CLR RI 指令将 RI 清 0。

80C51 单片机只有一个串行口中断源，两个不同的中断请求标志 RI 和 TI 通过或门合为一个串行口中断请求信号，向 CPU 发出中断请求。进入中断服务程序后，首先要用指令检测 RI 位和 TI 位，以判断是发送完还是接收完数据引起的中断，并进行相应的处理。

中断返回前，必须用指令将置位的中断标志清 0，否则会产生错误中断请求。例如，当 RI 置 1 时，CPU 进入串行口中断服务程序，并读取接收 SBUF 中的数据，若中断服务程序中没有将 RI 清 0，返回后 RI 仍然为 1，CPU 会再次进入中断服务程序，读取数据，这次读取的数据仍然是上一个数据，程序运行出错，并会进入死循环。

3. *电源控制寄存器 PCON*

	D7	D6	D5	D4	D3	D2	D1	D0	
PCON	SMOD	—	—	—	GF1	GF0	PD	IDL	87H

PCON 中只有 SMOD 位与串行口有关。其他位在前面已经介绍，这里不再重述。SMOD 位是串行口波特率倍增位。当串行口工作于方式 1、方式 2、方式 3 时，SMOD 为 1 时的波特率是 SMOD 为 0 时的波特率的两倍。

由于 PCON 寄存器不可位寻址，对 SMOD 位的操作只能通过对 PCON 寄存器整体操作实现，同时注意不要影响其他位。可用 ORL PCON,#80H 指令将 SMOD 位置 1，用 ANL PCON,#7FH 指令将 SMOD 位清 0。

7.4　串 行 口 工 作 方 式

7.4.1　方式 0——8 位同步移位寄存器

方式 0 为 8 位同步移位寄存器方式，时序如图 7-13 所示。该方式传输波特率固定不变，为 fosc/12。RXD（P3.0）端作为数据输入/输出端，发送接收数据均从低位向高位依次进行。TXD（P3.1）端输出同步移位脉冲，作为外接移位寄存器的移位脉冲。

方式 0 主要用于通过外接移位寄存器扩展并行 I/O 端口。扩展并行输出端口需外接串入并出移位寄存器，常用芯片有 74HC164、74LS164、CD4094 等。扩展并行输入端口需外接并入串出移位寄存器，常用芯片有 74HC165、74LS165、CD4014 等。这种扩展方式对外部扩展的并行 I/O 端口数量没有限制，扩展多个并行端口需要的端口线也不增加，只需 2~3 条端口线，有利于节省端口资源。但扩展端口数目越多，对端口的处理速度越慢。在对速度要求不高的情况下，这是一种较好的并行端口扩展方法。

1. *发送过程*

当 TI＝0 时，执行一条以 SBUF 为目的操作数的指令，即启动一次发送过程。指令执行时，在机器周期的 S6P2 时刻产生一个写入 SBUF 控制脉冲信号，使发送数据写入发送 SBUF。一个机器周期后，内部发送控制信号 SEND 高电平有效，将门电路打开，在移位脉冲的作用下，发送控制器将发送 SBUF 中的数据从低到高逐位输出到 RXD（P3.0）引脚，同时 TXD（P3.1）引脚输出同步移位脉冲，作为外接移位寄存器的移位时钟信号。8 位数据发送完后，SEND 信号变低，TI 变为高电平，向 CPU 发出中断请求，提示 CPU 可以发送下一个数据，一帧数据发送过程结束。再次发送下一个数据前，必须用指令将 TI 清 0。

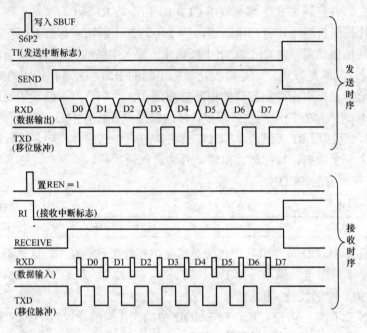

图 7-13　串行口方式 0 的时序

2. 接收过程

当 RI=0 时，将 REN 置 1，即启动一次接收过程。接收启动后，内部允许接收信号 RECEIVE 高电平有效。接收时，接收控制器每个机器周期对 RXD 引脚采样，将采样值从右边（高位）移入接收移位寄存器，再将接收移位寄存器内容整体左移一位，为接收下一位做准备。接收数据的同时，TXD 引脚不断输出同步移位脉冲，作为外接移位寄存器移位时钟信号。经过 8 个机器周期接收完一帧（8 位）数据后，RECEIVE 变低，RI 变为高电平，向 CPU 发出中断请求，要求 CPU 读取接收到 SBUF 的数据。若要接收下一个数据，必须用指令将 RI 清 0。

7.4.2　方式 1——8 位 UART

串行口方式 1 为 8 位通用异步收发器（UART），时序如图 7-14 所示。TXD 引脚为数据发送端，RXD 引脚为数据接收端。一帧数据共有 10 个位，包括 1 个起始位、8 个数据位和 1 个停止位。数据位发送与接收均先低位后高位。方式 1 波特率可由用户设置，波特率大小主要取决于定时器 T1 的溢出率和 SMOD 位的值。

方式 1 用于和其他单片机或微机组成双机通信系统。为了增加数据传输距离，串行口一般通过 RS-232 标准接口发送与接收数据。

1. 发送过程

当 TI=0 时，执行一条以 SBUF 为目的操作数的指令，即启动一次发送过程。串行数据由 TXD 引脚输出，发送控制器自动在 8 位数据前面加上 1 个低电平起始位，数据后面加上 1 个高电平停止位。一帧数据发送完成后，TI 置 1，向 CPU 发出中断请求。

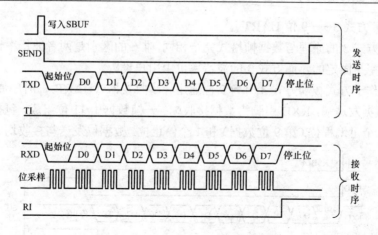

图 7-14 串行口方式 1 的时序

定时器 T1 的溢出信号经讨 16 分频（SMOD＝1）或 32 分频（SMOD＝0）后，作为发送移位脉冲，可通过改变 T1 的溢出率及设置 SMOD 值得到个同的波特率。

2. 接收过程

接收过程有两个脉冲信号，一个是由 T1 溢出信号经过 16 或 32 分频后，作为接收移位脉冲，在接收移位脉冲作用下，接收控制器将送到 RXD 引脚的串行数据逐位移入接收移位寄存器，转换为并行数据。另一个是位检测脉冲，其频率为接收移位脉冲的 16 倍，接收每一位数据期间都有 16 个检测脉冲，在第 7、8、9 三个脉冲时刻，位检测器分别采样 RXD 引脚状态，对三次采样结果采用三中取二的方法得到该位的值，即三个采样值中至少有两个相同，将两个相同值的状态作为采样结果。中间采样可以防止收发双方波特率不完全相同或信号两端边缘失真而导致的接收错误，允许双方波特率存在一定范围的偏差。由于干扰噪声电压持续时间非常短，采样信号三中取二能够抵制干扰，将噪声电压滤除，提高了串行通信的可靠性。

当 REN＝1 时，串行口开始对 RXD 引脚电平进行采样，当检测到由 1 到 0 的跳变，并连续 8 次采样都为 0 时，即认为收到了一帧数据的起始位，从下一个移位脉冲开始接收数据，直到接收完 8 位数据和 1 位停止位，并全部移入接收移位寄存器。接收完一帧数据后，若同时满足以下两个条件：

（1）RI＝0；

（2）SM2＝0 或 SM2＝1，且接收到的停止位为 1。

则接收控制器将接收移位寄存器中的 8 位数据送入接收 SBUF，将停止位送入 RB8，将 RI 置 1，向 CPU 发出中断请求。若不同时满足这两个条件，接收的数据无效。

第一个条件是为了保证 CPU 已读取了前一个数据，并已将 RI 清 0，防止数据丢失。一个完善的程序肯定是满足的。第二个条件说明，若将 SM2 设为 0，则所有接收到的数据都有效。若将 SM2 设为 1，只有收到一帧数据的停止位为 1 时，数据才有效。一个可靠的双机通信系统，停止位一般不会为 0，除非数据传输受到干扰。在编程接收数据前，只要将 RI 清 0，SM2 为 0 或为 1 都能完成数据的正常接收，SM2 在方式 1 中的作用并不大，实际上 SM2 主要是用于方式 2 或方式 3 组成的多机通信系统。

7.4.3　方式 2、方式 3——9 位 UART

方式 2 和方式 3 的原理与数据帧格式完全相同,唯一的区别是两者波特率设置方法不同,方式 2 的波特率是固定的,而方式 3 的波特率可由用户设置。

串行口工作于方式 2 和方式 3 时为 9 位通用异步收发器（UART）,时序如图 7-15 所示。TXD 引脚为数据发送端,RXD 引脚为数据接收端。一帧数据由 11 位组成,包括 1 个起始位、8 个数据位、1 个可编程位（第 9 位数据）和 1 个停止位。数据位发送与接收均先低位后高位。

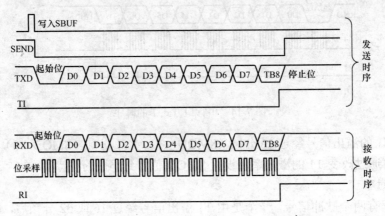

图 7-15　串行口方式 2、方式 3 的时序

方式 2 和方式 3 用于和其他单片机或微机组成多机通信系统。构成多机通信系统时,串行口一般通过 RS-485,RS-422 等标准接口与其他微机或单片机连接。这两个工作方式也可用于双机通信,将第 9 位数据作为奇偶校验位,以提高数据通信的可靠性。

1. 发送过程

发送数据之前,要先将第 9 位数据送入 TB8 位。80C51 单片机没有定义这个位的作用,用户可以根据需要设置,一般作为地址/数据标志位或奇偶校验位使用。

写入 TB8 后,执行一条以 SBUF 为目的操作数的指令,即启动一次发送过程。串行数据由 TXD 引脚输出,发送完 8 位数据,发送控制器自动将 TB8 中的第 9 位数据发送出去。一帧数据的 11 位全部发送完成后,TI 变为高电平,向 CPU 发出中断请求。

2. 接收过程

接收过程与方式 1 相似,也是每位有 16 个检测脉冲,在第 7、8、9 三个脉冲时刻采用三中取二的方式得到数据。当 REN＝1 时,串行口开始对 RXD 引脚电平采样,当检测到由 1 到 0 的跳变,并连续 8 次采样都为 0 时,即认为收到一帧数据的起始位,从下一个移位脉冲开始接收数据,直到接收完 9 位数据,并移入接收移位寄存器。接收完一帧数据后,若同时满足以下两个条件:

（1）RI＝0;

（2）SM2＝0 或 SM2＝1,且接收到的停止位为 1。

则接收控制器将接收移位寄存器的前 8 位数据送入接收 SBUF,第 9 位数据送入 RB8,将 RI 置 1,向 CPU 发出中断请求。若不同时满足这两个条件,接收数据无效。

7.4.4　串行口波特率

串行口波特率与单片机振荡频率、定时器 T1 溢出率以及 SMOD 位有关。方式 0 和方式

2 是固定波特率, 方式 1 和方式 3 的波特率可变, 由用户根据需要设置。

1. 方式 0 的波特率

方式 0 的波特率仅与振荡频率有关, 单片机振荡信号十二分频后, 作为方式 0 波特率信号, 波特率为振荡频率的 1/12 (即 $f_{osc}/12$)。应用系统一般不会更换晶振, 其波特率固定不变。例如, 当振荡频率 $f_{osc}=12\text{MHz}$ 时, 波特率为 1Mbps, 发送一位数据为 1μs。

2. 方式 2 的波特率

方式 2 的波特率取决于振荡频率和 SMOD 位, 与定时器无关。有两种波特率可供选择: 当 SMOD=0 时, 波特率为振荡频率的 64 分频 ($f_{osc}/64$), 当 SMOD=1 时, 波特率为振荡频率的 32 分频 ($f_{osc}/32$), 可用以下公式表示:

$$波特率 = \frac{f_{osc}}{64/2^{SMOD}}$$

3. 方式 1、方式 3 的波特率

方式 1 和方式 3 的波特率设置方法完全相同, 两者的波特率取决于定时器 T1 溢出率和 SMOD 位。可通过改变 T1 溢出率或 SMOD 位的值得到需要的波特率。串行口只有这两个方式用定时器 T1 作为波特率发生器。

T1 作为波特率发生器时, 可以工作在方式 0、方式 1、方式 2, 但方式 0、方式 1 不具有自动重装初值功能, 定时器溢出后, 还要在中断服务程序中重装初值, 中断处理过程使波特率信号误差较大, 可能使通信产生错误。定时器 T1 作为波特率发生器时, 一般工作在方式 2 (8 位自动重装初值方式)。

$$T1方式2的溢出率 = \frac{f_{osc}/12}{2^8 - 初值} = \frac{f_{osc}/12}{256 - 初值}$$

则方式 1、方式 3 的波特率为

$$波特率 = \frac{T1的溢出率}{32/2^{SMOD}} = \frac{f_{osc}/12}{(256-初值)\times(32/2^{SMOD})} = \frac{f_{osc}\times 2^{SMOD}}{384\times(256-初值)}$$

实际应用中, 一般根据要求的波特率计算初值, 由上式得到初值计算公式:

$$初值 = 256 - \frac{f_{osc}\times 2^{SMOD}}{384\times 波特率}$$

表 7-4 给出了定时器 T1 作为波特率发生器工作于方式 2 定时器应用时, 常用标准波特率与定时器的相应参数。

表 7-4 串口方式 1、方式 3 常用波特率与 T1 参数设置

波特率 (bps)	振荡频率 (MHz)	SMOD	C/$\overline{T}$	T1 初值
1200	11.0592	0	0	F8H
2400	11.0592	0	0	F4H
4800	11.0592	0	0	FAH
9600	11.0592	0	0	FDH
19200	11.0592	1	0	FDH

波特率（bps）	振荡频率（MHz）	SMOD	C/$\overline{T}$	T1 初值
62500	12	1	0	FFH
1200	6	0	0	F3H
2400	6	0	0	FAH
4800	6	0	0	FDH
9600	6	1	0	FDH
19200	6	1	0	FEH

标准波特率通信时常选用振荡频率为 11.0592MHz 的晶振，原因是该振荡频率可以使定时器 T1 产生的大部分标准波特率信号精度都很高，误差一般小于 0.1%。而采用 6MHz、12MHz 等晶振时，只能产生几个较精确的标准波特率信号，多数误差较大，降低了通信的可靠性。

在选用晶振时，计算出定时器初值后，还要计算实际波特率与要求波特率的误差，只有误差在允许范围内，才能保证系统可靠通信。80C51 单片机方式 1（10 位一帧数据）的最大波特率允许误差为±5%，方式 2、方式 3（11 位一帧数据）的最大波特率允许误差为±4.5%。

7.5　串行口应用

7.5.1　扩展并行 I/O 端口

串行口不用于串行通信时，可设为方式 0，作为同步移位寄存器使用，并通过外接串入并出移位寄存器扩展并行输出端口，外接并入串出移位寄存器扩展并行输入端口。

1. 扩展并行输出口

扩展并行输出端口时，必须外接串入并出移位寄存器，移位寄存器可采用各种不同型号的芯片。下面以使用较多的高速 CMOS 串入并出移位寄存器 74HC164 为例，说明扩展方法，该芯片与 TTL 芯片 74LS164 功能完全兼容，可互相代换。

74HC164 芯片的引脚如图 7-16 所示。各引脚功能为

A，B：两个串行数据输入端；

QA～QH：8 位并行数据输出端；

CLK：同步时钟输入端；

$\overline{\text{CLR}}$：清 0 端；

V$_{\text{CC}}$：电源；

GND：地。

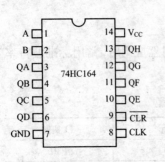

图 7-16　74HC164 芯片的引脚图

在 CLK 同步移位脉冲上升沿，串行输入端的数据首先移入 QA 并输出，同时各位依次向下一位移一位，移位顺序是 QA～QH。若要扩展多个并行输出口，可将各片 74HC164 级联，使 QH 端与下一片串行输入端 A、B 相连，由 QH 向下一片发送串行数据。$\overline{\text{CLR}}$ 用于将 8 个输出端清 0。

【例 7-1】　利用 AT89S51 单片机串行口和 74HC164 移位寄存器扩展两个 8 位并行输出

口，并连接两个 LED 数码管显示器。编程将片内 RAM 50H 和 51H 单元中的两位十六进制数送数码管显示。

本例中用到两个 LED 数码管显示器，下面首先介绍 LED 显示器的结构和原理，然后再分析电路和编程。

（1）LED 显示器结构。LED（Light Emitting Diode）显示器是单片机应用系统常用的输出设备，由多个 LED 发光二极管组合在一起制成，采用不同的 LED 可以发出红、绿、黄、蓝等不同颜色的光。LED 显示器有段式和点阵式两大类，点阵式由很多 LED 发光点排列而成，能够显示字符或图形等复杂信息，如车站 LED 电子信息屏、广场 LED 彩色电视屏等，都是由几万至几十万个 LED 组成的。段式 LED 显示器是由几个 LED 发光二极管做成字符段形状，用环氧树脂封装起来，仅能显示数字和简单的字符，又称为数码管。这类显示器与单片机接口简单，编程操作方便，占用资源少，在单片机产品中得到了广泛应用。图 7-17 是常用的 7 段 LED 数码管显示器，由 8 个发光二极管组成，包括 7 个字符段和 1 个小数点。通过控制 8 个 LED 的亮灭，就能显示不同数字或字符。

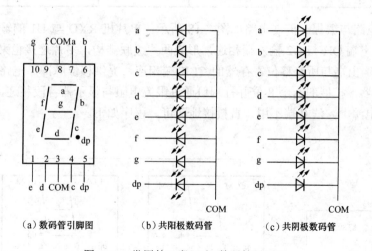

（a）数码管引脚图　（b）共阳极数码管　（c）共阴极数码管

图 7-17　常用的 7 段 LED 数码管显示器

LED 数码管显示器有共阴极和共阳极两种类型。共阴极是将组成数码管的各 LED 负极连在一块，作为公共极 COM，共阳极是将正极连在一块，作为公共极 COM。为了便于使用，7 个字符段分别用字母 a～g 表示，小数点用 dp 表示。

（2）LED 显示器原理。LED 显示器是由发光二极管组成的，给发光二极管加上正向导通电压就能驱动二极管发光，不同二极管的发光组合显示不同字符或数字。与单片机接口时，每个数码管需要 8 个端口线控制，可用单片机并行口或系统扩展并行端口控制，单片机送出的控制数据有高、低位顺序，为了使用的统一，规定 LED 显示器各段从高到低的顺序为：dp、g、f、e、d、c、b、a，在接线时，各段应按高、低顺序与并行端口各位相连。由此可以得到显示不同字符的数据，称为 LED 显示器的 7 段代码（段码）。例如，LED 显示器显示数字 1，应使 b、c 两段发光，其他段熄灭，共阳极数码管段码为 11111001B＝F9H，共阴极数码管段码为 00000110B＝06H。共阴极和共阳极 LED 显示器的二进制段码数据正好相反。同理可以分析出其他字符的段码，见表 7-5。

表 7-5　　　　　　　　　　　　　　　LED 显示器段码表

显 示 字 符	共阴极段码	共阳极段码	显 示 字 符	共阴极段码	共阳极段码
0	3FH	C0H	B	7CH	83H
1	06H	F9H	C	39H	C6H
2	5BH	A4H	D	5EH	A1H
3	4FH	B0H	E	79H	86H
4	66H	99H	F	71H	8EH
5	6DH	92H	P	73H	8CH
6	7DH	82H	U	3EH	C1H
7	07H	F8H	r	31H	CEH
8	7FH	80H	y	6EH	91H
9	6FH	90H	全亮	FFH	00H
A	77H	88H	全灭	00H	FFH

（3）扩展电路与编程。扩展电路如图 7-18 所示。单片机 RXD 与 U1 的输入端 A、B 相连，U1 并行输出端 QH 与 U2 输入端相连，形成两片级联结构，多片连接也采用这种方式。TXD 同步时钟输出端与所有移位寄存器的 CLK 端相连，提供移位脉冲。电路中选用两片共阳极 LED 显示器，扩展的两个 8 位并行端口通过限流电阻与显示器各段相连，公共端 COM 全部接到 V$_{CC}$ 电源上。清 0 端不用，直接接地即可。程序如下。

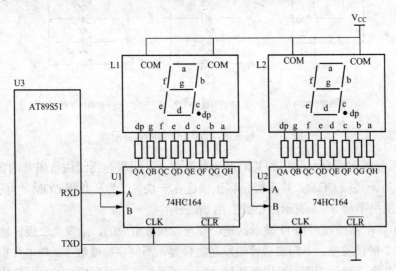

图 7-18　串行口利用 74HC164 扩展并行输出口

```
DISP:   MOV R2,#2           ;显示字符数目
        MOV R0,#50H         ;显示缓冲区地址指针
        MOV SCON,#00H       ;串口设为方式 0
        MOV DPTR,#LED_TAB   ;指向段码表首址
NXT:    MOV A,@R0           ;取数据
        MOVC A,@A+DPTR      ;查表得到对应段码
```

```
        MOV  SBUF,A            ;发送
        JNB  TI,$             ;等待发送完成
        CLR  TI              ;清发送标志
        INC  R0              ;指向下一数据
        DJNZ R2,NXT           ;未发送完,返回继续
        RET
LED_TAB:DB 0C0H,0F9H,0A4H,0B0H, 99H, 92H, 82H,0F8H    ;共阳极显示器段码表
        DB 80H, 90H, 88H, 83H,0C6H,0A1H, 86H, 8EH
```

2. 扩展并行输入口

扩展并行输出端口时,必须外接并入串出移位寄存器,下面以并入串出移位寄存器 74HC165 为例,说明扩展方法。

74HC165 引脚如图 7-19 所示,各引脚功能为

A~H: 8 位并行数据输入端, A 为最高位, H 为最低位。

QH: 串行数据输出端。

$\overline{\text{QH}}$: 反相串行数据输出端。

SER: 级联串行数据输入端。

SH/$\overline{\text{LD}}$: 移位/置入控制端,若 SH/$\overline{\text{LD}}$ 为低电平, 8 位并行输入端数据置入内部寄存器;若 SH/$\overline{\text{LD}}$ 为高电平,送来移位脉冲进行串行移位操作。

CLK: 时钟输入端。

CLK IN: 时钟输入端。

V_{CC}: 电源端。

GND: 地。

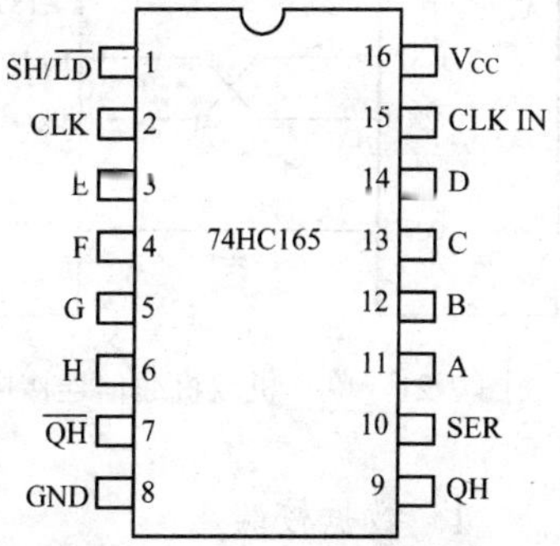

图 7-19　74HC165 引脚图

【例 7-2】 利用 AT89S51 单片机串行口和 74HC165 移位寄存器扩展两个 8 位并行输入口,并连接两个输入设备的数据口。编程读取两输入口数据送片内 RAM 50H、51H 单元。

并行端口扩展电路如图 7-20 所示。74HC165 有两个串行输出端,电路中只用了同相端 QH, U1 的 QH 连接单片机的 RXD 端, U2 的 QH 与 U1 的 SER 连接, U2 的串行数据先移入 U1,然后再由 U1 移入单片机。TXD 与 CLK 时钟端相连,为两芯片提供移位脉冲, CLK IN 时钟端未用接地。P1.0 作为移位/置入端 SH/$\overline{\text{LD}}$ 控制数据置入和移位控制线。程序如下。

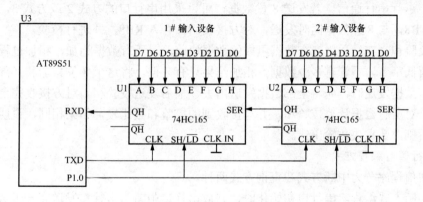

图 7-20　并行端口扩展电路

```
INDT:    MOV R2,#2        ;读取字节数
         MOV R0,#50H      ;接收地址指针设初值
         CLR P1.0         ;置入并行数据
         SETB P1.0
NX1:     MOV SCON,#10H    ;串口方式 0,允许并启动接收
         JNB RI,$         ;等待接收完 1 字节
         CLR RI           ;RI 标志清 0
         MOV A,SBUF       ;读接收到的数据
         MOV @R0,A        ;存数据
         INC R0           ;指向下一存储单元
         DJNZ R2,NX1      ;未完返回继续
         RET
```

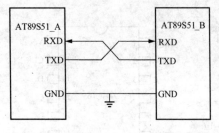

图 7-21 单片机双机通信连接电路

7.5.2 双机通信

双机通信是两个单片机之间、单片机和微机之间利用串行口互相交换数据。双机通信线路为 RXD 和 TXD 交叉连接,地线对应相连的三线方式,连接电路如图 7-21 所示。单片机串行口可以通过三条线直接连接,这时数据传输为 TTL 信号,传输距离只有 1m 左右。实际应用中为了增加传输距离,将单片机系统扩展 RS-232C 标准接口,采用 RS-232C 信号电平传递数据。

1. 数据校验

数据通信时如果能保证数据传输的可靠性,可以将数据直接传输,不传输校验信息。如果传输距离比较远,易受外界干扰,则需要在发送数据的同时发送校验信息,对方收到数据后,先用同样方式对数据校验,并与收到的校验信息比较,如果相同,说明接收数据正确,否则,说明数据传输出错,应将出错标志置位,并要求发送方再次发送数据。数据校验常用奇偶校验位和校验和两种方式。

(1)奇偶校验位。发送数据送入累加器 A 后,会影响 PSW 中的奇偶校验位 P,累加器 A 中 1 的个数为奇数时,P=1,为偶数时,P=0。发送数据时,将奇偶校验位 P 的值一同发送出去。例如,发送的 7 位 ASCII 码,由于第 8 位空闲,可以将校验位加到 ASCII 码中,组合成一个 8 位数据发送出去,对方接收后,再将其分离出来,并进行奇偶校验,这时可用串行口的方式 1 进行串行通信。若发送 8 位数据,可以采用串行口的方式 2 或方式 3,将奇偶校验位送入 TB8,与 8 位数据同时发送,对方接收后,存入 RB8,并进行校验。

(2)校验和。在发送由多个数据组成的数据块前,对所有数据相加,相加过程中进位丢失,只保留低字节,不管有多少数据,相加结果只有 8 位,将这个 8 位累加和(部分和)称为校验和。数据发送时,先将全部数据发送出去,最后发送校验和。对方接收完全部数据和校验和后,对所有数据计算校验和,并与接收到的校验和做比较,如果相同,说明数据块传输正确,否则,数据块传输出错。

2. 串行通信编程方式

串行通信程序分为中断方式和查询方式两种。

(1)中断方式编程。串行口初始化时,开放串行口中断。串行口发送完一帧数据,自动将 TI 置位,接收完一帧数据,自动将 RI 置位。TI 或 RI 通过中断系统向 CPU 发出中断请求。

若满足中断响应条件，CPU 从 0023H 地址转入串行口中断服务程序执行。在中断服务程序中，先判断 TI 和 RI 哪一个置位，以确认是发送引起的中断还是接收引起的中断，并进行相应处理。中断返回前，还要将 TI 或 RI 中断标志清 0，以保证下次数据发送/接收完后，再次向 CPU 发出中断请求。

（2）查询方式编程。在没有开放串行口中断时，TI 或 RI 置位后，CPU 并不能转入中断服务程序执行。这时可用查询方式发送接收数据。发送数据时，先送出一个数据，然后检测 TI 的状态，若 TI=0，表示数据还没有发送完成，继续检测，若 TI=1，表示数据已发送完成，用指令将 TI 清 0，再发送下一个数据。接收数据时，将 REN 置位，RI 清 0，启动接收，用指令不断检测 RI 状态，若 RI=0，表示还没接收到或没接收完一帧数据，若 RI=1，表示已接收完一帧数据，并存到接收 SBUF，用指令将 RI 清 0 后，读取接收到的数据，然后继续查询，等待下一个数据。

3. 串行口的初始化编程

串行通信前，先要按照以下步骤编程，对串行口和波特率发生器初始化，并根据需要开放中断。然后才能以中断方式或查询方式编程，完成数据发送或接收。

（1）设置 TMOD 寄存器，使波特率发生器 T1 工作在方式 2 自动重装初值方式。串行口方式 2 不用 T1 作为波特率发生器，前 3 步可省略。

（2）选择合适的波特率，查表或计算定时器 T1 初值，并写入初值寄存器 TH1、TL1。若波特率已知，则不必再做选择。

（3）用 SETB TR1 指令启动 T1 波特率发生器，为串行口提供波特率信号。

（4）通过对 PCON 寄存器操作，设置 SMOD 位为 0 或 1，为 1 可以使波特率加倍。

（5）通过 SCON 寄存器设置串行口工作方式、发送第 9 位、是否允许接收等，并清除 TI、RI 位。

（6）若要中断方式编程，用 SETB EA 指令和 SETB ES 指令开放串行口中断。

【例 7-3】 甲乙两个单片机通过 RS-232C 接口全双工双机通信，发送缓冲区首址为 30H，存放 7 位 ASCII 码，接收缓冲区首址为 58H。晶振频率 11.0592MHz，编程中断方式实现甲乙双方的数据传输。要求传输波特率为 9600bps，奇校验方式。

传输 7 位 ASCII 码，串行口可以选用方式 1，将校验位包含到 8 位数据中。

计算定时器初值：

$$初值 = 256 - \frac{f_{osc} \times 2^{SMOD}}{384 \times 波特率} = 256 - \frac{11059200 \times 2^0}{384 \times 9600} = 256 - 3 = 253 = FDH$$

程序如下：

```
        ORG 0000H
        SJMP MAIN          ;转到主程序
        ORG 0023H
        LJMP SINT          ;转到串行口中断服务程序
        ORG 0030H
;主程序
MAIN:   MOV TMOD,#20H      ;T1 设为方式 2
        MOV TL1,#0FDH      ;写入初值
        MOV TH1,#0FDH
        SETB TR1           ;启动 T1
```

```
              MOV PCON,#00H      ;SMOD=0
              MOV SCON,#50H      ;串行口设为方式1,允许接收
              SETB EA            ;开放 CPU 总中断
              SETB ES            ;开放串行口中断
              MOV R0,#30H        ;发送缓冲区指针
              MOV R1,#58H        ;接收缓冲区指针
              LCALL SSND         ;发送一个字符
              SJMP $             ;等待中断
;串行口中断服务程序
SINT:    JBC TI,SN1         ;若为发送中断,转 SN1,并将 TI 清 0
         CLR RI             ;将 RI 清 0
         LCALL SREC
         SJMP SN2           ;退出
SN1:     LCALL SSND
SN2:     RETI
;串行口发送 1B 数据子程序
SSND:    MOV A,@R0          ;取发送数据,送 A
         MOV C,P            ;奇偶标志 P 送入 C
         CPL C              ;奇偶标志取反
         MOV ACC.7,C        ;送入 ACC.7
         INC R0             ;修改指针,指向下一发送单元
         MOV SBUF,A         ;发送数据
         RET
;串行口接收 1B 数据子程序
SREC:    MOV A,SBUF         ;读取接收 SBUF 中的数据
         JB P,SR1           ;接收数据正确,转 SR1
         SETB F0            ;置位接收出错标志 F0
         SJMP SR2           ;退出
SR1:     ANL A,#7FH         ;去掉校验位,恢复 ASCII 码
         MOV @R1,A          ;存到接收缓冲区
         INC R1             ;修改指针,指向下一个存储单元
SR2:     RET
         END
```

双方以全双工方式工作,这段程序适合甲乙双方。分为 4 个程序:主程序对串行口初始化,并发送一帧数据,然后等待中断;中断服务程序判断 TI 和 RI 标志,并进行数据发送或接收操作;发送和接收 1 个字节单独用两个子程序实现。

在发送子程序中,将奇偶校验位 P 取反后送入 A 的最高位,若 ASCII 码有奇数个 1,则 P=1,取反后变为 0,送入 A 后,仍为奇数个 1;若 ASCII 码有偶数个 1,则 P=0,取反后变为 1,送入 A 后,变为奇数个 1。由此可见,发送 8 位数据 1 的个数一定是奇数,即实现了奇校验。接收子程序收到数据后,判断奇偶标志 P,若 P=1,说明数据正确,正常接收,若 P=0,说明数据传输出错,将出错标志 F0 置位后退出。另外,也可以直接将奇偶校验位 P 送入数据高位,对方收到数据后仅对收到的 7 位 ASCII 码进行奇偶校验,并与收到的校验位比较,以确定数据接收是否正确。

【例 7-4】 有一双机通信系统,单片机串行口工作于方式 2,波特率为 $f_{osc}/32$,用查询方式分别编写数据块发送、接收程序,将片外 RAM 3F0H 地址开始的 200 字节的 8 位数据发送出去,将接收 200 字节的数据存入片外 RAM 1000H 开始的单元。

　　方式 2 数据格式中包括 9 位数据,可以将第 9 位用来存放奇偶校验位,与 8 位数据一块发送。波特率为 $f_{osc}/32$,则 SMOD 位为 1。

　　发送程序如下。

```
SND:      MOV PCON,#80H        ;SMOD=1
          MOV SCON,#80H        ;串行口方式 2
          MOV DPTR,#3F0H       ;指向发送缓冲区首址
          MOV R2,#200          ;发送数据计数器
SN0:      MOVX A,@DPTR         ;取数据
          MOV C,P              ;奇偶校验位送入 TB8
          MOV TB8,C
          MOV SBUF,A           ;发送数据
SN1:      JBC TI,SN2           ;查询等待发送完
          SJMP SN1
SN2:      INC DPTR             ;修改指针,指向下一个数据
          DJNZ R2,SN0          ;未发送完,返回继续
          RET
;接收程序如下:
REC:      MOV PCON,#80H        ;SMOD=1
          MOV SCON,#90H        ;串行口方式 2,REN=1
          MOV DPTR,#1000H      ;指向接收缓冲区首址
          MOV R2,#200          ;计数器置初值
RE1:      LCALL REB            ;调接收 1 字节子程序
          INC DPTR             ;指向下一存数据单元
          DJNZ R2,RE1          ;未接收完,返回继续
          RET
;接收 1B 子程序
REB:      JNB RI,$             ;查询等待接收到数据
          CLR RI               ;RI=0
          MOV A,SBUF           ;接收数据送入 A
          JNB P,REB1           ;P=0,转 RE1
          JNB RB8,ERR          ;RB8=0,转 ERR 出错处理
          SJMP REB2
REB1:     JB RB8,ERR           ;RB8=0,转 ERR 出错处理
REB2:     MOVX @DPTR,A
          SJMP REB3
ERR:      SETB F0              ;出错标志置位
REB3:     RET
```

【例 7-5】　A、B 两个单片机组成双机通信系统,晶振频率为 11.0592MHz,波特率为 9600bps。A 采用查询方式编程,将数据传送到 B,B 也用查询方式接收数据,双方串行口均工作在方式 1,数据校验采用校验和方式。

　　为实现数据可靠传输,首先制定一个双方都要遵守的通信协议,然后根据协议编程。

　　协议如下。

　　(1) 发送数据缓冲区首址 30H,接收数据缓冲区首址 50H,发送数据块长度 20B。

　　(2) A 机发送 01H,要求 B 接收数据,B 机收到后,如果同意接收,发送 02H。

　　(3) A 机收到 02H 后,开始发送数据,发送过程中累加计算校验和,数据全部发送完后,发送校验和。

（4）B 机接收数据的同时累加计算校验和，全部数据接收完后，将计算的校验和与 A 机送来的校验和比较，如果相等，说明接收数据正确，向 A 机发送 00H，否则发送 FFH，要求 A 机重发数据。

（5）A 机收到 00H 后，传送过程结束，收到 FFH 后，重发数据。

A 机发送程序如下。

```
ASND:   MOV TMOD,#20H        ;T1 设为方式 2
        MOV TL1,#0FDH        ;写入初值
        MOV TH1,#0FDH
        SETB TR1             ;启动 T1
        MOV PCON,#00H        ;SMOD=0
        MOV SCON,#50H        ;串行口方式 1,REN=1,允许接收
ASN1:   MOV SBUF,#01H        ;要求 B 机接收数据命令
        JNB TI,$             ;等待发送完
        CLR TI
        JNB RI,$             ;等待 B 机应答
        CLR RI
        MOV A,SBUF           ;读取 B 机送来的命令
        CJNE A,#02H,ASN1     ;B 机未准备好,继续发送命令
ASN2:   MOV R0,#30H          ;发送缓冲区指针
        MOV R2,#20           ;发送字节数
        MOV B,#00H           ;清校验和寄存器
ASN3:   MOV SBUF,@R0         ;发送 1B 数据
        MOV A,B
        ADD A,@R0            ;计算校验和
        MOV B,A
        JNB TI,$             ;等待发送完
        CLR TI
        INC R0               ;指向下一个数据
        DJNZ R2,ASN3         ;未发送完,返回继续
        MOV SBUF,B           ;发送校验和
        JNB TI,$             ;等待校验和发送完
        CLR TI
        JNB RI,$             ;等待 B 机应答
        CLR RI
        MOV A,SBUF           ;读取 B 机送来的命令
        JNZ ASN2             ;接收出错,返回重发
        RET
```

B 机接收程序如下。

```
BREC:   MOV TMOD,#20H        ;T1 设为方式 2
        MOV TL1,#0FDH        ;写入初值
        MOV TH1,#0FDH
        SETB TR1             ;启动 T1
        MOV PCON,#00H        ;SMOD=0
        MOV SCON,#50H        ;串行口方式 1,REN=1 允许接收
BRE1:   JNB RI,$             ;等待 A 机命令
        CLR RI
        MOV A,SBUF           ;读取 A 机送来的命令
        CJNE A,#01H,BRE1     ;不是 A 机要求发送命令,返回等待
```

```
            MOV SBUF,#02H         ;允许发送命令
            JNB TI,$
            CLR TI
BRE2:       MOV R0,#50H           ;接收缓冲区指针
            MOV R2,#20            ;接收字节数
            MOV B,#00H            ;清校验和寄存器
BRE3:       JNB RI,$              ;等待A机送来数据
            CLR RI
            MOV A,SBUF            ;接收数据送入A
            MOV @R0,A             ;存到接收缓冲区
            ADD A,B               ;计算校验和
            XCH A,B               ;送入B
            INC R0                ;指向下一存储单元
            DJNZ R2,BRE3          ;未接收完,返回继续
            JNB RI,$              ;等待接收校验和
            CLR RI
            MOV A,SBUF            ;校验和送入A
            XRL A,B               ;接收与计算的两校验和异或运算
            JZ BRE4               ;接收数据正确,转BRE4
            MOV SBUF,#0FFH        ;不正确,发FFH命令
            SJMP BRE2             ;返回,等待接收数据
BRE4:       MOV SBUF,#00H         ;正确,发00H命令
            RET
```

7.5.3 多机通信

多机通信是由多个单片机及微机通过串行总线组成的通信系统。系统由一个主机和多个从机组成,主机与各从机之间可以直接通信,各从机之间只能通过主机交换信息,也称为主从式通信。

用于多机通信的单片机需要扩展 RS-485,RS-422 等标准接口,用总线实现主从机之间的连接,图 7-22 是采用 RS-485 总线的多机通信系统,该系统能进行半双工串行通信,是多机通信最常用的方式。串行口的方式 2 和方式 3 具有多机通信功能,但是方式 2 只有两种固定波特率,很多应用中不能产生需要的波特率信号,常用方式 3 实现多机通信功能。

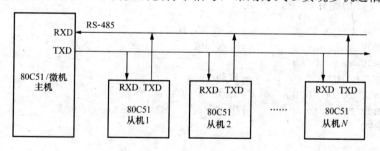

图 7-22 采用 RS-485 总线的多机通信系统

单片机多机通信主要通过 SM2 位、RB8 位和 TB8 位实现。串行口工作于方式 2 或方式 3 时,若 SM2=1,则接收到的数据第 9 位 RB8=1 时才能使 RI 置位,数据有效。若 SM2=0,接收到的所有数据都能将 RI 置位,使数据有效。RB8 中的可编程位作为发送数据的地址/数据标志,当 RB8=1 时,传送地址信息,当 RB8=0,传送命令及数据信息。

多机通信一般按照以下步骤操作:

（1）将所有从机的 SM2 置 1，并将 REN 置 1，允许接收；

（2）主机发出要与其通信的 8 位从机地址，地址/数据标志 TB8 置 1。例如，主机要与 2 号从机通信，则发送地址为 02H，第 9 位地址/数据标志为 1。

（3）主机发送到总线的数据被所有从机接收，各从机 RB8＝1，地址信息能被所有从机有效接收。从机将收到的地址与存储器中存储的本机地址比较，地址相同，则将 SM2 清 0，并发出本机地址，然后准备接收主机送来的命令或数据；地址不同，则 SM2 保持不变。由于系统中各从机都有唯一的地址，因此只有一个从机的 SM2 清 0。

（4）主机发送 8 位命令或数据信息，地址/数据标志 TB8 清 0。

（5）所有从机仍然接收主机发送来的命令或数据，由于所有从机的 RB8＝0，只有将 SM2 清 0 的一台从机能将 RI 置位，以中断方式或查询方式接收数据，并根据主机的命令要求与其通信。其他从机都不能将 RI 置位，接收数据无效。

（6）从机完成与主机通信后，将 SM2 置位，恢复到等待接收地址状态。

【例 7-6】　一台主机和 255 台从机通过 RS-485 总线组成多机通信系统，晶振频率为 11.0592MHz，波特率为 4800bps，设计主从机通信软件。

（1）主从机通用的通信协议如下。

①从机地址 01H～FFH。

②地址 00H，TB8＝1 为控制所有从机复位命令，使所有从机 SM2 置位，准备接收主机送来的地址。

③串行口方式 3 工作，第 9 位数据为地址/数据标志位，为 1 表示地址帧，为 0 表示数据帧。

④主机发送某一从机地址，被呼叫从机向主机返回地址作为应答，实现主从机握手联络。

⑤实现握手后，主机发送命令，从机根据命令要求发送数据或接收数据。主机命令为

00H：要求从机接收数据块；

01H：要求从机发送数据块。

⑥数据第一字节为数据块长度，后续字节为有效数据。

（2）主从机通信程序如下。

①主机串行口初始化程序如下。

```
MINI:    MOV TMOD,#20H        ;T1 设为方式 2
         MOV TL1,#0FAH        ;写入初值
         MOV TH1,#0FAH
         SETB TR1             ;启动 T1
         MOV PCON,#00H        ;SMOD=0
         MOV SCON,#0D8H       ;串口方式 3,SM2=0,REN=1,TB8=1
         RET
```

②主机串行通信程序。

```
;入口参数:
         ;R0: 主机发送数据缓冲区指针
         ;R1: 主机接收数据缓冲区指针
         ;R2: 被寻址从机地址
         ;R3: 主机命令（00H 或 01H）
         ;R4: 数据块长度
MCOM:    LCALL MINI           ;串口初始化
```

```
MC1:     MOV SBUF,R2          ;发送被叫从机地址
         JNB TI,$             ;等待地址发送完
         CLR TI
         JNB RI,$             ;等待被寻址从机返回地址
         CLR RI
         MOV A,SBUF           ;接收数据,送入 A
         XRL A,R2             ;异或运算
         JZ MC3               ;结果为 0,返回地址正确,转移
         MOV SBUF,#0FFH       ;向所有从机发送复位命令 FFH
         JNB TI,$             ;等待发送完
         CLR TI
         SJMP MC1             ;转到 MC1,继续呼叫从机
         CLR TB8              ;TB8 清 0,准备发送数据
         MOV SBUF,R3          ;发送命令
         JNB TI,$             ;等待发送完
         CLR TI
         MOV SBUF,R4          ;发送数据块长度
         JNB TI,$             ;等待发送完
         CLR TI
         CJNE R3,#00H,MC3     ;判断命令类型
MC2:     MOV SBUF,@R0
         JNB TI,$             ;等待发送完
         CLR TI
         INC R0               ;指向下一个要发送数据
         DJNZ R4,MC2          ;未发送完,返回继续
         SJMP MC5
MC3:     JNB RI,$             ;等待接收从机发送的数据块长度
         CLR RI
         MOV R4,SBUF          ;接收从机发送的数据块长度
MC4:     JNB RI,$             ;等待接收从机发送的数据
         CLR RI
         MOV @R1,SBUF         ;读取从机发送的数据
         INC R1               ;指向下一存储单元
         DJNZ R4,MC4
MC5:     RET
```

③从机串行口初始化程序。

```
         ORG 0000H
         SJMP MAIN
         ORG 0023H
         SJMP SINT
         ORG 0030H
SMAN:    MOV TMOD,#20H        ;T1 设为方式 2
         MOV TL1,#0FAH        ;写入初值
         MOV TH1,#0FAH
         SETB TR1             ;启动 T1
         MOV PCON,#00H        ;SMOD=0
         MOV SCON,#0F0H       ;串口方式 3,SM2=0,REN=1
         SETB EA
         SETB ES
         SJMP $
```

④从机串口中断服务程序。

```
                ADR EQU 02H          ;如 2 号从机,应将其地址赋给 ADR
SINT:   CLR RI                       ;将 RI 清 0
        PUSH ACC                     ;保护现场
        PUSH PSW
        CLR RS1                      ;选择 1 组工作寄存器
        SETB RS0
        MOV A,SBUF                   ;接收地址送入 A
        XRL A,#ADR                   ;与本机地址 ADR 异或运算
        JNZ SIN2                     ;不相等,转 SIN2
        CLR SM2                      ;若相等,将 SM2 清 0,准备接收数据
        MOV SBUF,#ADR                ;向主机发出本机地址
        JNB TI,$                     ;等待发送完
        CLR TI
        JNB RI,$                     ;等待接收主机送来的命令
        CLR RI
        MOV A,SBUF                   ;主机命令送入 A
        CJNE A,#00H,SIN4             ;不为 00H,转 SIN2
        JNB RI,$                     ;等待接收主机发送数据长度
        CLR RI
        MOV R4,SBUF                  ;数据长度送入 R4
SIN1:   JNB RI,$                     ;等待接收主机发送数据
        CLR RI
        MOV @R1,SBUF                 ;接收数据存入缓冲区
        INC R1                       ;指向下一存储单元
        DJNZ R4,SIN1                 ;未接收完,返回继续
        SJMP SIN4                    ;接收完,退出
SIN2:   MOV SBUF,R4                  ;向主机发送数据长度
        JNB TI,$
        CLR TI
SIN3:   MOV SBUF,@R0                 ;向主机发送数据
        JNB TI,$
        CLR TI
        INC R0                       ;指向下一发送单元
        DJNZ R4,SIN3                 ;未发送完,返回继续
SIN4:   CLR RS1                      ;恢复 0 组工作寄存器
        CLR RS0
        POP PSW                      ;恢复现场
        POP ACC
        RETI
```

复习思考题

1. 同步通信与异步通信有什么区别?
2. 按照数据传输方式不同,串行通信分为几种方式? 各有什么特点?
3. 什么是异步通信? 说明异步通信的数据格式。
4. 说明 AT89S51 单片机串行口 4 种工作方式的特点及应用。

5．串行口工作于方式 1，定时器 T1 作为波特率发生器，晶振频率为 11.0592MHz，计算能产生的最大和最小波特率。

6．说明 RS-232C 接口与 RS-485 接口传输数据有什么不同？

7．为什么单片机串行口的发送器是单缓冲结构，而接收器是双缓冲结构？

8．异步通信一帧数据由 1 个起始位、8 个数据位、1 个奇偶校验位和 2 个停止位组成，每分钟传送 3600 个字符，计算波特率。

9．A、B 两单片机组成双机通信系统，晶振频率为 11.0592MHz，波特率为 2400bps，编程将 A 机片内 RAM 30H 地址开始的 25B 数据发送出去，B 机接收后，存到片外 RAM 2000H 地址开始的单元。

10．单片机串行口工作于方式 1，晶振频率为 6MHz，波特率为 4800bps，中断方式编写串行数据接收程序，将接收数据存到片内 RAM 20H 开始的单元。

11．串行通信时，为什么要进行 TTL 电平与 RS-232 电平的转换？

12．简述多机通信原理。

第8章　单片机并行系统扩展

　　学习 80C51 系列单片机片外三总线结构,各类存储器扩展原理及地址分析,简单并行 I/O 接口扩展,多功能可编程接口芯片 8155、可编程并行接口芯片 8255A 的结构、原理及与单片机的接口技术。

> ➤ 了解:80C51 单片机片外三总线特点,系统扩展的含义,存储器及 I/O 端口扩展的方法,常用扩展芯片,可编程接口芯片与简单接口芯片的区别。
> ➤ 掌握:存储器扩展方法与地址分析,简单并行 I/O 口扩展及常用扩展芯片的外特性,可编程接口芯片 8255A、8155 与单片机接口及编程应用,能根据系统要求选择合适器件扩展存储器及 I/O 接口电路。

　　80C51 单片机集成了计算机的基本功能部件,接上晶振、复位电路,组成最小应用系统后,能实现简单的控制功能,但在实际应用中,这些硬件资源并不能满足各类单片机应用系统的要求,需要通过串行或并行总线扩展存储器及 I/O 接口资源。本章介绍利用单片机片外三总线扩展存储器和 I/O 端口的方法。由于这类扩展都是通过单片机 8 位并行数据总线传递数据,所以称为并行系统扩展。

8.1　概　　述

8.1.1　单片机三总线结构

　　单片机片内集成的存储器及接口资源有限,应用系统设计时,需要利用总线扩展存储器及外设接口,总线是外部扩展芯片与单片机之间交换信息的公用通路。总线由单片机引脚提供,根据传递信息的不同,总线可以分为三类:输出地址的地址总线 AB(Address Bus),输入输出数据的数据总线 DB(Data Bus),传送状态控制信息的控制总线 CB(Control Bus),统称为片外三总线。80C51 单片机的片外三总线结构如图 8-1 所示。

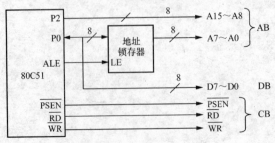

图 8-1　80C51 单片机的片外三总线结构

1. 数据总线 DB

数据总线 D0～D7 为 8 位双向线，由 P0 口提供。片外扩展并行存储器及 I/O 接口电路的 8 位数据线都直接与 P0 口相连，数据通过 P0 口输入/输出。

2. 地址总线 AB

地址总线 A0～A15 为 16 位单向输出线。P0 口作为低 8 位地址和 8 位数据的分时复用总线，低 8 位地址 A0～A7 必须经地址锁存器锁存，输出后与扩展芯片地址线相连，P0 口不能直接与扩展芯片地址线相连。P2 口作为高 8 位地址线使用，在整个访问存储器或接口期间，持续输出高 8 位地址，所以高 8 位地址 A15～A8 由 P2 口直接提供。

扩展各类存储器芯片时，存储器地址线要与地址总线 AB 的低位地址线相连，剩余高位地址线可作为片选线，或闲置不接。扩展 I/O 接口时，需要的地址线比较少，可以根据需要选用地址线与片选线，多余地址线可不接。

3. 控制总线 CB

控制总线包括 $\overline{EA}$，ALE，$\overline{PSEN}$，$\overline{WR}$，$\overline{RD}$。用于产生对片外扩展资源读写操作的控制信号及选择存储器。

$\overline{EA}$ 是访问片内、片外 ROM 的选择信号，$\overline{EA}=0$ 时，只能访问片外 ROM，$\overline{EA}=1$ 时，低地址访问片内 ROM，当地址超出片内 ROM 时，自动转向片外 ROM。对于片内集成 ROM 的单片机，通常将 $\overline{EA}$ 接高电平，没有片内 ROM 的单片机，将 $\overline{EA}$ 接地。

ALE 是地址锁存允许信号，用于控制地址锁存器锁存 CPU 送出的低 8 位地址，P0 口送出低 8 位地址期间，ALE 的下降沿控制锁存器锁存地址。

$\overline{PSEN}$ 是片外扩展程序存储器芯片的读选通信号。需要注意的是，读片外程序存储器时，$\overline{RD}$ 信号无效。

$\overline{RD}$，$\overline{WR}$ 是片外扩展的 RAM 或 I/O 端口的读写控制信号，当访问片外 RAM 或 I/O 端口时，由 MOVX 指令控制 CPU 产生。

8.1.2 80C51 并行系统扩展能力

片外资源扩展能力取决于地址总线的宽度，80C51 单片机共有 16 条地址线 A0～A15，片外可扩展存储器的最大容量为 $2^{16}=64KB$，地址范围是 0000H～FFFFH。

片外数据存储器和片外程序存储器使用不同的指令和控制信号，地址重叠不会产生混淆，片外可扩展的数据存储器和程序存储器容量各为 64KB。

片外程序存储器与片内程序存储器采用相同的指令访问，两者属于同一逻辑空间，总容量为 64KB，地址范围是 0000H～FFFFH。片内程序存储器容量越大，外部可扩展的容量越小。例如，AT89S51 片内有 4KB 闪存，应使 $\overline{EA}$ 接高电平，则闪存地址为 0000H～0FFFH，片外最多可扩展 60KB，地址为 1000H～FFFFH。

片外数据存储器与片内数据存储器采用不同的指令和寻址方式访问，两者属于不同的逻辑空间，允许地址重叠，因此片外数据存储器的地址为 0000H～FFFFH。另外，单片机片外扩展的 I/O 端口与片外数据存储器统一编址，公用 64KB 的地址空间，应用系统扩展较多外部设备及 I/O 端口时，会占用片外数据存储器地址空间，使实际可扩展片外数据存储器容量减少。

8.1.3 并行扩展常用芯片

并行系统扩展时，需要锁存器锁存地址和数据信息，数据缓冲器对数据缓冲和驱动，将有限的地址通过译码器产生更多的片选信号，实现这些功能的芯片型号很多，应用系统设计时，可根据需要选择合适的型号。

1. 锁存器

锁存器在并行系统扩展中用于锁存低 8 位地址信号，还常用来扩展简单并行输出端口。常用的锁存器有带三态门的 8D 锁存器 74HC373，带清除端的 8D 锁存器 74HC273 和带允许输出端的 8D 锁存器 74HC377 等高速 CMOS 芯片。这些芯片都有逻辑功能相同的 TTL 芯片，可直接代换使用。下面以 74HC373 为例，说明锁存器的原理。

74HC373 是具有三态缓冲输出的 8D 锁存器。可用来锁存地址信号或扩展并行输出口，由于其输出端具有缓冲功能，还可用来扩展并行输入口。

74HC373 的引脚图和真值表如图 8-2 所示，74HC373 内部结构主要由 8 个 D 触发器和 8 个三态门组成，有 8 个输入端 D0～D7，8 个输出端 Q0～Q7，锁存使能端 LE 用于打开 D 触发器，锁存送到输入端的 8 位数据，输出允许端 $\overline{OE}$ 用于打开三态门，将锁存的数据输出。

74HC373 真值表

输　　　入			输　出
$\overline{OE}$	LE	D	Q
H	×	×	Z
L	L	×	Qn
L	H	L	L
L	H	H	H

L: 低电平　H: 高电平　Z: 高阻态
×: 任意值，高电平或低电平都行
Qn: 原状态

图 8-2　74HC373 引脚图和真值表

由真值表可见，当 LE 为高电平，$\overline{OE}$ 为低电平时，输入端数据送到输出端；当 LE 和 $\overline{OE}$ 都为低电平时，输出端输出锁存的数据，输入端状态不会影响输出端；当 $\overline{OE}$ 为高电平时，输出端保持高阻态。

2. 缓冲器

74HC244 是常用的三态输出 8 缓冲和驱动器，其引脚图及真值表如图 8-3 所示。74HC244 的核心是 8 个三态门，可以对 8 路数据缓冲和驱动。缓冲器分为两组，分别用 $1\overline{G}$ 和 $2\overline{G}$ 两个门控端控制，当门控端输入低电平时，对应的 4 路缓冲器打开，输入端的数据送到输出端，当门控为高电平时，输出端为高阻态。单片机扩展并行输入口时，需要同时对 8 位数据缓冲和驱动，因此通常将 74HC244 两个门控端连到一起，用一条控制线控制 8 位缓冲器。

3. 数据收发器

74HC245 是三态输出的 8 位数据收发器，用于 8 路数据的双向缓冲和驱动。74HC245 的引脚图及真值表如图 8-4 所示。使能端 $\overline{G}$ 控制收发器的工作，$\overline{G}$ 为低电平时，实现数据的缓冲驱动，$\overline{G}$ 为高电平时，数据传输端均为高阻态。DIR 为方向控制端，当 DIR＝1 时，数据传输方向由 A 到 B，当 DIR＝0 时，数据传输方向由 B 到 A。

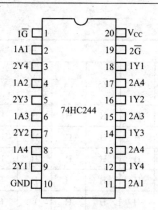

图 8-3　74HC244 引脚图和真值表

74HC244 真值表

输　　入		输　出
$\overline{G}$	A	Y
L	L	L
L	H	H
H	×	Z

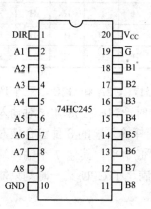

图 8-4　74HC245 引脚与逻辑功能

74HC245 真值表

输　　入		功　　能	
$\overline{G}$	DIR	A	B
L	L	输出	输入
L	H	输入	输出
H	×	Z	

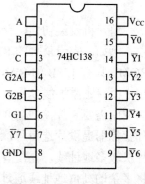

图 8-5　74HC138 引脚图

74HC245 除了用于数据双向缓冲和驱动外，也常用来扩展单向并行输入口，这时可将 DIR 端接固定高电平或低电平，片选信号线连到端 $\overline{G}$，其功能与 74HC244 相同，但输入输出引脚分别位于芯片两侧，使用起来比 74HC244 方便。

4. 译码器

译码器是单片机片选译码电路的主要器件,扩展存储器和 I/O 端口时，采用译码器可以用较少地址线产生更多片选信号，常用译码器芯片有 3-8 译码器 74HC138，双 2-4 译码器 74HC139，4-16 译码器 74HC154 等。下面以 74HC138 为例，说明译码器的逻辑功能。74HC138 引脚如图 8-5 所示，真值表见表 8-1。

表 8-1　　　　　　　　　　　　　　　　**74HC138 真值表**

输　　入						输　　出							
使　能　端			选择输入端			$\overline{Y7}$	$\overline{Y6}$	$\overline{Y5}$	$\overline{Y4}$	$\overline{Y3}$	$\overline{Y2}$	$\overline{Y1}$	$\overline{Y0}$
G1	$\overline{G2A}$	$\overline{G2B}$	C	B	A								
L	×	×	×	×	×	H	H	H	H	H	H	H	H
×	H	×	×	×	×	H	H	H	H	H	H	H	H

续表

输入						输出							
使能端			选择输入端			$\overline{Y7}$	$\overline{Y6}$	$\overline{Y5}$	$\overline{Y4}$	$\overline{Y3}$	$\overline{Y2}$	$\overline{Y1}$	$\overline{Y0}$
G1	$\overline{G2A}$	$\overline{G2B}$	C	B	A								
×	×	H	×	×	×	H	H	H	H	H	H	H	H
H	L	L	L	L	L	H	H	H	H	H	H	H	L
H	L	L	L	L	H	H	H	H	H	H	H	L	H
H	L	L	L	H	L	H	H	H	H	H	L	H	H
H	L	L	L	H	H	H	H	H	H	L	H	H	H
H	L	L	H	L	L	H	H	H	L	H	H	H	H
H	L	L	H	L	H	H	H	L	H	H	H	H	H
H	L	L	H	H	L	H	L	H	H	H	H	H	H
H	L	L	H	H	H	L	H	H	H	H	H	H	H

　　74HC138 是 3-8 线译码器芯片，有三个使能端 G1，$\overline{G2A}$ 和 $\overline{G2B}$，三个选择输入端 A，B 和 C，8 个输出端 $\overline{Y0} \sim \overline{Y7}$。三个使能端同时有效时，74HC138 才能对输入端数据译码输出，否则输出端全为高电平。使能端有效时，三个选择输入端的 8 种组合使对应输出端发出低电平有效输出。例如，当 CBA＝100 时，$\overline{Y4}$ 输出低电平，其他 7 个输出端均为高电平，即译码器任何时刻只能有一个输出低电平。这也正好满足了 CPU 某一时刻只能访问一个端口或存储器的要求。

8.2　存储器扩展

　　单片机发展初期，存储器价格昂贵，为降低使用成本，单片机内部集成的存储器容量有限，例如，容量最大的 8752 内部仅有 8KB 的 ROM 和 256B 的 RAM，8031/8032 内部没有 ROM，只有 128B 的 RAM。这些芯片在较复杂应用中都需扩展存储器，存储器芯片单片容量较小时，还需扩展多片，才能满足要求，例如，用 4KB 的 EPROM 芯片扩展 32KB 的程序存储空间需要 8 片，共需 8 个不同的片选信号。单片机多余高位地址线可以作为片选线，向片外存储器提供片选信号，这种片选方法称为线选法。线选法在扩展存储芯片较多时，占用单片机较多地址线，在没有足够的地址线提供片选信号时，可以用地址译码法。地址译码法是将多余的高位地址线通过译码器扩展，用较少的地址线产生更多的片选信号。例如：用 3-8 译码器 74HC138，可以将 3 条地址线译码产生 $2^3＝8$ 个独立的片选信号，同样原理，4 条地址线通过译码，能产生 $2^4＝16$ 个独立的片选信号。地址译码法分为部分地址译码法和全地址译码法两种，部分地址译码是指存储器扩展只用了部分地址线，还有一条或几条地址线闲置未用。部分地址译码法会产生地址重叠，即一个芯片对应两个或多个不同的地址范围。全地址译码法是指存储器扩展时使用了全部 16 条地址线，每个存储器芯片有唯一的地址范围，不会出现地址重叠。

　　近几年随着存储器技术的发展和存储芯片价格的下降，已有很多单片机内部集成了多达 64KB 的 Flash 存储器和 1KB 的 RAM，单片存储器的容量也做得越来越大。设计应用系统时，为了简化外部电路结构，应优先选用内部集成大容量存储器的单片机，或利用串行总线扩展片外存储器，不用或少用并行存储器扩展、多片存储器扩展方式。本节简要介绍单片并行存储器的扩展原理，多片存储器扩展技术不再分析。

8.2.1　SRAM 的扩展

SRAM 断电后丢失数据，在单片机系统中只能作为数据存储器使用。常用 SRAM 芯片有 6116（2KB）、6264（8KB）、62256（32KB）等。下面以 6264 为例说明 SRAM 的扩展方法。6264 为 8K×8b 的静态随机存储器，采用 DIP 双列直插式封装，共有 28 个引脚，其引脚及功能如图 8-6 所示，工作方式选择见表 8-2。

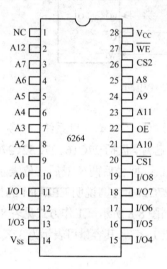

引脚符号	引脚名称
A0～A12	地址输入端
I/O1～I/O8	数据输入/输出端
$\overline{CS1}$	片选端
CS2	片选端
$\overline{WE}$	写允许端
$\overline{OE}$	输出允许端
V_{CC}	+5V 电源
V_{SS}	地
NC	未连接

图 8-6　6264 引脚图

表 8-2　　　　　　　　　　　　　　　　6264 工作方式选择

工作方式 \ 引脚	$\overline{CS1}$	CS2	$\overline{OE}$	$\overline{WE}$	I/O7～I/O0
读	L	H	L	H	数据输出
写	L	H	×	L	数据输入
禁止输出	L	H	H	H	高阻
维持（未选中）	H	×	×	×	高阻
维持（未选中）	×	L	×	×	高阻

【例 8-1】　89S51 单片机采用一片 6264 芯片扩展 8KB 数据存储器，设计电路并分析存储器的地址范围。

扩展电路如图 8-7 所示。单片机对片外 RAM 的读写控制信号分别与 6264 的 $\overline{OE}$ 和 $\overline{WE}$ 直接相连。地址线 A0～A7 与 74HC373 输出端相连，A8～A12 与 P2.4～P2.0 相连。两个片选端 $\overline{CS1}$、CS2 与 P2.7、P2.6 相连，这两个片选端必须同时有效存储器，才能被选通，访问存储器时，要保证 P2.7=1，P2.6=0。也可以将其中一个片选端接固定高电平或低电平，高位地址线只控制另一个片选端。地址线 P2.5 闲置未接，使存储器芯片有两个地址范围，若 P2.5=0，6264 的地址范围为 8000H～9FFFH；若 P2.5=1，地址范围为 A000H～BFFFH。若要避免出现地址重叠，可将 P2.5 通过门电路也连到片选端。

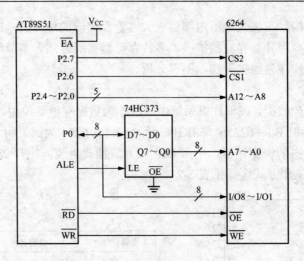

图 8-7　扩展一片 6264 电路

8.2.2　EPROM 的扩展

　　EPROM 工作时只能读操作，不能修改或写入新数据，在单片机系统中作为程序存储器使用。27C 系列是扩展片外程序存储器常用的 EPROM 芯片，包括 27C16、27C32、27C64、27C128、27C256 和 27C512 等型号，容量从 2K×8b 到 64K×8b，型号后两位或后三位表示存储总位数，单位是 Kb，例如，27C64 总容量为 64Kb。下面以 27C256 为例说明 EPROM 的扩展原理。

　　27C256 采用双列直插式封装，共有 28 个引脚，如图 8-8 所示，工作方式见表 8-3。27C256 总容量是 256Kb，每个存储单元 8 位，对其访问时一次读取 1 字节，其容量可表示为 32K×8b 或 32KB。

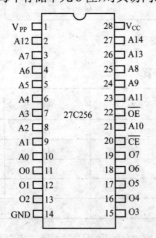

引脚符号	引脚名称
A0～A14	地址输入端
O0～O7	数据输出端
$\overline{CE}$	片选端
$\overline{OE}$	输出允许端
V_{PP}	编程电压输入端
V_{CC}	+5V 电源
GND	地

图 8-8　27C256 引脚图

表 8-3　　　　　　　　　　　　　　　　27C256 工作方式选择

工作方式　　引脚	$\overline{CE}$	$\overline{OE}$	V_{PP}	O7～O0
读	L	L	+5V	数据输出
维持（未选中）	H	×	+5V	高阻
编程	L	H	+12.5V	数据输入
编程校验	H	L	+12.5V	数据输出
编程禁止	H	H	+12.5V	高阻

【例 8-2】　AT89S51 单片机采用 27C256 芯片扩展 32KB 程序存储器，设计电路并分析存储器地址范围。

27C256 容量为 32KB，只需扩展一片即可，扩展电路如图 8-9 所示。存储器 8 位数据线直接与 P0 口相连。27C256 共有 15 条地址线，低 8 位地址线 A0～A7 与地址锁存器 74HC373 输出端相连，高位地址线 A8～A14 与 P2.0～P2.6 相连，剩余 1 条地址线 P2.7 连到存储器片选端，为存储器提供片选信号。EPROM 芯片只能读操作，由 $\overline{\text{PSEN}}$ 向存储器 $\overline{\text{OE}}$ 端发送读信号。V_{PP} 端接＋5V 电源。

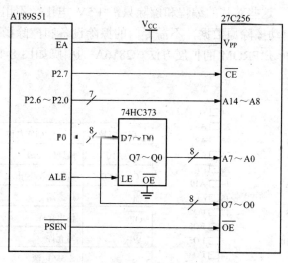

图 8-9　扩展 27C256 存储器电路

16 位地址分配见表 8-4。全部地址分为两部分，A0～A14 是片内地址线，用于选择存储芯片内访问的字节存储单元，共有 $2^{15}=32$K 不同组合，即地址全为 0 到全为 1 的范围。地址线 A15（P2.7）作为存储器片选线，低电平选中芯片，又称为片外地址线。确定了两部分地址后，可以得到 27C256 的地址范围是 0000H～7FFFH。

表 8-4　　　　　　　　　　　　　　　　27C256 地址分配表

地址线	片选线	片 内 地 址 线															
	P2.7	P2.6	P2.5	P2.4	P2.3	P2.2	P2.1	P2.0	Q7	Q6	Q5	Q4	Q3	Q2	Q1	Q0	
地址	A15	A14	A13	A12	A11	A10	A9	A8	A7	A6	A5	A4	A3	A2	A1	A0	
最低地址	0	0	0	0	0	0	0	0	0	0	0	0	0	0	0	0	0000H
最高地址	0	1	1	1	1	1	1	1	1	1	1	1	1	1	1	1	7FFFH

80C51 单片机片内有 4KB 的 ROM，地址为 0000H～0FFFH，片内 ROM 与片外 ROM 低 4KB 单元地址完全重叠，由于电路中 EA 接高电平，片外低 4KB 存储空间是无效的。如果将 $\overline{\text{EA}}$ 接地，则片内 4KB 存储器无效。所以系统共有 36KB 的 ROM 存储器，但 CPU 只能访问 32KB。为了充分利用存储资源，可以将 P2.7 通过非门连到 27C256 的片选端，将片外存储器地址安排到高 32KB 空间（8000H～FFFFH），这样可访问总存储空间就成了 36KB。

系统扩展一片 EPROM，$\overline{\text{PSEN}}$ 只作为这片 27C256 的读选通信号，片选端可直接接地，

由 $\overline{\text{PSEN}}=0$ 控制存储器工作,P2.7 闲置不接。则 P2.7 为 0 或为 1 都不影响片选,这时 27C256 有两个地址范围 0000H~7FFFH 和 8000H~FFFFH,任一存储单元都有两个不同地址,例如:地址 0000H 和 8000H 都指向 27C256 的最低单元,对这两个地址的访问没有任何区别,这种现象称为地址重叠。

8.2.3　E^2PROM 的扩展

E^2PROM 存储器能够在线读写,掉电不丢失数据,既可作为程序存储器,又能作为数据存储器使用。Intel 28 系列是常用的并行 E^2PROM 存储器,有 2816A(2KB)、2817A(2KB)、2864A(8KB)等型号。这些芯片的编程和擦除只需+5V 电压,不用外加编程电压和写入脉冲。写入数据之前自动擦除原数据,不需专门的擦除设备和擦除操作,使用非常方便。下面以 2816A 为例分析 E^2PROM 的扩展方法。2816A 的引脚如图 8-10 所示,工作方式见表 8-5。

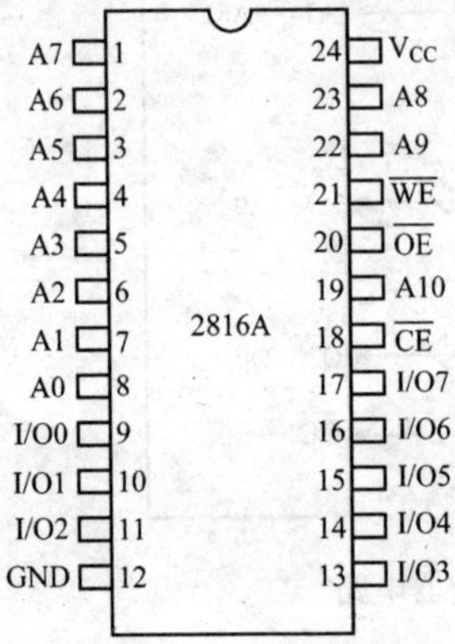

引脚符号	引脚名称
A0~A10	地址输入端
I/O0~I/O7	数据输入/输出端
$\overline{\text{CE}}$	片选端
$\overline{\text{OE}}$	输出允许
$\overline{\text{WE}}$	写允许
V_{CC}	+5V 电源
GND	地

图 8-10　2816A 引脚图

表 8-5　　　　　　　　　　　　　　　　2816A 工作方式选择

工作方式 \ 引脚	$\overline{\text{CE}}$	$\overline{\text{OE}}$	$\overline{\text{WE}}$	I/O7~I/O0
读	L	L	H	数据输出
写	L	H	L	数据输入
维持或写禁止	H	×	×	高阻

【例 8-3】　AT89S51 单片机采用一片 2816A 芯片扩展 2KB 的 E^2PROM,使该存储器既能作为程序存储器,也能作为数据存储器使用,设计硬件电路,并分析存储器地址范围。

存储器扩展电路如图 8-11 所示。2816A 有 11 条地址线,A0~A7 与 74HC373 输出端相连,A8~A10 与 P2.0~P2.2 相连,多余 5 条高位地址线 P2.3~P2.7 可选用任一条作为 2816A 片选线,图中用 P2.7 作为片选线,其余 4 条闲置不接,则该存储器共有 $2^4=16$ 个不同地址范围。例如,设未用地址线为 1 时,可得到一个地址范围 7800H~7FFFH。

写信号 $\overline{\text{WR}}$ 直接连到 $\overline{\text{WE}}$ 端,$\overline{\text{PSEN}}$ 和 $\overline{\text{RD}}$ 通过一个与门为 2816A 提供读选通信号,$\overline{\text{PSEN}}$ 或 $\overline{\text{RD}}$ 任何一个有效都能读取存储器中的数据,作为程序存储器时,由 $\overline{\text{PSEN}}$ 送来读选通信号,作为数据存储器时,由 $\overline{\text{RD}}$ 送来读选通信号。如果只作为程序存储器使用,可将 $\overline{\text{PSEN}}$ 直接连到 $\overline{\text{OE}}$ 端。

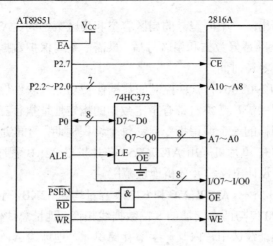

图 8-11　扩展 2816A 存储器电路

8.2.4　Flash 存储器的扩展

Flash 存储器具有可读写操作，读写速度快，掉电不丢失数据等优点，成为单片机系统中最常用的程序存储器扩展芯片。Flash 存储器种类比较多，常用的有 Atmel 公司的 AT29C 系列，包括 AT29C256（32KB）、AT29C512（64KB）等型号。Winbond 公司的 W29EE 系列，包括 W29EE256（32KB）、W29EE512（64KB）等型号，下面以 AT29C256 为例，介绍其用法。

AT29C256 引脚如图 8-12 所示。AT29C256 是单 5V 供电在系统可编程和擦除 Flash 存储器，存储容量 32KB，快速读访问时间 70ns，功耗 275mW，待机电流小于 100μA。擦除次数大于 10 000 个周期，编程时不需高编程电压，只需 5V 电压即可。

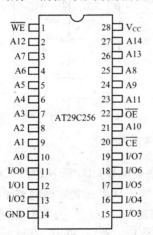

引脚符号	引脚名称
A0～A14	地址输入端
I/O0～I/O7	数据输入/输出端
$\overline{CE}$	片选端
$\overline{WE}$	写允许端
$\overline{OE}$	输出允许端
V_{CC}	+5V 电源
GND	地

图 8-12　AT29C256 引脚图

AT29C256 主要有以下功能：

读操作：读操作与 E^2PROM 存储器类似，当 $\overline{CE}$ 和 $\overline{OE}$ 为低电平，$\overline{WE}$ 为高电平时，选定地址单元的数据通过 I/O0～I/O7 引脚输出。

字节装载：用于装入每一扇区待编程的 64B 数据或用于数据保护的软件代码。

编程：AT29C256 芯片的全部存储空间划分成为若干个扇区（存储阵列），以扇区为单位再编程，每次编程一个扇区。不同型号的扇区容量和扇区数不同，AT29C256 共分为 512 个扇区，每个扇区 64B。准备好数据和扇区号后，只需三条写保护数据命令即可写入数据。三条命令之后是编程写入等待时间。

软件数据保护：AT29C256 有软件控制的数据保护功能，软件保护功能可由用户开启或禁止，要开启软件数据保护，必须对带有指定数据的指定地址执行三个编程命令。开启软件数据保护后，必须用同样的三个编程指令启动每个编程周期，才能进行编程。

【例 8-4】 AT89S51 单片机采用 AT29C256 芯片扩展 32KB 程序存储器，62256 芯片扩展 32KB 数据存储器，设计电路，并分析地址范围。

扩展电路如图 8-13 所示。AT29C256 和 62256 容量均为 32KB，有 15 条地址线 A0～A14，8 条数据线 D0～D7，P0 口与两存储器的 8 位数据线相连，地址总线低 15 位与两存储器地址引脚相连，作为片内地址线选中片内某一字节存储单元。地址线 A15 作为片选信号，通过非门反相后，向两存储器提供片选信号，存储器片选有效电平为低电平，A15＝1 时，存储器被选中。根据片内片外地址线连接情况，可以分析出两存储器地址范围均为 8000H～FFFFH，片内片外程序存储器无地址重叠，系统可用程序存储器总容量为 36KB。

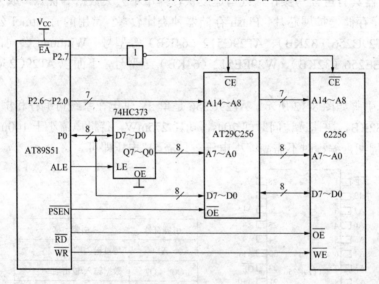

图 8-13　程序和数据存储器扩展电路

AT29C256 作为程序存储器使用，工作过程中只需读操作，由 $\overline{PSEN}$ 向其发送读控制信号，62256 作为数据存储器使用，$\overline{RD}$ 向其发送读控制信号，$\overline{WR}$ 向其发送写控制信号。

Flash 存储器在单片机系统中除可作为程序存储器外，也可作为数据存储器使用，但作为数据存储器时有擦/写次数限制，例如，AT89S51 单片机片内 Flash 存储器的擦/写周期为 1000 次，AT29 系列 Flash 存储器擦/写周期为 10000 次，因此 Flash 存储器适用于作为保存系统设置参数等不经常擦/写的数据存储器，频繁读/写场合最好选用无擦/写次数限制的 SRAM 存储器。

8.2.5　非易失性 SRAM

SRAM 断电后存储的数据全部丢失，有些应用场合断电后需要保存 RAM 中的数据，通常的做法是在系统中增加掉电保护电路，保护电路的核心是作为备用电源的 Ni-Cd 可充电电池，系统正常工作时，主电源同时向电池充电，断电后，掉电保护电路立即切换到由电池向 SRAM 供电，保存数据。

掉电保护电路的缺点是当电池性能下降或失效后，使 SRAM 中数据丢失，更有效的数据保存方法是采用新型非易失性 SRAM，即断电后数据不丢失的 SRAM。非易失性 SRAM 型号较多，例如，Dallas 公司的 DS1225，DS1230 等。下面以 DS1230 为例，说明非易失性 SRAM 的特点及引脚功能。

DS1230 容量为 256Kb（32KB），采用 28 引脚双列直插 DIP 封装，引脚如图 8-14 所示。DS1230 掉电时，数据能自动保护，断电后数据至少保存 10 年不丢失，工作时不限制写周期，读/写周期最快为 70ns，可用来取代 SRAM，E²PROM 或 Flash 存储器芯片。DS1230 存储器的连接方法与 SRAM 芯片 62256 相同，这里不再详细分析。

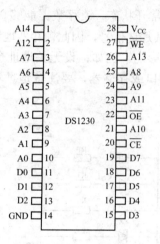

引脚符号	引脚名称
A0～A14	地址输入端
D0～D7	数据输入/输出端
$\overline{CE}$	片选端
$\overline{WE}$	写允许端
$\overline{OE}$	输出允许端
V_{CC}	+5V 电源
GND	地

图 8-14　DS1230 引脚图

8.3　并行 I/O 接口扩展

80C51 单片机有 4 个并行 I/O 口，当系统扩展时，P0 口和 P2 口作为地址数据总线，只有 P1 口和 P3 口的部分位可供用户使用，因此单片机系统经常需要扩展并行 I/O 口，用来控制外设。并行 I/O 口的扩展方法有两种：一是用通用 TTL 或高速 CMOS 芯片，每个芯片只能扩展一个 8 位输入口或输出口，这种接口通电后即可工作，不用编程设置方式和方向，使用方便，价格低，可作为简单外部设备接口。二是用可编程并行接口芯片扩展并行 I/O 口，常用可编程并行接口芯片有 8255A，8155 等。可编程接口芯片工作前，需要由 CPU 编程设置工作方式和数据传输方向，除了数据口外，还可设置联络信号，具有功能强大，使用灵活等特点，可作为复杂外设的接口。

扩展并行 I/O 口的基本要求是输出锁存，输入缓冲。片外存储器和外设接口共用 8 位数据总线，单片机向某一输出口发送数据的时间非常短，片外扩展的输出口应具有锁存功能，将 CPU 送来的数据锁存到锁存器中并持续向外设提供数据，使慢速外设和需要持续提供数据的外设正常工作。外部扩展的输入口用来连接输入设备，输入口必须有缓冲功能，CPU 不访问时为高阻态，避免影响对片外存储器或其他接口的操作。

8.3.1 简单并行 I/O 口扩展

扩展简单并行 I/O 口一般采用 74 系列 TTL 或高速 CMOS 通用芯片，两类芯片具有相同的逻辑功能，可互换使用。

1. 锁存器扩展 8 位并行输出口

并行输出口需要具有锁存功能，可选用 8D 锁存器芯片 74HC373，74HC273，74HC377 等扩展。下面以 74HC373 为例说明扩展原理。

【例 8-5】 用 74HC373 锁存器扩展一个 8 位并行输出口，控制 8 个 LED 发光二极管，并编程控制 LED，以 1s 间隔循环点亮，产生跑马灯效果。

并行输出口扩展电路如图 8-15 所示。单片机数据线与 74HC373 的输入端 D0～D7 直接连接，输出端 Q7～Q0 通过限流电阻连接 LED 的负极，输出低电平时，LED 发光，高电平熄灭。$\overline{OE}$ 接地使 74HC373 内部三态门处于常开状态，锁存数据能够直接输出。写信号 $\overline{WR}$ 与地址线 P2.7 通过或非门连 LE 端，作为其片选信号，因此锁存器地址是使 P2.7＝0 的所有地址，其他地址线状态对锁存器片选没有影响。例如：设无关地址全为 1，则并行输出口地址为 7FFFH。如果电路中还扩展其他接口或存储器，要注意地址不能出现冲突。程序如下：

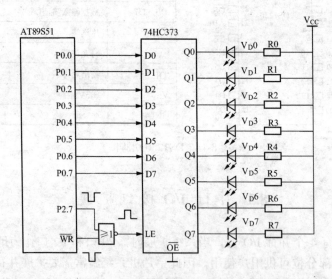

图 8-15 74HC373 扩展并行输出口扩展电路

```
RLED:   MOV DPTR,#7FFFH     ;DPTR 指向输出口
        MOV A,#0FEH         ;控制数据初值
RLE:    MOVX @DPTR,A        ;送输出口
        LCALL DLY1S         ;调 1s 延时子程序,子程序略
        RLA                 ;控制数据循环左移 1 位
        SJMP RLE            ;转移,控制下一个 LED 发光
```

2. 缓冲器扩展 8 位并行输入口

并行输入口需要具有缓冲功能，常用扩展芯片有三态缓冲器 74HC244、数据收发器 74HC245。8D 锁存器 74HC373 输出端有 8 个三态门，输出具有缓冲功能，也可以用来扩展并行输入口。下面首先介绍两个缓冲器芯片，以及系统扩展常用译码器 74HC138，然后举例

说明并行输入口的扩展方法。

【例 8-6】 图 8-16 是 74HC245 扩展两个并行输入口的电路,分析两个输入口地址,并编程读取两外设数据,送入片内 RAM 30H 和 31H 单元。

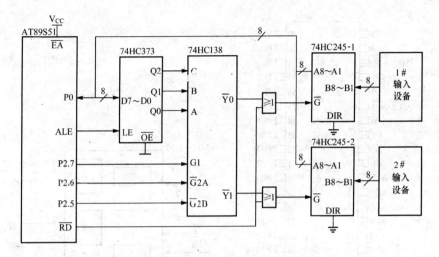

图 8-16 74HC245 扩展两个并行输入口

74HC245 只作为输入口使用,方向控制端 DIR 可直接接地,使数据传输方向固定由 B 到 A。扩展口采用地址译码法片选,地址线 A0~A2 作为 74HC138 译码器的选择输入端,地址线 A13~A15 控制译码器的三个使能端,其他地址线都没有连接,为 0 或为 1 都不影响片选。译码器两个输出端 $\overline{Y0}$,$\overline{Y1}$ 分别与读信号 $\overline{RD}$ 相或后,作为输入口片选信号。两个端口的地址分配见表 8-6,设未用地址全部为 0,则 1#端口地址为 8000H,2#端口地址为 **8001H**。读操作程序如下:

```
RDPT:   MOV  DPTR,#8000H     ;DPTR 指向 1#端口
        MOVX A,@DPTR         ;读 1#输入口
        MOV  30H,A           ;存数据
        INC  DPTR            ;DPTR 指向 2#端口
        MOVX A,@DPTR         ;读 2#输入口
        MOV  31H,A           ;存数据
```

表 8-6 　　　　　　　　　　　　　　　　　**两个输入口地址分配表**

译码输入	G1	$\overline{G2A}$	$\overline{G2B}$	无　关　地　址										C	B	A
地址线	$P_{2.7}$	$P_{2.6}$	$P_{2.5}$	$P_{2.4}$	$P_{2.3}$	$P_{2.2}$	$P_{2.1}$	$P_{2.0}$	Q_7	Q_6	Q_5	Q_4	Q_3	Q_2	Q_1	Q_0
地址	A_{15}	A_{14}	A_{13}	A_{12}	A_{11}	A_{10}	A_9	A_8	A_7	A_6	A_5	A_4	A_3	A_2	A_1	A_0
1#端口	1	0	0	×	×	×	×	×	×	×	×	×	×	0	0	0	$\overline{Y0}=0$
2#端口	1	0	0	×	×	×	×	×	×	×	×	×	×	0	0	1	$\overline{Y1}=0$

8.3.2 可编程接口芯片 8155

8155 是多功能可编程接口芯片,包括两个 8 位可编程并行口 PA 和 PB,1 个 6 位并行口 PC,1 个 14 位定时/计数器和 256 字节 SRAM。8155 与单片机接口简单,不需其他附加电路,是 80C51 系列单片机常用外围接口芯片。

1. 8155 引脚功能

8155 芯片采用 DIP 双列直插式封装,共有 40 个引脚,引脚如图 8-17 所示。各引脚功能如下。

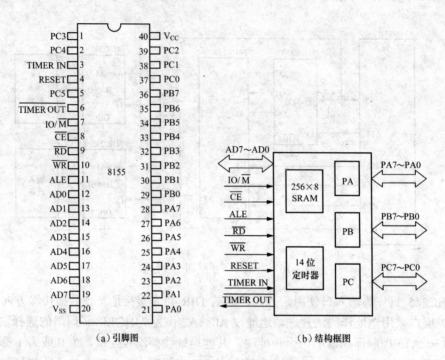

（a）引脚图　　　　　　　　　　　　（b）结构框图

图 8-17　8155 引脚与结构图

（1）AD0～AD7:地址数据线。单片机与 8155 之间的地址、数据、命令和状态信息都通过地址数据线传送。

（2）ALE:地址锁存线。ALE 的下降沿将单片机 P0 口输出的地址及 $\overline{CE}$、IO/$\overline{M}$ 锁存到 8155 内部锁存器。

（3）$\overline{CE}$:片选线,低电平有效,只有片选有效,8155 才能工作。可编程接口芯片 8156 与 8155 功能完全相同,唯一的区别是片选信号高电平有效。

（4）$\overline{RD}$:读信号线,低电平有效。

（5）$\overline{WR}$:写信号线,低电平有效。

（6）IO/$\overline{M}$:I/O 端口及存储器选择线。

当 IO/$\overline{M}$ =1 时,选中 3 个 I/O 端口、命令状态寄存器和定时/计数器,8 位地址对应片内各端口地址。

当 IO/$\overline{M}$ =0 时,选中片内 RAM,8 位地址为片内 RAM 地址。寻址范围 00H～FFH,对应片内 RAM 的 256 个字节单元。

（7）TIMER IN:定时/计数器输入线,用于输入外部计数脉冲信号。

（8）$\overline{\text{TIMER OUT}}$:定时/计数器输出线,输出由编程命令设定的方波或脉冲信号。

（9）PA0～PA7:A 口 I/O 线,可由编程命令设置为输入或输出线,用于 8155 和外设之间传送数据。

（10）PB0～PB7：B 口 I/O 线，可由编程命令设置为输入或输出线，用于 8155 和外设之间传送数据。

（11）PC0～PC5：C 口 I/O 线，可由编程命令设置为输入或输出线，用于 8155 和外设之间传送数据，也可作为 A 口或 B 口的控制信号线。

（12）RESET：复位线，高电平有效，在 RESET 引脚加上宽度 5μs 以上的正脉冲，可使 8155 复位，3 个 I/O 口都为输入状态，定时器停止工作。

（13）V$_{CC}$：电源线，接＋5V 电源。

（14）V$_{SS}$：地。

2. 8155 内部寄存器

8155 共有 7 个寄存器：A 口寄存器、B 口寄存器、C 口寄存器、命令寄存器、状态寄存器、定时器低 8 位寄存器、定时器低 6 位和 2 位方式寄存器。由于命令寄存器只能写操作，状态寄存器只能读操作，这两个寄存器共用一个端口地址。寄存器地址分配见表 8-7。

表 8-7　　　　　　　　　　　　　　8155 端口地址分配表

AD0～AD7								选 中 寄 存 器
A7	A6	A5	A4	A3	A2	A1	A0	
×	×	×	×	×	0	0	0	命令/状态寄存器
×	×	×	×	×	0	0	1	A 口寄存器（PA0～PA7）
×	×	×	×	×	0	1	0	B 口寄存器（PB0～PB7）
×	×	×	×	×	0	1	1	C 口寄存器（PC0～PC7）
×	×	×	×	×	1	0	0	计数器低 8 位
×	×	×	×	×	1	0	1	计数器高 6 位和 2 位方式位

（1）并行口寄存器。PA，PB 和 PC 三个并行口的方向和工作方式由命令字设置，其中 A 口和 B 口可工作于基本 I/O 方式和选通 I/O 方式。C 口有两种用法，A 口或 B 口工作于选通 I/O 方式时，C 口作为其联络线，不做联络线时，工作于基本 I/O 方式。并行口寄存器根据设置的工作方式进行相应读/写操作。

（2）命令寄存器。命令寄存器是存放命令字的 8 位锁存器，命令字用于设置并行口和定时器的工作方式，单片机只能向命令寄存器写入命令字，不能将其中内容读出。命令寄存器格式和各位功能为：

D7	D6	D5	D4	D3	D2	D1	D0
TM2	TM1	IEB	IEA	PC2	PC1	PB	PA

①PA——A 口方向选择位。

PA＝0，A 口输入；PA＝1，A 口输出。

②PB——B 口方向选择位。

PB＝0，B 口输入；PB＝1，B 口输出。

③PC2、PC1——C 口方式选择位。C 口共有 4 种工作方式 ALT1～ALT4，各方式同时规定了 A 口和 B 口的方式，工作方式选择由 PC2 和 PC1 两位的组合决定，方式选择见表 8-8。

表 8-8　　　　　　　　　　　　　　　　　　C 口方式选择

PC2	PC1	C 口方式	功　　能
0	0	ALT1	A，B 口为基本输入/输出，C 口为输入方式
0	1	ALT2	A，B 口为基本输入/输出，C 口为输出方式
1	0	ALT3	A 口为选通输入/输出，B 口为基本输入/输出
1	1	ALT4	A，B 口都为选通输入/输出方式

　　ALT1 和 ALT2 方式下三个并口均为独立端口。ALT3 方式下，A 口为选通输入方式，由 PC0～PC2 作为 A 口的联络线。ALT4 方式下，A 口和 B 口均为选通 I/O 方式，C 口全部作为 A 口和 B 口的联络线。A 口、B 口及 C 口各位在 4 种方式下的定义见表 8-9。

表 8-9　　　　　　　　　　　　　　　　　并行口工作方式及联络线定义

端口＼方式	ALT1	ALT2	ALT3	ALT4
PC0	输入方式	输出方式	A INTR（A 口中断）	A INTR（A 口中断）
PC1			A BF（A 口缓冲器满）	A BF（A 口缓冲器满）
PC2			$\overline{ASTB}$（A 口选通）	$\overline{ASTB}$（A 口选通）
PC3			输出方式	B INTR（B 口中断）
PC4				B BF（B 口缓冲器满）
PC5				$\overline{BSTB}$（B 口选通）
A 口	基本 I/O 方式		选通 I/O 方式	选通 I/O 方式
B 口			基本 I/O 方式	

　　④IEA——A 口中断选择位。

　　IEA＝0，禁止 A 口中断；IEA＝1，允许 A 口中断。

　　⑤IEB——B 口中断选择位。

　　IEB＝0，禁止 B 口中断；IEB＝1，允许 B 口中断。

　　⑥TM2，TM1——定时器工作方式选择位。

　　两位组合选择定时器 4 种工作方式，各方式具体功能见表 8-10。

表 8-10　　　　　　　　　　　　　　　　定时器工作方式及功能

TM2	TM1	功　　能
0	0	空操作，不影响定时/计数器操作
0	1	停止定时/计数器操作
1	0	若定时器正在计数，计数长度减为 0 时，停止计数
1	1	启动，置方式和长度后立即启动，若正在运行，表示置新的方式和定时器长度，计数结束后，按新的方式和长度计数

　　（3）状态寄存器。状态寄存器保存 8155 定时器及各并行口工作状态，程序中可用指令读取状态字查询。状态寄存器格式及各位功能如下：

D7	D6	D5	D4	D3	D2	D1	D0
×	TIMER	B INTE	B BF	B INTR	A INTE	A BF	A INTR

①A INTR——A 口中断请求标志位。

有中断请求，A INTR＝1，无中断请求，A INTR＝0。

②B INTR——B 口中断请求标志位。

有中断请求，B INTR＝1，无中断请求，B INTR＝0。

③A INTE——A 口中断允许标志位。

A 口允许中断，A INTE＝1，禁止中断，A INTE＝0。

④B INTE——B 口中断允许标志位。

B 口允许中断，B INTE＝1，禁止中断，B INTE＝0。

⑤A BF——A 口缓冲器满标志位。

A 口缓冲器满，A BF＝1，未满，A BF＝0。

⑥B BF——B 口缓冲器满标志位。

B 口缓冲器满，B BF＝1，未满，B BF＝0。

⑦TIMER——定时器中断标志位。

定时器计数满时，TIMER＝1，读出状态字或硬件复位后，TIMER＝0。

（4）定时/计数器。8155 内部定时/计数器是一个 14 位减法计数器，计数器对 TIMER IN 引脚脉冲减法计数，减到 0 时，在 TIMER OUT 引脚输出方波或脉冲信号。TIMER IN 接外部脉冲时为计数方式，接系统时钟时为定时器。定时/计数器由两个 8 位寄存器组成，格式如下：

D7	D6	D5	D4	D3	D2	D1	D0
M2	M1	T13	T12	T11	T10	T9	T8

输出方式　　　　　　　　　　　计数长度高 6 位

D7	D6	D5	D4	D3	D2	D1	D0
T7	T6	T5	T4	T3	T2	T1	T0

计数长度低 8 位

M1，M2 为输出方式选择位，两位组合可以使定时器输出 4 种不同波形：

M2M1＝00，输出单方波；

M2M1＝01，输出连续方波；

M2M1＝10，停止计数时，输出单脉冲；

M2M1＝11，输出连续脉冲。

定时器 4 种方式的输出波形如图 8-18 所示。

定时/计数器使用分两步，先向命令寄存器写入命令字，确定定时器启动、停止或装入常数，然后将计数初值和输出方式装入定时器寄存器。定时器运行期间，若要改变计数长度或输出方式，也必须先写命令字，发送启动命令，再写入新的计数和输出方式数值。另外，硬件复位只能停止计数，不能

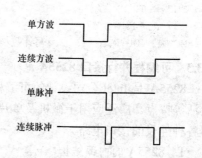

图 8-18　8155 定时器 4 种方式的输出波形

将定时器预置成任何工作方式和计数长度，重新工作时，必须发送启动命令。

T0～T13 位为 14 位减法计数器，计数长度为 0002H～3FFFH。定时器设为方波输出时，若计数器计数初值为偶数，输出对称方波，若计数初值为奇数，则输出不对称方波，方波高电平比低电平多一个计数脉冲时间。例如：当计数值为 8 时，输出高低电平各为 4 个时钟的对称方波，当计数值为 9 时输出波形高电平为 5 个时钟，低电平为 4 个时钟。因此计数器最小计数长度是 2 而不是 1。

3. 单片机与 8155 接口及应用

AT89S51 单片机与 8155 接口电路如图 8-19 所示。单片机 P0 口（作为地址/数据总线 AD0～AD7）与 8155 的地址/数据线 AD0～AD7 直接相连，不用外加锁存器，单片机送出的 8 位地址在 ALE 锁存信号的控制下，由 8155 内部的锁存器锁存，P2.7（地址 A15）作为 8155 的片选线，P2.6（地址 A14）作为 8155 内部存储器和端口的选择线，ALE，$\overline{RD}$，$\overline{WR}$ 分别对应相连，RST 与 RESET 相连，由单片机复位电路同时向 8155 提供复位信号。

设 P2 口无关地址线为 1，则 8155 片内 RAM 及 I/O 端口的地址分配为：

256B 片内 RAM：3F00H～3FFFH；

命令/状态口：7F00H；

A 口：7F01H；

B 口：7F02H；

C 口：7F03H；

计数器低 8 位：7F04H；

计数器高 6 位和方式位寄存器：7F05H。

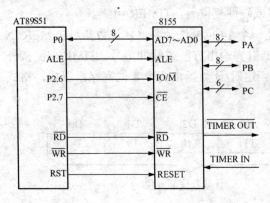

图 8-19　单片机与 8155 接口电路

【例 8-7】　根据图 8-19 单片机与 8155 接口电路，编写初始化程序，将 8155 的 A 口设为选通输出方式，B 口设为基本输入方式，定时器设为方波发生器，对输入脉冲 36 分频。

初始化程序如下：

```
MOV DPTR,#7F00H
MOV A,#0D5H
MOVX @DPTR,A          ;写命令字
MOV DPTR,#7F04H
MOV A,#24H            ;写计数长度低 8 位
MOVX @DPTR,A
INC DPTR
MOV A,#40H
MOVX @DPTR,A          ;写计数长度高 6 位和 2 方式位
```

8.3.3　可编程并行接口 8255A

8255A 是 Intel 公司设计的可编程并行接口芯片，具有功能强，与 CPU 接口方便，使用灵活等特点。广泛应用于微机及单片机系统中，可作为打印机、磁盘驱动器、键盘、显示器等各种外设的接口电路。

1. 8255A 的内部结构

8255A 的内部结构如图 8-20 所示。内部结构按功能分为四部分：

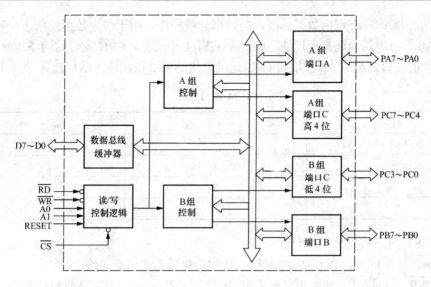

图 8-20　8255A 的内部结构框图

（1）三个 8 位并行 I/O 口 PA，PB 和 PC。3 个端口的功能特点各不相同，使用前可通过编程确定。

PA（A 口）：包括一个 8 位数据输入锁存器和一个 8 位数据输出锁存/缓冲器。PA 功能最强，可设为单向的输入/输出口或双向口。

PB（B 口）：包括一个 8 位数据输入缓冲器（不锁存）和一个 8 位数据输出锁存/缓冲器。PB 可设为单向输入或输出口，但不能作为双向口使用。

PC（C 口）：包括一个 8 位数据输入缓冲器（不锁存）和一个 8 位数据输出锁存/缓冲器。PC 可作为单向输入/输出口，还可作为 PA，PB 的联络线。PC 使用最灵活，作为输入/输出口使用时，可作为一个 8 位端口，也可分为两个独立的 4 位端口，还可以通过位控寄存器间接地实现位操作。

（2）A 组和 B 组控制电路。3 个端口分为两组，PA 和 PC 的高 4 位作为 A 组，由 A 组控制电路管理，PB 和 PC 的低 4 位作为 B 组，由 B 组控制电路管理。控制电路接收读/写控制逻辑送来的命令，以及内部数据总线送来的控制字，向管理的端口发出相应的控制信号。

（3）数据总线缓冲器。是一个 8 位三态双向缓冲驱动器，功能相当于数据收发器 74HC245。其数据线引脚用于跟单片机或微机数据总线相连，实现 CPU 与 8255A 交换数据的缓冲驱动。

（4）读/写控制逻辑。管理数据、控制字及状态字的传送，接收 CPU 送来的地址信息和控制信息，向 A、B 两组控制电路发送控制命令。

2. 8255A 的引脚功能

8255A 的引脚图如图 8-21 所示。8255A 采用 40 引脚双列直插 DIP 封装，各引脚功能为：

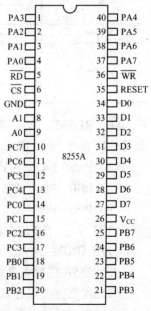

图 8-21　8255A 引脚图

（1）D7～D0：三态双向数据总线，与数据总线相连，用于传递数据或状态控制信息。

（2）A0，A1：端口选择地址线。8255A 共有 4 个端口，CPU 通过这两条地址线的组合选择要访问的端口。A1，A0 一般与 CPU 地址总线的低 2 位相连。端口选择见表 8-11。

表 8-11   8255A 端口选择

A1	A0	选中端口
0	0	PA
0	1	PB
1	0	PC
1	1	两个控制口

（3）$\overline{CS}$：片选线。低电平有效。

（4）$\overline{RD}$：读信号。$\overline{RD}$ 为低电平时，选中端口数据送到数据线上。

（5）$\overline{WR}$：写信号。$\overline{WR}$ 为低电平时，CPU 将数据或控制字写入 8255A 的选中端口。

控制线 $\overline{CS}$，$\overline{RD}$，$\overline{WR}$ 及地址线 A0，A1 的组合决定各端口操作方式，操作方式见表 8-12。

表 8-12   8255A 端口操作方式

	A1	A0	$\overline{CS}$	$\overline{WR}$	$\overline{RD}$	操　　作
数据输入（读并口）	0	0	0	1	0	PA→数据总线
	0	1	0	1	0	PB→数据总线
	1	0	0	1	0	PC→数据总线
数据输出（写并口）	0	0	0	0	1	数据总线→PA
	0	1	0	0	1	数据总线→PB
	1	0	0	0	1	数据总线→PC
写控制口	1	1	0	0	1	数据总线→控制寄存器
其他	×	×	1	×	×	数据总线为高阻态
	1	1	0	1	0	非法操作
	×	×	0	1	1	数据总线为高阻态

（6）RESET：复位信号。高电平有效，当 RESET 为高电平时，8255A 内部控制寄存器及其他所有寄存器都被清 0，3 个 I/O 口被置为输入方式。

（7）PA0～PA7：A 口数据线。

（8）PB0～PB7：B 口数据线。

（9）PC0～PC7：C 口数据线。

（10）V_{CC}：＋5V 电源端。

（11）GND：地

3. 8255A 控制寄存器

8255A 有方式寄存器和 C 口置位复位控制寄存器两个 8 位控制寄存器，这两个寄存器公用一个控制口地址，只能写操作，不能读取其内容。控制寄存器 D7 位作为标志位，方式寄存器标志位为 1，C 口位控寄存器标志位为 0。CPU 向控制口写入数据时，8255A 首先检测

D7 位，如果为 1 写入方式寄存器，如果为 0 写入 C 口置位复位控制寄存器。

（1）方式寄存器

方式寄存器各位的功能如图 8-22 所示。向方式寄存写入的方式字用于设置三个并行口工作方式及数据传输方向。使用 8255A 前，CPU 首先用指令写入方式字，以确定各并行口的工作方式，称为 8255A 的初始化。

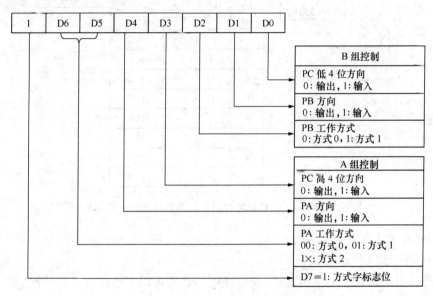

图 8-22 8255A 方式寄存器各位的功能

方式寄存器 D7 位标志位必须为 1。其他 6 位为方式控制位，分为两组：D0~D2 位作为 B 组并行口方式位，D3~D6 位作为 A 组并行口方式位。

8255A 并行口有方式 0、方式 1 和方式 2 三种工作方式，方式 0 为基本输入/输出方式，方式 1 为选通输入/输出方式，方式 2 为双向选通输入/输出方式。A 口可以工作在任何方式下，由方式字 D5, D6 位的组合选择，B 口只能工作在方式 0 或方式 1，由方式字 D2 位选择，C 口优先作为 A 口和 B 口的联络信号，不作为联络线的位可工作于基本输入/输出方式。

A 口方向由 D4 位设置，B 口方向由 D1 位设置，C 口可分为两个独立 4 位端口使用，其方向控制位有两个，D0 作为 C 口低 4 位的方向位，D3 作为 C 口高 4 位的方向位。各方向位为 1 时，相应端口为输入方式，为 0 时，为输出方式。

（2）C 口置位复位控制寄存器

C 口既可作为一个 8 位 I/O 口，也可作为两个独立 4 位 I/O 口使用，还可以通过 C 口置位复位控制字间接地对 C 口位操作，将 C 口某一位清 0 或置 1。C 口除了传输数据外，还经常需要定义其中某些位，作为状态或控制线，这时用位操作更方便。C 口置位复位控制寄存器各位的功能如图 8-23 所示。

C 口置位复位控制寄存器的标志位 D7 位必须为 0，D4~D6 位为无关位，为 0 或为 1 都不影响位控操作，一般设为 0。D1~D3 位的组合用于确定位操作的 C 口某一位，对该控制寄存器的一次写操作，只能将 C 口某一位清 0 或置 1。D0 位用于控制将选定位清 0 或置 1，D0=0，将 C 口选定位清 0，D0=1，将 C 口选定位置 1。

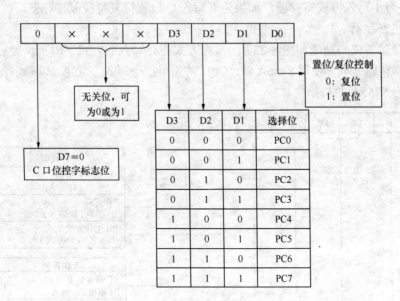

图 8-23　8255A C 口置位复位控制寄存器各位的功能

4. 8255A 工作方式

以下介绍 8255A 工作方式。

（1）方式 0：基本输入/输出方式。PA，PB，PC 都可以工作在方式 0，作为独立 8 位 I/O 口，C 口还可以分为两个独立 4 位口。方式 0 下，各端口之间没有联系，仅用来输入或输出数据，功能相当于用通用芯片扩展的简单 I/O 口，所以称为基本输入/输出方式。

将并口设置为方式 0 时，经常作为无联络信号外部设备接口，CPU 用无条件方式通过 8255A 并行口与外设交换数据。如 LED 显示器、键盘等外设，CPU 在任何时候都可以对其直接读/写操作，不需联络信号。

8255A 的 PA 或 PB 工作于方式 0 时，也可作为有联络线外设的数据口，这时由用户定义 C 口部分位，作为其状态控制线，查询方式编程，实现对外设的访问。

（2）方式 1：选通输入/输出方式。方式 1 称为选通输入/输出方式，可以工作在方式 1 的有 A 口和 B 口，其特点是数据口有固定联络信号，CPU 可以通过联络线对外设控制或检测外设状态，当 A 口或 B 口工作在方式 1 时，C 口自动将 3 位作为其联络信号，这些联络信号是 8255A 芯片设计时规定的，各位功能不可改变，也不需用户设置。C 口各位优先作为联络线使用，不做联络线的位仍可工作在基本输入/输出方式。方式 1 输入和输出工作原理及联络线功能不同，下面分别介绍。

①方式 1 输入（选通输入方式）：A 口和 B 口工作于方式 1 时的输入电路如图 8-24 所示。PC0、PC1 和 PC2 作为 B 口的联络线，PC3、PC4 和 PC5 作为 A 口的联络线，每个端口内还有一个 INTE 信号，联络信号的作用如下。

$\overline{STB}$：选通信号，低电平有效。输入设备将数据送到 A 口或 B 口，然后发出 $\overline{STB}$ 选通信号，将输入数据锁存到 8255A 输入锁存器。

IBF：输入缓冲器满信号，高电平有效。输入数据存入缓冲器后，8255A 向外设发出 IBF 信号，通知外设数据已接收。

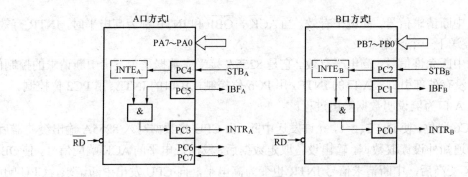

图 8-24　方式 1 时的输入电路

INTR：中断请求信号，高电平有效。当 $\overline{STB}$ 和 IBF 都为高电平时，表示数据已接收至输入缓冲器，此时若 INTE 也为高电平，则 INTR 向 CPU 发出中断请求信号，请求 CPU 读取数据，CPU 响应中断后，从 8255A 中读取外设送来的数据。

INTE：中断允许信号，高电平有效。8255A 接收完数据，发出中断请求的控制信号。该信号没有外部引脚，A 口的 $INTE_A$ 用 PC4 位控制，即将 PC4 置 1，会使 $INTE_A=1$，将 PC4 清 0，会使 $INTE_A=0$。B 口的 $INTE_B$ 用 PC2 位控制。

下面以 A 口为例，说明数据输入过程：

先将 PC4 置位，使 $INTE_A=1$，允许接收中断。输入设备将数据送到 A 口后，送出选通信号至 $\overline{STB}$ 引脚，将数据写入 A 口输入缓冲器。然后 8255A 向外设发出高电平 IBF 信号，表示数据已接收，暂时不要再送数据。当 $\overline{STB}$ 变高时，中断请求信号 INTR 变为高电平，向 CPU 发出中断请求，CPU 响应中断后，在中断服务程序中读取 A 口数据，读操作产生的 $\overline{RD}$ 信号下降沿清除中断请求 INTR，上升沿使 IBF 变低。外设检测到 IBF 为低电平时，开始发送下一个数据。

②方式 1 输出（选通输出方式）：A 口和 B 口工作于方式 1 时的输出电路如图 8-25 所示。PC0，PC1 和 PC2 仍然作为 B 口的联络线，PC3，PC6 和 PC7 作为 A 口的联络线，每个端口内部也有一个 INTE 信号。各联络信号的作用如下：

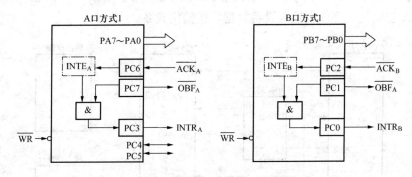

图 8-25　方式 1 时的输出电路

$\overline{OBF}$：输出缓冲器满信号，低电平有效。CPU 将数据写入 8255A 输出缓冲器后，$\overline{OBF}$ 变低，送至外设，通知输出设备读取数据。

$\overline{ACK}$：响应信号，低电平有效。由外设送来，表示外设已取走了 8255A 输出缓冲器数据。

　　INTR：中断请求信号，高电平有效。当 $\overline{ACK}$，$\overline{OBF}$ 和 INTE 都为高电平时，INTR 有效，请求 CPU 发送下一个数据。

　　INTE：中断允许信号，高电平有效。它是 8255A 接受完数据是否发出中断请求的控制信号。该信号没有外部引脚，A 口的 $INTE_A$ 用 PC6 位控制，B 口的 $INTE_B$ 用 PC2 位控制。

　　下面以 A 口为例说明数据输出过程：

　　先将 PC6 置位，使 $INTE_A=1$，允许发送中断。当 CPU 将数据写入 8255A 输出缓冲器后，$\overline{OBF}$ 变低，通知外设读取数据，输出设备取走数据后，发出低电平的 $\overline{ACK}$ 响应信号，使 $\overline{OBF}$ 变高，$\overline{ACK}$ 变高后，中断请求信号 INTR 也变为高电平，向 CPU 发出中断请求，CPU 响应中断后，在中断服务程序中向 8255A 发送下一个数据。

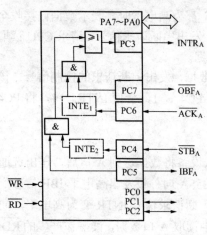

图 8-26　A 口方式 2（双向选通方式）时的电路

　　（3）方式 2：双向选通方式。只有 A 口能工作于双向选通方式，A 口工作于方式 2 时，C 口有 PC3～PC7 作为 A 口联络线，C 口其余 3 位的用法取决于 B 口工作方式，若 B 口工作于方式 1，则 PC0～PC2 作为 B 口联络线，这时 C 口全部作为 A 口和 B 口联络线，不能再作为基本 I/O 口使用。若 B 口工作于方式 0，PC0～PC2 可以作为基本 I/O 口。

　　双向选通方式如图 8-26 所示，双向选通方式下，CPU 能通过 A 口对外设进行读/写操作，相当于 A 口方式 1 输入和方式 1 输出的组合，其联络信号功能也与方式 1 基本相同。主要区别是数据输入和输出各有一个内部中断允许信号 $INTE_1$ 和 $INTE_2$，$INTE_1$ 和 $\overline{OBF}$ 相与，作为数据输出的中断请求，$INTE_2$ 和 IBF 相与，作为数据输入的中断请求。两中断请求信号由或门合为一个中断请求信号 $INTR_A$，向 CPU 申请中断。

　　5. 8255A 应用举例

　　【例 8-8】　AT89S51 单片机与 8255A 的接口电路如图 8-27 所示，分析 8255A 端口地址，编程对 8255A 初始化，并读取输入设备数据，送输出设备。

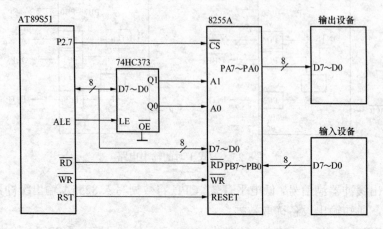

图 8-27　AT89S51 单片机与 8255A 的接口电路

　　地址总线低 2 位作为 8255A 端口地址线，A15（P2.7）作为 8255A 片选线，8255A 端口地址仅与这三条地址线有关，其他地址线为 0 或为 1，都不影响 8255A 片选。设未用地址线为 1，则 4 个端口地址为：

　　A 口：7FFCH；

　　B 口：7FFDH；

　　C 口：7FFEH；

　　控制口：7FFFH。

　　AT89S51 单片机系统中，8255A 的端口地址是 4 个连续地址，且 A 口占用最低地址，控制口占用最高地址。8255A 的 A 口连接输出设备工作于方式 0 输出，B 口连接输入设备工作于方式 0 输入，C 口未用，相关控制位设为 0，则控制字为 10000010H＝82H。程序如下：

```
PART:   MOV DPTR,#7FFFH      ;DPTR 指向控制口
        MOV A,#82H           ;方式字送入 A
        MOVX @DPTR,A         ;写方式字,8255A 初始化
        MOV DPTR,#7FFDH      ;DPTR 指向 B 口
        MOVX A,@DPTR         ;读 B 口
        DEC DPL              ;DPTR 指向 A 口
        MOVX @DPTR,A         ;输入数据送入 A 口
```

　　【例 8-9】　8255A 端口地址为 80H～83H，A 口方式 1 输入，B 口方式 1 输出，编程对 8255A 初始化，并将 PC2 和 PC4 置位，允许发送和接收数据时产生中断请求。

　　8255A 地址范围 80H～83H，则 A 口地址 80H，B 口地址 81H，C 口地址 82H，控制口地址 83H。各端口地址都为 8 位，可用 R0 或 R1 作为间址寄存器。对 PC2 和 PC4 的置位操作，可直接对 C 口写操作实现，更方便的办法是通过向 C 口置位复位控制寄存器写入位控字来实现，注意数据是写入控制口而不是 C 口。程序如下：

```
CTLB:   MOV R1,#83H          ;R1 指向控制口
        MOV A,#0B4H          ;方式字 10110100B
        MOVX @R1,A           ;写方式字,8255A 初始化
        MOV A,#05H           ;将 PC2 置位的 C 口位控字 00000101B
        MOVX @R1,A           ;写入 C 口位控字,使 PC2＝1
        MOV A,#09H           ;将 PC4 置位的 C 口位控字 00001001B
        MOVX @R1,A           ;写入 C 口位控字,使 PC4＝1
```

复 习 思 考 题

　　1．单片机片外三总线结构有什么特点和功能？

　　2．地址锁存器的作用是什么？系统扩展时，P0 口和 P2 口是否都需要地址锁存器？

　　3．存储器扩展时，片选方法有哪三种？各有什么特点？

　　4．为 AT89S51 单片机扩展 2 片 29C256，作为程序存储器，扩展 2 片 62256，作为数据存储器，并分析各芯片地址范围。

　　5．扩展并行输入口和并行输出口有什么要求，可用什么芯片扩展？

　　6．简单 I/O 接口芯片与可编程接口芯片使用时有什么区别？

7. 单片机与 8155 接口电路为什么不用地址锁存器？8155 内部有哪些资源？

8. 8155 有几种工作方式？各方式有什么特点？如何选择？

9. 编程使 8155 的 A 口为基本输出，B 口为选通输入，启动定时器按方式 1 定时 10ms，输入时钟频率为 500kHz。

10. 8255A 三个并行口可以工作在什么方式下？C 口操作方式有几种？

11. 8255A 控制字和 C 口位控字地址相同，操作时如何区分？

12. 8255A 端口地址为 80H～83H，PA 工作于方式 0 输入，PB 工作于方式 0 输出，编写初始化程序，并将 PC0 置 1，PC6 清 0。

第 9 章　单片机串行系统扩展

学习目标

学习单片机系统扩展 4 种串行总线接口的结构和原理，串行总线接口芯片与 AT89S51 单片机接口及编程应用。

学习要求

➤ 了解：串行总线接口的特点，系统扩展电路结构，串行总线操作时序。
➤ 掌握：典型串行接口芯片与单片机的接口方法，接口芯片的编程操作，能根据应用系统需要选择合适的串行接口芯片。

并行总线系统扩展方式占用端口线多，存储器和并行接口芯片体积大，线路复杂。近年来，为了适应嵌入式应用对单片机系统的要求，进一步缩小单片机和外围芯片的体积，串行系统扩展技术逐步取代并行总线扩展方式，成为单片机外部扩展的主流。

串行总线系统扩展只需 1～3 条信号线，接口电路简单，外围芯片体积可以做得很小，在对体积要求严格的单片机系统中有很大的优越性。由于并行总线应用越来越少，因此很多公司推出了不带并行三总线的单片机芯片，如 Atmel 公司的 AT89C1051 和 AT89C2051，微芯公司的 PIC 系列等。

串行系统扩展即利用 I²C 总线、SPI 串行接口、1-Wire 总线、Microwire 串行接口等串行总线接口扩展存储器及各种功能接口电路。随着串行扩展的广泛应用，目前已有很多串行总线接口芯片可供选择，如串行存储器、实时时钟、看门狗、ADC、DAC 等，系统设计时，应优先选择串行总线接口芯片。本章介绍典型串行总线接口的原理，常用串行接口芯片与单片机的接口及编程应用。

9.1　I²C 总线及应用

9.1.1　I²C 总线

1. I²C 总线的特点

I²C（Inter Integrated Circuit）总线是 Philips 公司推出的串行扩展总线，其主要特点如下。

（1）I²C 总线是二线制串行总线，由串行数据线 SDA（Serial Data I/O）和时钟线 SCL（Serial Clock）组成，单片机及其他扩展芯片都挂接到总线上，总线上器件间的数据交换均通过 SDA 线传输。

（2）I²C 是多主总线，总线上可以连接两个以上能控制总线的主器件。所谓主器件是指能产生时钟信号，并能启动数据发送的器件，如挂在 I²C 总线上的单片机。其他被寻址的器件都可以看做是从器件。单片机串行系统扩展通常采用单主结构，即只有一个单片机作为主器件，其他扩展的存储器和接口电路都是从器件。

（3）I^2C 总线是双向总线，主器件和从器件都可以发送或接收数据。例如，串行 EEPROM 可以用于读/写操作，ADC 为读操作，LCD 驱动接口电路为写操作。

（4）扩展的串行接口芯片采用器件地址和引脚地址的硬件编址方式，接口简单，不用片选译码电路。

（5）有 I^2C 总线接口的接口芯片都有应答功能，片内有多个地址单元时，数据读/写操作时能自动加 1，读/写操作方便。

（6）I^2C 总线数据传输速率为 100kbps，快速方式下可达 400kbps，连接到总线上的器件数量仅受 400pF 总线电容的限制。

2. I^2C 总线系统结构

I^2C 总线系统扩展结构如图 9-1 所示。多个单片机和从器件挂接到总线上，单片机作为主器件产生时钟脉冲信号，并启动总线数据传输过程，与被寻址从器件之间实现数据传送。I^2C 总线在某一时刻只能有一个主器件，先占用总线的单片机，成为主器件，其他单片机和接口芯片都成为从器件。所有挂接在 I^2C 总线上的主从器件都要有 I^2C 总线接口，80C51 单片机没有集成 I^2C 总线接口，但可以通过软件模拟 I^2C 总线时序，实现对其他 I^2C 总线器件的访问。

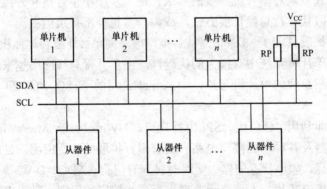

图 9-1　I^2C 总线系统扩展结构图

SDA 和 SCL 通过上拉电阻 RP 接 V_{CC} 电源，总线空闲时，SDA 和 SCL 都为高电平，连接到总线上器件的输出电路必须是漏极开路或集电极开路，具有线与功能。

3. I^2C 总线基本信号时序

I^2C 总线传输的信息由开始信号、停止信号、应答信号和数据位组成。I^2C 总线基本信号时序如图 9-2 所示。

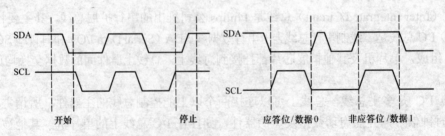

图 9-2　I^2C 总线基本信号时序

（1）开始信号：SCL 为高电平时，数据线 SDA 由高电平到低电平的跳变作为开始信号，用于启动 I²C 总线。

（2）停止信号：SCL 为高电平时，数据线 SDA 由低电平到高电平的跳变作为停止信号，用于停止 I²C 总线的数据传送。

（3）应答位：I²C 总线第 9 个时钟脉冲对应于应答位，SCL 脉冲高电平期间，SDA 数据线低电平为应答信号，高电平为非应答信号。

（4）数据位：SCL 脉冲高电平期间，SDA 数据线低电平为数据位 0，高电平为数据位 1。SCL 脉冲高电平期间，数据串行传送；低电平期间，主器件准备数据，允许总线上数据电平变化。

4. I²C 总线数据传送时序

I²C 总线数据传送时序如图 9-3 所示。I²C 总线上传送的一帧数据为 1 字节，每次发送字节数没有限制。发送数据前，首先发送开始信号，启动总线从设备的接收操作，然后从最高位开始依次发送，发送完 1 字节后，对方回应 1 个应答位，主设备收到应答位后，可以继续发送下一字节数据，也可以将 SCL 线拉低，暂停总线数据传输。所有数据发送完后，由主器件发出停止信号。

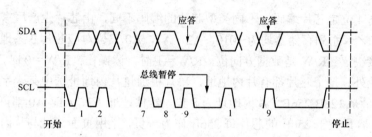

图 9-3　I²C 总线数据传送时序

9.1.2　串行 EEPROM AT24C××

AT24C××是美国 Atmel 公司推出具有 I²C 总线接口的 EEPROM 存储器芯片，有 AT24C01/02/04/08/16 等型号，容量分别是 128B/256B/512B/1KB/2KB。电源电压范围是 1.8～5.5V，工作电流为 3mA，具有功耗小，电源电压范围宽，与单片机接口方便，能长期保存数据等特点，广泛应用于单片机系统，可用来存放系统设置参数、传感器校正数据等。

1. AT24C×× 引脚功能

AT24C 系列存储器引脚如图 9-4 所示。各引脚功能如下。

（1）SDA：串行数据端。SDA 为双向线，用于输入或输出串行数据。

（2）SCL：串行时钟输入端。时钟信号上升沿将数据写入存储器，时钟信号下降沿从存储器读取数据。

（3）A0，A1，A2：地址线。不同容量存储器的地址线用法不同。

（4）WP：写保护。WP 接高电平时写保护，对存储器只能读操作，WP 接地时，可读/写操作。

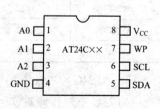

图 9-4　AT24C××系列
存储器引脚图

（5）V_{CC}：＋5V 电源。

（6）GND：地。

2. AT24C××的地址

I^2C 总线上可以挂接多个器件，每个器件都有唯一的器件地址，单片机通过器件地址对芯片访问。AT24C××系列存储器的器件地址如图 9-5 所示。

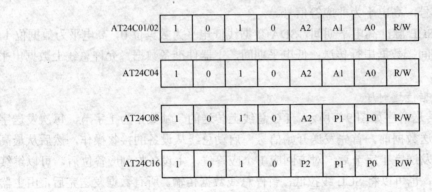

图 9-5 AT24C××系列存储器的器件地址

器件地址高 4 位是芯片编码，不同类型芯片的编码不同，由芯片生产厂家设定，用户不能修改。AT24C××系列存储器均为 1010。A2，A1，A0 三位对应芯片 3 条地址线的状态，由地址线的连接决定。R/W 是数据方向位，R/W＝1 时，读操作；R/W＝0 时，写操作。

除器件地址外，每个芯片都有片内地址，单片机通过片内地址选中某一字节访问单元。AT24C01/02 容量是 128B/256B，片内地址为 8 位，器件地址 A2，A1，A0 都可用，总线可以挂接 8 个芯片。容量大于 256B 的芯片每 256B 作为一页，采用页面寻址与片内寻址相结合的方法选中访问单元。例如，AT24C16 容量是 2KB，分为 8 页，需要 3 个页面寻址位 P2，P1，P0，这三位占用了芯片三条引脚地址，可见，AT24C16 芯片三条地址线不起作用，在电路中悬空不接。同样，容量为 1KB 的 AT24C08 被占用了两条地址线，还有一条地址线 A2 可用。AT24C××系列存储器的参数见表 9-1。

表 9-1   AT24C××系列存储器参数

型　　号	容量B	页　　数	页写字节数	总线可接片数	可用地址线
AT24C01	128B	1	8	8	A0,A1,A2
AT24C02	256B	1	8	8	A0,A1,A2
AT24C04	512B	2	16	4	A0,A1
AT24C08	1KB	4	16	2	A2
AT24C16	2KB	8	16	1	—

3. AT24C××时序

AT24C 系列存储器读/写时序分字节写、页写、当前地址读、随机读和连续读，下面通过时序图分析时序。

（1）字节写时序。字节写时序如图 9-6 所示。单片机发出开始信号，再发出 8 位器件地址，R/W 位为 0 使存储器接收数据。单片机收到应答信号 ACK 后，发出 1 字节地址字，用于选定页内要访问字节单元。收到应答后，发出 1 字节数据，再次收到应答后，发出停止信号，结束字节写时序，存储器进入内部定时写周期保存数据，此时禁止所有操作。

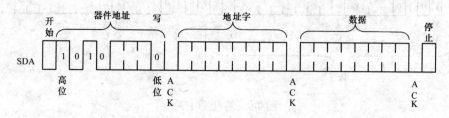

图 9-6　字节写时序

（2）页写时序。页写时序如图 9-7 所示。AT24C01 页写字节数为 4B，AT24C02 为 8B，AT24C04/08/16 为 16B。单片机首先发出器件地址和地址字，确定写入的最低地址单元，然后连续发出不超过本页的数据，最后发出停止位。

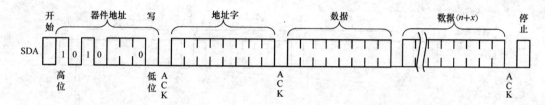

图 9-7　页写时序

存储芯片每收到一个数据，地址低 2 位（1Kb 芯片）或低 3 位（2Kb 芯片）或低 4 位（4Kb、8Kb、16Kb 芯片）自动加 1，其余高位地址不变，自动指向下一地址单元。如果发送数据超出了页范围，地址会从头开始循环将原来的数据覆盖。

（3）当前地址读时序。当前地址读时序如图 9-8 所示。每次读/写操作结束后，最后访问单元的地址加 1，存在内部地址计数器中，作为当前地址，且一直保存。如果最后访问单元是对存储器阵列的最后一个地址单元的写操作，则当前地址指向同一阵列的第一个单元。

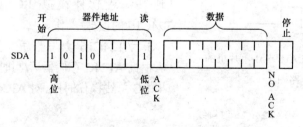

图 9-8　当前地址读时序

单片机发出 RW=1 的器件地址，存储芯片应答后，当前地址的数据串行输出，单片机发出一个非应答信号作为响应。

（4）随机读时序。随机读时序如图 9-9 所示。单片机首先通过两个伪字节写送出器件地址和片内地址（即仅发出地址，不写入数据），然后重复发送一次开始信号，再发出 RW=1 的器件地址，选定地址单元的数据就会送出，最后单片机发出一个非应答信号作为响应。

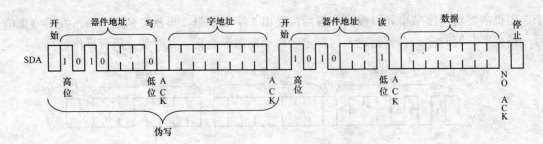

图 9-9　随机读时序

（5）连续读时序。连续读时序如图 9-10 所示。连续读操作通过一次当前地址读或随机读操作开始，单片机收到一个数据后，发出 ACK 应答信号，存储器收到应答信号后，地址自动加 1，并将下一单元数据输出，需要的数据读完后，单片机发出非应答信号，存储器停止输出数据，最后单片机发出停止信号。

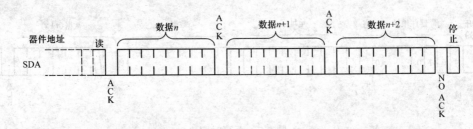

图 9-10　连续读时序

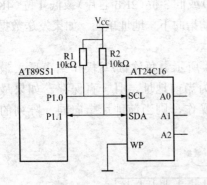

图 9-11　AT24C16 与 AT89S51 单片机的接口电路图

4. 单片机与 AT24C16 的接口

AT24C16 与 AT89S51 单片机的接口电路如图 9-11 所示。SCL 与 P1.0 相连，SDA 与 P1.1 相连。I^2C 总线接口为开漏结构，SCL 和 SDA 必须接上拉电阻。写保护端 WP 接地，允许写操作。三条地址线闲置不接。AT89S51 单片机没有 I^2C 总线接口，可通过编程软件模拟 I^2C 总线时序，实现对 AT24C16 的读/写操作。

5. AT24C16 读/写程序

根据 AT24C 存储器读/写时序和接口电路，软件模拟 I^2C 总线操作时序,对 AT24C16 读/写程序如下。

```
SCL BIT P1.0     ;AT24C16 时钟线
SDA BIT P1.1     ;AT24C16 数据线
;I²C 总线开始子程序
START_b:    SETB SDA
            SETB SCL
            NOP
            NOP
            CLR SDA
            NOP
            CLR SCL
```

```
                        RET
;I²C 总线停止子程序
STOP_b:         CLR SDA
                NOP
                SETB SCL
                NOP
                SETB SDA
                RET
;发送应答位子程序
OUT_ACK:        CLR SDA
                SETB SCL
                NOP
                NOP
                CLR SCL
                SETB SDA
                RET
;发送非应答位子程序
NO_ACK:         SETB SDA
                SETB SCL
                NOP
                NOP
                CLR SCL
                CLR SDA
                RET
;从机应答位检查子程序
;从机应答位送 C,C=0 有应答,C=1 无应答
C_ACK:          SETB SDA
                SETB SCL
                NOP
                NOP
                MOV C,SDA
                CLR SCL
                RET
;发送 1 字节子程序
WR_BYT:         MOV R0,#08H
WRB:            RLC A
                JC WRB1
WRB0:           CLR SDA
                SETB SCL
                NOP
                NOP
                CLR SCL
                SETB SDA
                SJMP WRB2
WRB1:           SETB SDA
                SETB SCL
                NOP
                NOP
                CLR SCL
                CLR SDA
WRB2:           DJNZ R0,WRB
```

```
                RET
;读1字节子程序
RD_BYT:     MOV R0,#08H
RDB:        SETB SDA
            SETB SCL
            MOV C,SDA
            RLC A
            CLR SCL
            NOP
            DJNZ R0,RDB
            RET
;页面写子程序,一次可写1~16字节
;R1:发送缓冲区指针,R2:发送字节数
;R3:器件地址,R4:片内字节地址
WR_PAGE:    LCALL START_b       ;发送起始位
            MOV A,R3
            LCALL WR_BYT        ;发送器件地址
            LCALL C_ACK         ;检查从机应答位
            JC WRP2             ;无应答退出
            MOV A,R4
            LCALL WR_BYT        ;发送片内字节地址
            LCALL C_ACK
            JC WRP2             ;无应答退出
WRP1:       MOV A,@R1
            LCALL WR_BYT        ;发送数据
            LCALL C_ACK
            JC WRP2             ;无应答退出
            INC R1              ;指向下一字节
            DJNZ R2,WRP1
WRP2:       LCALL STOP_b        ;发送停止位
            RET
;从随机地址顺序读子程序
;R1:接收缓冲区指针,R2:接收字节数
;R3:器件地址,R4:片内字节地址
RD_SEQ:     LCALL START_b       ;发送起始位
            MOV A,R3
            LCALL WR_BYT        ;发送器件地址
            LCALL C_ACK
            JC RDS2
            MOV A,R4
            LCALL WR_BYT        ;发送片内字节地址
            LCALL C_ACK
            JC RDS2
            LCALL START_b       ;再发送起始位
            MOV A,R3
            ORL A,#01H
            LCALL WR_BYT        ;发器件地址,R/W位为1
            LCALL C_ACK
            JC RDS2
```

```
RDS1:        LCALL RD_BYT      ;读 1 字节
             MOV @R1,A         ;存接收数据
             DJNZ R2,RDS3
             LCALL NO_ACK      ;发出非应答信号
RDS2:        LCALL STOP_b      ;发停止信号
             RET
RDS3:        LCALL OUT_ACK     ;发送应答位
             INC R1
             SJMP RDS1
```

9.2　SPI 串行接口及应用

SPI（Serial Peripheral Interface）串行外设接口是 MOTOROLA 公司推出的串行扩展接口标准，由时钟线 SCK、数据线 MOSI（主发从收）和 MISO（主收从发）组成。SPI 接口主机的最高传输速率可达 1.05Mbps，数据传输速率高，使用方便，目前已有很多带有 SPI 接口的外围器件可供选择。

9.2.1　SPI 接口扩展

SPI 外围设备扩展结构如图 9-12 所示。SPI 外围器件扩展时，单片机及外围器件的 SPI 接口同名引脚对应连接。SPI 接口的数据线没有片选功能，具有 SPI 接口的外围器件都有片选端 $\overline{CS}$，单片机通过 I/O 口线分时选通器件，这种片选方法与并行系统扩展相同，可以采用线选法或地址译码法实现。如果系统只扩展一片 SPI 接口器件，可以将片选端直接接地，使其始终处于选中状态。SPI 接口若有多个单片机作为主器件，应有主次区分，某一时刻只能有一片单片机作为主器件访问 SPI 总线的从器件，其他单片机都为从器件。

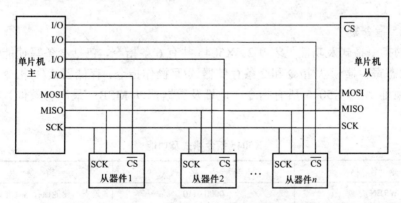

图 9-12　SPI 外围设备扩展结构图

80C51 系列单片机不带 SPI 接口，在与具有 SPI 接口的外围器件连接时，可采用 3 条 I/O 线与 SPI 接口相连，软件模拟 SPI 读/写时序实现对从器件的读/写操作。

9.2.2　串行接口芯片 X5045

X5045 是美国 Xicor 公司推出的集看门狗、电压监控、上电复位和 512×8b 串行 E^2PROM 等功能于一体的多功能可编程接口芯片。多个功能电路的组合可以节省电路板空间，看门狗和电压监控随时监控系统运行状况，保证系统的可靠运行，E^2PROM 能长期保存系统设置参数等信息。

图 9-13　X5045 引脚图

1. X5045 引脚功能

X5045 引脚如图 9-13 所示，各引脚功能如下：

（1）SI：串行输入端。操作码、字节地址及写入存储器的数据都由 SI 引脚输入，数据在串行时钟上升沿锁存。

（2）SO：串行输出端。SO 是推挽串行数据输出端，在读周期内数据从 SO 引脚串行移出，数据由串行时钟下降沿同步输出。

（3）SCK：串行时钟端。SCK 用于数据输入及输出时串行总线的定时，操作码、地址或出现在 SI 引脚的数据在时钟输入上升沿锁存，SO 引脚上的数据在时钟输入下降沿之后改变。

（4）$\overline{CS}$/WDI：片选/看门狗输入端。$\overline{CS}$ 为低电平时，芯片工作；$\overline{CS}$ 为高电平时，X5045 未选中，SO 引脚处于高阻态，除非内部写周期正在进行，否则 X5045 将处于待机方式。上电后任何操作开始前，需要 $\overline{CS}$ 从高电平至低电平的跳变。该引脚同时作为 X5045 内部看门狗定时器的复位信号输入端，单片机应在看门狗定时器溢出周期内发送有效复位信号。

（5）$\overline{WP}$：写保护。WP 为低电平且非易失位 WPEN 为 1 时，非易失性存储器写操作被禁止，其他功能正常。WP 为高电平时，所有功能正常。若内部状态寄存器写周期已开始，则 WP 变为低电平，同时 WPEN 为 1 不影响写操作。

（6）RESET：复位端。高电平有效，输出为漏极开路形式。只要 V_{CC} 降至低于最小 V_{CC} 检测电平，RESET 变为高电平，并保持至 V_{CC} 上升到最小 V_{CC} 检测电平 200ms 为止。如果允许看门狗定时器工作，且 $\overline{CS}$ 保持高电平或低电平的时间长于看门狗溢出周期，复位端也变为高电平。$\overline{CS}$ 下降沿将复位看门狗定时器。

（7）V_{CC}：+5V 电源端。

（8）V_{SS}：地。

2. X5045 指令集

X5045 的指令格式及功能见表 9-2。X5045 共有 6 条指令，包括 2 条写使能锁存器操作指令，2 条状态寄存器读/写指令和 2 条存储器读/写操作指令，存储器读/写指令中还包括存储器最高位地址 A8。X5045 所有指令、地址及数据都以 MSB（最高有效位）在前的方式传送。

表 9-2　　　　　　　　　　　　　X5045 指令格式及功能

指令名称	指令格式	指令功能
WREN	0000 0110	设置写使能锁存器（允许写操作）
WRDI	0000 0100	复位写使能锁存器（禁止写操作）
RDSR	0000 0101	读状态寄存器
WRSR	0000 0001	写状态寄存器
READ	0000 $A_8$011	从选定地址存储阵列中读数据
WRITE	0000 $A_8$010	将数据写入选定地址存储阵列

3. X5045 寄存器

（1）写使能寄存器。X5045 包含 1 个写使能锁存器，内部写操作时，写使能锁存器必须被设置（SET）。

WREN 用于设置写使能锁存器，WRDI 指令用于复位写使能锁存器。上电及字节、页和状态寄存器写周期完成后，写使能锁存器被自动复位。若 WP 变为低电平，锁存器也被复位。

（2）状态寄存器。RDSR 指令用于对状态寄存器读操作，任何时候都可以读状态寄存器，在写周期也可以。WRSR 指令用于对状态寄存器写操作。状态寄存器复位值为 00H。其格式及各位功能如下：

D7	D6	D5	D4	D3	D2	D1	D0
0	0	WD1	WD0	BL1	BL0	WEL	WIP

①WIP——正在写。WIP 表示 X5045 是否正在写操作。当 WIP＝1 时，正在写操作，当 WIP＝0 时，没有写操作。写操作期间，其他位全置为 1。WIP 位是只读位。

②WEL——写使能锁存。WEL 位表示写使能锁存器的状态。WEL＝1，锁存器置位，WEL＝0，锁存器复位。WEL 位是只读的，由 WREN 指令置位，由 WRDI 指令或完成写周期后复位。

③BL0，BL1——块保护。选择对 EEPROM 的保护范围，由 WRST 指令设置，允许用户选择 4 种保护级别之一。EEPROM 可分为 4 个 1024 位的段，保护功能可以锁定一个、两个或全部 4 个段，锁定保护段只能读，不能写入数据。块保护地址范围见表 9-3。

表 9-3　　　　　　　　　　　　X5045 块保护地址范围

BL1	BL0	保护阵列地址范围
0	0	不保护
0	1	×180H～×1FFH（128B）
1	0	×100H～×1FFH（256B）
1	1	×000H～×1FFH（512B）

④WD0，WD1——看门狗定时器。用于设置看门狗定时器的超时时间，由 WRSR 指令设置，见表 9-4。

表 9-4　　　　　　　　　　　　看门狗超时周期

WD1	WD0	看门狗溢出周期
0	0	1.4s
0	1	600ms
1	0	200ms
1	1	禁止

4. X5045 操作时序

（1）读时序。读操作分为读状态寄存器和读存储器操作，读状态寄存器时序如图 9-14 所示，读存储器时序如图 9-15 所示。

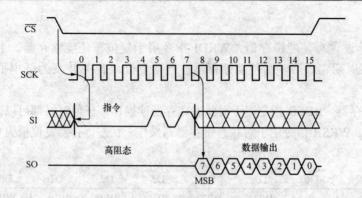

图 9-14 读状态寄存器时序

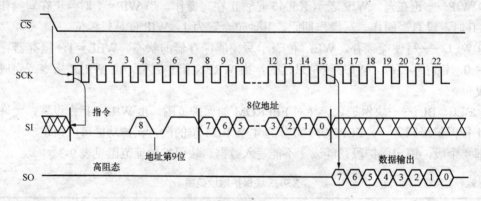

图 9-15 读存储器时序

读状态寄存器时，首先将片选端 $\overline{CS}$ 拉为低电平，选中芯片，然后发出 RDSR 指令，状态寄存器数据通过 SO 线输出。

读存储器时，首先将片选端 $\overline{CS}$ 拉低，选中芯片，CPU 发出 READ 指令，指令 D3 位为寻址单元最高位，即第 9 位地址，然后送出低 8 位地址。9 位地址选定单元的数据通过 SO 线移出。每移出 1 字节数据，字节地址自动加 1，指向下一单元，CPU 继续提供时钟脉冲，可连续读出高地址单元数据。当达到最高地址后，地址计数器翻转到 00H，继续循环下去，直到将 $\overline{CS}$ 置为高电平，终止读操作。

（2）写时序。写操作也分为写状态寄存器和写存储器两种，写状态寄存器时序如图 9-16 所示，写存储器时序如图 9-17 所示。

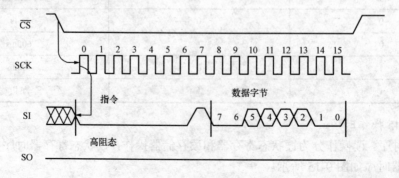

图 9-16 写状态寄存器时序

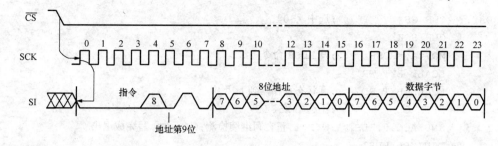

图 9-17　写存储器时序

写操作前，必须先发出 WREN 指令使写使能锁存器置位。将写使能锁存器置位的操作步骤为：先将 $\overline{CS}$ 拉为低电平，发出 WREN 指令，再将 $\overline{CS}$ 变为高电平即可。

写状态寄存器时，首先将片选端 $\overline{CS}$ 拉低选中芯片，发出 WRSR 指令，然后写入状态数据，并将 $\overline{CS}$ 变为高电平。

写 EEPROM 存储器时，首先将片选端 $\overline{CS}$ 拉低，选中芯片，发出 WRITE 指令后，可以开始写数据。可连续写入 4 字节数据，但必须保证这 4 字节在同一页。

5.　单片机与 X5045 的接口

AT89S51 单片机与 X5045 的接口电路如图 9-18 所示。单片机通过 P1.4～P1.6 与 X5045 的 SPI 接口相连，P1.3 与 $\overline{CS}$/WDI 引脚相连。RESET 复位端与单片机复位端相连，单片机的复位操作同时使 X5045 复位。X5045 有上电复位功能，可省去 RC 上电复位电路。写保护端通过开关实现写保护与写允许的切换。

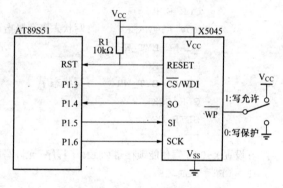

图 9-18　AT89S51 单片机与 X5045 的接口电路

6.　X5045 操作程序

单片机对 X5045 的操作程序如下：

```
SO      BIT P1.4          ;X5045 串行输出线
SI      BIT P1.5          ;X5045 串行输入线
SCK     BIT P1.6          ;X5045 串行时钟输入线
CS      BIT P1.3          ;X5045 片选线,低电平有效
WDI     BIT P1.3          ;X5045 WATCHDOG
READL   EQU 00000011B     ;X5045 读低存储阵列 00H~FFH
READH   EQU 00001011B     ;X5045 读高存储阵列 100H~1FFH
WRITEL  EQU 00000010B     ;X5045 写低存储阵列 00H~FFH
WRITEH  EQU 00001010B     ;X5045 写高存储阵列 100H~1FFH
WREN    EQU 00000110B     ;X5045 设置写使能锁存器(允许写操作)
WRDI    EQU 00000100B     ;X5045 复位写使能锁存器(禁止写操作)
RDSR    EQU 00000101B     ;X5045 读状态寄存器
WRSR    EQU 00000001B     ;X5045 写状态寄存器
;读X5045 状态寄存器,等待内部写完成子程序
;出口信息:WIP=1,正在写,WIP=0,写完成
RD_STAS:MOV R6,#0FFH      ;循环次数送入 R6
```

```
RDS1:    CLR CS              ;选中 X5045
         CLR SCK
         MOV A,#RDSR         ;发 RDSR 命令
         LCALL BYT_WR
         LCALL BYT_RD        ;读状态寄存器到 ACC 中
         SETB CS             ;不选中 X5045
         JNB ACC.0,RDS2      ;WIP=1,正在写继续检测,WIP=OK,写完成退出
         DJNZ R6,RDS1
RDS2:    RET
;写 X5045 状态寄存器子程序
;入口条件:R6 为欲写入的状态字,调用子程序前,应先对 R6 赋值
WR_STAS:CLR CS
         CLR SCK
         MOV A,#WREN
         LCALL BYT_WR        ;写使能,必须有 WREN
         SETB CS
         CLR CS
         CLR SCK
         MOV A,#WRSR         ;写状态寄存器指令
         LCALL BYT_WR
         MOV A,R6
         LCALL BYT_WR        ;写状态字
         CLR SCK
         SETB CS
         RET
;设置 X5045 写使能锁存器 WREN 子程序(允许写操作)
EN_WR:   CLR CS
         CLR SCK
         MOV A,#WREN
         LCALL BYT_WR
         SETB CS
         CLR SCK
         RET
;向 X5045 写入 1B 地址或数据子程序
;欲写内容在 ACC 中
BYT_WR: MOV B,#08H           ;置循环次数 8
BWR:     CLR SCK
         RLC A               ;ACC 的最高位送 CY
         MOV SI,C            ;CY 送 X5045 的 SI
         SETB SCK
         DJNZ B,BWR          ;循环 8 次,8bit
         CLR SI              ;X5045 的 SI 置低
         RET
;从 X5045 EEPROM 中读 1B 数据,送入 ACC 子程序
BYT_RD: MOV B,#08H
```

```
BRD:     SETB SCK
         CLR SCK
         MOV C,SO
         RLC A
         DJNZ B,BRD
         RET
```

;向 X5045 EEPROM 页写子程序,一次为 1~4 字节

;入口条件::R0 的内容为 CPU 内存的地址

;　　　;R1 的内容是 X5045 的待写地址低 8 位

;　　　;R3 是待写数据的长度,最多为 4

;　　　;R4 的内容是 02H 或 0AH,表示写命令的执行区域

```
PAGE_WR:MOV R6,#00010000B    ;看门狗溢出周期为 0.6s,EEPROM 允许写
        LCALL WR_STAS        ;写 X5045 状态寄存器
        LCALL RD_STAS        ;读 X5045 状态等待写完成,此指令必须有,否则后面写操作会失败
        LCALL EN_WR          ;X5045 写使能
        CLR CS
        MOV A,R4             ;命令送入 A
        LCALL BYT_WR         ;向 EEPROM 发送写命令
        MOV A,R1             ;向 X5045 EEPROM 写首地址送入 A
        LCALL BYT_WR         ;写地址
PGW:    MOV A,@R0            ;待写数据送入 A
        LCALL BYT_WR
        INC R0               ;指向下一个数据
        DJNZ R3,PGW          ;判断这批数据是否写完
        SETB CS              ;数据写完,CS=1
        LCALL RD_STAS        ;读 X5045 状态,等待写完成
        MOV R6,#00011100B    ;溢出周期 0.6s,EEPROM 全部块锁,不能写
        LCALL WR_STAS        ;写 X5045 状态寄存器
        RET
```

;从 X5045 EEPROM 顺序读出数据子程序,一次可读取 EEPROM 256B

;入口:　;R0 接收数据缓存首址

;　　　;R1 是读 X5045 EEPROM 首址

;　　　;R3 是读取数据长度

;　　　;R4 的内容是 03H 或 0BH,表示读取 EEPROM 的高、低区域

```
SEQU_RD:CLR CS
        CLR SCK
        MOV A,R4             ;读命令送入 A
        LCALL BYT_WR         ;发送读 EEPROM 命令
        MOV A,R1
        LCALL BYT_WR         ;发送读 EEPROM 地址
SQRD:   LCALL BYT_RD         ;读 1 字节
        MOV @R0,A
        INC R0
        DJNZ R3,SQRD
        SETB CS
        RET
```

9.2.3　铁电 NVRAM FM25040

FM25040 是 RAMTRON 公司推出的采用高可靠铁电材料工艺的非易失性 RAM，其各方面性能远优于 EEPROM，RAM 等存储器，适用于频繁和快速写操作场合，系统扩展时，可代替其他类型存储器获得更好的读写性能。

1．FM25040 的主要特点

（1）4Kb 铁电非易失 RAM，512×8 位体系结构。

（2）采用高可靠铁电材料工艺生产。

（3）100 亿次读/写周期，55℃时数据可保存 10 年。

（4）快速 SPI 接口，总线频率最高可达 2.1MHz，写操作无延迟。

（5）硬件可直接替换 EEPROM。

（6）完善的写保护设计，具有硬件保护和软件保护功能。

（7）低电量消耗，待机电流只有 10μA。

2．FM25040 引脚功能

FM25040 集成 SPI 接口，其 SPI 接口引脚功能与 X5045 相似，FM25040 的引脚如图 9-19 所示，各引脚功能如下：

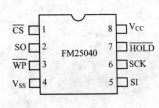

图 9-19　FM25040 引脚图

（1）SI：串行输入端。数据由 SI 引脚输入，在时钟 SCK 上升沿锁存，SI 能被连接到 SO，作为一个单引脚数据接口。

（2）SO：串行输出端。读周期数据从 SO 引脚串行移出，器件以半双工工作时，SO 能被连接到 SI，作为一个单引脚数据接口。

（3）SCK：串行时钟端。SCK 用于同步所有的数据输入/输出操作，输入在上升沿被锁存，输出在下降沿锁存，时钟频率范围为 0～2.1MHz。

（4）$\overline{CS}$：片选端。$\overline{CS}$ 为低电平时，芯片工作，$\overline{CS}$ 为高电平时，X5045 所有输出为高阻态，器件工作在低功耗待机状态，上电后任何操作开始前，$\overline{CS}$ 需要从高电平至低电平的跳变。

（5）$\overline{WP}$：写保护。$\overline{WP}$ 为低电平时，存储单元全部写保护。$\overline{WP}$ 为高电平时，写操作由其他写保护特征决定。

（6）$\overline{HOLD}$：保持信号。当主 CPU 因另一任务而中断当前存储器操作时，使用此信号，$\overline{HOLD}$ 为低电平，暂停当前操作，$\overline{HOLD}$ 的变化必须发生在 SCK 为低的时候。

（7）V_{CC}：+5V 电源端。

（8）V_{SS}：地。

3．单片机与 FM25040 的接口

FM25040 与单片机的接口不需其他元件，可直接连接。典型接口电路如图 9-20 所示。AT89S51 单片机的 P1.0～P1.5 与 FM25040 的 SPI 串行接口及其他控制信号相连。软件模拟 SPI 时序，实现对 FM25040 的读/写操作，FM25040 只工作在 SPI 模式 0。FM25040 读/写程序与 X5045 相似，请读者自己编写。

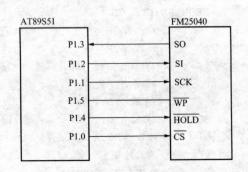

图 9-20　FM25040 的典型接口电路

9.3　1-Wire 总线及应用

1-Wire 总线是 Maxim 全资子公司 Dallas 的一项专有技术，1-Wire 总线仅利用一条信号线就能实现双向数据传输，不需要时钟信号及其他信号线，是最具特色的串行总线，具有节省端口资源，与 CPU 接口简单，便于扩展等特点。目前采用 1-Wire 总线接口的芯片都是 Maxim 公司的产品，种类型号非常多，常用的有 ADC、数字温度计、存储器等。1-Wire 总线系统扩展如图 9-21 所示。下面以数字温度计 DS18B20 为例，介绍 1-Wire 总线技术的应用编程方法。

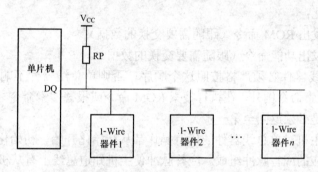

图 9-21　1-Wire 总线系统扩展图

DS18B20 是具有 1-Wire 总线接口的数字温度计，内部包含温度传感器、64 位 ROM、1-Wire 端口、报警寄存器、ADC 及其他处理电路，检测温度范围–55～125℃，在–10～85℃时的测量精度为±0.5℃，分辨率为 9～12 位可编程，具有温度报警功能，用户可设置高、低温报警极限。此外，DS18B20 及其他 1-Wire 器件还能直接从数据线获取工作所需的电源，以寄生电源方式工作，不需专门的电源供电。

1.　单片机与 DS18B20 的接口

所有 1-Wire 器件内部都有 64 位全球唯一序列号，任何 1-Wire 芯片的序列号都不会重复。单片机通过 DQ 数据线发送序列号，对芯片寻址，不需专门片选线，与单片机接口只需要一条 I/O 口线，而且一条线上可挂接若干不同类型，不同型号的 1-Wire 器件。

DS18B20 与单片机的接口电路如图 9-22 所示。DS18B20 有三个有效引脚：地 GND、电源 V_{DD} 和数据线 DQ。所有芯片的 DQ 都连到 P1.0 端，单片机通过 P1.0 对各芯片读/写操作，P1.0 通过一个 4.7kΩ 上拉电阻接 V_{CC} 电源。

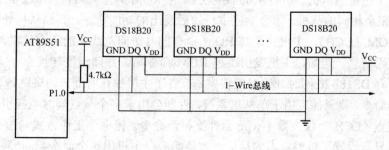

图 9-22　DS18B20 与单片机接口电路

　　DS18B20 有外部电源和寄生电源两种供电方式，采用外部电源供电时，电路采用如图 9-22 所示的连接方式，由 V_{CC} 向各芯片供电，供电电压＋5V，总线上多片 DS18B20 可同时温度转换。采用寄生电源供电时，必须将所有 DS18B20 的 V_{DD} 引脚接地，由数据线 DQ 供电。芯片内部有一个储能电容，DQ 线为高电平时，由 DQ 供电工作，DQ 同时向电容充电，DQ 为低电平时，由电容供电。由于电容容量比较小，寄生供电方式提供的电能有限，若总线上连接多片 DS18B20，应采用分时工作方式，或采用强上接电路，否则会因为供电不足测不到正确温度。

　　2. DS18B20 操作命令

　　DS18B20 及其他单总线器件的操作都分三步进行。

　　第一步：初始化；

　　第二步：主机发出 ROM 命令（跟随需要交换的数据）；

　　第三步：主机发出功能命令（跟随需要交换的数据）。

　　每次访问单总线器件必须严格按照这个顺序，否则单总线器件不响应主机，但是搜索 ROM 命令和报警搜索命令例外，在执行搜索 ROM 命令或报警搜索命令之后，主机不能执行其后功能命令，而是必须返回至第一步。

　　(1) 初始化。主机对单总线器件的所有操作都从初始化开始。初始化过程由主机发出的复位脉冲和从机响应的应答脉冲组成。应答脉冲使主机知道总线上有从机，且准备就绪。

　　(2) ROM 命令。主机检测到应答脉冲后，发出 ROM 命令，这些命令与各从机的唯一 64 位 ROM 代码相关，允许主机在单总线上连接多个从机时，指定操作某个从机。这些命令还允许主机能够检测到总线上有多少个从机，以及设备类型，或者有没有设备处于报警状态。从机可支持 5 种 ROM 命令（实际情况与具体型号有关），命令长度为 8 位。

　　①搜索 ROM（F0H）。系统初始上电时，主机必须找出总线上所有从机设备的 ROM 代码，这样主机就能够判断出从机的数量和类型。主机通过重复执行搜索 ROM 循环（搜索 ROM 命令跟随位数据交换），以找出总线上所有从机设备。每次执行完搜索 ROM 循环后，主机必须返回执行第一步初始化。如果总线上只有一个从机，可用读 ROM 命令替代搜索 ROM 命令。

　　②读 ROM（33H）。读 ROM 命令仅适用于总线上只有一个从机的场合。主机直接用该命令读出从机的 64 位 ROM 代码，而无须执行搜索 ROM 过程。如果该命令用于多从机系统，由于每个从机设备都会响应，则必然会发生数据冲突。

　　③匹配 ROM（55H）。匹配 ROM 命令后面跟随 64 位 ROM 代码，主机用该命令访问多从机系统中某个指定的从机。所有从机都接收 64 位 ROM 码，并与自身 ROM 比较，只有与自身 ROM 码完全相同的从机，才会响应主机随后发出的功能命令，其他从机处于等待状态。

　　④跳越 ROM（CCH）。主机用跳越 ROM 命令同时访问总线上的所有从机，而无须发出任何 ROM 代码信息。例如，主机发出跳越 ROM 命令后，跟随温度转换命令 44H，就可以命令总线上所有 DS18B20 同时开始温度转换，节省了主机操作时间。如果跳越 ROM 命令跟随的是读操作命令，则只能应用于单从机系统，否则会由于多个节点同时响应引起数据冲突。

　　⑤报警搜索（ECH）。仅少数 1-wire 器件支持该命令。该命令工作方式与搜索 ROM 命令相同，区别是只有设置了报警标志的从机，才能响应。主机用这个命令判断哪些从机发生了报警（如最近的测量温度过高或过低等）。同搜索 ROM 命令一样，执行完报警搜索循环后，

主机必须返回第一步初始化。

（3）功能命令。主机发出 ROM 命令后，接着就可以发出 DS18B20 支持的某个功能命令。这些命令允许主机写入或读出 DS18B20 暂存器、启动温度转换，以及判断从机供电方式。功能命令见表 9-5。

表 9-5　　　　　　　　　　　　　　　DS18B20 功能命令集

功能命令	命令代码	功能描述	单总线的响应信息
转换温度	44H	启动温度转换	无
读暂存器	BEH	主机读取全部暂存器的内容，包括 CRC 字节	DS18B20 传输最多 9 字节到主机
写暂存器	4EH	主机向暂存器第 2、3、4 字节（即 TH、TL 和配置寄存器）写入数据	主机传输 3 字节数据至 DS18B20
复制暂存器	48H	将暂存器中的 TH、TL 和配置字节复制到 EEPROM 中	无
回读 EEPROM	B8H	将 EEPROM 中的 TH、TL 和配置字节回读至暂存器中	DS18B20 传送回读状态至主机

在温度转换和复制暂存器数据至 EEPROM 期间，主机必须在单总线上允许强上拉，并且在此期间，总线上不能进行其他数据传输；读暂存器时，主机通过发出复位脉冲，能够在任何时候中断数据传输；写暂存器时，在复位脉冲发出前必须写入全部 3 字节。

3．DS18B20 时序

所有单总线器件采用严格的通信协议。协议定义了复位脉冲、应答脉冲、写 0、写 1、读 0 和读 1 共 6 种信号类型。这些信号中除了应答脉冲外，都由主机发出同步信号，并且所有命令和数据发送时都是低位在前。

（1）初始化时序。初始化时序如图 9-23 所示。单总线上所有通信都以初始化开始，初始化包括主机发出复位脉冲及从机的应答脉冲。当从机发出响应主机的应答脉冲时，即向主机表明它处于总线上，且准备就绪。在主机初始化过程中，主机通过拉低单总线至少 480μs，以产生发送复位脉冲。接着主机释放总线，并进入接收模式。当总线被释放后，上拉电阻将单总线拉高。单总线器件检测到上升沿后，延时 15～60μs，接着通过拉低总线 60～240μs 产生应答脉冲。

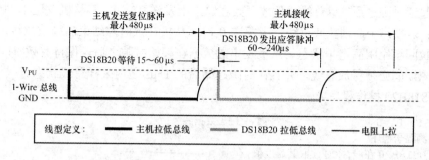

图 9-23　1-Wire 总线初始化时序

（2）读/写时隙。写时隙期间，主机向单总线器件写入数据；读时隙期间，主机读入来自从机的数据。每一个时隙总线只能传输一位数据。读/写时隙时序如图 9-24 所示。

写时隙：存在写 1 和 0 两种写时隙。主机采用写 1 时隙向从机写入 1，而采用写 0 时隙向从机写入 0。所有写时隙至少需要 60μs，且在两次独立的写时隙之间至少需要 1μs 恢复时间。两种写时隙均起始于主机拉低总线。

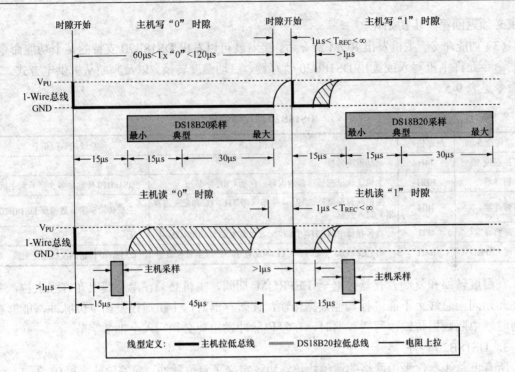

图 9-24　1-Wire 总线读/写时隙时序

产生写 1 时隙的方式：主机在拉低总线后，接着必须在 15μs 之内释放总线，由上拉电阻将总线拉至高电平。产生写 0 时隙的方式：在主机拉低总线后，只需在整个时隙期间保持至少 60μs 低电平即可。在写时隙起始后 15～60μs 期间，单总线器件采样总线电平状态，如果在此期间采样到高电平，则逻辑 1 被写入该器件，如果为 0，则写入逻辑 0。

读时隙：单总线器件仅在主机发出读时隙时才向主机传输数据。在主机发出读数据命令后，必须马上产生读时隙，以便从机能够传输数据。所有读时隙至少需要 60μs，且在两次独立的读时隙之间至少需要 1μs 的恢复时间。每个读时隙都由主机发起，至少拉低总线 1μs。在主机发起读时隙之后，单总线器件才开始在总线上发送 0 或 1。若从机发送 1，则保持总线为高电平；若发送 0，则拉低总线。当发送 0 时，从机在该时隙结束后释放总线，由上拉电阻将总线拉回至空闲高电平状态。从机发出的数据在起始时隙之后，保持有效时间 15μs。主机在读时隙期间必须释放总线，并且在时隙起始后的 15μs 之内采样总线状态。

4. DS18B20 操作程序

```
OWA BIT P1.0                ;1-Wire 数据线
;单点测温子程序
;1 片 DS18B20 在线,MCU 读取其温度值,存于 30H~38H 中
AD_TEMP:    LCALL INIT      ;发复位信号
            MOV A,#0CCH     ;skip ROM 命令
            LCALL WRBYTE
            MOV A,#44H      ;发温度转换命令
            LCALL WRBYTE
            LCALL D800MS    ;延时,等待转换完成
            LCALL INIT      ;发复位信号
            MOV A,#0CCH     ;发 skip ROM 命令
```

```
                  LCALL  WRBYTE
                  MOV  A,#0BEH         ;发 read scratchpad 命令
                  LCALL  WRBYTE
                  MOV  R0,#30H         ;存储首址 30H~31H
                  MOV  R4,#09H         ;读字节计数器
TEM:              LCALL  RDBYTE
                  MOV  @R0,A
                  INC  R0
                  DJNZ R4,TEM
                  SJMP  $
                                       ;初始化 1-Wire 器件子程序
INIT:             CLR  OWA             ;OWA=0,拉低 1-WIRE
                  MOV  R2,#200
INI1:             NOP
                  DJNZ R2,INI1         ;延时 600μs
                  SETB  OWA            ;OWA=1,改为输入口
                  MOV  R2,#30
INI2:             DJNZ R2,INI2         ;Delay 60μs
                  CLR  C
                  ORL  C,OWA
                  JC  INIT             ;初始化失败,返回
                  MOV  R2,#80
INI3:             ORL  C,OWA
                  JC  INI4
                  DJNZ R2,INI3
                  SJMP INIT            ;初始化失败,返回
INI4:             MOV  R2,#250
INI5:             DJNZ R2,INI5
                  RET
;写 1 字节子程序
;影响资源:A,R2,R3
WRBYTE:           MOV  R2,#8           ;写位数计数器
WR1:              SETB  OWA
                  RRC  A
                  CLR  OWA             ;OWA=0
                  MOV  R3,#8
WR2:              DJNZ R3,WR2          ;延时 16μs
                  MOV  OWA,C           ;发送 1 位
                  MOV  R3,#20
WR3:              DJNZ R3,WR3          ;延时 40μs
                  DJNZ R2,WR1
                  SETB  OWA
                  RET
;读 1 字节子程序
RDBYTE:           MOV  R2,#8
RE1:              CLR  OWA
                  MOV  R3,#6
                  NOP                  ;低电平持续 2μs
                  SETB  OWA            ;OWA 设为输入口
RE2:              DJNZ R3,RE2          ;等待 12μs
                  MOV  C,OWA           ;读一位
```

```
            RRC   A           ;读到位送入 A
            MOV   R3,#30
RE3:        DJNZ  R3,RE3      ;延时 60μs
            DJNZ  R2,RE1
            SETB  OWA
            RET
;延时 1ms 子程序
;fosc=12MHz
D1MS:       MOV   R7,#200
D1M:        NOP
            NOP
            NOP
            DJNZ  R7,D1M
            RET
;延时 800ms 子程序
;fosc=12MHz
D800MS:     MOV   R4,#80
DEL1:       MOV   R3,#100
DEL2:       MOV   R2,#100
DEL3:       DJNZ  R2,DEL3
            DJNZ  R3,DEL2
            DJNZ  R4,DEL1
            RET
;延时 10ms 子程序
;fosc=12MHz
D10MS:      MOV   R3,#50
D10M2:      MOV   R2,#100
D10M1:      DJNZ  R2,D10M1
            DJNZ  R3,D10M2
            RET
```

9.4　Microwire 串行接口及应用

Microwire/PLUS 是美国 NS 公司推出的外围串行扩展接口，是由时钟线 SK、数据输入线 SI 和数据输出线 SO 组成的 3 线串行总线。Microwire 接口在 COP800、HPC 系列单片机及 EEPROM 等产品中都有应用。

9.4.1　Microwire 串行接口扩展

Microwire/PLUS 外围设备扩展结构如图 9-25 所示。串行外围器件扩展时，所有器件的时钟线 SK 连到一条线上，主器件的数据输出线 SO 与所有从器件（包括从单片机）的数据输入线 DI/SI 相连，主器件数据输入线 SI 与所有从器件的数据输出线 DO/SO 相连。与 SPI 接口相似，Microwire 接口外围器件都有片选端 $\overline{CS}$，在扩展多个器件时，主单片机通过不同的 I/O 口线发出片选信号，分时选通需访问的从器件，然后发出时钟脉冲，主器件和被选通的从器件在每个时钟下降沿从各自的 SO 线输出 1 位数据，在时钟上升沿从各自的 SI 线读入 1 位数据，实现数据的交换。

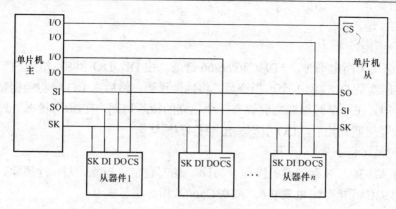

图 9-25　Microwire/PLUS 外围设备扩展结构图

9.4.2　串行 EEPROM AT93C××

AT93C××系列是美国 Atmel 公司推出的具有 3 线 Microwire/PLUS 接口的串行 EEPROM 芯片，常用型号有 AT93C46，AT93C56 和 AT93C66，主要特点有如下 5 点。

（1）低电压和标准电压操作，可选电压有：

5.0 (V_{CC}＝4.5V～5.5V)；

2.7 (V_{CC}＝2.7V～5.5V)；

2.5 (V_{CC}＝2.5V～5.5V)；

1.8 (V_{CC}＝1.8V～5.5V)。

（2）用户可选择的内部组成：

AT93C46：容量 1Kb，可选 128×8 或 64×16；

AT93C56：容量 2Kb，可选 256×8 或 128×16；

AT93C66：容量 3Kb，可选 512×8 或 256×16。

（3）具有 3 线 Microwire/PLUS 串行接口。

（4）高可靠性，100 万次擦/写周期，数据可保留 100 年。

（5）可自定义写周期，最大 10ms。

1. AT93C××引脚功能

AT93C××存储器引脚如图 9-26 所示。各引脚功能如下：

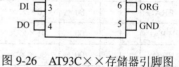

（1）SK：串行时钟。输入时钟频率为 0～500kHz。

（2）DI：串行数据输入端。

图 9-26　AT93C××存储器引脚图

（3）DO：串行数据输出端。读操作时，DO 输出串行

数据，擦/写操作时，可作为擦/写忙闲状态信号，其余时刻 DO 引脚为高阻态。

（4）CS：片选端。CS 为高电平时，选中芯片，CS 下降沿启动片内定时器，开始擦/写操作。

（5）ORG：内部组织信号。用于选择数据宽度，ORG 接高电平时，数据宽度为 16 位，AT93C46/56/66 构成 64/128/258×16 位的存储器，接地时，数据宽度为 8 位，构成 128/258/512×8 位的存储器。

（6）V_{CC}：电源端。

（7）GND：地。

（8）DC：不用。

当 CS 片选端为高电平时，AT93C46/56/66 选通，由 DI，DO 和 SK 组成的 3 线串行接口存取数据，存储器从 DI 收到 1 个读指令后，将地址译码，然后在 DO 端将数据串行输出，写周期由内部定时，在一个写周期之前设有一个独立的擦除周期，在擦/写状态下只存在一个写周期，当一个写周期开始后，DO 引脚输出准备好/忙状态。

2．AT93C×× 指令集

单片机对 AT93C×× 存储器的操作分为读、擦/写使能、擦除、写、片擦除、片写和禁止擦写 7 种，AT93C46 指令集见表 9-6，AT93C56/66 指令集见表 9-7。

表 9-6　　　　　　　　　　　　　　AT93C46 指令集

指令	起始位	操作码	地　址		数　据		功　能
			×8	×16	×8	×16	
READ	1	10	A6～A0	A5～A0			读指定地址的数据
EWEN	1	00	11××××	11×××			擦/写使能
ERASE	1	11	A6～A0	A5～A0			擦除指定地址数据
WRITE	1	01	A6～A0	A5～A0	D7～D0	D15～D0	数据写入指定地址
ERAL	1	00	10××××	10×××			擦除全部存储器
WRAL	1	00	01××××	01×××	D7～D0	D15～D0	写所有存储器
EWDS	1	00	00××××	00×××			擦/写禁止

表 9-7　　　　　　　　　　　　　　AT93C56/66 指令集

指令	起始位	操作码	地　址		数　据		功　能
			×8	×16	×8	×16	
READ	1	10	A8～A0	A7～A0			读指定地址的数据
EWEN	1	00	11××××××	11×××××			擦/写使能
ERASE	1	11	A8～A0	A7～A0			擦除指定地址数据
WRITE	1	01	A8～A0	A7～A0	D7～D0	D15～D0	数据写入指定地址
ERAL	1	00	10××××××	10×××××			擦除全部存储器
WRAL	1	00	01××××××	01×××××	D7～D0	D15～D0	写所有存储器
EWDS	1	00	00××××××	00×××××			擦/写禁止

3．AT93C×× 操作时序

以下介绍 AT93C×× 操作时序。

（1）读（READ）。读时序如图 9-27 所示。读操作用于读取指定地址开始的存储单元数据。单片机通过串行总线向存储器发出读指令，读指令中包括要读取的存储单元地址码，指令和地址被存储器译码后，选中存储单元的数据从 DO 引脚串行输出，输出数据的变化与串行时钟 SK 的上升沿同步，注意在 8 位或 16 位串行数据之前，有 1 个无关位 0。

（2）擦/写使能（EWEN）。擦/写使能时序如图 9-28 所示。AT93C×× 存储器上电后，自动进入禁止擦写状态，以保证数据不被破坏。擦/写操作前，应首先执行擦/写使能（EWEN）

指令，然后再执行擦/写指令，实现擦/写操作。在擦/写状态，除非执行芯片断电，或执行了一条禁止擦/写指令（EWDS），编程指令仍可进行。执行该指令，AT93C46 至少需 9 个时钟周期，AT93C56/66 至少需 11 个时钟周期。

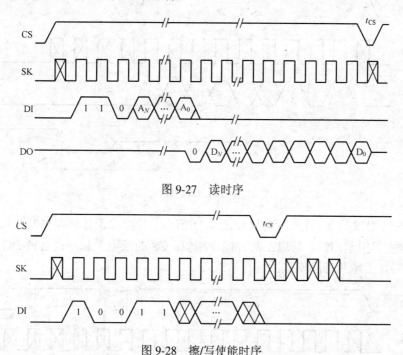

图 9-27　读时序

图 9-28　擦/写使能时序

（3）擦除（ERASE）。擦除时序如图 9-29 所示。擦除操作用于擦除 A0～A_N 地址指定的存储单元内容。擦除指令和地址被译码后，自定时擦除周期开始，如果片选端 CS 保持 250ns 以上，低电平后变高，DO 引脚就输出一个准备好/忙状态，DO 引脚为低电平，表示正在执行擦除操作；为高电平，表示操作完成，存储器已准备好接收下一条指令。

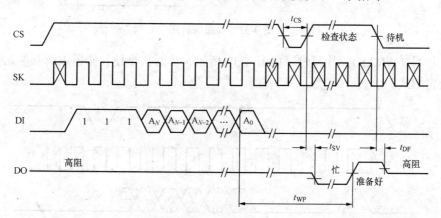

图 9-29　擦除时序

（4）写（WRITE）。写时序如图 9-30 所示。写操作将数据写入指定地址单元，写指令中包括 8 位或 16 位要写入到存储单元的数据，DI 收到最后一位串行数据后，自定时编程周期开始，如果片选端 CS 保持 250ns 以上，低电平变高，DO 引脚也输出一个准备好/忙状态信号，DO 为低电平，表示正在执行写操作；为高电平，表示写操作完成，存储器已准备好接收下一条指令。

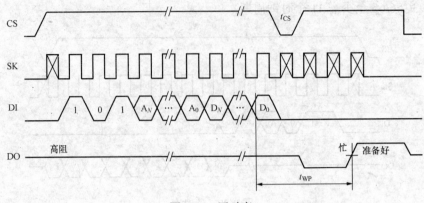

图 9-30　写时序

（5）片擦除（ERAL）。片擦除时序如图 9-31 所示。片擦除操作使存储器阵列的每一位都置 1，片擦除主要用于测试。与以上两种操作相似，CS 的低电平脉冲也会使 DO 端输出准备好/忙状态信号，表示片擦除操作的进行情况。

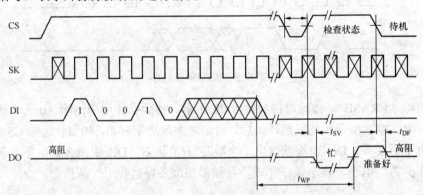

图 9-31　片擦除时序

（6）片写（WRAL）。片写时序如图 9-32 所示。片写指令使存储器中所有单元的数据都是指令指定形式。

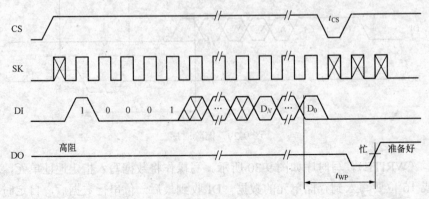

图 9-32　片写时序

（7）禁止擦/写（EWDS）。禁止擦/写时序如图 9-33 所示。禁止擦/写指令禁止所有编程方式，应在所有编程操作后执行。读操作独立于允许擦/写指令和禁止擦/写指令，能在任何时候进行。

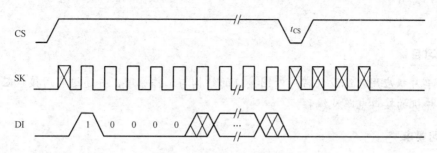

图 9-33　禁止擦/写时序

4. 单片机与 AT93C×× 的接口

80C51 系列单片机不带 Microwire 接口，在与 AT93C66 连接时，可利用单片机 I/O 口线连接从器件的 Microwire 串行总线，软件模拟其时序，对从器件读/写操作。

AT89S51 单片机与 AT93C66 的接口电路如图 9-34 所示，由 P1.0，P1.1 和 P1.2 3 条端口线与存储器的串行接口相连，P1.3 与存储器选端 CS 相连，接口简单，不需任何附加电路。AT93C66 的操作程序请读者根据时序图编写。

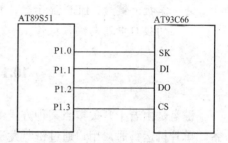

图 9-34　AT89S51 单片机与
AT93C66 的接口电路

复习思考题

1. I^2C 总线由几条线组成？如何启动和停止 I^2C 总线？

2. 根据如图 9-11 所示接口电路编程，将累加器 A 中数据送入 AT24C16 的 100H 单元。

3. I^2C 总线上最多可以挂接几片 AT24C04？

4. SPI 接口总线由几条线组成？如何对总线上的器件寻址？

5. 根据如图 9-18 所示的接口电路编程，将 X5045 中 100H 地址开始的 50B 数据送到单片机片内 RAM 中 30H 地址开始的单元。

6. 1-Wire 总线上的器件如何寻址？

7. 在不接电源的情况下，1-Wire 器件如何工作？

8. X5045 芯片有哪些功能？正常工作时如何保证看门狗不溢出？

9. 1-Wire 总线与 AT89S51 单片机的 P1.7，总线上接有 8 片 DS18B20，已知各片的序列号，编程进行温度转换，将温度数据存到片内 RAM 30H 开始的单元。

10. 根据如图 9-34 所示的接口电路编程，将单片机片内 RAM 中 20H 开始的 60B 数据送入 AT93C66 中 00H 地址开始的单元。

第10章　应用系统接口技术

学习目标

学习单片机应用系统设计常用外围接口的结构与工作原理，并通过实用接口芯片分析与80C51单片机的接口电路及编程。

学习要求

➤ 了解：典型外围设备接口的结构及工作原理，能根据应用系统需要选择合适的接口电路类型和接口芯片。

➤ 掌握：键盘、LED显示器、打印机的接口电路及编程，常用典型接口芯片与单片机的接口电路与编程操作。

10.1 键 盘 接 口

键盘是由若干开关按照某种方式组合到一起构成的，是单片机应用系统最常用的输入设备。单片机运行时，用户通过键盘发送命令或数据信息，控制单片机按照要求工作。

10.1.1 键盘概述

1. 键盘的类型

计算机中使用的键盘分为编码键盘和非编码键盘两类，编码键盘由键盘自身硬件逻辑电路处理闭合键信息，并产生按键编码，具有去抖动等处理功能，占用CPU时间少，使用方便，但成本高，在单片机系统中很少采用。

单片机系统广泛使用的是结构简单，成本低的非编码键盘，非编码键盘只是多个按键的组合，只能向CPU提供按键闭合或断开的信息，闭合键编码、防抖及重键处理等功能都需要由CPU通过键盘处理程序完成，非编码键盘按照按键的组合方式又分为独立键盘和矩阵键盘，下面介绍两类非编码键盘的结构及工作原理。

（1）独立键盘。独立键盘中的各按键彼此独立，每个按键占用并行输入端口的一条端口线，CPU通过检测端口线的电平状态，确认按键是否闭合，并进行相应处理。独立键盘可与单片机的并行端口直接相连，也可与扩展的并行输入口连接。独立键盘与单片机连接时，一个按键需要一条输入端口线，例如，扩展64键的键盘需要扩展8个8位输入口，若用74HC244芯片扩展，则需要8片；用8255A芯片扩展，需要3片。按键数量多时，键盘接口电路复杂，因此独立键盘一般用于需要按键较少的场合。

图10-1（a）是4按键独立键盘，4个按键S1～S4一端接地，另一端与并行输入口相连，并通过上拉电阻接+5V电源。端口内部有上拉电阻时，外部电阻可省去。当某一按键断开时，相应端口线被电阻拉为高电平；当按键闭合时，端口线接地为低电平。CPU逐位检测端口线状态，若为低电平，运行相应处理程序。

（2）矩阵键盘。矩阵键盘也称行列式键盘，由单片机并行口或扩展的并行口连接若干条行线和列线，每条行线和列线的交叉点放置一个按键，键盘的按键数为行线和列线的乘积。图 10-1（b）是两条行线和两条列线构成的矩阵键盘，按键数为 $2\times2=4$ 键，共需要 4 条端口线，与图 10-1（a）中的 4 键独立键盘相比，并没有优势。但若构成一个 64 键键盘，只需两个 8 位并行口连接 8 条行线和 8 条列线，即 $8\times8=64$ 键。所需端口线数目远小于独立键盘，因此矩阵键盘适用于按键较多的场合。设计单片机系统时，可根据两种键盘的特点合理选用。

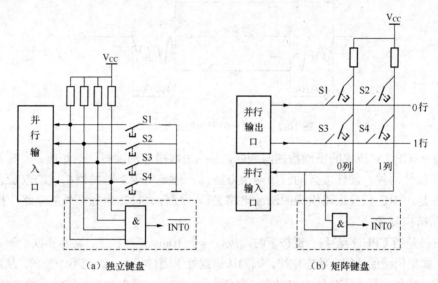

图 10-1   单片机键盘类型

2. 键盘扫描方式

单片机运行过程中，应及时接收用户通过键盘输入的命令或数据，并做出响应，键盘闭合键检测扫描方式有三种。

（1）循环扫描方式。主程序运行过程中，不断调用键盘检测程序，若有闭合键，运行相应处理程序。主程序调用键盘检测程序的间隔不能太长，一般在 1s 之内，若间隔太长，操作键盘时会感觉反应迟钝。这种方式不论有无闭合键，都要循环检测键盘，占用 CPU 时间较长，使运行效率变低，适用于单片机不太忙的场合。

（2）定时扫描方式。使定时/计数器 T0 或 T1 工作于定时方式，定时时间一般设为几百毫秒，当定时到后，发出中断请求，在定时中断服务程序中检测键盘并处理。这种方式效率也不高，而且还要占用定时/计数器。

（3）中断扫描方式。在键盘中增加硬件中断请求电路，当有按键闭合时，产生中断请求信号，送外部中断引脚 $\overline{INT0}$ 或 $\overline{INT1}$，CPU 响应中断，在中断服务程序中检测键盘并处理。

在没有按键闭合时，CPU 不需对键盘作任何操作；有键闭合时，键盘中断电路主动向 CPU 发出请求，因此该方式占用单片机时间最少，效率最高。图 10-1 中虚线内的与门即为中断请求电路，独立键盘是四输入与门，任一键闭合都能使与门输出低电平，并送到 $\overline{INT0}$，向 CPU 发出中断请求。矩阵键盘是两输入端与门，输入端与列线相连。该键盘平时必须将行线置为低电平，当有键闭合时，使与门输出低电平，向 CPU 发出中断请求。

3. 按键抖动及处理

键盘利用机械开关触点的闭合或断开，产生的电压变化，向单片机传送信息。按键开关期间的电压波形如图 10-2 所示。由于机械开关触点的弹性作用，开关闭合和断开瞬间都会产生电压抖动过程，而不是由高电平立即变为低电平，或由低电平立即变为高电平的理想状态，抖动过程持续时间长短与按键机械特性有关，一般持续 5～10ms。抖动期间如果 CPU 检测闭合键，可能会得到错误信息，误将一次按键操作认为多次。

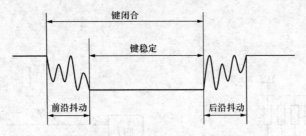

图 10-2　按键开关期间的电压波形

为了保证 CPU 对按键的正确检测与判断，必须采取措施消除抖动的影响，按键去抖动措施有硬件和软件两种。硬件去抖动常用两个办法，一种是用 RS 触发器构成的双稳态电路去抖，另一种是用 RC 积分电路组成的滤波电路去抖。硬件去抖需增加额外的电路，按键数量多时，电路结构复杂。

软件去抖是当 CPU 检测到有键按下时，执行一个 10ms 延时程序，然后再次检测该键是否仍然闭合，如果仍然保持闭合状态电平，则确认该键处于闭合状态，否则不予处理，从而消除了抖动的影响。软件去抖不需任何附加电路，完全由程序实现，是单片机系统常用的去抖动措施。

10.1.2　独立键盘接口

【例 10-1】　独立键盘接口电路如图 10-3 所示，74HC245 扩展 8 位并行输入口，作为独立键盘的接口，编程根据闭合键执行不同的处理程序。

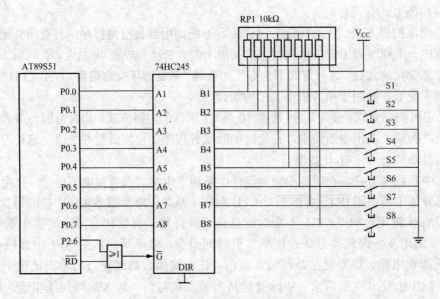

图 10-3　独立键盘接口电路

　　数据收发器 74HC245 在这里仅用来作为输入口,数据传输方向由 B 到 A 固定不变,可将方向控制端 DIR 直接接地。8 个按键 S1~S8 分别连到 B1~B8 端,并通过 10kΩ 排阻接 +5V 电源,使开关未闭合时能读到可靠的高电平。读信号 $\overline{RD}$ 与地址线 P2.6 通过或门与使能端 $\overline{G}$ 相连,为输入口提供片选信号,74HC245 的地址为 P2.6=0 的所有地址,设其他未用地址全为 1,则该输入口地址为 BFFFH。键盘处理程序如下:

```
FKEY:    MOV DPTR,#0BFFFH        ;输入口地址送入 DPTR
         MOVX A,@DPTR            ;读键盘数据
         JNB ACC.0,JS1           ;S1 闭合,转 JS1
         JNB ACC.1,JS2
         JNB ACC.2,JS3
         JNB ACC.3,JS4
         JNB ACC.4,JS5
         JNB ACC.5,JS6
         JNB ACC.6,JS7
         JNB ACC.7,JS8           ;S8 闭合,转 JS8
         SJMP FKEY               ;无键闭合,返回继续检测
JS1:     LJMP PRGS1              ;转 S1 键处理程序
JS2:     LJMP PRGS2              ;转 S2 键处理程序
JS3:     LJMP PRGS3
JS4:     LJMP PRGS4
JS5:     LJMP PRGS5
JS6:     LJMP PRGS6
JS7:     LJMP PRGS7
JS8:     LJMP PRGS8
PRGS1:   …                      ;S1 键处理程序
         …
         LJMP PRG
PRGS2:   …
         …
         …
         LJMP PRG
PRGS8:   …                      ;S8 键处理程序
         …
PRG:     MOV DPTR,#0BFFFH
         MOVX A,@DPTR            ;重读键盘
         CJNE A,#0FFH,PRG        ;等待所有按键断开
         LJMP FKEY               ;返回继续检测
```

　　运行完闭合键处理程序后,重读键盘,并等待按键断开后再返回检测,避免键处理程序运行时间很短,连续多次进入键处理程序的问题。加入闭合键释放检测功能后,按一次键只能执行一次程序,这种闭合键处理方法在现实生活中也经常遇到,如计算器、手机的按键输入信息就是这种编程方法。

　　避免多次执行程序的另一方法是检测到闭合键后,先等待键释放,再根据闭合键转到对应处理程序执行,这种方法的缺点是,如果按键时间稍长,会感觉系统反应较慢。

　　使用计算机键盘输入信息时,如果按住某一键不放,则该键对应的字符会连续不断地输入微机,并显示在屏幕上,这是键盘的另外一种检测处理方式,称为连击,用于快速输入多个字符或运行多个程序。连击的编程方法是检测到闭合键后立即处理,处理完后,延时一段时间,再次检测,如果又检测到按键闭合,再次运行处理程序。这种方式延时时间不能太短,否则无法有效控制,一般可设置为每秒几次。

10.1.3 矩阵键盘接口

键盘按键数量较多时，采用矩阵键盘可以节省端口线，但矩阵键盘检测闭合键的程序比独立键盘复杂，所以节省硬件是以增加软件为代价的。实际上在满足系统功能要求的前提下，这种软件换硬件的方法在单片机系统设计时经常用到，例如，用布尔指令和端口线实现逻辑电路功能，用软件模拟串行口及其他串行总线，数码管动态显示等。这些方法充分利用单片机软件资源实现硬件电路功能，节省硬件开销，降低了系统成本，增强了系统的可靠性，是值得提倡的单片机系统设计方法。单片机检测扫描矩阵键盘闭合键的方法有行扫描法和反转法。下面分别介绍两种方法的原理。

1. 行扫描法

行扫描法将行线接输出口，用于输出行扫描信号，列线接输入口，用于读取列线状态信号。扫描某一行时，该行线输出低电平，其他行线输出高电平，读取列线，并判断列线状态。若列线不全为 1，说明闭合键就在该行；若列线全为 1，说明该行没有键闭合。然后扫描下一行，依次扫描各行后，就能确定闭合键所在行和列，并将扫描到闭合键时的行信号和列信号组合到一起，作为闭合键的键码，每个按键的键码都是唯一的，根据键码查表得到该键的键值，并进行相应的处理。

设图 10-4 中 4×4 矩阵键盘的 8#键闭合，扫描 0 行时，行线输出 1110B，读取的列线数据为 1111B，说明该行没有键闭合，扫描 1 行，也没有键闭合。扫描 2 行时，行线输出 1011B，读取列线数据为 1110B，列线不全为 0，说明闭合键就在该行。将行扫描信号和列信号组合成 8#按键的键码 11101011B＝EBH，根据键码 EBH，查表得到 8#键的键值，完成相应的操作。

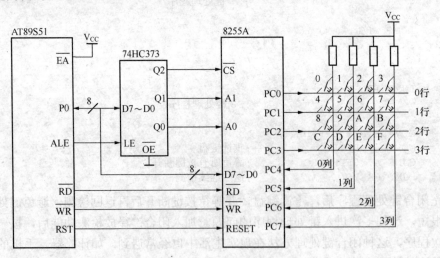

图 10-4　4×4 矩阵键盘接口

依照该原理可分析出所有按键键码与键值的对应关系，见表 10-1。在程序中按键值顺序定义一个键码表格，作为查表转换的参考。

表 10-1　　　　　　　　4×4 矩阵键盘键码与键值的对应关系

按键	0	1	2	3	4	5	6	7	8	9	A	B	C	D	E	F
键码	EEH	DEH	BEH	7EH	EDH	DDH	BDH	7DH	EBH	DBH	BBH	7BH	E7H	D7H	B7H	77H
键值	00H	01H	02H	03H	04H	05H	06H	07H	08H	09H	0AH	0BH	0CH	0DH	0EH	0FH

【**例 10-2**】 4×4 矩阵键盘接口电路中，数字键 0～9 用于输入数据，功能键 A～F 用于输入命令，控制单片机完成不同的任务，编写键盘扫描程序。

键盘按键闭合和断开时产生抖动，电平状态不稳定，为保证键盘处理的可靠，采用软件去抖动的方法，检测到闭合键后，延时 10ms，再次检测键盘，若还有闭合键，再进一步扫描，确认哪一个键闭合。

键盘接口采用 8255A 的 C 口，低 4 位输出，高 4 位输入。设无关地址线为 1，则 8255A 的端口地址为 F8H～FBH，8255A 方式字为 10001000B＝88H。

键盘扫描程序如下：

```
KSCAN:  MOV  R0,#0FBH         ;R0 指向 8255A 的控制口
        MOV  A,#88H
        MOVX @R0,A            ;写方式字,8255A 初始化
        MOV  R0,#0FAH         ;R0 指向 8255A 的 C 口
        MOV  A,#0F0H
        MOVX @R0,A            ;行信号全为 0,将全部行线置为低电平
        MOVX A,@R0            ;读列状态信号
        ANL  A,#0F0H          ;屏蔽低 4 位
        XRL  A,#0F0H          ;判断是否有键闭合
        JZ   KSCAN            ;无键闭合,返回继续检测
        LCALL D10MS           ;延时 10ms 去抖动
        MOV  R2,#0FEH         ;行扫描信号初值送入 R2,扫描 0 行
KS1:    MOV  A,R2
        MOVX @R0,A            ;行扫描信号送行线
        MOVX A,@R0            ;读列信号
        ANL  A,#0F0H          ;屏蔽低 4 位
        MOV  B,A              ;列信号暂存 B
        CJNE A,#0F0H,KS2      ;有键闭合,转 KS2 键值处理
        MOV  A,R2             ;取行扫描信号
        RL   A               ;左移一位,行扫描移到下一行
        MOV  R2,A            ;送回 R2
        XRL  A,#0EFH          ;判断 4 行是否都扫描了一遍
        JNZ  KS1             ;未扫描完一遍,继续
        SJMP KSCAN           ;扫描完,返回开始下一轮扫描
KS2:    MOV  A,R2             ;行信号送入 A
        ANL  A,#0FH          ;屏蔽高 4 位
        ORL  A,B             ;拼装成闭合键的键码
        XCH  A,B             ;键码存入 B
        MOV  R3,#00H          ;计数器初值,最终结果为闭合键键值
        MOV  DPTR,#KTB        ;DPTR 指向键码表首址
KS3:    CLR  A               ;A 清 0
        MOVC A,@A+DPTR        ;查表,取键码
        CJNE A,B,KS4         ;判断是否与闭合键的相同,不同,转 KS4
        SJMP KS5             ;相同,转 KS5
KS4:    INC  R3              ;计数器加 1
        INC  DPTR            ;DPTR 指向下一个键码
        SJMP KS3             ;转 KS3 继续比较
KS5:    LCALL D10MS           ;延时,等待键释放
```

```
            MOV R0,#0FAH              ;R0 指向 8255A 的 C 口
            MOV A,#0F0H
            MOVX @R0,A                ;行信号全为 0,将全部行线置为低电平
            MOVX A,@R0                ;读列状态信号
            ANL A,#0F0H              ;屏蔽低 4 位
            CJNE A,#0F0H,KS5         ;有键闭合,转 KS5 继续等待
            MOV A,R3                 ;查到闭合键键值,送入 A
            CJNE A,#09H,KS6          ;键值不等于 9,转 KS6
            SJMP PGNM                ;键值等于 9,转数字键处理子程序 PGNM
KS6:        JC PGNM                  ;是其他数字键,转 PGNM
KS7:        MOV DPTR,#PGMJP          ;DPTR 指向功能键处理程序入口 PGMJP
            CLR C
            SUBB A,#0AH
            RL A                     ;得到查表偏移量
            JMP @A+DPTR              ;转命令键处理程序入口
PGMJP:      AJMP PGA                 ;转 A 命令键处理程序
            AJMP PGB
            AJMP PGC
            AJMP PGD
            AJMP PGE
            AJMP PGF
PGNM:       ...                      ;数字键处理程序
            ...
D10MS:      ...                      ;10ms 延时子程序
            ...
KTB:  DB  0EEH,0DEH,0BEH,7EH         ;键盘键码表
      DB  0EDH,0DDH,0BDH,7DH
      DB  0EBH,0DBH,0BBH,7BH
      DB  0E7H,0D7H,0B7H,77H
```

2. 反转法

行扫描法逐行扫描键盘,键盘行数多时,效率比较低,如 8×8 的矩阵键盘,闭合键在最后一行时,需扫描 8 次,才能找到闭合键。采用反转法检测键盘,无论按键多少,只需两次即可得到键码,效率比行扫描法高。反转法对键盘接口的要求比行扫描法高,要求行线和列线端口既能作为输入口,又能作为输出口,而且所有行线和列线都要接上拉电阻。反转法检测闭合键的操作分为以下三步:

(1) 将行线端口置为输出口,列线端口置为输入口,使所有行线输出低电平,读取列线状态并保存。

(2) 当有键闭合时,将列线端口置为输出口,行线端口置为输入口,使所有列线输出低电平,读取行线状态并保存。

(3) 将两次读取的行、列状态信号组合起来,就是闭合键的键码,再用查表法将键码转换为闭合键的键值。

例如,图 10-4 中 4×4 矩阵键盘的 8#键闭合,则行线送 0000B 时读取的列线数据为 1110B,再将 0000B 送列线,读取的行线数据为 1011B,将两次读取的数据组合为 8#键的键值 11101011B＝EBH。可见两种检测方法得到的按键键码是相同的,键码取决于按键所在行、列的位置。

【例 10-3】　将图 10-4 中 4×4 矩阵键盘的行线和列线都接上接电阻，编程用反转法检测闭合键，得到对应的键值。

```
KSCN:   MOV R0,#0FBH          ;R0 指向 8255A 控制口
        MOV A,#88H
        MOVX @R0,A            ;写方式字,C 口低 4 位输出,高 4 位输入
        MOV R0,#0FAH          ;R0 指向 8255A 的 C 口
        MOV A,#0F0H
        MOVX @R0,A            ;全部行线置为低电平
        MOVX A,@R0            ;读列状态信号
        ANL A,#0F0H           ;屏蔽低 4 位
        MOV B,A               ;暂存
        MOV R0,#0FBH          ;R0 指向 8255A 的控制口
        MOV A,#81H
        MOVX @R0,A            ;写方式字,C 口低 4 位输入,高 4 位输出
        MOV R0,#0?H           ;R0 指向 8255A 的 C 口
        MOV A,#0FH
        MOVX @R0,A            ;全部列线置为低电平
        MOVX A,@R0            ;读行状态信号
        ANL A,#0FH            ;屏蔽高 4 位
        ORL A,B
        CJNE A,#0FFH,KSC0
        RET                  ;无键闭合,退出
KSC0:   MOV B,A              ;闭合键的键码送入 B
        MOV R3,#00H          ;计数器初值设为 0
        MOV DPTR,#KTAB       ;DPTR 指向键码表首址
KSC1:   MOV A,R3
        MOVC A,@A+DPTR       ;查表,取键码
        CJNE A,B,KSC2        ;判断是否与闭合键键码相同
        MOV A,R3             ;键值送入 A
        RET                  ;退出
KSC2:   INC R3               ;计数器加 1
        SJMP KSC1
KTAB:DB 0EEH,0DEH,0BEH,7EH   ;键盘键码表
     DB 0EDH,0DDH,0BDH,7DH
     DB 0EBH,0DBH,0BBH,7BH
     DB 0E7H,0D7H,0B7H,77H
```

10.2　LED 显 示 器 接 口

LED 显示器是单片机系统常用的输出设备，分为段式 LED 显示器（数码管）和点阵式 LED 显示器两类。限于篇幅，本节仅介绍段式 LED 显示器与单片机的接口及编程。

10.2.1　LED 显示器显示方式

按照 LED 显示器接口电路及程序控制方式的不同，分为静态显示和动态显示，两种显示方式如图 10-5 所示。

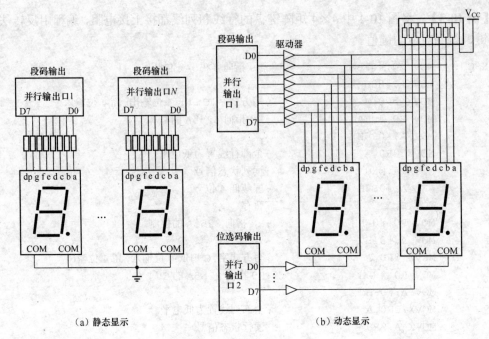

图 10-5   LED 两种显示方式

1. 静态显示

静态显示方式下，所有 LED 显示器的 COM 公共极接地（共阴极）或接电源（共阳极），LED 显示器的 8 个段与并行输出口的输出端相连，CPU 向某一个并行口送段码后，并行口锁存，并持续向显示器输出，使显示器恒定显示相应的数字或字符，直到 CPU 送来下一个段码。

静态显示方式显示亮度高，操作方便，占用 CPU 时间短，但是每个数码管显示器占用一个 8 位输出端口，显示位数多时，需扩展多个并行口，接口电路复杂，仅适用于数码管较少的场合。

第 7 章中介绍的通过 74HC164 扩展并行输出口，作为 LED 显示器接口的例子，在扩展 LED 显示器较多又需用静态显示时经常使用。

2. 动态显示

动态显示方式所有 LED 显示器的同名段并联到一起，由一个 8 位输出口将段码同时送到各显示器，每位 LED 显示器由一个独立的输出线连到其 COM 公共极，控制该位工作，LED 显示器的位数与所需位线的数目相同。例如，图中两个 8 位并行输出口可以连接 8 个 LED 显示器。显示器工作时，CPU 通过并行口 1 送出一位显示器要显示的段码，由并行口 2 送出位码，使相应显示器公共极有效，显示数据，其他显示器公共极都无效。然后以同样方式显示下一位，依次循环。

动态显示方式某一时刻只有一位显示，但当各位快速循环显示时，由于人眼的视觉暂留，看起来是同时显示的。编写动态显示程序时，要注意每位数码管的持续显示时间不能太长，也不能太短。若时间太长，会感到数码管的闪烁；若时间太短，看不清要显示的数据，一般将扫描时间设为 1ms 左右。

动态显示方式下，CPU 必须不断发送段码和位码，才能正常显示，占用 CPU 时间长，每位显示器大部分时间不显示，例如，有 8 个 LED 显示器，每位显示持续 1ms，一轮循环

8ms, 则每个 LED 显示器在一个循环周期内有 7ms 不显示, 因此动态方式亮度比静态方式低。连接多个 LED 显示器时, 动态比静态方式节省并行口, 可见动态方式是单片机最常用的 LED 显示器扩展方式。

10.2.2 LED 显示器动态显示接口

LED 显示器接口除了可用单片机并行口外, 通常采用通用芯片或可编程并行接口芯片扩展的并行口连接。另外还可采用 8279, MAX7219 等专用可编程 LED 显示器芯片, 8279 芯片可连接 8 位或 16 位 LED 显示器, 当收到 CPU 送来的显示数据后, 能自动扫描显示, 占用 CPU 时间少。8279 还包含具有硬件去抖动等功能的键盘接口, 可外接 64 键的矩阵键盘, 能自动扫描闭合键, 当有键按下时向 CPU 发出中断请求。下面介绍 8255A 作为接口芯片的动态显示接口电路及编程。

【例 10-4】 4 位共阴极 LED 显示器动态显示接口电路如图 10-6 所示, 由 8255A 的 B 口作为段码端口, C 口作为位码端口, PC0~PC3 提供 4 条位线, 编写动态扫描显示程序, 将片内 RAM 显示缓冲区 51H~54H 中的 4 个一位 16 进制数送显示器显示, 51H 对应最右边的显示器。

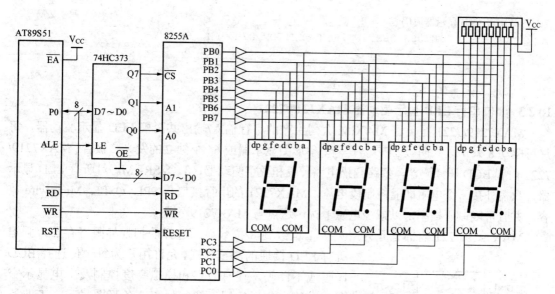

图 10-6 4 位共阴极 LED 显示器动态显示接口电路

8255A 的端口驱动能力比较弱, B 口和 C 口均通过驱动器接位线和段线。设无关地址线为 1, 则 8255A 的端口地址为 7CH~7FH, B 口工作于方式 0 输出, C 口低 4 位输出, 则控制字为 10000000B=80H。动态扫描显示程序如下:

```
LDSP:   MOV  R1,#7FH          ;R1 指向控制口
        MOV  A,#80H           ;方式字送入 A
        MOVX @R0,A            ;写方式字,8255A 初始化
        MOV  R0,#51H          ;R0 指向显缓首址
        MOV  R3,#4            ;显示位数
        MOV  B,#0FEH          ;B 存放位码,初值 FEH,从右边开始显示
NXT:    MOV  A,@R0            ;取显示数据
        MOV  DPTR,#LTAB       ;DPTR 指向段码表首址
```

```
          MOVC A,@A+DPTR        ;查对应段码
          MOV R1,#7DH           ;R1 指向 B 口
          MOVX @R1,A            ;输出段码
          INC R1                ;R1 指向 C 口
          MOV A,B               ;位码送入 A
          MOVX @R1,A            ;输出位码
          LCALL D1MS            ;延时 1ms
          INC R0                ;指向显缓下一单元
          MOV A,B               ;位码送入 A
          RL A                  ;指向下一位
          MOV B,A
          DJNZ R3,NXT           ;未显示完,循环
          RET
D1MS:     MOV R7,#200           ;延时 1ms(fosc=12MHz)
DM:       NOP
          NOP
          NOP
          DJNZ R7,DM
          RET
;共阴极 LED 显示器段码表
LTAB:     DB 3FH,06H,5BH,4FH,66H,6DH,7DH,07H,7FH, 6FH
          ;  0   1   2   3   4   5   6   7   8   9
          DB 77H,7CH,39H,5EH,79H,71H
          ;  A   b   C   d   e   F
```

10.2.3　8 位串行 LED 显示驱动器 MAX7219/7221

　　MAX7219/7221 是美国 MAXIM 公司生产的串行输入/输出共阴极 LED 显示驱动器,每片可驱动 8 只 7 段共阴极 LED 数码管、条形图显示器或 64 个独立的发光二极管。MAX7219/7221 内置 BCD 码译码器,多路扫描电路,段和数字驱动器,8×8 SRAM。对所有 LED 显示器,只需外接一个电阻即能控制段电流。MAX7221 的串行接口与 SPI、QSPI、Microwire 兼容,并且可限制压摆率,以减少电磁干扰,这点与 MAX7219 不同。

　　MAX7219/7221 内部有允许用户从 1 位数显示选择的扫描界限寄存器,强迫所有 LED 接通的测试模式,允许用户为每一位选择 BCD 译码或不译码,还有数字和模拟亮度控制及上电显示空白等功能。广泛应用于智能仪表、条形图显示、工业控制等领域。

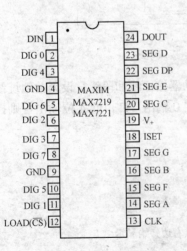

图 10-7　MAX7219/7221 引脚图

　　1. MAX7219/7221 引脚功能

　　MAX7219/7221 的引脚如图 10-7 所示,各引脚功能如下。

　　(1) DIN:串行数据输入端。CLK 上升沿数据输入内部 16 位移位寄存器。

　　(2) DOUT:串行数据输出端。从 DIN 输入的数据在 16.5 个时钟周期后从 DOUT 输出。此引脚用于多片 MAX7219/7221 的级联,以扩展更多的 LED 显示器,级联时,DOUT 与下一片的 DIN 相连。

（3）DIG0～DIG7：8 位数字驱动端。从显示器的共阴极吸收电流。

（4）SEG A～SEG G，SEG DP：显示器 7 段驱动器和小数点驱动器。它供给显示器源电流。对于 MAX7219，当段驱动器被关掉时，它被接地；对于 MAX7221，当段驱动器被关掉时，它为高阻态。

（5）LOAD（$\overline{CS}$）：该引脚对于 MAX7219 为装载数据输入端 LOAD，在 LOAD 的上升沿，串行数据的最后 16 位被锁存。对于 MAX7221 为片选输入端 $\overline{CS}$，当 $\overline{CS}$ 为低电平时，串行数据被锁存到移位寄存器中。

（6）CLK：时钟输入端。CLK 的最高频率为 10MHz。CLK 上升沿数据移入移位寄存器，CLK 下降沿数据从 DOUT 输出。对于 MAX7221，只有 $\overline{CS}$ 为低电平时，CLK 输入才有效。

（7）ISET：通过一个电阻与电源端 V+ 相连，用来调节最大段电流。

（8）V+：电源端，接 +5V 电压。

（9）GND：地。两个地引脚必须连接起来。

2. MAX7219/7221 内部结构

MAX7219/7221 的内部结构如图 10-8 所示。主要由段驱动器、位驱动器、多路扫描电路、SRAM、BCD 码译码器及各种功能的控制寄存器组成。

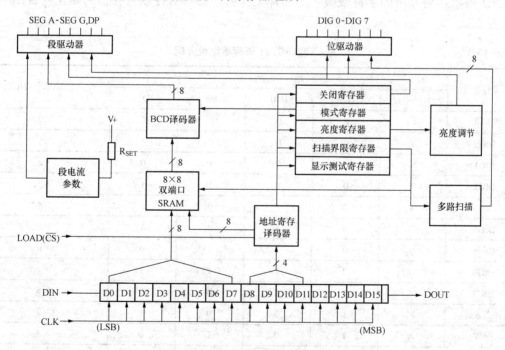

图 10-8　MAX7219/7221 的内部结构图

段驱动器和位驱动器用于控制 LED 显示器的工作，多路扫描电路用于控制循环扫描 LED 显示器，BCD 码译码器用于把十六进制数转换为 BCD 码。SRAM 用于存储待显示的数字或字符，地址译码器用于选择寄存器。

3. 串行寻址方式

MAX7219/7221 的 16 位串行数据格式见表 10-2。一帧串行数据由 D0～D15 共 16 位组成，其中 D0~D7 为数据位，D8~D11 为寄存器地址位，D12~D15 为任意位。数据发送和接收的第一位是 D15 位，即高位在前，低位在后。

表 10-2   MAX7219/7221 的 16 位串行数据格式

D15	D14	D13	D12	D11	D10	D9	D8	D7	D6	D5	D4	D3	D2	D1	D0
×	×	×	×	地址				MSB	数据						LSB

对于 MAX7219，在 LOAD 为低电平时，CPU 将 16 位数据串行发送到 DIN 端，每个 CLK 脉冲上升沿将数据移入内部 16 位寄存器中，在第 16 个 CLK 脉冲的上升沿，LOAD 变为高电平，数据被锁存到内部寄存器中。DIN 端的数据通过移位寄存器传送，第 16.5 个 CLK 脉冲后，数据在 CLK 脉冲下降沿从 DOUT 端输出。

对于 MAX7221，数据输入或输出时，$\overline{CS}$ 必须为低电平，16 个时钟上升沿将数据锁存到数字或控制寄存器中，且在下一个数据送入前，时钟应变高，否则数据会丢失。

4. 数字和控制寄存器

MAX7219/7221 共有 14 个可寻址寄存器，包括 8 个数字寄存器和 6 个控制寄存器，14 个寄存器地址分配见表 10-3。数字寄存器是由 8×8 双端口 SRAM 组成，用于保存 8 个 LED 显示器要显示的字符或数字。芯片工作前，必须对控制寄存器初始化，否则不能正常显示。

表 10-3   MAX7219/7221 寄存器地址分配

寄存器	地 址					十六进制代码（HEX）
	D15~D12	D11	D10	D9	D8	
空操作	×	0	0	0	0	×0
DIG0	×	0	0	0	1	×1
DIG1	×	0	0	1	0	×2
DIG2	×	0	0	1	1	×3
DIG3	×	0	1	0	0	×4
DIG4	×	0	1	0	1	×5
DIG5	×	0	1	1	0	×6
DIG6	×	0	1	1	1	×7
DIG7	×	1	0	0	0	×8
译码方式	×	1	0	0	1	×9
亮度	×	1	0	1	0	×A
扫描界限	×	1	0	1	1	×B
关闭	×	1	1	0	0	×C
显示测试	×	1	1	1	1	×F

（1）译码方式寄存器。MAX7219/7221 有 BCD 码和不译码（段选码）两种方式，译码方式寄存器用于设置各位的译码方式，每一位与一个数码管对应，当位为 1 时，对应数码管为 BCD 译码方式，位为 0 时为不译码方式。译码方式寄存器的格式举例见表 10-4。

表 10-4 译码方式寄存器格式举例（地址＝×9H）

译 码 方 式	寄 存 器 数 据							
	D7	D6	D5	D4	D3	D2	D1	D0
0~7 位 LED 不译码	0	0	0	0	0	0	0	0
0 位 LED 译码，1~7 位不译码	0	0	0	0	0	0	0	1
0~3 位 LED 译码，4~7 位不译码	0	0	0	0	1	1	1	1
0~7 位 LED 译码	1	1	1	1	1	1	1	1

当选择 BCD 译码方式时，译码器仅对数字寄存器中数据低 4 位 D0~D3 译码，不考虑 D4~D6 位。BCD 码显示范围是：当数据为 00H~09H 时，显示 0~9，当数据为 0AH~0EH 时，显示－，E，H，L，P。

控制小数点的 D7 位也与译码器无关，D7＝1 时，该位小数点亮。例如位 4 显示数字 7，发送的 16 位串行数据为 0507H，若要显示"7."，发送的 16 位串行数据为 0587H。

BCD 译码方式接线时，必须将 LED 显示器的段选线与 MAX7219/7221 的段选线对应连接。

当选择不译码方式时，数据位 D0~D7 对应 MAX7219/7221 的段线，LED 显示器各段与数据位的关系如图 10-9 所示。这种方式即段选码方式，8 位数据直接控制数码管的各段发光或熄灭，显示段选码对应的数字或字符。

（2）亮度控制寄存器。LED 显示器的亮度可以通过硬件或软件两种方法控制。硬件控制是在 ISET 引脚与电源 V＋间接限流电阻 R_{SET} 控制显示亮度，段驱动器的峰值电流是 I_{SET} 电流的 100 倍，一般设置段电流为 40mA，外接电阻最小值为 9.53Ω。

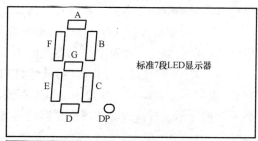

	寄存器数据							
	D7	D6	D5	D4	D3	D2	D1	D0
对应段线	DP	A	B	C	D	E	F	G

图 10-9 LED 显示器各段与数据位的关系

软件控制是通过亮度寄存器进行数字控制，数字控制由芯片内部的脉宽调制器提供，它通过亮度寄存器低 4 位控制，当亮度寄存器的 D0~D3 位从 0 变化到 0FH 时，脉宽调制器的占空比从 31/32 变化到 1/32，共 16 级，每级 2/32。占空比的变化可以改变 LED 段电流的持续时间和扫描时间比，以达到控制 LED 显示器亮度的目的。亮度寄存器格式见表 10-5。

表 10-5 亮度寄存器格式（地址＝×AH）

占 空 比		D7	D6	D5	D4	D3	D2	D1	D0	十六进制代码（HEX）
MAX7219	MAX7221									
1/32（最小）	1/16（最小）	×	×	×	×	0	0	0	0	×0
3/32	2/16	×	×	×	×	0	0	0	1	×1
7/32	3/16	×	×	×	×	0	0	1	0	×2
9/32	4/16	×	×	×	×	0	0	1	1	×3
...	...	...	...	...	...	...	...	...	...	...
31/32（最亮）	15/16（最亮）	×	×	×	×	1	1	1	1	×F

（3）扫描界限寄存器。扫描界限寄存器用于设置显示位数，其格式见表 10-6。寄存器 D0～D2 位用于选择显示器的 0～7 位，例如，只用 3 只 LED 显示器时，发送串行数据为 0BH，02H。

表 10-6　　　　　　　　　　扫描界限寄存器格式（地址＝×BH）

扫 描 界 限	寄 存 器 数 据								十六进制代码（HEX）
	D7	D6	D5	D4	D3	D2	D1	D0	
显示位 0	×	×	×	×	×	0	0	0	×0
显示位 0 和 1	×	×	×	×	×	0	0	1	×1
显示位 0，1 和 2	×	×	×	×	×	0	1	0	×2
…	…	…	…	…	…	…	…	…	…
显示位 0，1～7	×	×	×	×	×	1	1	1	×7

当多片 MAX7219/7221 级联时，由于该寄存器控制 LED 扫描时间，影响显示器亮度，因此每片 MAX7219/7221 的扫描界限寄存器应设置相同的值，若各片驱动不同位数的 LED 显示器，应按驱动最多的一片设置。例如，2 片 MAX7219 串联使用，一片驱动 5 位（D0～D4），另一片驱动 3 位（D0～D2），则应将两片设置为显示 D0～D4 位（×4H），否则驱动 3 位的显示器会偏亮，使整个显示器亮度不均匀。

（4）关闭寄存器。关闭寄存器只有 D0 位有效，其他位任意。当 D0 位为 0 时，进入关闭状态，此时显示驱动器可受控于测试寄存器。当 D0 位为 1 时进入正常工作状态，可以对 LED 显示器的显示进行修改。关闭寄存器的格式见表 10-7。

表 10-7　　　　　　　　　　关闭寄存器格式（地址＝×CH）

方　式	寄 存 器 数 据								十六进制代码（HEX）
	D7	D6	D5	D4	D3	D2	D1	D0	
关闭方式	×	×	×	×	×	×	×	0	×0
正常操作	×	×	×	×	×	×	×	1	×1

MAX7219/7221 通电工作即进入关闭状态，所有控制寄存器都复位到初始值，数据寄存器内没有译码数据，扫描界限寄存器复位为只扫描 0 位，亮度控制寄存器复位为最小值，LED 显示器不亮。

（5）显示测试寄存器。显示测试寄存器数据为 ×1H 时，进入测试状态，所有 LED 显示器各段均被点亮，该方式可用于测试显示器是否正常。显示测试寄存器数据为 ×0H 时，进入正常操作状态。

（6）空操作寄存器。空操作寄存器在多片 MAX7219/7221 级联时使用。多片级联时，将各片的 CLK，LOAD 分别连到一起，将 DOUT 与下一片的 DIN 相连，各片控制不同的显示器，当更新某片的显示信息时，通过空操作寄存器不影响其他各片所控制的显示器。

例如，4 片 MAX7219 级联时，若只更新第 4 片所控制的显示器，可对第 4 片发送 16 位数据，而给其他 3 片发送空操作命令，当 LOAD 变为高电平时，锁存入各片的锁存器，第 4 片控制的显示器显示更新数据，其他显示器不受影响。

5. 单片机与 MAX7219 的接口

【例 10-5】　AT89S51 单片机通过 1 片 MAX7219 扩展 8 位 LED 数码管的接口电路如图

10-10 所示。单片机 P1.0 与串行数据输入端 DIN
相连，P1.1 与装载输入端 LOAD 相连，P1.2 与时
钟信号 CLK 连接。编程将片内 RAM 50H～57H
显示缓冲区中的段选码数据送数码管显示。

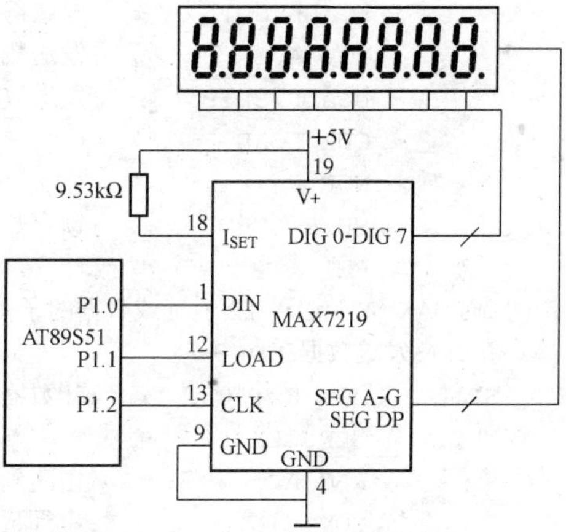

程序如下：

```
DIN BIT P1.0
CLK BIT P1.2
LOAD BIT P1.1
LEDBF EQU 50H              ;显缓首址
ORG 0000H
LJMP MAIN
ORG 0030H
```

;主程序：

图 10-10　单片机与 1 片 MAX7219
扩展 8 位 LED 数码管的接口电路

```
MAIN:   MOV SP,#60H
        LCALL INIT        ;MAX7219 初始化
        LCALL DISP        ;显示
WAIT:   SJMP WAIT
;MAX7219 初始化子程序
INIT:   MOV A,#0BH
        MOV B,#07H
        LCALL SEND        ;设置扫描界限,显示 8 位
        MOV A,#09H
        MOV B,#00H
        LCALL SEND        ;不译码,段选码方式
        MOV A,#0AH
        MOV B,#09H        ;19/32 亮度
        LCALL SEND        ;设置亮度
        MOV A,#0CH
        MOV B,#01H
        LCALL SEND        ;正常工作方式
        RET
;MAX7219 显示子程序
DISP:   MOV R0,#LEDBF      ;显缓首址
        MOV R1,#01H        ;第 1 位显示器
        MOV R3,#08H        ;显示位数 8
DSP:    MOV A,@R0
        MOV B,A            ;显缓数据送入 B
        MOV A,R1
        LCALL SEND
        INC R0             ;显缓地址加 1
        INC R1             ;数字寄存器地址加 1
        DJNZ R3,DSP
        RET
;写入 MAX7219 子程序
;入口：A 中为寄存器地址,B 中为写入寄存器的数据
SEND:   CLR LOAD          ;置 LOAD=0
```

```
        LCALL SD1B          ;发送寄存器地址
        MOV A,B             ;发送数据送入A
        LCALL SD1B          ;发送数据
        CLR LOAD
        NOP
        SETB LOAD           ;锁存数据
        RET
;向MAX7219送入1B地址或数据的子程序
;入口:发送数据在A中
SD1B:   MOV R2,#08H         ;计数器初值8
SD1:    CLR CLK
        RLC A               ;由高到低发送,发送位移入C
        MOV DIN,C           ;串行数据送DIN引脚
        NOP                 ;延时
        SETB CLK            ;CLK上升沿锁存
        DJNZ R2,SD1
        RET
```

LED 显示器超过 8 个时，可采用 MAX7219/7221 级联电路，图 10-11 是 AT89S51 单片机通过 2 片 MAX7219 扩展 16 位 LED 显示器的接口电路，请读者参照例 10-5 分析电路，并编写程序，将片内 RAM 40H～4FH 显示缓冲区中的 BCD 码送显示器显示。

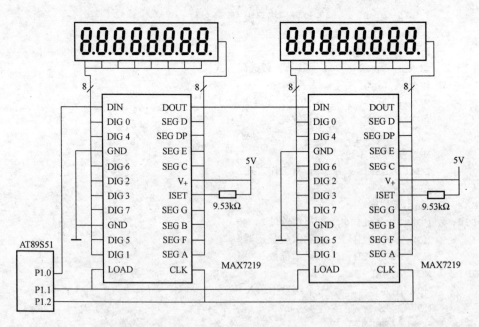

图 10-11　AT89S51 单片机通过 2 片 MAX7219 扩展 16 位 LED 显示器的接口电路

10.3　点阵液晶显示器接口

单片机系统中，数字和简单字符的显示通常使用 LED 显示器或段式 LCD（Liquid Crystal Display）显示器。ASCII 字符、汉字、图形等复杂信息一般选用点阵液晶显示器。液晶显

示器控制电路结构复杂，与液晶屏之间的连线很多，为了方便应用，提高显示器的可靠性，液晶显示器通常与控制器、背光电路等制成一体，以液晶模块的形式提供给用户。用户使用时不必过多关注控制电路的内部结构和工作原理，主要考虑如何编程操作，降低了使用难度。

点阵液晶显示器型号种类很多，用户可根据所需屏幕尺寸、显示信息种类、每屏显示字符数等要求选择适合的型号，例如，显示汉字信息应选择带汉字库的的液晶模块，显示图形应选择图形点阵液晶显示模块。本节以比较常用的 LCM12864ZK 液晶显示模块为例，介绍与单片机的接口及编程。

LCM12864ZK 是带汉字库的中文液晶显示模块，液晶屏为 128×64 点阵，可显示 4 行，每行显示 8 个汉字。采用 ST7920 点阵 LCD 控制/驱动器，控制器内部包含 8192 个 16×16 点阵的中文字库，128 个 16×8 半宽的字母符号字型，绘图显示功能提供 64×256 点的绘图区域 GDRAM，内含的 CGRAM 提供 4 组软件可编程的 16×16 点阵造字功能。模块可用并行 4 位/8 位或串行 2 位/3 位方式与单片机接口。模块可显示 ASCII 码、汉字、图形，也可三种信息同屏显示。

1. LCM12864ZK 引脚功能

LCM12864ZK 液晶模块共有 20 个引脚，各引脚功能如下。

（1）D0～D7：8 位数据线，并行方式下发送/接收 8 位数据或命令信息。

（2）RS（CS）：并行方式下为寄存器选择端 RS，RS=0 时，为指令寄存器；RS=1，为数据寄存器。串行方式下为片选端 CS，CS=0 时，禁止，CS=1 时，允许。

（3）RW（SID）：并行方式下为读写控制端 RW，RW=0 时，为写操作；RW=1 时，为读操作。串行方式下为串行数据输入端 SID。

（4）E（SCLK）：并行方式下为读写数据启始端 E，读操作在使能信号 E 为高电平时进行，写操作在使能信号 E 的下降沿进行。串行方式下为串行脉冲输入端 SCLK。

（5）K，A：LED 背光源负极和正极，两端电压为 4～4.4V。

（6）VR，VO：LCD 亮度调节端，两端接 5kΩ 左右可调电阻，电阻越小，LCD 越亮，如果电阻太大，LCD 不显示。

2. 单片机与 LCM12864ZK 的接口

LCM12864ZK 液晶模块的控制器 ST7920 使用 MOTOROLA 的 M6800 时序，该时序与 80C51 系列单片机不兼容，在与 80C51 单片机接口时，需用硬件或软件方式转换。液晶模块与单片机的接口有直接访问接口、间接控制接口和串行接口三种，下面介绍 3 种接口电路的特点。

（1）直接访问接口。直接访问方式接口电路如图 10-12 所示。控制器 ST7920 的数据线与系统 8 位数据总线相连，单片机将其作为片外 I/O 端口，用 MOVX 指令访问。

接口电路采用一片四 2 输入端与门 74HC00，将 M6800 时序转换为与 80C51 匹配的时序。地址线 A0（Q0）作为 RS 信号线，A1（Q1）作为 RW 信号线，读写信号和地址线 A2（Q2）通过与非门作为 E 控制信号。模块的 PSB 线接高电平选择并行方式，电位器 RP 用于调整液晶屏亮度，模块自带 LED 背光源，其工作电压为 4～4.4V，由于整流二极管 1N4007 的导通电压为 0.7V 左右，+5V 电源电压通过 1N4007 为背光源提供 4.3V 的工作电压。

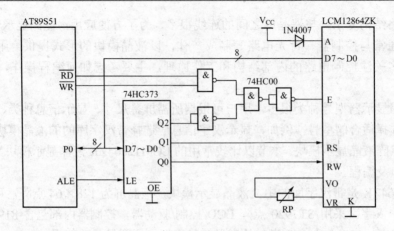

图 10-12　LCM12864ZK 直接访问接口

　　根据 AT89S51 单片机地址线与液晶模块控制信号的连接情况,可确定液晶模块指令和数据端口的地址,见表 10-8。

表 10-8　　　　　　　　　　　　液晶模块端口地址分配表

地址线 LCM 端口	无 关 地 址 线					E	RS	RW	LCM 地址 (设无关位为 0)
	A7	A6	A5	A4	A3	A2	A1	A0	
指令端口写地址	×	×	×	×	×	0	0	0	00H
指令端口读地址	×	×	×	×	×	0	0	1	01H
数据端口写地址	×	×	×	×	×	0	1	0	02H
数据端口读地址	×	×	×	×	×	0	1	1	03H

　　(2) 间接控制接口。间接控制方式下,液晶模块数据线与单片机并行口或扩展并行口相连,并口地址即为液晶模块的地址。另外,还要用另一并行口的 3 条线作为控制线。

　　间接控制方式由用户定义的控制线对液晶模块进行操作,编程时,通过指令使各控制线按时发出符合读写时序的控制信号。间接控制接口电路如图 10-13 所示。单片机 P1 口与液晶模块的数据线相连,P3.0~P3.2 与液晶模块的 3 条控制线相连。接口比较简单。

　　(3) 串行接口。液晶模块控制器 ST7920 还可用串行方式与 CPU 传输数据,串行接口电路如图 10-14 所示。P1.0 与串行脉冲输入端 SCLK 相连,P1.1 与串行数据输入端 SID 相连,片选端 CS 接 V_{CC} 电源。另外,还要将模块的 PSB 线接低电平,选择串行方式。

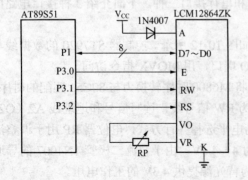

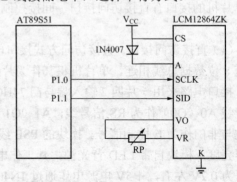

图 10-13　LCM12864ZK 间接控制接口电路　　　　图 10-14　LCM12864ZK 串行接口电路

3. ST7920 控制命令

对液晶模块操作是通过控制器 ST7920 提供的命令实现的，控制命令分为基本指令和扩充指令两类，基本指令集见表 10-9，扩充指令集见表 10-10。

表 10-9　　　　　　　　　　ST7920 基本指令集（RE＝0）

指　令	指　令　码										功　能　说　明
	RS	RW	D7	D6	D5	D4	D3	D2	D1	D0	
清除显示	0	0	0	0	0	0	0	0	0	1	将 DDRAM 填满 20H（空 SP 的 ASCII 码），并设定 DDRAM 的位址计数器 AC＝00H
位址清 0	0	0	0	0	0	0	0	0	1	×	设定 DDRAM 的位址计数器 AC＝00H，将光标移到开头原点，不改变 DDRAM 的内容
进入点设定	0	0	0	0	0	0	0	1	I/D	S	读写数据时，设定光标的移动方向及指定显示的移位，I/D＝1 时，光标右移，位址 AC＋1；I/D＝0 时，光标左移，位址 AC－1　　S＝1 时，画面整体左移或右移
显示状态开/关	0	0	0	0	0	0	1	D	C	B	D＝1，整体显示开；D＝0，整体显示关　C＝1，光标开；C＝0，光标关　B＝1，光标位置反白开；B＝1，反白关
光标或显示移位控制	0	0	0	0	0	1	S/C	R/L	×	×	设定光标或显示的移位控制位元，不改变 DDRAM 的内容
功能设定	0	0	0	0	1	DL	×	0 RE	×	×	DL＝1，8 位控制界面；DL＝0，4 位控制界面　RE＝0，基本指令集；RE＝1，扩充指令集
设定 CGRAM 位址	0	0	0	1	AC5	AC4	AC3	AC2	AC1	AC0	设定 CGRAM 位址到位址计数器 AC
设定 DDRAM 位址	0	0	1	0 AC6	AC5	AC4	AC3	AC2	AC1	AC0	设定 DDRAM 位址到位址计数器 AC，AC6 固定为 0
读取忙标志和位址	0	1	BF	AC6	AC5	AC4	AC3	AC2	AC1	AC0	读取忙标志 BF，可以确认内部动作是否完成，同时可以读出位址计数器 AC 的值
写 RAM	1	0	D7	D6	D5	D4	D3	D2	D1	D0	向内部 RAM（DDRAM/CGRAM/IRAM/GDRAM）中写入数据
读 RAM	1	1	D7	D6	D5	D4	D3	D2	D1	D0	从内部 RAM（DDRAM/CGRAM/IRAM/GDRAM）中读出数据，仅用于并行方式

表 10-10　　　　　　　　　　ST7920 扩充指令集（RE＝1）

指　令	指　令　码										功　能　说　明
	RS	RW	D7	D6	D5	D4	D3	D2	D1	D0	
待命模式	0	0	0	0	0	0	0	0	0	1	进入待命模式，执行其他任何指令都可终止待命模式
卷动位址或 RAM 位址选择	0	0	0	0	0	0	0	0	1	SR	SR＝1：允许输入垂直卷动位址　SR＝0：允许输入 IRAM 位址（扩充指令，模块未提供），允许输入 CGRAM 位址（基本指令）
反白选择	0	0	0	0	0	0	0	1	R1	R0	选择 4 行中的一行反白显示，并可决定反白与否（不适用该模块）
睡眠模式	0	0	0	0	0	0	1	SL	×	×	SL＝0：进入睡眠模式　SL＝1：脱离睡眠模式
扩充功能设定	0	0	0	0	1	DL	×	1R E	G	0	DL＝1：8 位控制界面，DL＝0：4 位界面　RE＝1：扩充指令集，RE＝0：基本指令集　G＝1：绘图显示开，G＝0：绘图显示关
设定 IRAM 位址或卷动位址	0	0	0	1	AC5	AC4	AC3	AC2	AC1	AC0	SR＝1：AC5～AC0 为垂直卷动位址　SR＝0：AC3～AC0 为 ICON RAM 位址（模块未提供）
设定绘图 RAM 位址	0	0	1	AC6	AC5	AC4	AC3	AC2	AC1	AC0	设定 GDRAM 位址，先设定垂直位址 AC6～AC0（0～63），再设定水平位址 AC3～AC0（0～15）

指令说明：

（1）ST7920 处于非忙碌状态时，才能接受命令，CPU 必须先检测 BF 忙标志，确认非忙状态，才能发送命令。

（2）RE 位用于选择指令集，RE 位设置后，以后的指令都使用相同的指令集，不必每条指令都设置，只有需要再次改变指令集时，才通过 RE 更改。

（3）设定 DDRAM 位址到 AC 位址计数器时，第一行 AC 为 80H～87H，第二行 AC 为 90H～97H，第三行 AC 为 88H～8FH，第四行 AC 为 98H～9FH。汉字在屏幕上的显示位置与位址的关系见表 10-11。每个地址可以显示一个汉字或自定义字符，也可以显示两个半宽数字或字符。LCM12864ZK 屏幕最多可以显示 4 行×8 共计 32 个汉字。

表 10-11　　　　　　　　　　汉字在屏幕上的显示位置与位址的关系

	X 坐标（DDRAM 位址）							
第 1 行	80H	81H	82H	83H	84H	85H	86H	87H
第 2 行	90H	91H	92H	93H	94H	95H	96H	97H
第 3 行	88H	89H	8AH	8BH	8CH	8DH	8EH	8FH
第 4 行	98H	99H	9AH	9BH	9CH	9DH	9EH	9FH

（4）写入数据到内部 RAM 后，会使 AC 改变，每个 RAM 地址都可写入两个字节数据，当写入第二个字节时，AC 值自动加 1。

4. ST7920 内部 RAM

（1）显示 RAM。ST7920 显示 RAM（DDRAM）可控制液晶显示器显示 CGRAM 字型、HCGROM 半宽字型和中文 CGRAM 字型三种字型，屏幕显示的字型由写入 DDRAM 的编码选择。

①显示 CGRAM 字型：在 0000H～0006H 范围内共有 0000H，0002H，0004H 和 0006H 四组 16 位编码，写入 DDRAM 后，可以显示用户自定义字符。

②显示 HCGROM 半宽字型：编码范围为 02H～7FH 的 8 位编码，写入 DDRAM 可以显示英文和数字。

③显示中文 CGRAM 字型：A1H 以上的编码自动结合下一字节，组成两字节中文字型编码，编码范围为 A1A0H～F7FEH 的 16 位编码，写入 DDRAM 可以显示简体中文汉字。

（2）绘图 RAM。ST7920 的绘图 RAM（GDRAM）提供 64×32 字节存储空间，最多控制 64×256 点二维绘图缓冲空间，图形显示坐标如图 10-15 所示。

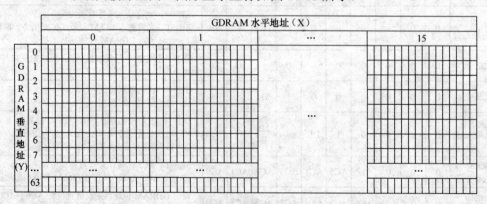

图 10-15　图形显示坐标

LCM12864ZK 的液晶屏幕共有 64 行×128 列＝8 192 个液晶点，每个液晶点需 GDRAM 的一个位控制亮灭，当位为 1 时，对应控制的液晶点亮（显示黑点）；当位为 0 时，对应控制的液晶点灭。液晶屏幕只用到 GDRAM 的 0～31 行存储空间，其中 X 坐标的 0～7 对应屏幕上半部分，8～15 对应屏幕下半部分。GDRAM 与液晶屏幕的对应关系如图 10-16 所示。

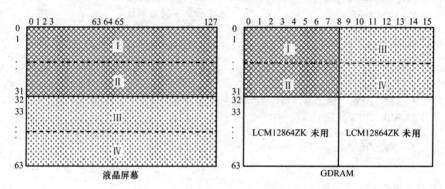

图 10-16 GDRAM 与液晶屏幕的对应关系

更改 GDRAM 时，由扩充指令设定 GDRAM 位址，写入 GDRAM 的步骤为：

①将垂直坐标 Y（0～63）写入 GDRAM 位址；

②将水平坐标 X（0～15）写入 GFRAM 位址；

③将 D15～D8 写入 GDRAM；

④将 D7～D0 写入 GDRAM。

写入 GDRAM 后，位址计数器 AC（X 坐标）自动加 1，但垂直坐标 Y 不能自动加 1，需要用指令改变。

5. 液晶模块初始化

液晶模块通电后，CPU 必须先对控制器 ST7920 初始化，然后液晶模块才能使用。CPU 发出每个初始化命令，控制器都需要处理时间，所以 CPU 发出每条指令后，都要延时等待处理完成，等待时间由 ST7920 技术参数给出。8 位并行方式初始化步骤为：

（1）上电后等待 40ms 以上，发出功能设置命令 000011×0××B，等待 100μs 以上。

（2）再次发出功能设置命令 000011×0××，等待 37μs 以上。

（3）发出显示开/关控制命令 0000001DCB，等待 100μs 以上。

（4）发出清除显示命令 0000000001，等待 10ms 以上。

（5）发出进入点设置命令 00000001I/DS，初始化完成。

6. 应用编程

【例 10-6】 根据图 10-12 中 AT89S51 单片机与 LCM12864ZK 直接访问接口电路编写液晶模块操作程序，程序完成两个功能：一是显示 TAB_TXT1 表格中的汉字和字符；二是利用造字功能造 M³/h 和℃两个字符并显示。

LCM12864ZK 液晶模块操作程序如下：

```
;LCM12864ZK(ST7920)8 位并行传输模式
        LCM_IWR EQU 00H              ;LCM 指令端口写地址
        LCM_IRD EQU 01H              ;LCM 指令端口读地址
        LCM_DWR EQU 02H              ;LCM 数据端口写地址
```

```
        LCM_DRD EQU 03H              ;LCM 数据端口读地址
        ORG 0000H
        LJMP MAIN                    ;转主程序
        ORG 0030
MAIN:   LCALL INIT_LCM              ;液晶模块初始化
        MOV DPTR,#TAB_TXT1
        MOV A,#80H                   ;显示文字起始地址
        MOV R7,#64
        LCALL DISP_TXT              ;显示 TAB_TXT1 中的文字
        LCALL DELAY_1S
        LCALL CLEAR_DDRAM
        LCALL DELAY_10MS
        LCALL DISP_CGRAM           ;造字并显示
        LCALL DELAY_1S
        LCALL CLEAR_DDRAM
        LCALL DELAY_10MS
        SJMP MAIN

;造字并显示子程序
DISP_CGRAM: MOV DPTR,#TAB_WD1
        MOV R7,#00H
        LCALL MAKE_WORD            ;在 CGRAM 的 0000H 单元造字
        MOV DPTR,#TAB_WD2
        MOV R7,#01H
        LCALL MAKE_WORD            ;在 CGRAM 的 0002H 单元造字
        MOV A,#88H                   ;屏幕显示首址
        LCALL WR_INS
        MOV A,#00H                   ;显示 0000 单元
        LCALL WR_DAT
        MOV A,#00H
        LCALL WR_DAT
        MOV A,#00H                   ;显示 0002 单元
        LCALL WR_DAT
        MOV A,#02H
        LCALL WR_DAT
        RET
;在 CGRAM 中造字的子程序
;入口参数：DPTR 为造字表首址
;R7 为 CGRAM 中的字模代码,取值为 00H,01H,02H,03H,有用位为低 2 位
MAKE_WORD: MOV A,#00110100B
        LCALL WR_INS                ;RE=1,扩充指令集
        MOV A,#00000010B
        LCALL WR_INS                ;SR=0,允许输入 CGRAM 地址
        MOV A,#00110000B
        LCALL WR_INS                ;RE=0,基本指令集
        MOV A,R7
        RL A
        RL A
        RL A
        RL A
        ORL A,#40H                   ;组成 CGRAM 位址
        LCALL WR_INS                ;设定 CGRAM 位址到位址计数器 AC
        MOV R7,#32                   ;写字节数目
MAK:    CLR A
        MOVC A,@A+DPTR
        LCALL WR_DAT
```

```
                INC DPTR
                DJNZ R7,MAK
                RET
;写显示首址子程序
;入口参数:DPTR:显示文字表格首址
         ;A:显示坐标首址
         ;R7:显示字节数目计数器
DISP_TXT:LCALL WR_INS
DIS:     CLR A
                MOVC A,@A+DPTR
                LCALL WR_DAT
                INC DPTR
                DJNZ R7,DIS
                RET
;初始化液晶模块子程序
INIT_LCM:
                PUSH ACC
                MOV A,#00110000B              ;功能设定,DL=1,RE=0 基本指令集
                LCALL WR_INS
                MOV A,#00110000B              ;功能设定,DL=1,RE=0 基本指令集
                LCALL WR_INS
                MOV A,#00001100B              ;LCD 显示状态,D=1,C=0,B=0
                LCALL WR_INS
                MOV A,#00000001B              ;清除显示
                LCALL WR_INS
                MOV A,#00000110B              ;进入点设定
                LCALL WR_INS
                POP ACC
                RET
;清 DDRAM,清屏子程序
CLEAR_DDRAM:
                PUSH ACC
                MOV A,#01H
                LCALL WR_INS
                POP ACC
                RET
;检查 LCM 忙标志 BF 子程序
CHK_BUSY:
                PUSH DPH
                PUSH DPL
                PUSH ACC
                MOV DPTR,#LCM_IRD
CHK:     MOVX A,@DPTR
                JB ACC.7,CHK                  ;若 BF=1,则 LCM 忙,循检等待
                POP ACC
                POP DPL
                POP DPH
                RET
;写指令到 LCM 中的子程序
WR_INS:
                PUSH DPH
                PUSH DPL
                LCALL CHK_BUSY                ;若 BF=1,则 LCM 忙,循检等待
```

```
        MOV DPTR,#LCM_IWR
        MOVX @DPTR,A                              ;写入命令
        POP DPL
        POP DPH
        RET
;写数据子程序
WR_DAT:PUSH DPH
        PUSH DPL
        LCALL CHK_BUSY                           ;若BF=1,则LCM忙,循检等待
        MOV DPTR,#LCM_DWR
        MOVX @DPTR,A                              ;写入数据
        POP DPL
        POP DPH
        RET
TAB_WD1:    DB   30h,00h,48h,00h,48h,00h,33h,0E8h  ;造字16×16点阵℃
            DB   06h,38h,0Ch,18h,0Ch,08h,0Ch,00h
            DB   0Ch,00h,0Ch,00h,0Ch,00h,06h,08h
            DB   03h,10h,01h,0E0h,00h,00h,00h,00h
TAB_WD2:    DB   01H,80H,02H,40H,00H,40H,01H,80H   ;造字:M³/h
            DB   00H,48H,02H,50H,0B9H,90H,54H,20H
            DB   54H,48H,54H,48H,54H,88H,55H,0EH
            DB   01H,09H,02H,09H,00H,09H,00H,09H
TAB_TXT1:   DB   "        单片机        "
            DB   "        原理及应用       "
            DB   "****************"
            DB   "     中国电力出版社  "
```

10.4 微型打印机接口

微型打印机是打印机的重要分支,其体积小巧,操作简单,经常嵌入到仪器设备中,作为其输出设备。微型打印机广泛应用于各行各业,如工业测控、超级市场、银行柜员机、公用事业抄表系统、消防报警系统、电力系统、税控、出租车等。

微型打印机按照用途不同可分为通用打印机和专用打印机,专用打印机是专用于某一特定用途的打印机,如证卡打印、条形码打印等,通用打印机应用范围比较广,适用于不同场合。按照与微机接口的不同可分为串行接口打印机和并行接口打印机,有的打印机具有串行和并行两种接口,可根据需要选择。按照打印方式不同可分为针式打印机、热敏打印机和热转印打印机等,常用的有针式和热敏式微型打印机。

针式打印由打印针撞击色带,将色带的油墨印在打印纸上,优点是打印成本低,打印信息能长期保存,缺点是打印速度慢,噪声大。热敏打印通过加热方式,使热敏打印纸上的热敏介质变色,从而打印出图形或文字。热敏打印的优点是打印速度快,噪声小,打印头机械损耗小,不需要色带。缺点是必须使用专用的热敏打印纸,热敏纸时间长了会褪色,信息不能长期保存。

微型打印机的内部结构如图10-17所示。主要由

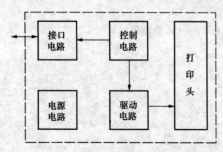

图 10-17 微型打印机的内部结构图

打印头、控制电路、驱动电路、接口电路和电源电路组成。控制电路由 CPU 和外围电路组成，是打印机的控制中心。驱动电路在控制电路的控制下驱动打印头及电机动作，完成字符图形的打印。接口电路控制打印机与微机间的信息传输，微机发送的命令和数据通过接口电路送到控制电路。

10.4.1 Centronics 并行总线

Centronics 总线是计算机与打印机等外设传递信息的并行通信总线，总线由 36 条信号线组成，采用扁平电缆或多芯电缆传送信息。使用扁平电缆连接时，在两条数据线之间夹一条地线可以较好的克服数据间的干扰。Centronics 总线未经标准化组织确定，不同厂家对引脚定义不同，常用的是 25 线简化 Centronics 总线，如微机 25 芯 D 型插座引出的并行口，就是 25 线 Centronics 总线接口。微型打印机并行接口也采用 Centronics 总线标准，不同公司的微型打印机对并口插座引脚定义不同，但是所用的数据、联络信号，以及工作时序都是相同的。Centronics 总线信号定义见表 10-12。

表 10-12　　　　　　　　　　Centronics 总线信号定义

引脚号	信号名称	方向	功　　　能
1	$\overline{\text{STROBE}}$	输入	主机送往打印机的数据选通信号，低电平有效
2~9	DATA1~DATA8	输入	主机送往打印机的 8 位并行数据
10	$\overline{\text{ACK}}$	输出	打印机送往主机的应答信号，表示打印机已接收完一个数据，可以接收下一个数据
11	BUSY	输出	打印机送主机的忙状态信号，高电平有效，打印机忙时，不能接收主机送来的数据
12	PE	输出	纸尽信号，高电平表示打印机无纸
13	SLCT	输出	联机信号，高电平表示打印机处于联机状态
14	$\overline{\text{AUTO FEED}}$	输入	自动换行控制信号，低电平有效，打印机打印后自动换行
15	不用		
16	OV		逻辑地电平
17	CHASSIC GND		打印机的机壳地，与逻辑地是分离的
18	不用		
19~30	地		绞合线返回的信号地电平
31	$\overline{\text{INIT}}$	输入	初始化控制信号，低电平有效，使打印机复位到初始状态
32	$\overline{\text{ERROR}}$	输出	出错状态信号，低电平表示打印机出错
33	LD	输出	小车状态信号。小车工作不正常时，LD=1
34	$\overline{\text{EXPRIME}}$	输入	外部初始化。低电平有效，使打印机初始化，同 $\overline{\text{INIT}}$
35	+5V		通过 3.3kΩ 电阻接到＋5V 电源上
36	$\overline{\text{SLCT IN}}$	输入	选择输入，低电平时，打印机被选中

10.4.2 WH 系列打印机

微型打印机型号众多，不同型号的基本原理和用法相似，本节以市场使用较多的 WH 系列针式打印机为例说明其用法。表 10-13 列出了几款 WH 微型打印机的性能参数，这几款打印机采用 EPSON 公司的 M-150II，M-160 和 M-164 打印头，配置全字符集，有的型号具有

140 个自选自修改汉字输入，有的型号有国标一、二级汉字库，所有型号具有串/并行接口可供用户选择使用。

表 10-13　　　　　　　　　　　　　几款 WH 微型打印机的性能参数

型　　号	打印头型号	每行点数	纸宽(mm)	每行字符(6×8 点阵)	每行汉字(12×12 点阵)	速度(行/秒)	字符集及汉字库配置情况	接口	电源及工作环境
WH1605A××	M-150Ⅱ	96	44	16	8	1	全字符集及 140 个自选自修改汉字	串/并	直流 5V，1.5A
WH1608A××	M-150Ⅱ	96	44	16	8	1	全字符集及所有国标一、二级汉字	串/并	温度：0～40℃
WH2405A××	M-160	144	57	24	12	0.7	全字符集及 140 个自选自修改汉字	串/并	
WH2408A××	M-160	144	57	24	12	0.7	全字符集及所有国标一、二级汉字	串/并	
WH4005A××	M-164	240	57	40	20	0.4	全字符集及 140 个自选自修改汉字	串/并	
WH4008A××	M-164	240	57	40	20	0.4	全字符集及所有国标一、二级汉字	串/并	相对湿度：20%～85%（无凝结）

1. WH 打印机并行接口

WH 系列打印机可通过控制板上的 W1 短路块选择使用串行接口或并行接口，当安装短路块时，使用并行接口；去掉短路块时，使用串行接口。

（1）并行接口引脚定义。WH 系列打印机并行接口与 Centronics 标准并行接口兼容，既可以用单片机控制，也可用微机并行口控制。并行接口电缆插座有 26 针 Ax 型和 25 针 Tx 型两种，并行接口插座引脚如图 10-18 所示，引脚定义见表 10-14。

表 10-14　　　　　　　　　　　　　并行接口引脚定义

Ax 型引脚	Tx 型引脚	信　号	方　向	说　　明
1	1	-STB	入	数据选通触发脉冲，上升沿时读入数据
3	2	DATA1	入	
5	3	DATA2	入	
7	4	DATA3	入	
9	5	DATA4	入	这些信号分别代表并行数据的第 1～8 位信号，每个信号当其逻辑为"1"时，为"高"电平，逻辑为"0"时，为"低"电平
11	6	DATA5	入	
13	7	DATA6	入	
15	8	DATA7	入	
17	9	DATA8	入	
19	10	-ACK	出	回答脉冲，"低"电平表示数据已被接受，而且打印机准备好接收下一数据
21	11	BUSY	出	"高"电平表示打印机正"忙"，不能接收数据
23	12	PE	—	（1）接地；（2）A3 型和 T1 型为缺纸信号，"高"电平表示缺纸
25	13	SEL	出	打印机内部经电阻上拉"高"电平，表示打印机在线
4	15	-ERR	出	打印机内部经电阻上拉"高"电平，表示无故障
2，6，8，26	14，16，17	+5V 或空	入	直流+5V，2A 电源输入端（Tx 型为空脚）
10～24	25～18	GND	—	接地，逻辑"0"

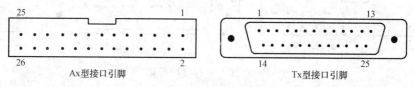

图 10-18　并行接口插座

（2）并行接口时序。打印机并行接口主要通过 8 条数据线和 BUSY，$\overline{STB}$，$\overline{ACK}$ 联络信号传递信息，计算机通过这些信号线向打印机发送数据的工作时序，如图 10-19 所示。工作过程如下。

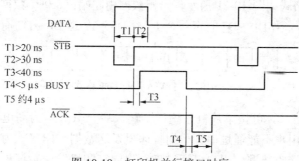

图 10-19　打印机并行接口时序

微机向打印机输出数据前，首先检测 BUSY 状态，当 BUSY 为低电平时，表示打印机空闲，可以接收数据，微机向打印机数据端 DATA1～DATA8 输出 8 位数据，并发出低电平 $\overline{STB}$ 选通信号，通知打印机接收数据。打印机在接收数据过程中，发出高电平的 BUSY 忙状态信号，此时微机不能再向打印机发送数据。打印机接收完数据后，使 BUSY 变低，并发出低电平 $\overline{ACK}$ 应答信号，表示打印机已接收完数据，可以接收下一个数据。

微机发送数据前，既可以查询方式检测 BUSY 状态发送数据，也可以将 $\overline{ACK}$ 接到微机中断输入端。打印机接收完数据后，主动向微机发出中断请求，微机在中断服务程序中完成数据的发送。

2. WH 打印机串行接口

（1）串行接口引脚定义。微型打印机串行接口可用 Ax 型、Tx 型和 TI 型 3 种形式的插座，引脚如图 10-20 所示，引脚定义见表 10-15。

表 10-15　　　　　　　　　　　　　串行接口引脚定义

Ax 型引脚	Tx 型 25 针	T1 型 RJ45	信　　号	方　向	说　　　　明
19	10	3	DATA/TXD	入	串行数据输入，接用户单片机的串行数据输出端
21	11	4	BUSY/CTS/DCD	出	高电平表示打印机离线或正在处理数据，不能接收数据，低电平可接收数据，接用户单片机输入端
23	12	2	PE	出	A3 型和 T1 型为缺纸信号，"高"电平表示缺纸
2, 6, 8, 26	14, 16, 17	—	+5V 或空	入	DC+5V，2A 电源输入端（Tx 型为空脚）
10～24	18～25	5	GND	—	接地，逻辑"0"

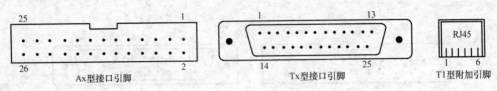

图 10-20　串行接口引脚

（2）串行数据格式。

WH 系列打印机串行数据输入端 DATA 可与 80C51 单片机串行输出端 TXD 直接相连，使串行口工作于方式 3，通过串行口向打印机发送数据。波特率可通过随机提供的软件在 1200～9600 任意设置。

DATA 串行数据格式如图 10-21 所示，一帧数据由起始位、9 个数据位和停止位组成，其中 D8 位为奇偶效验位，当 D0～D7 有奇数个 1 时，D8＝1；当 D0～D7 有偶数个 1 时，D8＝0。

图 10-21　DATA 串行数据格式

BUSY：忙状态信号。可接单片机系统任一输入端。BUSY 为高电平时，表示打印机离线或正在处理数据，用户不能通过串行口向打印机发送数据。BUSY 为低电平时，表示打印机在线，且正在等待接收数据，用户可通过串行口向打印机发送数据。发送 1 字节后，应再次检测 BUSY 状态，若为低电平，可继续发送，否则等待。

3. WH 打印机操作命令

WH 打印机都具有全字符集打印功能，字符集 1 中有 6×8 点阵字符 224 个，代码范围是 20H～FFH，包括 ASCII 字符及各种图形符号等。字符集 2 中也有 6×8 点阵字符 224 个，代码范围是 20H～FFH，包括德文、法文、俄文和日语片假名等。西文字符集见表 10-16。

表 10-16　　　　　　　　　　　　西　文　字　符　集

（a）字符集 1

	0	1	2	3	4	5	6	7	8	9	A	B	C	D	E	F
2		!	″	#	$	%	&	'	(	)	*	+	,	－	.	/
3	0	1	2	3	4	5	6	7	8	9	:	;	<	=	>	?
4	@	A	B	C	D	E	F	G	H	I	J	K	L	M	N	O
5	P	Q	R	S	T	U	V	W	X	Y	Z	[	\	]	↑	←
6	`	a	b	c	d	e	f	g	h	i	j	k	l	m	n	o
7	p	q	r	s	t	u	v	w	x	y	z	{	¦	}	~	
8	0	一	二	三	四	五	六	七	八	九	十	元	年	月	日	¥
9	£	§	↓	→	∧	±	÷	∞	≃	…	°	⁰	²	¹	²	³
A	α	β	γ	δ	ε	ζ	η	θ	λ	μ	υ	Ω	ξ	π	ρ	σ
B	τ	Φ	ψ	ω	Γ	∠	Π	Σ	Ψ	Ω	Ξ	Θ	Λ	φ	Υ	∠
C	⌈	=	□	⌉		－	│		/	\		└	⌐	⌐	⌐	×
D	⌊	=	□	⌋	－	－	│		/	\		└	⌐	⌐	━	│
E	⌟	⌝	⌐	⌐	⊥	⊤	⌐	⌐	⌐	⌐	⌐	└	⌐	⌐	<	
F	■	■	■	■	▄	▄	■	■	▌	▙	▙	▙	▙	■	▀	＋

（b）字符集 2

	0	1	2	3	4	5	6	7	8	9	A	B	C	D	E	F
2	百	千	万	Ⅱ	℃	℉	乁	⁴	₄	½	⅓	¼	⊤	×	√	⊥
3	//	‖	∪	∩	⊕	⊂	⊃	∈	∉	∀	∨	∂	∫	∮	o	∵
4	∴	≡	≌	∽	≠	∝	≤	≥	≮	≯	♂	♀	‡	†	‰	::
5	※	☼	(	)	《	》	「	」	『	』	ˇ	∴	◇	♥	♦	♣
6	♠	ア	イ	ウ	エ	オ	カ	キ	ク	ケ	コ	サ	シ	ス	セ	ソ
7	タ	チ	ツ	テ	ト	ナ	ニ	ヌ	ネ	ノ	ハ	ヒ	フ	ヘ	ホ	マ
8	ミ	ム	メ	モ	ヤ	⊥	ヨ	ラ	リ	ル	レ	ロ	ワ	ヰ	ヱ	ヲ
9	ン	ァ	ゥ	ェ	ォ	カ	ュ	ョ	ワ	\\	∧	Б	Д	Ё	Ж	З
A	И	Й	Л	Ц	Ч	Ш	Щ	Ъ	Ы	Э	Ю	Я	б	§	è	Ø
B	ø	g	ü	é	â	ä	å	ã	ş	ê	ë	è	ï	î	ì	Ã
C	Â	É	æ	Æ	Ô	Ö	Ò	Û	Ù	ÿ	Ö	Ü	⊄	Pt	ƒ	⌐
D	í	ó	ú	ñ	Ñ	ạ	ọ	¿	⌐	gü	é	â	ä	ã	S
E	§	ë	è	ï	î	ì	Ä	Â	É	æ	Æ	Ô	Ö	Ò	Û	Ù
F	ÿ	Ö	Ü	⊄	Pt	ƒ	ó	í	ó	ú	ñ	Ñ	ạ	ọ	⌐	∩

　　打印机工作时，微机通过命令控制其完成各种功能的操作，WH 微型打印机的命令集见表 10-17。

表 10-17　　　　　　　　　WH 微型打印机的命令集

命　　　令			说　　　明
ASCⅡ	10 进制数	16 进制数	
ESC　6	27　54	1B　36	选择字符集 1
ESC　7	27　55	1B　37	选择字符集 2
ESC　8	27　56	1B　38	*选择 12×12 点阵汉字打印
LF	10	0A	打印并换行
ESC　J　n	27　74　n	1B　4A　n	换行 n 点行走纸
ESC　l　n	27　49　n	1B　3L　n	设置 n 点行间距
ESC　SP　n	27　32　n	1B　20　N	*设置字间距
FF	12	0C	换页
ESC　C　n	27　67　n	1B　43　n	设置页长
ESC　N　n	27　78　n	1B　4E　n	设置装订长
ESC　0	27　79	1B　4F	取消装订长
ESC　B　n1　n2…NUL	27　66　n1　n2…0	1B　42　n1　n2…00	设置垂直造表值
VT	11	0B	执行垂直造表
ESC　D　n1　n2…NUL	27　68　n1　n2…0	1B　44　n1　n2…00	设置水平造表值
HT	9	09	执行水平造表
ESC　f　m　n	27　102　m　n	1B　66　m　n	打印空格或空行

续表

命令			说　明
ASCII	十进制数	十六进制数	
ESC　Q　n	27　81　n	1B　51　n	设置右限
ESC　l　n	27　108　n	1B　6C　n	设置左限
ESC　U　n	27　85　n	1B　55　n	横向放大
ESC　V　n	27　86　n	1B　56　n	纵向放大
FS　W　n	28　87　n	1C　57　n	字符放大一倍
ESC　W　n	27　87　n	1B　57　n	横向纵向放大
ESC　X　n1　n2	27　88　n1　n2	1B　58　n1　n2	*横向、纵向放大不同倍数
S0	14	0E	横向放大2倍
DC4	20	14	横向无放大
ESC　－　n	27　45　n	1B　2D　n	允许/禁止下划线打印
ESC　＋　n	27　43　n	1B　2B　n	允许/禁止上划线打印
ESC　/　n	27　47　n	1B　2F　n	*允许/禁止侧划线打印
FS　r　n	28　114　n	1C　72　n	*选择上、下标
FS　G　n	28　71　n	1C　47　n	*设置错位打印
FS　H	28　72	1C　48	*取消错位打印
ESC　i　n	27　105　n	1B　69　n	允许/禁止反白打印
ESC　c　n	27　99　n	1B　63　n	允许/禁止反向打印
FS　J	28　74	1C　4A	*设置纵向打印
FS　K	28　75	1C　4B	*设置横向打印
FS　I　n	28　73　n	1C　49　n	*设置字符旋转打印
ESC　e　n	27　101　n	1B　65　n	*设置打印方向
ESC　&m　n1　n2…n6	27　38　m　n1　n2…n6	1B　26　m　n1　n2…n6	定义用户自定义字符
ESC　%　m1　n1　m2　n2…mk　nk　NUL	27　37　m1　n1　m2　n2…mk　nk　0	25　m1　n1　m2　n2…mk　nk　00	替换自定义字符
ESC　:	27　58	1B　3A	恢复字符集中的字符
ESC　;	27　59	1B　3B	*再次替换自定义字符
ESC　K　n1　n2…data…	27　75　n1　n2…data…	1B　4B　n1　n2…data…	打印点阵图形
ESC　'm　n1　n2　n3…nk…CR	27　39　m　n1　n2　n3…nk…13	1B　27　m　n1　n2　n3…nk…0D	打印曲线
ESC　E　nq　nc　n1　n2　n3…nk…NUL	27　69　nq　nc　n1　n2　n3…nk…0	1B　45　nq　nc　n1　n2　n3…nk…00	*打印条形码
ESC　@	27　64	1B　40	初始化打印机
CR	13	0D	回车
CAN	24	18	删除一行
ESC　"　n	27　34　n	1B　22　n	允许/禁止16进制形式打印

4. 打印机接口与编程

【例10-7】　利用8255A作为AT89S51单片机与微型打印机的接口电路（见图10-22），

PA 连接打印机数据口，工作于方式 0，PC0 和 PC7 作为打印机联络线，编程用查询方式将片外 RAM 8100H 地址开始的 50 个字符送打印机打印。

单片机通过 8255A 对打印机进行操作，根据电路连线情况，设未用地址线为 1，则 8255A 的端口地址为：PA：7CH，PB：7DH，PC：7EH，控制口：7FH。

PC0 连接打印机忙状态线 BUSY，方向输入；PC7 连接打印机选通信号，方向输出；A 口连接打印机数据口，方向输出。则 8255A 方式字为 10000001B＝81H。8255A 初始化及数据传送程序如下：

```
PINTA:  MOV DPTR,#8100H      ;DPRT 指向发送缓冲区首址
        MOV R3,#50           ;计数器赋初值
        MOV R0,#7FH
        MOV A,#81H
        MOVX @R0,A           ;8255A 初始化
NXT:    MOV R0,#7EH
WAT:    MOVX A,@R0           ;读 C 口
        RRC A                ;忙状态移入 C
        JC WAT               ;忙则查询等待
        MOV R0,#7CH
        MOVX A,@DPTR         ;取发送数据
        MOVX @R0,A           ;数据送 A 口
        MOV R0,#7FH          ;R0 指向控制口
        MOV A,#0FH
        MOVX @R0,A           ;PC7 置 1
        MOV A,#0EH
        MOVX @R0,A           ;PC7 清 0
        MOV A,#0FH
        MOVX @R0,A           ;PC7 置 1,产生写选通负脉冲
        INC DPTR
        DJNZ R3,NXT          ;未发送完,返回继续
        RET
```

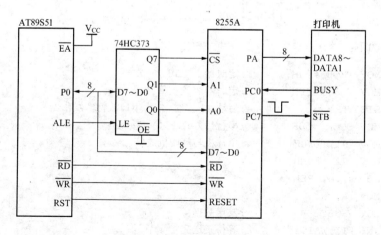

图 10-22　8255A 打印机接口

【**例 10-8**】　单片机与打印机的并行接口电路如图 10-23 所示，由 P0 口向打印机发送数据，P1.0 发送打印选通信号，P1.1 接收打印机忙状态信号。编程打印数字 0～9。

打印程序如下：

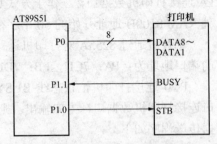

图 10-23 单片机与打印机的
并行接口电路

```
            STB EQU P1.0
            BUSY EQU P1.1
            MOV R1, #30H
            MOV R2, #0AH
MAIN:       MOV A, R1
            INC R1
            LCALL PRINT
            DJNZ R2 MAIN
            MOV A, #0DH
            LCALL PRINT
            SJMP $
;发送 1B 子程序
PRINT:      JB BUSY, $       ;等待打印机空闲
            MOV P0 , A       ;发送数据
            CLR STB          ;发送选通信号
            NOP
            SETB STB
            RET
```

【例 10-9】　单片机与打印机的串行接口电路如图 10-24 所示，MAX232 是 TTL 电平与 RS-232 电平转换芯片，编程打印数字 0~9。晶振频率为 11.059 2MHz。

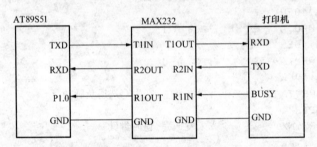

图 10-24　单片机与打印机串行接口

打印程序如下：

```
            MOV TMOD,#20H    ;定时器 1 方式 3
            MOV TH1,#0FDH    ;定时器 1 置初值
            STB TR1          ;启动 T1 定时,作为串口波特率发生器
            MOV SCON,#50H    ;串行口方式 1,允许接收
            MOV R1, #30H     ;单片机与打印机通信
            MOV R2, #0AH
REL:        JB P1.0, REL
            MOV A, R1
            MOV SUBF, A      ;发送数据
WAIT1:      JNB TI,WAIT1     ;等待发送完 1 字节
            CLR TI
            INC R1
            DJNZ R2,REL
            RET
```

10.5 模/数转换器及接口

工业测控领域经常需要测量温度、湿度、压力、流量、速度等物理量，这些物理量都具有随时间连续变化的特点，称为模拟量。由于计算机只能处理数字信号，为了处理这些物理量，需先通过相应功能的传感器转换为连续变化的模拟电流或电压信号，再通过模/数转换器 ADC（Analog-Digital Converter）转换为数字信号后，送入计算机处理。

计算机对设备进行自动控制时，有些可以直接用数字信号控制，例如，继电器的吸合与断开，晶闸管的导通与截止等。有些设备需要用模拟信号控制，例如，电磁阀的开度控制，伺服电动机的转速控制等。计算机发出的数字控制信号先送入数/模转换器 DAC（Digital-Analog Converter），转换为模拟电压或电流信号，控制执行机构使控制对象完成预定的功能。

两种转换处理过程如图 10-25 所示。ADC 和 DAC 用于模拟量和数字量之间的相互转换，ADC 实现模拟量到数字量的转换，称为模/数转换（A/D 转换），DAC 实现数字量到模拟量的转换，称为数/模转换（D/A 转换）。

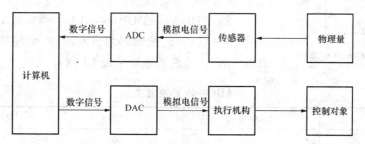

图 10-25　A/D 转换及 D/A 转换处理过程

10.5.1 ADC 主要技术指标

1. 分辨率

分辨率是数字输出的最低位对应的模拟输入电压值。设输入满量程电压为 V_{FS}，ADC 的位数为 n，则分辨率为 $V_{FS}/2^n$。

例如，满量程电压 $V_{FS}=10V$，则 8 位 DAC 的分辨率为 $10/256≈0.039V$，10 位 ADC 的分辨率为 $10/1024≈0.00977V$。

为了表示方便，分辨率常用 ADC 输出数字量的位数表示，例如 8 位、12 位、16 位等，位数越大，分辨率越高，A/D 转换时对输入模拟信号的变化反应越灵敏。

2. 精度

转换精度有绝对精度和相对精度两种表示方法。绝对精度是指在输出端输出给定数字量时，实际输入模拟量与理论值之差。相对精度是 ADC 满量程校准后，输出任意数字量所对应的实际输入模拟量与理论值之差。

3. 转换时间

ADC 完成一次模拟量到数字量转换所需要的时间。

4. 量程

量程是指 ADC 能转换的输入电压范围。

10.5.2　8 位模/数转换器 ADC0809

模/数转换器按转换原理可分为逐次逼近式、双积分式、并行式、串并式和跟踪比较式等，常用的有双积分式和逐次逼近式。双积分式精度高，抗干扰能力强，但转换速度较慢，主要用在对速度要求不高的仪器仪表等场合。逐次逼近式分辨率高，速度快，应用广泛。

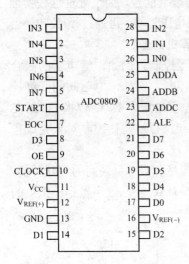

图 10-26　ADC0809 引脚图

下面介绍逐次逼近式 ADC0809 的结构、原理及与单片机的接口编程。

1. ADC0809 引脚功能

ADC0809 是具有 8 路模拟输入 8 位并行输出的逐次逼近式模/数转换器，分辨率为 8 位，模拟输入电压范围为 0～＋5V，工作电源电压＋5V。ADC0809 引脚如图 10-26 所示。各引脚功能如下。

（1）D0～D7：8 位转换数字量输出端。三态输出，可与单片机数据线直接相连。

（2）IN0～IN7：8 路模拟信号输入端。可接入 8 路不同的模拟信号，分时转换。

（3）ADDA，ADDB，ADDC：模拟通道地址选择线。三条地址线的 8 位编码组合对应 8 个模拟信号输入通道 IN0～IN7。各通道地址见表 10-18。

表 10-18　　　　　　　　　　　　　　ADC0809 通道地址

ADDC	ADDB	ADDA	选中的输入通道
0	0	0	IN0
0	0	1	IN1
0	1	0	IN2
0	1	1	IN3
1	0	0	IN4
1	0	1	IN5
1	1	0	IN6
1	1	1	IN7

（4）ALE：地址锁存允许信号。ALE 上升沿将 3 位通道地址锁存到地址锁存器中。

（5）START：模数转换启动信号。正脉冲的上升沿复位 ADC0809，下降沿启动 A/D 转换。

（6）EOC：转换结束信号。A/D 转换过程中，EOC 为低电平，转换结束时变为高电平。EOC 可作为查询或中断请求信号。

（7）OE：输出允许信号。OE 为低电平时，输出端为高阻态，高电平时，三态门打开，转换的 8 位数字量通过 D0～D7 输出。

（8）$V_{REF(+)}$，$V_{REF(-)}$：基准电压。基准电压决定输入模拟量的量程范围。一般将 $V_{REF(+)}$ 接 V_{CC} 电源，$V_{REF(-)}$ 接地，使基准电压为＋5V。

（9）CLOCK：时钟输入端。频率范围为 10kHz～1280kHz，典型值为 640kHz。转换时间取决于时钟频率，当时钟为 500KHz 时，转换速度为 128μs。

（10）V_{CC}，GND：电源和地端，电源电压范围是＋5V～＋15V。

2. ADC0809 内部结构

ADC0809 内部结构如图 10-27 所示。ADC0809 主要由三部分组成：

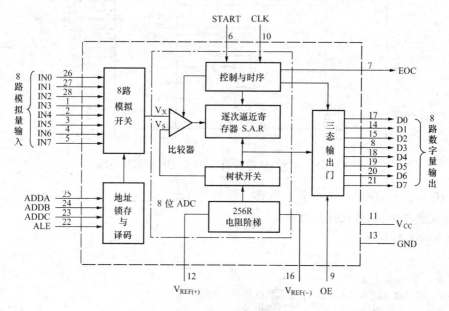

图 10-27　ADC0809 内部结构图

（1）模拟开关和地址锁存与译码电路：地址锁存与译码电路用于控制 8 路模拟开关，使 8 路模拟信号中的某一通道与内部转换器连通，ADC0809 在某一时刻只能对一路模拟量转换。

（2）A/D 转换器：由比较器、逐次逼近寄存器、树状开关、256R 电阻阶梯构成 8 位逐次逼近式 A/D 转换器，对模拟开关送来的模拟信号进行转换。转换器工作时需外接时钟信号和基准电压，由 START 启动一次转换，转换结束时发出 EOC 状态信号。

（3）三态输出门：数字量输出端 D0～D7 与转换器之间接有 8 位三态门，使单片机可以与 ADC0809 直接连接，ADC 转换完的 8 位数字量送到三态门输入端，输出允许信号 OE 为高电平时，三态门打开，转换的数字量输出。

3. 单片机与 ADC0809 的接口

AT89S51 单片机与 ADC0809 的接口电路如图 10-28 所示。三条通道地址线 ADDA，ADDB 和 ADDC 分别与数据线 D0、D1、D2 相连，CPU 通过发送数据，选通某一模拟通道，例如，发送数据 00H 时，选通通道 0，发送数据 06H，选通通道 6。三条通道地址线也可以接到单片机地址线上，使每个通道有一个独立端口地址。通道地址锁存信号 ALE 和启动信号 START 连在一起，由 $\overline{WR}$ 和 P2.7 控制，选通某一通道的同时，也启动了对该通道的转换。P2.7 地址线控制 OE 输出允许信号，用于读取 A/D 转换的数字量。电路中只用到了一条地址线 A15（P2.7），设其他未用地址为 1，则 ADC0809 的地址为 7FFFH。P1.0 连接 EOC 转换结束状态信号，单片机通过 P1.0 检测 A/D 转换是否完成。也可以将 EOC 作为中断请求信号，接到单片机外部中断输入端，转换完成后自动向单片机发出中断请求。

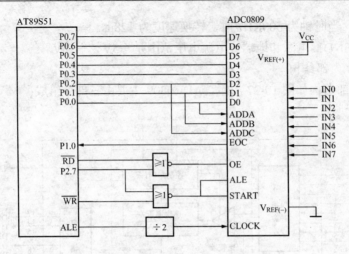

图 10-28　AT89S51 单片机与 ADC0809 的接口电路

【例 10-10】　根据图 10-28 接口电路,编程用查询方式对 8 路模拟量进行转换,并将转换结果存放到片内 RAM 60H 地址开始的单元。

A/D 转换程序如下:

```
ADPG:   MOV DPTR,#7FFFH
        MOV R0,#60H
        MOV R2,#00H      ;通道数据初值,指向通道 0
        MOV R3,#8        ;巡检通道数
NXT:    MOV A,R2
        MOVX @DPTR,A     ;选通通道并启动转换
        JNB P1.0,$       ;查询等待转换完成
        MOVX A,@DPTR     ;读转换数据
        MOV @R0,A
        INC R0           ;指针加 1
        INC R2           ;指向下一通道
        DJNZ R3,NXT
        RET
```

10.5.3　16 位模/数转换器 AD7705

AD7705 是 AD 公司推出的 Σ-Δ 式 A/D 转换器,具有 2 个全差分输入通道,主要用于低频模拟信号的测量。芯片内集成可编程增益放大器,可直接测量传感器送来的微弱模拟信号。利用 Σ-Δ 转换技术实现了 16 位无丢失代码性能。具有三线串行接口,可通过软件编程设置增益值、输入信号极性及数据更新速率。具有自校准和系统校准功能,能消除器件本身或系统的增益和偏移误差。适用于智能仪表、工业控制、数据采集等场合。AD7705 的主要特点有:

（1）具有 16 位无丢失代码。

（2）非线性小于 0.003%。

（3）增益可编程,调整范围为 1～128。

（4）输出数据更新率可编程。

（5）可自校准及系统校准。

（6）三线串行接口与 SPI, QSPI, MICROWIRE 及 DSP 兼容。

（7）2.7V～3.3V 或 4.75V～5.25V 工作电压。

（8）功耗低，工作电压 3V 时，最大功耗 1mW，等待电流最大值 8μA。

1. AD7705 的内部结构

AD7705 的内部结构如图 10-29 所示。主要由 Σ-Δ 调制器、可编程数字滤波电路、缓冲器、增益可编程放大器 PGA、时钟发生器、3 线串行接口和寄存器阵列等组成。

2. AD7705 的引脚功能

AD7705 采用 16 引脚 DIP，SOIC 和 TSSOP 三种封装结构，引脚如图 10-30 所示，各引脚功能为：

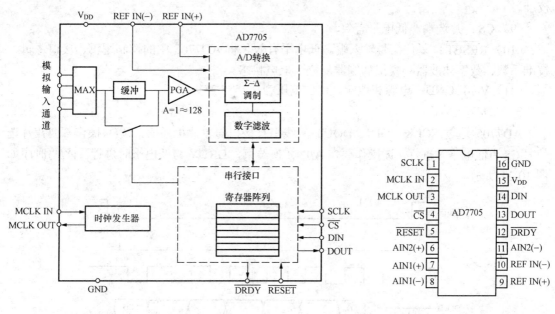

图 10-29　AD7705 的内部结构图　　　　图 10-30　AD7705 引脚图

（1）SCLK：串行时钟输入端。施密特逻辑输入，将一个外部串行时钟信号送到 SCLK，以访问 AD7705。SCLK 可以输入连续时钟信号，以连续的脉冲传送所有数据，也可以输入不连续的时钟信号，将小批量数据发送到 AD7705。

（2）MCLK IN：转换器主时钟输入端。能以晶振/谐振器或外部时钟两种形式向转换器提供时钟信号。使用晶振/谐振器时接在 MCLK IN 和 MCLK OUT 两引脚之间。若采用外部时钟，时钟信号由 MCLK IN 引脚输入，MCLK OUT 引脚不连接。时钟频率范围为 500kHz～5MHz。

（3）MCLK OUT：时钟输出端。主时钟为晶振/谐振器时，晶振/谐振器接在 MCLK IN 和 MCLK OUT 两引脚之间。若在 MCLK IN 引脚接入外部时钟信号，MCLK OUT 将输出反相时钟信号，可作为其他芯片的时钟源。时钟输出也可以通过时钟寄存器的 CLK DIS 位关闭，以减小功率消耗。

（4）DIN，DOUT：串行数据输入、输出端。

（5）AIN1（＋），AIN1（－）：差分模拟输入通道 1 的正输入端和负输入端。

（6）AIN2（＋），AIN2（－）：差分模拟输入通道 2 的正输入端和负输入端。

（7）REF IN（＋），REF IN（－）：基准电压的正输入端和负输入端。基准电压是差分的，并规定 REF IN（＋）必须大于 REF IN（－）。REF IN（＋）及 REF IN（－）可以取 GND 到 V_{CC} 之间的任何电压值。

（8）$\overline{\text{DRDY}}$：A/D 转换结束标志。低电平有效。引脚输出逻辑低电平表示 A/D 转换完成，可从 AD7705 数据寄存器中读取新的输出字。读取输出字后，$\overline{\text{DRDY}}$ 引脚立即变为高电平。$\overline{\text{DRDY}}$ 为高电平时，不能进行读操作，避免读操作影响数据寄存器中数据的更新。如果在两次输出更新之间没有数据输出，$\overline{\text{DRDY}}$ 将在下次输出更新前延时一段时间，然后回到高电平。当数据被更新后，$\overline{\text{DRDY}}$ 又返回低电平。另外，$\overline{\text{DRDY}}$ 也可用来指示 AD7705 是否完成片内校准。

（9）$\overline{\text{CS}}$：片选端。低电平有效。

（10）$\overline{\text{RESET}}$：复位信号输入端。低电平有效。将 AD7705 中的控制逻辑、接口逻辑、校准系数、数字滤波器和模拟调制器复位至上电状态。

（11）V_{CC}，GND：电源和地端。工作电压为 2.7～5.25V。

3. AD7705 的读写时序

AD7705 通过 SCLK、DIN、DOUT 三线串行接口与单片机通信，读/写操作都要在片选信号 $\overline{\text{CS}}$ 为低电平时进行，读操作要在 A/D 转换结束，$\overline{\text{DRDY}}$ 为低电平时进行。读/写时序如图 10-31 所示。

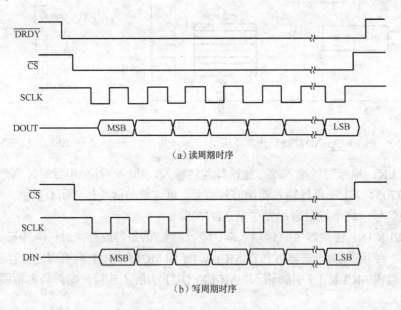

图 10-31　AD7705 读/写时序

4. AD7705 的片内寄存器

AD7705 包含 8 个片内寄存器，单片机对 AD7705 的操作都是通过对这些寄存器操作实现的。下面分别介绍各寄存器的格式和功能。

（1）通信寄存器。通信寄存器是一个可读/写的 8 位寄存器，上电复位值是 00000000B。单片机对芯片的所有操作必须从写通信寄存器开始，写入的数据决定了下一次对哪个寄存器读/写操作。芯片上电或复位后，写入的第一个数据进入通信寄存器。通信寄存器的格式及位功能如下：

0/$\overline{DRDY}$	RS2	RS1	RS0	R/$\overline{W}$	STBY	CH1	CH0

0/$\overline{DRDY}$：写操作时，必须向此位写入 0，以保证对通信寄存器写操作的顺利完成。若向此位写入 1，则后续各位不能写入通信寄存器。读操作时，该位为 $\overline{DRDY}$ 标志，其值与 $\overline{DRDY}$ 引脚状态相同。

RS2～RS0：寄存器选择位。用于选择下次操作的寄存器。选择寄存器的读写操作完成后，器件返回到等待通信寄存器写操作状态，不会保持在继续访问选择寄存器状态。寄存器的选择见表 10-19。

表 10-19　　　　　　　　　　　　**AD7705 寄存器的选择**

RS2	RS1	RS0	寄　存　器	寄存器位数
0	0	0	通信寄存器	8 位
0	0	1	设置寄存器	8 位
0	1	0	时钟寄存器	8 位
0	1	1	数据寄存器	16 位
1	0	0	测试寄存器	8 位
1	0	1	无操作	
1	1	0	偏移寄存器	24 位
1	1	1	增益寄存器	24 位

R/$\overline{W}$：读/写选择。选择下次操作是对选择寄存器读还是写。R/$\overline{W}$ =0，为写操作；R/$\overline{W}$ =1，为读操作。

STBY：等待模式。若 STBY=1，芯片为等待或掉电模式，并保持校准系数和控制字信息，此时等待电流只有 10μA。若 STBY=0，芯片为正常工作模式。

CH1，CH0：通道选择。这两位选择一个通道，以供数据转换或访问校准系数。芯片内的校准寄存器用于存放校准系数。通道选择见表 10-20。

表 10-20　　　　　　　　　　　　**AD7705 通道选择**

CH1	CH0	AIN（＋）	AIN（－）	校准寄存器对
0	0	AIN1（＋）	AIN1（－）	寄存器对 0
0	1	AIN2（＋）	AIN2（－）	寄存器对 1
1	0	AIN1（－）	AIN1（－）	寄存器对 2
1	1	AIN1（－）	AIN2（－）	寄存器对 3

（2）设置寄存器。设置寄存器是可读/写的 8 位寄存器，复位值是 00000001B。设置寄存器用于设置校准模式、增益、单/双极性输入及缓冲模式。其格式及各位功能如下：

MD1	MD0	G2	G1	G0	$\overline{B}$/U	BUF	FSYNC

MD1，MD0：工作模式位。两位的组合用于设置 AD7705 工作模式，见表 10-21。

表 10-21   **工 作 模 式 设 置**

MD1	MD0	工作模式	功　　能
0	0	正常模式	转换器进行正常的模数转换
0	1	自校准	在通信寄存器选中通道上激活自校准,完成后,返回正常模式。开始校准时,$\overline{DRDY}$ 引脚或 DRDY 位为高电平,自校准后变为低电平。这时在数据寄存器中产生一个新的有效字
1	0	零标度系统校准	在选中通道上激活零标度系统校准。校准时,模拟输入端上的输入电压在选定的增益下完成校准
1	1	满标度系统校准	在选中通道上激活满标度系统校准。校准时,模拟输入端上的输入电压在选定的增益下完成校准

G2～G0:增益选择位。用于选择 PGA 增益,二进制数 000～111 对应增益值 1～128。

$\overline{B}/U$:单极性/双极性选择。$\overline{B}/U=0$ 表示双极性,$\overline{B}/U=1$ 表示单极性。

BUF:缓冲器控制。BUF=0 时,片内缓冲器短路,电源电流降低。BUF=1 时,缓冲器与模拟输入串联,输入端允许处理高阻抗源。

FSYNC:滤波器同步。FSYNC=1 时,数字滤波器的节点、滤波器控制逻辑和校准控制逻辑处于复位状态,同时模拟调制器也被控制在复位状态。FSYNC=0 时,调制器和滤波器开始处理数据,并在 3×(1/输出更新速率)时间内(即滤波器稳定时间)产生一个有效字。FSYNC 不影响数字接口,也不使 $\overline{DRDY}$ 输出复位。

(3)时钟寄存器。时钟寄存器是可读/写的 8 位寄存器,复位值是 00000101B。其格式及各位功能如下:

ZERO	ZERO	ZERO	CLKDIS	CLKDIV	CLK	FS1	FS0

ZERO:标志位。3 个 ZERO 位必须为 0,否则会导致非指定错误。

CLKDIS:主时钟禁止位。CLKDIS=1 禁止主时钟在 MCLK OUT 引脚输出,此时 MCLK OUT 引脚保持低电平。

CLKDIV:时钟分频位。CLKDIV=1 时,MCLK IN 引脚时钟频率 2 分频后供转换器使用。例如,外部接 4.9152MHz 的晶振,分频位为 1 时,内部用 2.4576MHz 时钟信号工作;分频位为 0 时,内部工作频率为 4.9152MHz。

CLK:时钟位。CLK 应根据 AD7705 的工作频率设置。主时钟频率为 2.4576MHz 时,CLK 位应为 1。主时钟频率为 1MHz 时,CLK 应为 0。

FS1,FS0:滤波器选择位。与 CLK 一起决定输出更新率。输出更新率见表 10-22。

表 10-22   **AD7705 输出更新率**

CLK	FS1	FS0	输出更新率
0	0	0	20Hz
0	0	1	25Hz
0	1	0	100Hz
0	1	1	200Hz
1	0	0	50Hz
1	0	1	60Hz
1	1	0	250Hz
1	1	1	500Hz

（4）数据寄存器。数据寄存器是 16 位只读寄存器，用于存放 A/D 转换的最新结果。

（5）测试寄存器。测试寄存器用于测试器件，用户一般不用。

（6）零标度、满标度校准寄存器。零标度和满标度校准寄存器都是 24 位读/写寄存器，其中包含几个独立的零标度和满标度寄存器，每个寄存器负责一个输入通道。用户一般不用这几个寄存器。

5. 单片机与 AD7705 的接口

AD7705 的 3 线串行接口可方便地与单片机连接，图 10-32 是 AT89S51 与 AD7705 构成的通用低频数据采集电路，适用于温度、压力等低频模拟信号的测量。电路中只用到一片 AD7705，可将其片选端 $\overline{CS}$ 直接接地。复位端 $\overline{RESET}$ 与 P1.3 相连，程序控制芯片的复位，也可以将单片机复位端通过非门与 $\overline{RESET}$ 相连，使单片机复位电路同时控制 AD7705 的复位。由于数据读写不同时进行，将 DIN 和 DOUT 共同与 P1.1 相连。P1.0 与 SCLK 连接，向 AD7705 提供时钟信号。电路通过两个 10kΩ 的电阻分压，得到 2.5V 的基准电压，增益为 1 时的满量程为 2.5V。

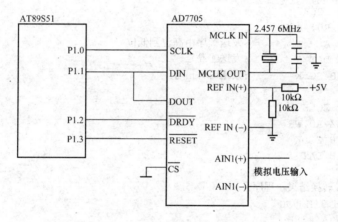

图 10-32　AD7705 接口电路

监测转换数据是否更新，可通过监控 $\overline{DRDY}$ 位或 $\overline{DRDY}$ 引脚的状态实现。通过 $\overline{DRDY}$ 引脚监控方法有两种，一种是将 $\overline{DRDY}$ 引脚与单片机某一端口线相连，查询引脚状态，并读取更新数据，另一种是将 $\overline{DRDY}$ 引脚与外部中断引脚相连，AD7705 数据更新后，主动向单片机发出中断请求，在中断服务程序中读取更新数据。这里采用的是查询状态线的方法编程。

【例 10-11】　根据如图 10-32 所示的接口电路，编程使 AD7705 模数转换并读取转换数据。单片机控制 AD7705 转换的程序如下：

```
SCLK BIT P1.0
DAT BIT P1.1
DRDY BIT P1.2
RST BIT P1.3
ORG 0000H
LJMP MAIN
ORG 0030H
MAIN:   LCALL INIT      ;复位 AD7705
WAT:    JB DRDY,WAT     ;未转换完等待
        LCALL RDDT      ;读取转换数据
```

```
                    SJMP  $
;初始化 AD7705 子程序
INIT:     CLR RST              ;复位 AD7705
          MOV R0,#20
          DJNZ R0,$
          SETB RST
          MOV A,#20H           ;选择时钟寄存器
          LCALL WRDT
          MOV A,#0CH           ;转换频率 50Hz
          LCALL WRDT
          MOV A,#10H           ;选择设置寄存器
          LCALL WRDT
          MOV A,#04H           ;正常模式,增益 1
          LCALL WRDT
          RET
;向 AD7705 写入 1 字节子程序
;写数据在 A 中
WRDT:     CLR SCLK
          MOV R0,#08H
WR1:      RLC A                ;发送顺序由高位到低位
          MOV DAT,C            ;发送 1 位
          SETB SCLK            ;发送时钟信号
          NOP
          CLR SCLK
          DJNZ R0,WR1
          SETB SCLK
          SETB DAT
          RET
;读取 AD7705 转换结果子程序
;读结果存 30H,31H 单元
RDDT:     MOV A,#38H
          LCALL WRDT           ;写通信寄存器
          MOV R0,#08H
RD1:      CLR SCLK
          NOP
          SETB SCLK
          NOP
          MOV C,DAT
          RLC A
          DJNZ R0,RD1
          MOV 30H,A            ;接收数据存入 30H
          MOV R0,#08H
RD2:      CLR SCLK
          NOP
          SETB SCLK
          NOP
          MOV C,DAT
          RLC A
          DJNZ R0,RD2
          MOV 31H,A            ;接收数据存入 31H
          RET
```

10.6　数/模转换器及接口

10.6.1　DAC 主要技术指标

1. 分辨率

分辨率是 DAC 最小输出电压（对应数字输入量最低位为 1，其他位为 0）与最大输出电压（对应数字输入量所有位全为 1）之比。比值越小，分辨率越高，D/A 转换时，数字输入信号最低位变化引起的输出模拟电压变化越小，DAC 越灵敏。

例如，8 位 DAC 的分辨率为

$$1/(2^8-1)=1/255\approx0.00392$$

12 位 DAC 的分辨率为

$$1/(2^{12}-1)=1/4095\approx0.000244$$

这种表示方法不太直观，分辨率通常用输入 DAC 数字量的位数表示，如 8 位、10 位、12 位等，位数越大，分辨率越高。

2. 精度

精度反映 DAC 转换的精确程度，有绝对精度和相对精度两种表示方法。

绝对精度是指在输入端输入给定数字量后，输出端实际输出模拟电压或电流值与理论值之差。D/A 转换的增益误差、线性误差和噪声等影响绝对精度。

相对精度是 DAC 满量程校准后，输入各种数字量转换后的输出值与理论值之差。

精度和分辨率并不相同，精度是指转换后的实际输出与理想值之间的接近程度，反映的是误差的大小，分辨率是指输入数字量最低位的变化对输出影响的大小。

3. 建立时间

从 DAC 数字输入端由满度值变化（从全 0 变到全 1，或从全 1 变到全 0）开始，到输出达到与稳定值相差 $\pm\frac{1}{2}$ LSB 范围内，所需要的时间称为建立时间 t_s，建立时间反映 DAC 的转换速度。图 10-33 是 DAC 从全 0 变到全 1 的建立时间示意图。

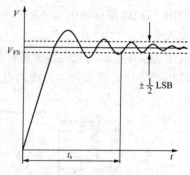

图 10-33　DAC 从全 0 变到全 1 的建立时间示意图

10.6.2　8 位数/模转换器 DAC0832

1. DAC0832 引脚功能

DAC0832 是电流输出型 8 位 D/A 转换器芯片，DAC0832 引脚如图 10-34 所示，各引脚功能为

（1）DI0～DI7：8 位数字量输入端。

（2）ILE：输入锁存允许信号。高电平有效。

（3）$\overline{CS}$：片选信号。低电平有效。$\overline{CS}$ 与 ILE 信号共同控制 $\overline{WR1}$ 信号能否起作用。

（4）$\overline{WR1}$：输入寄存器写选通信号。低电平有效。在 ILE 和 $\overline{CS}$ 同时有效时，该信号控制将输入数据锁存到输入寄存器中。

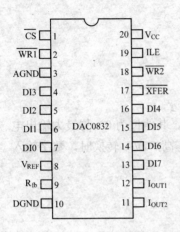

图 10-34　DAC0832 引脚图

（5）$\overline{XFER}$：传送控制信号。低电平有效。

（6）$\overline{WR2}$：DAC 寄存器写选通信号。低电平有效。当 $\overline{XFER}$ 信号有效时，该信号控制将输入寄存器中的数据锁存到 DAC 寄存器。

（7）I_{OUT1}：电流输出端 1，DAC 寄存器中数字量全为 1 时，I_{OUT1} 电流最大，全为 0 时，I_{OUT1} 电流为 0，I_{OUT1} 随输入数字量线性变化。

（8）I_{OUT2}：I_{OUT1} 与 I_{OUT2} 的电流之和为常数，I_{OUT2} 的变化与 I_{OUT1} 正好相反。

（9）R_{fb}：芯片内部反馈电阻引线端，可将 R_{fb} 引脚直接接到外部运放的输出端。

（10）V_{REF}：基准电压输入端。基准电压范围为 $-10 \sim +10V$。

（11）V_{CC}：电源端，电源电压范围为 $+5 \sim +15V$。

（12）AGND：模拟地，模拟电路的公共端。

（13）DGND：数字地，数字电路的公共端。

2. DAC0832 的结构与原理

DAC0832 内部结构如图 10-35 所示。DAC0832 主要由输入寄存器、DAC 寄存器和 D/A 转换器三部分组成。输入寄存器由 $\overline{WR1}$，$\overline{CS}$ 和 ILE 通过内部的与门控制，当三个控制信号同时有效时，输入寄存器的输出随输入变化，$\overline{WR1}$ 由低变高时，数据被锁存到输入锁存器并输出。DAC 寄存器由 $\overline{XFER}$ 和 $\overline{WR2}$ 控制，当两个控制信号同时有效时，DAC 寄存器输出随输入变化，$\overline{WR2}$ 由低变高时，DAC 寄存器锁存输入寄存器送来的数据并输出，D/A 转换器对 DAC 寄存器送来的数据进行转换，并从 I_{OUT1} 和 I_{OUT2} 端输出模拟电流，通常在两个电流输出端外接运算放大器构成的电压/电流转换电路，将电流转换为电压输出。

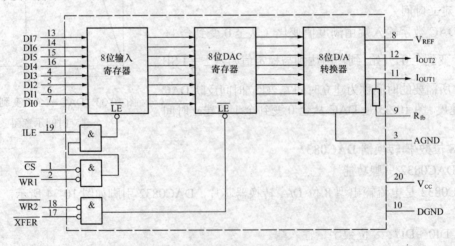

图 10-35　DAC0832 内部结构图

3. 单片机与 DAC0832 的接口

DAC0832 内部有两级缓冲器，可与单片机直接连接，构成单缓冲方式或双缓冲方式接口电路，下面分别举例说明。

（1）单缓冲方式。单缓冲方式将输入寄存器或 DAC 寄存器控制端全部置为有效电平，使其输入输出端始终处于连通状态，地址和控制信号控制另一个寄存器，输入数据经过一次缓冲，就能送入 D/A 转换器转换。也可以将两个寄存器的控制端并联，控制信号使两个寄存器同时选通，这两个缓冲器实际只起到一次缓冲的作用。单缓冲方式适用于单路模拟量输出或多路分时输出的场合。

图 10-36 是单缓冲方式接口电路，DAC 寄存器的两个控制端接地使其始终处于连通状态。输入寄存器作为缓冲器，$\overline{\text{WR}}$ 连接 $\overline{\text{WR1}}$，P2.7 连接 ILE，P2.6 连接 $\overline{\text{CS}}$，其他未用地址线设为 1，则 DAC0832 的地址为 BFFFH。单片机对其操作相当于一个外部输出端口。

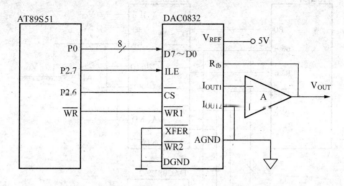

图 10-36　DAC0832 单缓冲方式接口电路

【例 10-12】　根据图 10-36 所示的接口电路编写锯齿波发生程序，使 DAC0832 的 V_{OUT} 输出如图 10-37 所示的锯齿波。

锯齿波的变化规律是从 0V 线性增加到最大值，完成一个周期后，又返回 0V，开始下一个周期。设数字量 00H～FFH 对应模拟量 0～+5V，单片机可向 DAC 顺序送入 00H～FFH 的数字，DAC 转换后输出 0～+5V 电压的锯齿波。

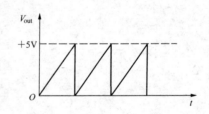

图 10-37　DAC0832 产生的锯齿波

波形产生程序如下：

```
DAPG:   MOV DPTR,#0BFFFH    ;DPTR 指向 DAC0832
        CLR A               ;累加器清 0
LP:     MOVX,@DPTR,A        ;向 DAC 送数
        LCALL D1MS          ;延时 1ms
        INC A               ;数字量加 1
        SJMP LP             ;循环
```

该程序产生的波形从微观上看应该称为阶梯波，因为两个相邻数字量输出的电压是阶梯形变化的，数字 1 对应的输出电压为 5V/255≈0.02V，CPU 向 ADC 送数字 00H 时，输出电压为 0V；送数字 01H 时，输出 0.02V；送数字 02H 时，输出 0.04V，依次阶梯递增。当阶梯的持续时间很短，阶梯电压变化很小时，可以看做近似的锯齿波。

（2）双缓冲方式。DAC0832 的两个寄存器用不同地址线选通，具有不同的地址，相当于两个独立端口。操作分为两步，CPU 首先选通输入寄存器，使其锁存转换数据，然后再选通

DAC 寄存器，使其锁存输入寄存器送来的数据，并送 D/A 转换器转换。

双缓冲方式适用于要求同时输出多路模拟量的场合。当有多片 DAC0832 需要同时输出模拟量时，CPU 将数据依次锁存到各芯片输入寄存器中，然后同时选通所有芯片的 DAC 寄存器，就能同时转换输出。

【例 10-13】 两片 DAC0832 双缓冲方式与单片机接口电路如图 10-38 所示，根据电路编程，将片内 RAM 50H 和 51H 单元的数据分别送 1 号和 2 号 DAC，并控制 DAC 同时转换，输出模拟电压。

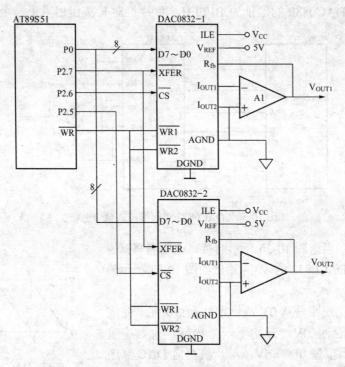

图 10-38 两片 DAC0832 双缓冲方式与单片机接口电路

电路中只用了 P2.5～P2.7 三条地址线，设其他地址线为 1，P2.6 连接第一片 DAC 的 $\overline{\text{CS}}$，其输入寄存器地址为 BFFFH，P2.5 连接第二片 DAC 的 $\overline{\text{CS}}$，其输入寄存器地址为 DFFFH，P2.7 连接两片 DAC 的 $\overline{\text{XFER}}$ 端，DAC 寄存器的地址均为 7FFFH，能同时选通。程序如下：

```
DACD:   MOV A,50H           ;取数
        MOV DPTR,#0BFFFH    ;DPTR 指向 1 号输入寄存器
        MOVX @DPTR,A        ;写入输入寄存器
        MOV A,51H           ;取数
        MOV DPTR,#0DFFFH    ;DPTR 指向 2 号输入寄存器
        MOVX @DPTR,A        ;写入输入寄存器
        MOV DPTR,#7FFFH     ;DPTR 指向两 DAC 寄存器
        MOVX @DPTR,A        ;数据锁存到 DAC 寄存器，并开始转换
```

最后一条 **MOVX** 指令是一条伪写指令，累加器 A 的内容没有作用，不必设置。指令的目的仅是产生 $\overline{\text{WR}}=0$ 的写信号和 P2.7＝0 的片选信号，由这两个控制信号同时选通两个 DAC 寄存器，锁存输入寄存器送来的数据，并送 DAC 转换。

10.7　开关型功率器件接口

单片机系统最基本的功能是通过 I/O 端口输出数字量,对外部设备自动控制,将现场设备开关状态转换成电平信号输入端口,以监控设备的运行状态。由于单片机端口驱动能力有限,不能直接驱动大功率设备,很多大功率设备运行过程中还会产生强电磁干扰,使单片机系统不能正常工作,甚至损坏端口,因此单片机 I/O 端口必须通过输出驱动电路及隔离电路与外部设备接口。本节介绍单片机与外设之间的信号隔离及常用开关型功率输出接口。

10.7.1　光电耦合器接口

接口电路中采用信号隔离措施可以有效地避免强电磁脉冲对系统的干扰,保证系统可靠运行,控制高压大功率设备时,还能防止高压电通过接口进入单片机系统,烧坏端口甚至整个系统。信号隔离可以采用光电耦合器、变压器等措施,光电耦合器隔离信号称为光电隔离,由于光信号传输不受电场和磁场的影响,隔离效果好,是单片机接口电路常用的隔离技术。

光电耦合器是将发光器件和光敏器件组合在一起,电信号送入光电耦合器的发光器件,由发光器件将电信号转换为光信号,通过光敏器件接收并还原为电信号,实现电—光—电的转换。光电耦合器输入、输出端之间没有电气的联系,信号通过光耦合传输,所以也称为光电隔离器。

光电耦合器的发光器件和光敏器件彼此绝缘,绝缘电阻高达 $10^{10}\Omega$ 以上,能承受 2000V 以上的高压,输入输出端自成系统,也不需要共地,能防止输出端对输入端的反馈和干扰。光电耦合器的发光二极管是电流驱动器件,动态电阻很小,对系统内外的噪声干扰信号形成低阻抗旁路,具有很强的抑制噪声干扰能力。

1. 晶体管输出型光电耦合器及接口

以下介绍晶体管输出型光电耦合器及接口。

(1) TLP521-1/2/4。TLP521 光电耦合器有 3 种不同规格,TLP521-1 有 1 个光电耦合器,TLP521-2 有 2 个光电耦合器,TLP521-4 有 4 个光电耦合器。每个光电耦合器输入/输出各两只引脚,光敏三极管没有基极引出线,如图 10-39 所示。

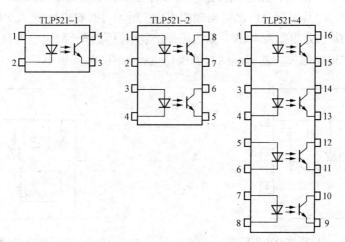

图 10-39　TLP521-1/2/4 引脚图

（2）4N25。4N25 光电耦合器有 6 只引脚，其中发光二极管有两个，光敏三极管有三个，引脚 6 的基极可以不用，也可以通过几百千欧以上的电阻并联几十皮法电容接地。3 号引脚不用。其引脚如图 10-40 所示。

AT89S51 单片机与 4N25 光电耦合器的接口电路如图 10-41 所示，同相驱动器 7407 作为 4N25 输入端的驱动电路，4N25 用于耦合脉冲信号并隔离单片机系统和输出电路，避免输出电路对单片机系统的影响，提高系统的可靠性，4N25 的最大隔离电压为 2500V。

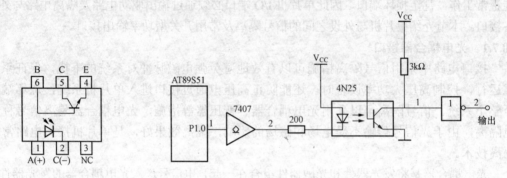

　　图 10-40　4N25 引脚图　　　　　图 10-41　AT89S51 单片机与 4N25 光电耦合器的接口电路

2. 晶闸管输出型光电耦合器及接口

晶闸管输出型光电耦合器输入端也是发光二极管，输出为单向或双向光敏晶闸管，当输入端有电流时，晶闸管导通。有些型号光电耦合器还有过零触发检测电路，用于控制晶闸管过零触发，以减小负载接通电源时对电网的影响。

4N40 是单向晶闸管输出光电耦合器，可用于控制指示灯等小电流负载，也可用于触发大功率晶闸管，其引脚及内部结构如图 10-42 所示。4N40 有 6 只引脚，引脚 3 不用，引脚 6 是晶闸管控制端，不用时，可对阴极接一个电阻。4N40 输入端控制电流为 15～30mA 时，单向晶闸管导通。4N40 输出端额定电压为 400V，额定电流有效值为 300mA，隔离电压为 1500～7500V。

MOC3041 是双向晶闸管光电耦合器，内部有过零触发检测电路，常用于中间控制电路或触发大功率晶闸管，其引脚及内部结构如图 10-43 所示。MOC3041 输入端电流为 15mA 时，晶闸管导通。输出端额定电压为 400V，最大浪涌重复电流为 1A，隔离电压为 7500V。AT89S51 单片机通过 MOC3041 触发大功率晶闸管的接口电路如图 10-44 所示。

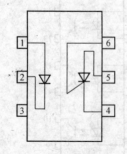

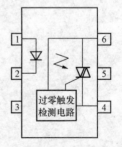

　　图 10-42　4N40 引脚及内部结构　　　　　图 10-43　MOC3041 引脚及内部结构

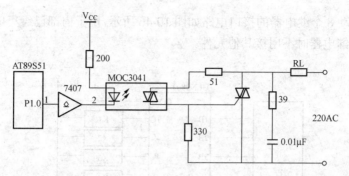

图 10-44　AT89S51 单片机通过 MOC3041 触发大功率晶闸管的接口电路

10.7.2　晶体管开关接口

信号灯、电磁阀、直流电动机等低压小功率电器可由单片机端口控制晶体管、达林顿管直接驱动，中、大功率设备可用功率场效应管控制。

1. 晶体管开关接口

晶体管开关驱动电路可用于控制工作电流不太大的直流负载，由单片机端口线控制晶体管工作在饱和和截止状态，晶体管作为电子开关使用。当基极为低电平时，晶体管截止，负载中没有电流，停止工作；当基极为高电平时，晶体管进入导通，负载中有电流，开始工作。

2. 达林顿管开关接口

把两只晶体管接在一起，得到比晶体管更大的电流放大倍数，输出更大电流的复合型晶体管称为达林顿管。达林顿管可以作为继电器、电磁阀、LED 数码管等设备的驱动器。

除了分离元件组成的达林顿管外，现在已有很多达林顿集成电路可供选择，如 ULN2001/2002/2003/2004，ULN2803，MC1413/1416 等。ULN2803 的引脚如图 10-45（a）所示，内部逻辑结构如图 10-45（b）所示。ULN2803 内部集成了 8 个相同的达林顿管，集电极输出电流 500mA，50V 高电压输出，输入与不同逻辑电平兼容，每个达林顿管都带有输出钳位二极管，在驱动继电器等感性负载时，可有效地抑制反向电压。其他型号达林顿芯片内部仅集成了 7 个达林顿管，结构和特点与 ULN2803 相同。

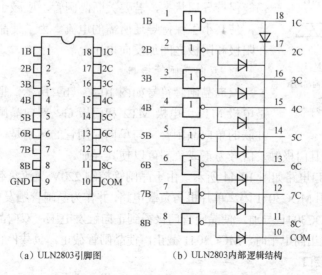

（a）ULN2803引脚图　　　　（b）ULN2803内部逻辑结构

图 10-45　ULN2803 引脚及内部逻辑结构

ULN2803 驱动 8 个继电器的接口电路如图 10-46 所示,由于内部已经集成了钳位二极管, ULN2803 在驱动继电器时不用接其他元件。

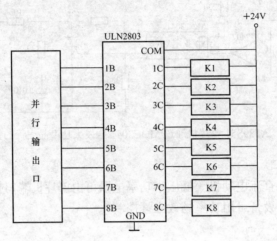

图 10-46   ULN2803 驱动 8 个继电器的接口电路

10.7.3 晶闸管及接口

晶闸管是应用广泛的半导体功率开关元件,按照结构原理的不同可分为单向晶闸管 SCR、双向晶闸管 TRIAC 和可关断晶闸管 GTO 三种。晶闸管具有无机械触点,体积小,容量大,无噪声,寿命长,可靠性高等优点,在大功率开关、整流、逆变、变频等电路中都有广泛的应用。

1. 单向晶闸管接口

单向晶闸管符号如图 10-47(a)所示,有阳极 A、阴极 K 和门极 G 三个引脚,门极也称为控制极。单向晶闸管有导通和截止两种状态,导通条件有两个,一是阳极电压加正向电压,即阳极电压大于阴极电压,二是门极也加正向电压,这两个条件必须同时满足,晶闸管才能导通。

导通后,门极对晶闸管就不再起控制作用,去掉门极电压,仍能保持导通状态,若要关断晶闸管,应减小流过晶闸管中的电流,使其小于保持导通所需的电流。为了使晶闸管快速关断,可在阳极和阴极之间加反向电压。

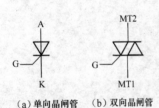

（a）单向晶闸管   （b）双向晶闸管

图 10-47   晶闸管符号

2. 双向晶闸管接口

双向晶闸管符号如图 10-47(b)所示,也有 3 个引脚,分别是电极 MT1、电极 MT2 和门极 G。双向晶闸管相当于两只反向并联的单向晶闸管,与单向晶闸管的区别是:双向晶闸管触发后是双向导通的,并且门极触发信号为正或负都可以使其导通。

双向晶闸管接口电路如图 10-44 所示,由于晶闸管控制 220V 交流负载,为防止高压电进入单片机系统,采用 MOC3041 隔离单片机与负载电路,并作为晶闸管触发电路,当单片机 P1.0 输出低电平时,MOC3041 导通,使晶闸管门极得到正向触发电压,双向晶闸管导通,负载开始工作;当 P1.0 输出高电平时,MOC3041 截止,使晶闸管截止,负载停止工作。

10.7.4 继电器及接口

电磁式继电器是常用的工业控制电器,具有接触电阻小,流通电流大,耐高压等特点,可直接控制小功率设备。在控制大功率电器时，继电器通常作为输出控制电路的第一级执行机构，实现低压直流到高压交流的过渡。

　　单片机控制继电器接口电路如图 10-48 所示，当单片机 P1.1 输出低电平时，通过 7407 驱动，使光电耦合器 4N25 的光敏三极管导通，继电器线圈中有电流流过，产生磁力，将继电器开关吸合，负载开始工作。当 P1.1 输出高电平时，继电器线圈没有电流，负载不工作。AT89S51 单片机并行口复位为高电平，开机或复位操作不会使继电器吸合。

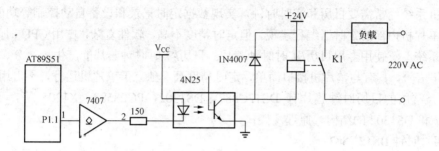

图 10-48　单片机控制继电器的接口电路

　　电路中二极管 1N4007 用于保护光耦中的三极管，称为续流二极管。当继电器吸合时，二极管截止，不会影响电路工作，当继电器释放时，线圈中会产生反向感应电压，当感应电压超出三极管集电极反向耐压值时，会损坏光耦，续流二极管能够将感应电压迅速放掉，以保护光耦。

10.7.5　固态继电器接口

　　固态继电器（SSR）是无触点功率开关器件，具有无机械触点，无抖动，开关速度快，输入输出隔离，体积小，重量轻，寿命长，可靠性高等优点，适用于计算机测控系统作为输出通道的控制器件。固态继电器按内部结构和负载类型分为直流固态继电器（DC-SSR）和交流固态继电器（AC-SSR）两类。

　　直流固态继电器输入端为光电耦合器，可用 OC 门或晶体管直接驱动，输入电压为 4～32V，驱动电流小于 15mA。输出端用功率晶体管作为开关元件，输出端工作电压为 30～180V，开关时间小于 200μs。直流固态继电器接口电路如图 10-49（a）所示。

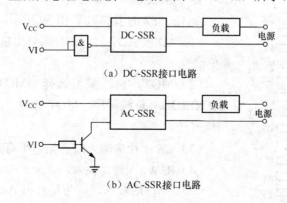

（a）DC-SSR接口电路

（b）AC-SSR接口电路

图 10-49　直流固态继电器接口电路

　　交流固态继电器用双向晶闸管作为开关元件，分为过零型和移相型两类，过零型必须在负载电源电压接近零且输入控制信号有效时，输出端负载才导通，而当输入端控制电压撤销后，流过双向晶闸管负载为零时才关断。移相型在输入信号时，不管负载电源电压相位如何，负载端立即导通。交流固态继电器接口电路如图 10-49（b）所示。

10.8　实时时钟及接口

　　单片机系统经常需要日历和实时时钟，实现数据定时记录和设备自动控制等功能，时钟可以利用单片机内部的定时器编程实现，但定时精度不高，软件复杂，占用 CPU 时间长。目前单片机系统广泛使用专用日历/实时时钟芯片。日历/实时时钟芯片能产生秒、分、时、日、周、月、年信号，具有与单片机接口简单，定时精度高，独立于单片机运行，不占用 CPU 时间等特点。常用的日历时钟芯片有 DS12C887，DS1302，PCF8583，X1205 等，下面介绍 DS12C887 和 DS1302 的结构、原理及接口。

10.8.1　实时时钟 DS12C887

　　DS12C887 是美国 DALLAS 公司推出的 DS1287 的增强型实时时钟芯片，内部结构相当于 MOTOROLA 公司 MC146818B 的改进。芯片内部集成晶体振荡器、充电电路和可充电锂电池，通电时，充电电路自动对锂电池充电，充满电后，可供时钟电路运行半年以上。DS12C887 的主要特点有：

　　（1）与 DS1287，MC146818B 引脚兼容，可代替 IBM AT 计算机的日历时钟。

　　（2）可计到 2100 年前的秒、分、时、日、周、月、年信息，带有闰年补偿功能。

　　（3）接口有 MOTOROLA 和 INTEL 两种总线时序可供选择。

　　（4）有 12 小时和 24 小时两种制式，12 小时模式有 AM 和 PM 指示。

　　（5）自带晶体振荡器和可充电锂电池。

　　（6）可编程的周期性中断方式和多频率输出方波发生器功能。

　　（7）有 113B 通用 RAM，15B 时钟和控制寄存器。

　　（8）日历和时钟信息可用二进制数或 BCD 码表示。

　　（9）具有世纪寄存器，解决了 2000 年问题。

　　1. DS12C887 引脚功能

　　DS12C887 的引脚如图 10-50 所示，各引脚功能如下。

　　（1）AD0～AD7：地址/数据复用总线。ALE 下降沿锁存 8 位地址。

　　（2）MOT：总线类型选择。MOT 接 VCC 时，选择 MOTOROLA 总线时序，MOT 接地或不接时，选择 INTEL 总线时序。

　　（3）$\overline{CS}$：片选输入端。低电平有效。

　　（4）R/$\overline{W}$：读/写输入。

　　（5）AS：地址选通。与单片机 ALE 相连。

　　（6）DS：数据选通。选择 INTEL 总线时，DS 称为 RD。有效表示 DS12C887 正在向总线输出数据。

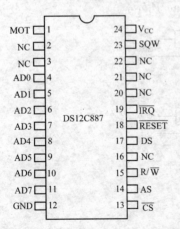

图 10-50　DS12C887 的引脚图

（7）$\overline{\text{IRQ}}$：中断请求输出。

（8）SQW：方波输出。方波速率及是否输出由 A，B 寄存器设置。

（9）$\overline{\text{RESET}}$：复位输入。复位对时钟、日历和 RAM 无效，系统上电时，复位端要保持 200ms 以上，低电平才能工作，通常将 $\overline{\text{RESET}}$ 与 V_{CC} 相连。

（10）V_{CC}：+5V 主电源。

（11）GND：地。

（12）NC：不用。

2. DS12C887 地址分配

DS12C887 内部共有 128 字节寄存器及 RAM 单元，地址分配如图 10-51 所示。00H～09H 及 32H 地址单元为 11B 时标寄存器，用于存储日历、时钟及闹钟数据；地址 0AH～0DH 为 4B 控制与状态寄存器；地址 0EH～31H 及 33H～7FH 为 113B 非易性静态 RAM，用于掉电时保存重要数据。

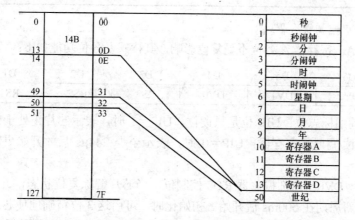

图 10-51　DS12C887 地址分配

128 个字节单元除下列情况外，都能直接读/写操作：

（1）寄存器 C 和 D 只读。

（2）寄存器 A 的 D7 位只读。

（3）秒字节的高位只读。

3. DS12C887 时标寄存器

11 个时标寄存器包括时钟、日历和闹钟三类，各寄存器可设置为二进制或 BCD 模式，时和时闹钟可设置为 12 小时或 24 小时模式。时标寄存器的模式及取值范围见表 10-23。

表 10-23　　　　　　　　　DS12C887 时标寄存器的模式及取值范围

地　址	功　　能	十进制范围	取　值　范　围	
			二进制模式	BCD 模式
00H	秒	0～59	00～3B	00～59
01H	秒闹钟	0～59	00～3B	00～59
02H	分	0～59	00～3B	00～59
03H	分闹钟	0～59	00～3B	00～59

地 址	功　　能	十进制范围	取 值 范 围	
			二进制模式	BCD 模式
04H	时，12 小时模式	1～12	01～0C AM，81～8C	01～12AM，81～92
	时，24 小时模式	0～23	00～17	00～23
05H	时闹钟，12 小时模式	1～12	01～0C AM，81～8C	01～12AM，81～92
	时闹钟，24 小时模式	0～23	00～17	00～23
06H	星期	1～7	01～07	01～07
07H	日	1～31	01～1F	01～31
08H	月	1～12	01～0C	01～12
09H	年	0～99	00～63	00～99
32H	世纪	0～99	NA	19，20

4. DS12C887 控制寄存器

（1）寄存器 A。寄存器 A 各位不受复位影响，其格式及各位功能如下：

D7	D6	D5	D4	D3	D2	D1	D0
UIP	DV2	DV1	DV0	RS3	RS2	RS1	RS0

UIP：更新周期标志位。UIP 位是只读位。UIP＝1 时，表示芯片正处于或即将开始更新周期，此时不能读/写时标寄存器；UIP＝0 时，表示至少 244μs 后才开始更新周期，这时可读时标寄存器。

DV2，DV1，DV0：内部振荡器 RTC 控制位。当芯片解除复位状态，并将 010 写入这 3 位后，另一个更新周期在 500ms 后开始。初始化时，可用这 3 位精确地使芯片在确定时间开始工作。与 MC146818B 不同的是，DS12C887 固定使用 32 768Hz 内部晶振，因此 DV0＝0，DV1＝1，DV2＝0，即只有 010 一种组合选择即可启动 RTC。

RS3，RS2，RS1，RS0：周期中断可编程方波输出速率选择位。这 4 位的组合可以产生不同的输出，见表 10-24。程序中可以通过设置寄存器 B 的 SQWE 和 PIE 位，控制是否允许周期中断和方波输出。

表 10-24　　　　　　　　　　DS12C887 中断周期及 SQW 输出频率选择

寄存器 A 选择位				以 32 768Hz 为时基速率输出	
RS3	RS2	RS1	RS0	中断周期	SQW 输出频率
0	0	0	0	无	无
0	0	0	1	3.90625ms	256Hz
0	0	1	0	7.8125ms	128Hz
0	0	1	1	122.070μs	8.192kHz
0	1	0	0	244.141μs	4.096kHz
0	1	0	1	488.281μs	2.048kHz
0	1	1	0	976.5625μs	1.024kHz
0	1	1	1	1.953125ms	512Hz

寄存器 A 选择位				以 32 768Hz 为时基速率输出	
RS3	RS2	RS1	RS0	中断周期	SQW 输出频率
1	0	0	0	3.90625ms	256Hz
1	0	0	1	7.8125ms	128Hz
1	0	1	0	15.625ms	64Hz
1	0	1	1	31.25ms	32Hz
1	1	0	0	62.5ms	16Hz
1	1	0	1	125ms	8Hz
1	1	1	0	250ms	4Hz
1	1	1	1	500ms	2Hz

（2）寄存器 B。寄存器 B 可读/写操作，主要用于控制芯片工作状态，其格式及各位功能如下：

D7	D6	D5	D4	D3	D2	D1	D0
SET	PIE	AIE	UIE	SQWE	DM	24/12	DSE

SET：当 SET=0 时，芯片正常工作，每秒产生一个更新周期，更新时标寄存器。当 SET=1 时，芯片停止工作，程序在此期间可初始化各时标寄存器。

PIE，AIE，UIE：分别是周期中断、报警中断和更新周期结束中断允许位。各位为 1 时，允许发出相应的中断；为 0，禁止相应中断。

SQWE：方波输出允许位。SQWE=1 时，按寄存器 A 输出速率选择位确定的频率输出方波；当 SQWE=0 时，SQW 引脚保持低电平。

DM：时标寄存器进制格式选择位。DM=0 时，为十进制 BCD 码格式；DM=1 时，为二进制码格式。

24/12：24/12 小时模式选择位。24/12=1 时，为 24 小时工作模式；24/12=0 时，为 12 小时工作模式。

DSE：夏令时服务位。DSE=1 时，夏时制设置有效，夏时制结束时，可自动刷新，恢复时间；DSE=1 时，无效。

（3）寄存器 C。寄存器 C 的特点是当程序访问该寄存器后，其内容自动清 0，从而使 IRQF 标志位变为高电平，否则芯片将无法向 CPU 申请下次中断。其格式及各位功能如下：

D7	D6	D5	D4	D3	D2	D1	D0
IRQF	PF	AF	UF	0	0	0	0

IRQF：中断申请标志位。当 IRQF=1 时，$\overline{IRQ}$ 引脚发出低电平中断请求。IRQF 位的逻辑表达式为：

$$IRQF = PF \cdot PIE + AF \cdot AIE + UF \cdot UIE$$

PF：周期中断标志位。

AF：报警中断标志位。

UF：更新周期结束中断标志位。

寄存器 C 的 D0~D3 位是没有定义的保留位，只读且读出的数值始终为 0。

（4）寄存器 D。寄存器 D 的格式及各位功能如下：

D7	D6	D5	D4	D3	D2	D1	D0
VRT	0	0	0	0	0	0	0

VRT：芯片内部 RAM 及寄存器内容有效标志位。VRT＝1 时，内部 RAM 及寄存器内容有效，读寄存器 D 后，VRT 位自动置 1。

D0~D6 位是没有定义的保留位，只读且读出的数值始终为 0。

5. DS12C887 的使用

以下介绍 DS12C887 的使用。

（1）DS12C887 的初始化。DS12C887 不需要每次运行都初始化，即使系统复位也如此。初始化时，先将寄存器 B 的 SET 位置 1，禁止芯片更新周期操作，然后初始化时标寄存器和寄存器 A，再通过读寄存器 C，清除寄存器 C 的周期中断标志位 PF、报警中断标志位 AF 及更新周期结束中断标志位 UP，通过读寄存器 D 的 VRT 位，使之自动置 1，最后将寄存器 B 的 SET 位清 0，芯片开始计时工作。

（2）DS12C887 闹钟的使用。DS12C887 有时、分、秒三个闹钟寄存器，时钟中断允许时，写入闹钟时间，每天到该时刻就会产生中断请求信号。但这种方式每天只发出一次中断请求信号。如果在闹钟寄存器中写入不关心码，则会产生多次中断：在时闹钟寄存器中写入 C0H~FFH 之间的任一数据，可每小时产生一次中断；在时、分闹钟寄存器写入 C0H~FFH 之间的数据，可每分钟产生一次中断，在时、分、秒闹钟寄存器中全部写入 FFH，可每秒产生一次中断。这种方法只能在整时、整分或整秒产生一次中断，若需要的定时时间不是整数，应通过软件编程实现。

（3）DS12C887 的更新周期。DS12C887 正常工作时，每秒产生一个更新周期，更新周期的基本功能是刷新各时标寄存器，同时秒时标寄存器加 1，并检查其他时标寄存器是否有溢出，如有溢出，将相应进位日、月、年。更新周期的另一个功能是，检查三个秒、分、时报警时标寄存器（闹钟）内容是否与对应的时标寄存器内容相符，若相符，将寄存器 C 的 AF 位置 1；如果报警时标寄存器内容为 C0H~FFH 之间的数据，则为不关心状态。

更新周期中，时标寄存器被更新，单片机不能读取其内容，否则得不到确定数据。为了避开更新周期，可以采用中断或查询方式访问时标寄存器。中断方式是允许在每次更新周期结束后发出中断申请，单片机收到中断请求后，有 999ms 时间读取有效数据，单片机可以先将时标寄存器数据读到 RAM 中，因为 RAM 可随时读/写。中断服务程序结束前，应清除寄存器 C 的 IRQF 位。查询方式是通过寄存器 A 的 UIP 位检测芯片是否处于更新周期，在 UIP 位由 0 变 1 的 244μs 后，芯片开始更新周期，因此若检测到 UIP 位为 0，可利用 244μs 间隔时间读取时标寄存器；如果检测到 UIP 位为 1，应暂缓读数据，等到 UIP 位为 0 后再读。

6. 单片机与 DS12C887 的接口及编程

AT89S51 单片机与 DS12C887 的接口电路如图 10-52 所示。8 位地址/数据总线对应相连，MOT 接地，选择 INTEL 总线模式，各控制线按功能对应相连，P2.7 作为其片选线，设未用地址线全为 1，则 DS12C887 的地址为 7F00H~7F7FH。

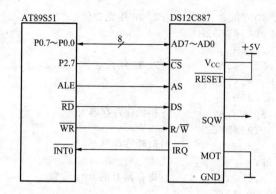

图 10-52　AT89S51 单片机与 DS12C887 的接口电路

【例 10-14】　编写 DS12C887 初始化程序，设置如下功能：24 小时模式，时标寄存器为 BCD 码数据，禁止方波输出，禁止夏令时，允许报警中断，闹钟都设不关心码。预置日期为 2008 年 04 月 08 日星期二，时间为 22 时 48 分 05 秒。

DS12C887 初始化程序如下：

```
INITRTC:    MOV DPTR,#7F0BH       ;指向寄存器 B
            MOV A,#82H
            MOVX @DPTR,A          ;寄存器 B 的 SET 位置 1,禁止更新周期
            MOV DPTR,#7F00H       ;指向秒时标寄存器
            MOV A,#05H
            MOVX @DPTR,A          ;05 秒
            INC DPTR
            MOV A,#0FFH
            MOVX @DPTR,A          ;秒报警单元送不关心码
            INC DPTR
            MOV A,#48H
            MOVX @DPTR,A          ;48 分
            INC DPTR
            MOV A,#0FFH
            MOVX @DPTR,A          ;分报警单元送不关心码
            INC DPTR
            MOV A,#22H
            MOVX @DPTR,A          ;22 时
            INC DPTR
            MOV A,#0FFH
            MOVX @DPTR,A          ;时报警单元送不关心码
            INC DPTR
            MOV A,#02H
            MOVX @DPTR,A          ;星期二
            INC DPTR
            MOV A,#08H
            MOVX @DPTR,A          ;8 日
            INC DPTR
            MOV A,#04H
            MOVX @DPTR,A          ;4 月
            INC DPTR
            MOV A,#08H
```

```
        MOVX @DPTR,A            ;2008 年低 2 位
        MOV DPTR,#7F32H
        MOV A,#20H
        MOVX @DPTR,A            ;2008 年高 2 位
        MOV DPTR,#7F0AH
        MOV A,#20H
        MOVX @DPTR,A            ;初始化寄存器 A
        MOV DPTR,#7F0CH
        MOVX A,@DPTR            ;清除寄存器 C
        INC DPTR
        MOVX A,@DPTR            ;寄存器 D 的 URT 位置 1
        MOV DPTR,#7F0BH
        MOV A,#22H
        MOVX @DPTR,A            ;初始化寄存器 B
        MOV IE,#81H            ;开中断
        RET
```

【例 10-15】 根据图 10-52 编程，查询方式检测 DS12C887 是否处于更新周期，若非更新周期，读取时标寄存器数据，存入单片机片内 RAM 的 30H～3AH 单元。

程序如下：

```
RDRTC:  MOV DPTR,#7F0AH        ;DPTR 指向寄存器 A
        MOVX A,@DPTR
        JB ACC.7,RDRTC         ;检测 UIP 位,忙则等待
        MOV R5,#10             ;读取字节数
        MOV R0,#30H            ;日历、时钟数据存在 30H～39H 单元
        MOV DPTR,#7F00H
RDR1:   MOVX A,@DPTR
        MOV @R0,A
        INC R0
        INC DPTR
        DJNZ R5,RDR1
        MOV DPTR,#7F32H
        MOVX A,@DPTR          ;读世纪寄存器
        MOV @R0,A             ;世纪数据存在 3AH 单元
        RET
```

10.8.2 涓流充电实时时钟 DS1302

DS1302 是美国 DALLAS 公司推出的可涓流充电串行实时时钟芯片，片内包含实时时钟/日历和静态 RAM，通过 3 线串行接口与单片机通信。DS1302 广泛应用于工业测控、智能仪表、家用电器等领域。主要特点有：

（1）实时时钟（RTC）能对 2100 年前的秒、分、时、日、星期、月、年计时，并具有闰年补偿功能。

（2）31B 非易失性 RAM 用于暂存数据。

（3）2.0～5.5V 的宽工作电压范围，2.0V 电压时，电流小于 300nA。

（4）3 线串行 I/O 接口使得芯片管脚数量最少，与单片机接口简单。

（5）读/写时钟或 RAM 数据时，有单字节和多字节（突发模式）两种传送方式。

（6）工作电源和备份电源双电源供应，可选的涓流充电方式。

（7）与 DS1202 兼容。

1. DS1302 引脚功能

DS1302 采用 8 脚 DIP 和 SOIC 封装，引脚如图 10-53 所示，各引脚功能为：

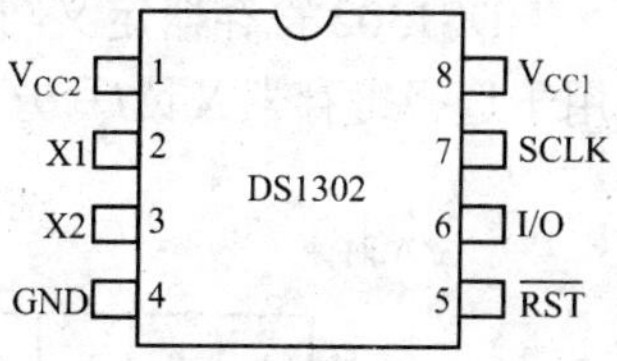

I/O：数据输入/输出端。

SCLK：串行时钟输入端。

$\overline{\text{RST}}$：复位输入端。

图 10-53　DS1302 引脚图

X1、X2：接 32.768kHz 晶振引脚。通常还需接补偿电容。

V_{CC1}：主电源引脚。接＋5V 电源。

V_{CC2}：备用电源引脚。一般接 3.6V 可充电电池。DS1302 由 V_{CC1} 和 V_{CC2} 中电压高的供电，当 $V_{CC2} > V_{CC1} + 0.2V$ 时，由 V_{CC2} 供电；当 $V_{CC2} < V_{CC1}$ 时，由 V_{CC1} 供电。

GND：地。

2. DS1302 内部结构

DS1302 由实时时钟、31 字节 RAM、输入移位寄存器、命令与控制逻辑、振荡分频器及电源控制电路组成，其内部结构如图 10-54 所示。

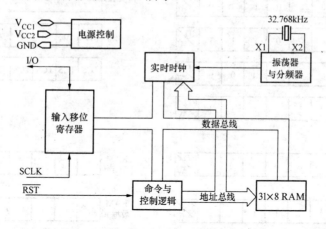

图 10-54　DS1302 的内部结构

3. DS1302 命令字节

DS1302 每次数据传输都由命令字节开始，命令字节用于选择访问日历时钟或 RAM，选择读/写方式，以及确定访问单元。命令字节的格式及各位功能如下。

D7	D6	D5	D4	D3	D2	D1	D0
1	RAM/$\overline{\text{CK}}$	A4	A3	A2	A1	A0	RD/$\overline{\text{W}}$

D7 位：最高位 D7 必须为 1，若为 0，禁止写操作。

RAM/$\overline{\text{CK}}$：日历时钟及 RAM 选择位。RAM/$\overline{\text{CK}} =0$ 时，访问时钟/日历；RAM/$\overline{\text{CK}} =1$ 时，访问 RAM。

A4～A0：地址位。选择访问的寄存器或 RAM 单元。

RD/$\overline{\text{W}}$：读/写操作选择位。RD/$\overline{\text{W}} =0$ 时，为读操作（输出）；RD/$\overline{\text{W}} =1$ 时，为写操作

（输入）。

　　4. DS1302 寄存器及 RAM

　　DS1302 寄存器定义与 RAM 分布如图 10-55 所示。图中左边为寄存器对应的命令字格式，用于选择寄存器及读/写方式，右边为寄存器格式定义。

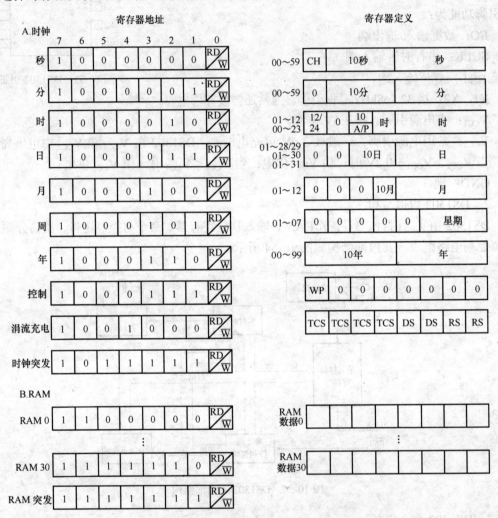

图 10-55　DS1302 寄存器定义与 RAM 分布

　　DS1302 可访问的寄存器资源分为时钟和 RAM 两类。时钟寄存器包括秒、分、时、日、星期、月、年寄存器，用于存放日历/时钟信息，数据以 BCD 码形式存放。另外还有控制寄存器、涓流充电寄存器、时钟突发寄存器。控制寄存器用于选择写保护功能，涓流充电寄存器用于设置涓流充电功能，时钟突发寄存器可一次性顺序读写除涓流充电寄存器外的所有寄存器内容。

　　RAM 共有 31 字节，命令字为 C0H～FDH，其中奇数命令字为读操作，偶数命令字为写操作，突发 RAM 寄存器可一次性读写所有 RAM 字节单元。

　　（1）时钟暂停。秒寄存器 D7 位 CH 是时钟暂停标志，当 CH＝1 时，时钟振荡器停振，芯片进入低功耗空闲状态，消耗电流小于 100nA；当 CH＝0 时，时钟振荡器工作。

（2）12/24 小时选择。小时寄存器的 D7 位 12/24 是 12 或 24 小时模式选择位。当 12/24＝1 时，选择 12 小时模式，此时 D5 位是 AM/PM 位，AM/PM＝1 表示 PM，AM/PM＝0 表示 AM。

当 12/24＝0 选择 24 小时模式，此时 D5 位是第二个 10 小时位（22～23 时）。

（3）写保护。控制寄存器的 D7 位 WP 是写保护位，WP＝1 时，写保护，禁止向片内所有日历/时钟寄存器及 RAM 写入数据，写操作前必须使 WP＝0，关闭写保护功能。控制寄存器的 D0～D6 位应写 0，且读出始终为 0。

（4）时钟/日历突发模式。时钟突发寄存器用于时钟/日历突发模式操作。当单片机向时钟突发寄存器写入 BFH（读）或 BEH（写）命令字后，启动时钟/日历突发模式，单片机可从时钟/日历地址 0 的 D0 位开始连续读/写前 8 字节。当以突发模式写时钟寄存器时，必须按顺序写最先的 8 个寄存器。注意，突发模式不能访问涓流充电寄存器。

（5）RAM 突发模式。RAM 突发寄存器用于 RAM 突发模式操作。当单片机向 RAM 突发寄存器写入 FFH（读）或 FEH（写）命令字后，启动 RAM 突发模式，单片机可从 RAM 的 0 地址单元 D0 位开始，连续读/写 31 字节 RAM。当以突发模式写 RAM 时，不必写所有 31 字节。

5. DS1302 读/写时序

DS1302 单字节读/写时序如图 10-56 所示。

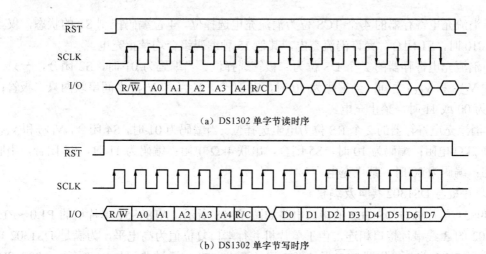

（a）DS1302 单字节读时序

（b）DS1302 单字节写时序

图 10-56　DS1302 单字节读/写时序

通过把 $\overline{RST}$ 输入驱动至高电平，启动所有的数据传送。$\overline{RST}$ 输入有两种功能：首先，$\overline{RST}$ 接通控制逻辑，允许地址/命令序列（命令字）送入移位寄存器；其次，$\overline{RST}$ 提供了中止单字节或多字节数据传送的手段。

数据传送时，命令字输入和数据输入/输出都是从最低位开始，并按顺序进行的。数据位在时钟上升沿输入，在时钟下降沿输出。如果 $\overline{RST}$ 输入变为低电平，所有数据传送中止，且 I/O 引脚变为高阻态。DS1302 上电时，$V_{CC2} \geqslant 2.5V$ 前，$\overline{RST}$ 必须为低电平。另外，$\overline{RST}$ 当驱动至高电平时，SCLK 必须为低电平。

6. DS1302 涓流充电控制

DS1302 可编程涓流充电电路如图 10-57 所示。DS1302 工作过程中，可以开启或关闭主电源对备用电源的涓流充电。涓流充电时，还可通过调整串联电阻阻值及二极管数量，控制充电电流的大小。这些操作都是通过对涓流充电寄存器的编程操作实现的，具体设置如下：

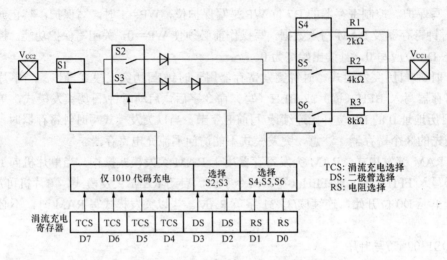

图 10-57　DS1302 可编程涓流充电电路

（1）涓流充电寄存器的 4 个 TCS 位为涓流充电选择位。4 位编码控制 S1 的状态，仅当编码为 1010 时，S1 闭合，允许涓流充电，其他 15 种编码组合均禁止充电。

（2）涓流充电寄存器的 2 个 DS 位为二极管选择位。当编码为 01 时，S2 闭合，一只二极管接在 V_{CC2} 和 V_{CC1} 之间；当编码为 10 时，S3 闭合，V_{CC2} 和 V_{CC1} 之间串联两只二极管；DS 编码为 00 或 11 时，禁止充电。

（3）涓流充电寄存器的 2 个 RS 位为电阻选择位。当编码为 01 时，S4 闭合，V_{CC2} 和 V_{CC1} 之间串联 2kΩ 电阻；编码为 10 时，S5 闭合，串联 4kΩ 电阻；编码为 11 时，S6 闭合，串联 8kΩ 电阻；编码为 00 时，禁止充电。

7. 单片机与 DS1302 接口及编程

AT89S51 单片机与 DS1302 的接口电路如图 10-58 所示。AT89S51 单片机的 P1.0～P1.2 与 DS1302 的 3 线串行接口相连，由于单片机并行端口复位值为高电平，为满足 DS1302 电源电压达到 2.5V 前，复位端 $\overline{RST}$ 保持低电平的要求，P1.0 通过非门与 $\overline{RST}$ 连接。32768Hz 晶振与 X1，X2 直接连接，两个 6pF 电容为晶振的负载电容，可保证振荡频率不产生偏移。

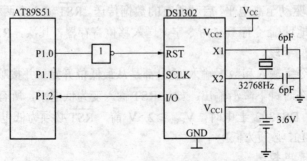

图 10-58　AT89S51 单片机与 DS1302 的接口电路

DS1302 时钟操作的部分程序如下：

```
 DIO BIT P1.2
SCLK BIT P1.1
RST BIT P1.0
CMD EQU 30H              ;发送命令字存放位置
DAT EQU 31H              ;读/写数据存放位置
RTC EQU 40H              ;日历时钟数据缓存首址
;写 1B 命令/数据子程序
;入口参数:发送数据在 A 中
 WR1B:   MOV R2,#08H
         CLR DIO
         CLR SCLK
WR1:     RRC A           ;从低位开始发送
         MOV DIO,C
         SETB SCLK
         CLR 3CLK
         DJNZ R2,WR1
         RET
;读 1B 数据子程序
;出口参数:接收数据存在 A 中
 RD1B:   MOV R2,#08H
         SETB DIO
         CLR SCLK
 RD1:    MOV C,DIO       ;接收 1 位
         RRC A           ;移入 A
         SETB SCLK
         CLR SCLK
         DJNZ R2,RD1
         RET
;发送写命令字,写 1B 数据子程序
;入口参数:发送命令在 CMD 单元,数据在 DAT 单元
 WRTE:   CLR SCLK
         SETB RST
         MOV A,CMD       ;发写命令字
         LCALL WR1B
         MOV A,DAT
         LCALL WR1B      ;发数据
         CLR RST
         RET
;发送读命令字,读 1B 数据子程序
;出口参数:接收数据存在 DAT 单元
 READ:   CLR SCLK
         SETB RST
         MOV A,CMD
         LCALL WR1B      ;发读命令字
         LCALL RD1B      ;接收数据
         MOV DAT,A       ;存数据
         CLR RST
```

```
                RET
;读 7B 时钟/日历数据子程序
;出口参数:读取数据存在 RTC 开始的单元
  RDRTC:  MOV R3,#07H
          MOV R0,#RTC
          MOV CMD,#81H
  RDR:    LCALL READ
          MOV @R0,DAT
          INC R0
          INC CMD
          INC CMD
          DJNZ R3,RDR
          RET
;写保护子程序
  DTWP:   MOV CMD,#8EH
          MOV DAT,#80H
          LCALL WRTE
          RET
;取消写保护子程序
  DTWR:   MOV CMD,#8EH
          MOV DAT,#00H
          LCALL WRTE
          RET
;写 7B 时钟/日历数据子程序
  ;入口参数:发送数据存在 RTC 开始的单元
  WRTC:   LCALL DTWR          ;去除写保护
          MOV R3,#07H         ;发送字节数 7
          MOV R0,#RTC
          MOV CMD,#80H        ;先发送秒数据
  WRR:    MOV DAT,@R0
          LCALL WRTE
          INC R0
          INC CMD
          INC CMD
          DJNZ R3,WRR
          LCALL DTWP          ;开启写保护
          RET
```

复习思考题

1. 独立键盘和矩阵键盘有什么区别？两种键盘如何选用？

2. 简述键盘行扫描法的原理？

3. LED 显示器有哪两种显示方式，各有什么特点？

4. 根据图 10-6 动态 LED 显示电路，编程使显示器显示"18FA"。

5. 根据图 10-11 MAX7219 显示器接口电路，编程将片内 RAM 30H 地址开始的 16B 非压缩 BCD 码送 LED 显示器显示。

6. 液晶模块 LCM12864ZK 有什么功能？80C51 单片机如何与其接口？

7. 根据图 10-23 单片机与打印机的接口电路，编程打印字符串日期信息"2008 年 4 月 9 日"。

8. ADC 和 DAC 有哪些主要技术指标？

9. DAC0832 与单片机的单缓冲及双缓冲方式接口电路有什么区别？

10. 根据图 10-36 单片机与 DAC0832 的接口电路，编写三角波形发生程序。

11. 光电耦合器有什么作用？如何与单片机接口？

12. 单向晶闸管与双向晶闸管有什么区别？

13. 继电器接口电路中为什么在继电器线圈两端并联二极管？

14. 实时时钟的主要功能是什么？

15. 根据图 10-52 单片机与 DS12C887 的接口电路，编程读取当前时间、日期数据，存入片内 RAM 50H 开始的单元。

16. 根据图 10-58 单片机与 DS1302 的接口电路，编程序用突发方式读取时钟/日历及 RAM 的全部数据。

第11章　单片机应用系统设计与开发

学习目标

学习单片机应用系统的总体设计及软硬件设计方法与步骤，应用系统开发、调试工具的使用，应用系统可靠性设计及软硬件抗干扰的具体措施。

学习要求

> ➤ 了解：单片机应用系统设计过程，系统调试方法与开发工具的使用，应用系统软硬件抗干扰的主要措施。
>
> ➤ 掌握：主要软硬件抗干扰措施在系统设计中的应用，能根据具体应用需要设计简单的单片机应用系统，用单片机解决生产生活中的相关问题。

单片机应用系统是由单片机、接口电路及外部设备组成，能满足不同应用需求的微型计算机产品。单片机应用领域非常广泛，各种应用对单片机系统的要求不同，采用的接口电路、外部设备也不一样，控制硬件工作的软件也随之不同。单片机应用系统设计开发的任务就是根据实际应用需求，选择合适的单片机芯片、接口电路类型及接口芯片、外部设备，借助单片机系统开发工具进行软件、硬件的设计与调试。软硬件的功能设计使单片机系统完成预定的功能，为了提高系统抗干扰能力，保证单片机应用系统长期可靠运行，单片机系统的可靠性设计也是设计开发的重要环节。

11.1　应用系统设计过程

单片机应用系统的设计过程包括总体设计、硬件设计和软件设计三个阶段，实际设计过程中，这几个阶段并没有严格的顺序，也不是彼此孤立的，全局统筹规划与软硬件设计通常是同时进行的。

11.1.1　总体设计

应用系统设计开发前，通常先总体统筹规划，总体设计有利于找到实现系统目标的最佳方案，为后续工作奠定基础。单片机应用系统的总体设计包括以下几个方面。

1. 确定合理的性能指标

根据应用系统要求实现的功能，参考同类产品，制定合理的技术参数。如果有国家相关产品技术标准，必须达到或超过国标要求，否则会因为技术不达标而不能上市销售应用。

确定技术参数也并非越高越好，性能的提升往往是通过采用更高性能的元器件实现的，而性能不同的元器件一般价格相差很大。例如，设计测量环境湿度的单片机产品，精度达到2%RH 和 5%RH 采用的湿度传感器价格就相差几倍甚至几十倍。所以确定参数要合理，绝不可盲目追求高性能而不考虑实际需求。

2. 选择单片机及元器件

单片机是应用系统的核心部件，要选择性价比高，市场用量大，供货有保障的机型，例如，Atmel 公司的 AT89 系列，Philips 公司的 80C51 系列，华邦公司的 W78 系列，Microchip 公司的 PIC 系列，TI 公司的 MSP430 等在国内应用都非常广泛。

选择单片机时要考虑内部 ROM 的类型。单片机应用初期通常选用内部没有程序存储器的 8031 或集成 4KB EPROM 的 8751，随着单片机和存储器技术的发展，目前单片机多集成 Flash 存储器作为程序存储器，原先的无 ROM 型、EPROM 型单片机已经淘汰。由于 Flash 存储器可多次电擦写，调试阶段程序出错或不完善可以擦除重写，使用非常方便，以后软件升级也很容易。大批量生产时，为了降低成本，可以选用 OTP 型单片机。

单片机应用系统是由很多元器件组成的整体，选择好单片机后，还要选择传感器、存储器、接口电路等元器件。选择元器件时要综合考虑，既要考虑性能指标，也要考虑价格。除了选用性价比高的元器件外，用软件模拟硬件功能也是系统设计常用的方法，这样既降低了成本，又提高了系统可靠性。但对系统速度要求高，软件模拟硬件功能耗费时间多时，还要用硬件实现。

3. 系统总体设计

硬件和软件的总体设计是紧密联系的，对硬件资源设计规划的同时，也要确定软件编程算法。总体设计的关键是合理分配系统资源，系统资源包括程序存储器、数据存储器、定时/计数器、中断源、片外扩展接口电路等。单片机系统资源有限，使用前的合理分配和规划是非常必要的。

片外扩展的存储器及端口资源需要确定地址范围以方便编程，分析地址时，注意各部分资源的地址不能产生冲突，否则运行时会出错。

片内程序存储器应保留上电复位入口和各中断源的入口地址单元，即使暂时不用的中断源，也要保留其入口，便于以后系统功能升级。

片内 RAM 虽然只有 128B，但在程序运行时非常重要，是程序运行使用最频繁的存储资源，也是系统资源分配的重点。片内 RAM 低 32B 为工作寄存器区，子程序或中断服务程序中通过当前工作寄存器组的切换，可以方便地保护现场寄存器数据。简单应用可只用 0 组工作寄存器，将其他工作寄存器组作为通用 RAM 使用。位处理功能是单片机的特长，20H～2FH 位寻址区是位运算的主要存储空间，为运行标志、出错标志、逻辑变量等定义固定的位存储单元。30H～3FH 通用寄存器区没有定义专门的功能，可用来存放运算中间结果，暂存数据及各种参数等。为了不占用工作寄存器区，堆栈也经常安排在这一区域的高端地址空间，但要保留足够的堆栈空间，防止溢出。

11.1.2　硬件设计

系统硬件设计采用标准化、模块化的设计方法，将硬件分为若干功能模块，分别设计和调试，最后组装到一起统调。典型的单片机应用系统结构如图 11-1 所示。系统硬件按功能分为以下几部分。

1. 基本功能单元

基本功能单元由单片机、片外程序存储器、片外数据存储器、晶振、电源电路等组成，是单片机完成基本功能和系统扩展的硬件基础。

2. 人机对话通道

人机对话通道是单片机应用系统与用户交换信息的接口电路，包括用户向单片机发送命令和数据的键盘等输入设备及接口，系统输出信息的显示器、打印机等输出设备及接口。

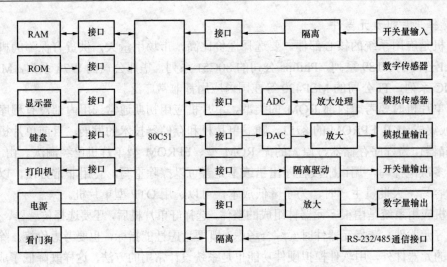

图 11-1　典型单片机应用系统结构框图

3. 信号输入通道

信号输入通道用于将被测量的各种模拟量、开关量等转换为单片机可以识别和处理的数字信号，并送入单片机。单片机需要测量和处理的信号类型非常多，不同信号需要不同的信号采集与转换电路。

开关量可直接由并行端口线采集。频率、周期等信号的处理也比较简单，可利用单片机的定时器和中断系统测量处理。干扰严重的场合还要用光电耦合器隔离测量信号单片机，以减少干扰影响，并保障系统安全。

模拟信号的采集处理比较复杂，首先要通过传感器将被测物理量转换为模拟电流或电压信号，然后对信号放大、滤波、采样保持，并由模数转换器转换为数字信号后，送入单片机处理，这部分处理电路的设计与调试是信号输入通道设计的重点和难点。目前传感器也在向数字化方向发展，已有很多传感器将信号放大与处理电路、ADC，以及与单片机的接口电路全部集成在一个芯片上，构成了可与单片机直接接口的数字传感器。例如，具有 1-Wire 接口的 DS18B20 温度传感器，具有 I^2C 接口的 AD7416，LM75，MAX6625 温度传感器。

4. 信号输出通道

信号输出通道用于对各种外部设备进行控制。输出信号有数字信号、模拟信号、开关信号和频率信号等。控制的设备有电机、电磁阀、信号灯、继电器等，信号输出通道需要解决的主要问题有：

功率驱动：单片机直接输出的 TTL 信号驱动能力很小，一般不能直接控制输出设备，需要由驱动器放大后再作为控制信号。

数/模转换：很多设备要用模拟量作为控制信号，单片机输出的数字量需通过数模转换器转换为模拟量后，再控制相应设备。另外单片机还可以输出频率信号，由 F/V 转换器转换为设备所需的模拟电压信号。

信号隔离：信号输出通道所控制的设备多为高电压、大功率设备，电磁干扰严重，可以采用光电隔离等措施使单片机系统与被控设备电气隔离，避免电磁干扰对单片机的影响，保证单片机系统的安全运行。

5.　通信接口

功能复杂的大规模测控系统中，需要将几十甚至上百台单片机系统及微机通过通信接口组成测控网络，应根据通信距离、通信类型选择合适的通信接口，为避免相互干扰，通信接口也可加光电隔离电路。例如：短距离的双机通信可采用 RS-232 接口，1000m 的多机通信可用 RS-485 接口。随着互联网技术的发展和完善，将单片机系统接入互联网，采用 Internet 实现远程监控已开始广泛应用。

11.1.3　软件设计

软件编程是系统设计的重要组成部分，软件的质量直接关系到系统能否长期可靠运行。应用程序设计采用模块化程序设计方法，按功能分为若干模块，分别编程调试。编程时，自顶向下进行程序设计，先编写主程序，然后用子程序或中断服务程序的形式实现各具体功能，层层细化，有利于把握全局，提高效率。

1.　编程语言选择

单片机常用的编程语言有汇编语言和 C51 高级语言两种，汇编语言编程要求程序员掌握单片机硬件，以及外部接口电路的结构和工作原理，对程序员的要求较高，编程难度较大，但汇编语言具有编程效率高，能够产生精确时序控制等特点。C51 是专用于 80C51 系列单片机的 C 语言，有功能全面的库函数，运算速度快，编译效率高，有良好的可移植性，用 C51 编程只需了解单片机内部和外部电路的结构和原理，编程相对容易。实际编程时，两者可以混合使用，发挥两种编程语言的优势，编写出合格高效的程序。

复杂应用系统还可采用实时多任务操作系统 RTOS（Real Time Operating System），由 RTOS 进行资源分配、任务调度、实时控制、系统调用、输入输出、中断控制和多任务并行处理等，可以减少软件设计的工作量，增加系统可靠性。这种方式在小型应用系统设计时一般不采用。

2.　系统软件设计

单片机应用系统的软件设计主要包括功能性设计和可靠性设计两部分，功能性设计是软件的主体，用于控制单片机系统硬件，完成预定的运算和控制功能，分为程序结构设计和任务模块设计。

（1）程序结构设计。按照应用系统要求及硬件总体结构设计框架，保证在满足系统功能的前提下有最简单、可靠、简捷的算法。要按照功能操作划分独立的任务单元，任务划分是软件模块化设计的基础，软件的模块化设计有利于软件平台的建设与完善，也便于按任务编写模块化的程序。任务划分应遵循相对独立的硬件、最少的制约条件和最简单的任务界面的要求。

（2）任务模块设计。任务划分完成后，将任务单元中相对独立的内容编写成相应的子程序，任务模块应满足的基本要求有：子程序合理划分，保证子程序的相对独立性、完整性和通用性。任务运行时占用资源最少，运行完毕及时释放，以保证后续任务有足够的资源。保证任务交接界面简单、规范。例如，数据采集系统的后续任务是数据处理时，涉及采集后处理的操作尽量放在数据处理任务中进行。

3.　系统软件结构

单片机应用系统的软件由系统初始化程序、任务模块程序、系统管理模块程序等组成。按照系统软件的总体结构可分为以键盘管理为中心的程序结构、自主运行程序结构和基于

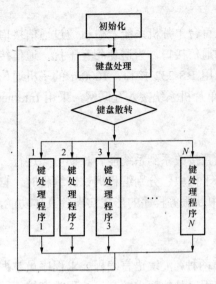

图 11-2　键盘管理程序结构

RTOS 任务管理的嵌入式结构。

（1）键盘管理为中心的程序结构。键盘管理程序结构如图 11-2 所示。系统程序由初始化、键盘处理、键盘散转和若干键处理程序组成。人机交互时，为了便于监控系统状态，还要通过显示器显示键操作及处理信息。

以键盘管理为中心的程序中，所有任务都以对应按键闭合作为运行的条件，某一时刻只能处理一个任务，任务运行完后，回到键盘监控状态，等待按键的闭合，在没有按键闭合时，单片机处于空闲等待状态。

键盘管理程序是典型的多分支程序结构，80C51 指令系统专门提供了用于实现多分支的散转指令 JMP @A+DPTR，程序中 DPTR 存放散转入口地址表的首地址，累加器 A 中存放按键的转移地址偏移量，就可以方便地转入各键处理程序执行。

（2）自主运行程序结构。很多单片机应用系统开机后就要自动长期连续运行，如流量计、电表等、热量表、自动测控系统和医疗设备等，这些系统的软件通常设计成自主运行的连续循环结构。系统中的按键一般不控制任务的执行，仅用来作为系统参数设置键、状态查询键，或作为辅助功能的人机交互设备。

（3）基于 RTOS 任务管理的程序结构。基于实时多任务操作系统 RTOS（Real Time Operation System）的系统程序设计是复杂单片机系统软件开发的重要方法。RTOS 是嵌入式应用系统软件中的背景程序，用户应用程序是运行在 RTOS 中的功能模块，RTOS 根据各个任务的要求进行资源管理、消息管理、任务调度及异常处理等操作。在 RTOS 支持的系统中，每个任务都有一个优先级，RTOS 根据优先级动态切换，以保证任务的实时性要求。RTOS 的基本功能有：

时间管理：RTOS 是按时间管理的操作系统，较小的应用系统可直接使用单片机时钟电路，大规模应用系统中采用统一的时钟作为全系统时间标准。RTOS 实时控制任务运行，并监控系统中任务的运行情况。

任务调度：RTOS 根据优先调度算法编排任务的优先级，按优先级的就绪队列实时调度各任务，另外任务调度还有运行状态记录和系统调用等功能。

任务通信：任务通信可以实现任务间的数据共享，共享数据的地址协调，以及任务运行时的输入与信息采样等。

任务同步：包括任务的同步、互斥、运行、停止，各任务间公共区域的管理等。

信息调用管理：系统中的一些信息是公用的，任务运行需要某个信息时，发出申请与登记，系统收到请求后，在指定的时间内将该信息送指定的地址。

输入/输出管理：输入/输出管理用于 CPU 与外围电路之间信息传送管理，信息传送方式有通用方式、同步方式和随机方式。

11.2　应用系统的调试

11.2.1　单片机开发工具

单片机本身没有自开发功能，必须借助专用的单片机开发系统对软硬件进行调试、排错，单片机开发系统主要由仿真器、编程器、微机及编辑、调试、汇编软件组成。开发系统的组成结构如图 11-3 所示。

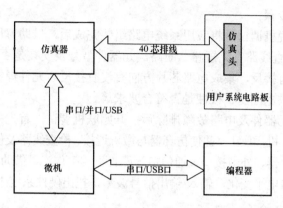

图 11-3　单片机仿真开发系统的组成结构

仿真器 ICE（In Cricuit Emluator）是一个专用的单片机系统，仿真器由仿真单片机、监控程序存储器、仿真存储器及仿真控制电路等组成，并提供一个与用户系统电路板连接的仿真适配器（即仿真头）。仿真器模拟单片机及存储系统的功能，实现对单片机、外围电路及程序的调试。不同型号的仿真器功能差别比较大，功能强的能仿真单片机全部功能，有些价格低，功能少的仿真器则只能仿真单片机的部分功能。

仿真器按仿真单片机的类型分为通用型和专用型。通用型仿真器能够仿真互不兼容的两个或两个以上类型的单片机芯片，如仿真 8051 和 PIC 系列单片机，这类仿真器功能全，但价格较高。专用仿真器只能仿真某一类芯片的部分型号，价格相对比较便宜。

早期的仿真器是独立结构，带有小键盘和 LED 显示器等简单的人机交互设备，用户需手工将源程序翻译成机器码，然后通过键盘输入存储器，用命令键控制程序的单步、断点或连续运行和调试，程序比较复杂时，手工翻译和输入程序都比较麻烦，容易出错，效率也比较低。随着计算机的普及，这种落后的仿真调试方式已经淘汰。现在普遍采用的是仿真器加微机的结构，仿真器通过并行、串行或 USB 总线与微机连接，微机中安装交叉汇编程序、仿真调试软件，程序的编写、调试、汇编都在计算机上进行。例如 Keil C51 就是常用的具有程序编辑、调试、汇编等功能的软件。

汇编语言源程序调试完后，由汇编程序翻译成机器码，并通过串口或 USB 口传送到编程器，控制编程器将机器码写入单片机内部或片外扩展的程序存储器芯片中。

目前已有很多型号单片机具有在系统可编程 ISP 功能，只需一条下载线，就能将微机中调试好的程序拷贝到单片机内部的 Flash 存储器中。由于程序擦写非常方便，应用系统开发过程中也可以不用仿真器，将程序直接写入单片机运行调试，降低了开发成本，而且能得到真实的运行结果，而不仅是"仿真"，因为有时仿真与单片机实际运行存在差别。

11.2.2　应用系统的调试

应用系统设计完成后，软件和硬件是都存在或多或少的错误或设计缺陷，这就需要通过软硬件调试找出问题，完善系统硬件结构，改进程序算法，保证设计成形的产品在完成功能的前提下长期可靠运行。有缺陷的产品投入市场将会带来巨大损失，因此应用系统调试是设计过程中的重要阶段。应用系统的软件调试和硬件调试基本是同时交互进行的，在调试过程中，应将两者有机地结合起来。

1. 硬件调试

硬件调试分 2 个步骤。

（1）脱机调试。脱机调试是将应用系统电路组装完成后，借助万用表等基本检测工具，根据原理图及 PCB 检查线路有无短路、断路。元器件型号及安装是否正确，例如，二极管、电解电容、极性有没有接反，集成电路芯片方向有没有接反。元件焊接是否合格，有没有虚焊、假焊现象。电源供电电压、极性是否符合要求等。

（2）联机调试。元器件及电路故障排除后，开始联机调试，首先关闭系统板电源，将仿真器的仿真头插到单片机插座上，并使仿真器与微机连接，检查线路及供电，正常后打开电源，通过运行程序检查存储器、外围接口、通信口等能否正常工作。可借助示波器、逻辑笔、逻辑分析仪等工具检查端口电平变化，输入/输出信号波形，找出硬件系统中存在的问题并改进。

2. 软件调试

对于常用的模块结构程序，可先分别调试各模块子程序。调试时采用断点运行和单步运行相结合的方式，首先通过断点运行找出错误的大体位置，然后单步方式确定错误指令并改正，若找不出程序的错误，也可能是硬件原因，这时就要再回到硬件调试上来。调试无误后，还要通过连续运行方式检测程序能否正常工作。

子程序调试完后，再对功能模块的所有程序进行总体统调，运行过程中如果出错，可以重点检查子程序、中断服务程序运行时是否破坏了现场，若是，可在合适的位置进行现场保护。还要检查堆栈是否产生溢出，状态标志位的建立和清除是否正确等。

统调通过后，要将应用系统脱离仿真器，通过编程器将系统软件复制到单片机的程序存储器，并将应用系统置于测控现场连续运行，发现实验室环境下不能发现的问题，如抗干扰能力差，系统工作不稳定，驱动能力不足等，并对软硬件完善改进。

基于 RTOS 的软件由若干任务程序构成，通常以任务为单位进行调试，在调试某个任务的同时，也调试与其相关的子程序，中断处理程序及操作系统程序。各任务调试完后，再使各任务同时运行统调，最后脱机运行。

11.3　应用系统可靠性设计

单片机测控系统大多工作在电磁干扰严重的环境中，容易受到外界干扰，出现运行错误、死机等故障。所以单片机系统仅有功能设计是不够的，增强系统抗干扰能力，提高系统可靠性的重要措施是软硬件的可靠性设计。可靠性设计分为硬件电路可靠性设计和软件可靠性设计。设计系统时，只有综合利用各种可靠性设计技术，才能保证系统的长期可靠运行。

11.3.1　硬件可靠性设计

硬件可靠性设计主要是对各部分硬件电路采用滤波器、去耦电路、隔离、接地、屏蔽等措施抑制外界的电磁干扰，保证系统的可靠运行。硬件看门狗电路可以使系统死机后迅速自动重启，已有很多型号的单片机内部集成了硬件看门狗电路。可靠性要求非常高的系统还可以采用双机冗余技术，用两台完全相同的机器，正常工作时一台运行，另一台处于备用状态，出现故障时，备用机立即自动切换到运行状态，并将故障机脱离，保证了系统的安全。

1. 提高元器件的可靠性

元器件的性能直接关系到整个系统能否长期可靠运行，系统硬件设计及生产时，应选择质量性能好的元器件、接插件，并对元器件进行严格的测试、筛选和老化处理。半导体器件是单片机应用系统中使用最多，对系统性能影响最大的器件，选择的原则有如下几个。

（1）根据元器件的电气参数，选择满足系统性能的半导体器件。例如，选择二极管时，考虑最大反向电压、最大正向电流、反向电流、正向压降等；三极管考虑最大集电极电压、反向饱和电流、最大集电极功耗、电流放大系数、噪声系数、截止频率等；集成电路主要考虑电源电压、负载电流、输入信号电压、输出电平、环境温度、扇出数及封装形式等。

（2）注意温度对半导体元器件性能的影响，选择温漂小、稳定性好的元器件。例如，选用硅器件，不用锗器件；高精度放大器选用温漂系数小的集成运放。

（3）优先选用大规模集成电路，少用分立元器件，减少接触不良等故障。

（4）选用抗干扰性能好的元器件，例如，选用 CMOS 器件，提高噪声容限；选用积分型 A/D 转换器，抑制工频干扰。

2. 电路系统可靠性设计

目前单片机应用系统主要采用 CMOS 集成电路构成，CMOS 电路的可靠工作是系统可靠性设计的主要内容，主要包括以下几个方面。

（1）防止寄生可控硅闩锁效应。CMOS 集成电路中会形成寄生可控硅结构，一定条件下，寄生可控硅结构产生闩锁效应，形成大的电流，损害甚至烧毁器件。防止出现闩锁效应，需要保证在任何情况下，CMOS 输入端电压不高于电源电压，不低于地电压。另外，电路设计时采取限流保护措施，也可防止闩锁效应的产生，例如，降低电源容量余度，在闩锁电路路径上设置限流电阻等。

（2）防止 CMOS 电路的静电损害。CMOS 电路输入阻抗很高，对静电非常敏感，静电积累形成的高压会击穿栅极沟道，损坏器件。电路设计时，可在易受静电干扰的通道上增加静电保护电路，或选择抗静电干扰的器件。

（3）防止输入级缓变脉冲引起的故障。CMOS 电路是栅极压控器件，在转换电压附近有很大的电压增益，缓变的输入脉冲会形成输入振荡。对于缓变脉冲信号，可用斯密特电路整形处理。

（4）CMOS 电路输出端有以下要求：输出端不能与 V_{DD}、V_{SS} 短路；不带三态输出时，输出端不得直接线与或连接，只有在同一芯片上，输入、输出端才能同时并联；输出端接有大电容负载时，电容应串接限流电阻，使充电电流小于 1mA；输出端不能强迫馈入 10mA 以上的电流。

CMOS 集成电路与其他电路接口时，还要考虑逻辑摆幅、驱动电流、噪声容限及工作速度等。

3. 电源系统可靠性设计

多数单片机系统采用交流电源供电，交流电网的噪声干扰信号会对单片机正常运行产生影响。例如，模拟电路中电源噪声形成模拟信号的背景噪声，影响信号的分辨率和精度。另外，电源电路中有 LC 储能电路，电源电路的分配、开关都会形成干扰源。

交流供电应用系统中，电源设计必须保证可靠抑制交流电网中的噪声干扰。可采取的措施有：采用交流稳压器，保证交流供电的稳定性，防止电网过压、欠压和突然停电的影响。采用初次级屏蔽的隔离变压器，可减少寄生电容耦合，提高抗共模干扰能力。采用低通滤波器可以除去电网中的高次谐波，改善电源波形。采用双 T 滤波器，可以消除 50 周工频干扰。

电源系统去耦设计可以消除进入电源中的高频干扰，具体方法是在电源的不同位置配置去耦电容，电容应选高频特性好，分布电容小的瓷片或云母电容。

电源电路中采用瞬变电压抑制二极管 V_S，可以保护电源电路中元器件不被雷电等瞬时高压脉冲击穿。例如：交流输入/输出端接双向 TVS，可保护整流二极管及负载中的器件，直流电压输出端反向连接单向 TVS。如图 11-4 所示。

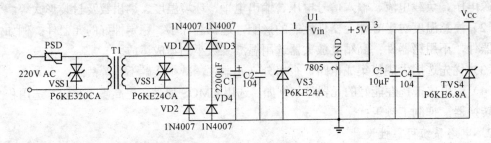

图 11-4　单片机电源电路

电源电路中的熔断缘丝作为简单的过流保护器件，仅能一次性保护，过流烧毁后，系统停止工作，必须人工更换。自恢复过流熔断缘丝 PSD 在过流时，阻抗迅速升高，相当于电源开路，起到保护系统的作用，当电流恢复正常后，恢复到低阻状态，系统自动开始工作。PSD 可用于电源电路中可能有过流的地方。

4. 印刷电路板可靠性设计

印刷电路板（PCB）是单片机应用系统多数元器件的载体，电路板上的铜箔线用于数字和模拟信号的传输，电路板的结构及布线质量与应用系统的可靠性密切相关，例如，导线铜箔的厚度、宽度和长度决定了导线的电阻、电感、电容及电流容量，相邻导线间距影响线间窜扰，电源线与地线的布置影响信号的公共阻抗。PCB 可靠性设计的主要内容包括电源线和地线的布置，去耦电容的设计，以及布线设计等。

（1）电源线设计。PCB 设计时，应将模拟电路和数字电路分开，并且要独立供电，防止数字电路噪声对模拟电路的干扰。电源线布线时，应尽可能将其布在地线的上（下）层或靠近地线，这样有利于电源线中的噪声尽快回送到地线，减少噪声的辐射环路区域。使电源线与数据线方向一致也有助于增强抗噪声干扰能力。

（2）地线设计。PCB 地线的设计原则是最小的阻抗，最小回路面积和最小公共阻抗。设计多层板时，可以专门设置地线层，为高频噪声和信号电流提供阻抗小，环路小的返回路径。设计双面板时，设置地线网格是最好的方案，地线网格具有类似地线层的效果，可以缩小环路面积，降低地线阻抗。地线网格如图 11-5 所示，PCB 的一面水平布线，一面垂直布线，地线交叉点通过过孔相连，形成网格，网格面积最好不要超过 $6.5 \times 10^{-4} \text{m}^2$，信号在板上任何区域的返回回路不超过 12.7mm 英寸。

设计 PCB 时，要求有地线层或地线网格，正确区分模拟地和数字地，数字地设计成可通过低阻抗路径回送高频信号，模拟地应有最小电阻的路径，回送低频或直流信号。地线应尽可能粗，PCB 空白部分尽可能都安排成地线。地线构成闭环路，能降低线路电阻，有效提高抗噪声能力，要注意环路包围的面积越小越好。

（3）去耦电容的配置。

电源去耦：在 PCB 电源入口处，电源线和地

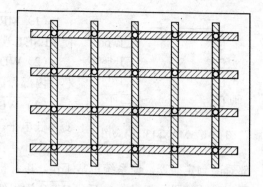

图 11-5　双层 PCB 地线网格

线之间并接两个去耦电容，一个 10～100μF 铝或钽电解电容用于抑制低频干扰，一个 0.01～0.1μF 的云母或瓷片电容用于抑制高频干扰。

集成电路去耦：芯片电流很大时，地线会出现较大的电位差，减少电位差的办法是在每个芯片的电源线和地线间接入去耦电容，以缩短开关电流的流通途径，降低电阻压降。去耦电容一般采用 0.1μF 陶瓷电容器。如果电路板空间很小，也可每 4～10 个芯片接一个 1～10μF 限噪声钽电容。钽电容的高频阻抗非常小，在 500kHz～200MHz 内小于 1Ω，漏电流小于 0.5μA。去耦电容的位置应靠近本芯片的 VCC 和 GND 引脚，若距离芯片很远，就失去了抗干扰作用。

（4）布线原则。为避免信号线间干扰，多层及双层板相邻层的信号线应相互垂直布线，以减少磁场耦合，有利于抑制干扰。

电源线和地线应尽量粗，所有未用空间都设计成地平面，以减少地线阻抗。

数字系统的每条信号线应尽量靠近地线，以减少噪声阻抗。

按最短距离原则布线。噪声敏感的信号线应远离干扰源，不能与干扰源线路长距离平行铺设。

高频信号线应在两边平行安排地线，走线应尽可能短。

时钟是系统中的主要辐射干扰源，时钟器件应有接地平面，并将晶振外壳接地。

走线不能直角转向，应采用 45 度线过渡，以保证线路阻抗的连续性。

信号走线尽量与电源线、地线一致，不能形成环路，以减少辐射或接收能力，也不要形成分支，以防止信号反射和产生谐波。

I/O 驱动电路尽量靠近板边，输出信号应尽快离开 PCB，输入信号就近到输入端。

交流与直流电路分开，输入阻抗高的输入端引线与邻近线分开，高电压、大电流的输出线与邻近线分开，输入、输出线分开以防止信号相互窜扰。

电路板上的空白铜箔应接地，否则它们将充当发射天线或接收天线，产生干扰。

5. 看门狗 MAX813L

AT89C51 等型号的单片机内部没有看门狗电路，为了提高系统的抗干扰能力，设计电路时，可采用专用看门狗芯片，如 X5045/5043，MAX813L，MAX690A/692A，MAX703～709 等。前面已经介绍了 X5045，下面分析单片机应用系统广泛采用的 MAX813L 的结构与使用。

MAX813L 是 MAXIM 公司推出的多功能微处理器监视芯片，具有上电复位、看门狗定时器和电源电压监视功能。其引脚如图 11-6 所示。各引脚功能如下。

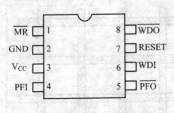

图 11-6　MAX813L 引脚图

（1）$\overline{MR}$：手动复位输入端。$\overline{MR}$ 端电压小于 0.8V 时，可使 RESET 端发出高电平复位信号，控制单片机复位。

（2）WDI：看门狗输入端。由 WDI 端输入脉冲信号，清除芯片内部看门狗定时器。

（3）$\overline{WDO}$：看门狗输出端。看门狗定时器溢出，使 $\overline{WDO}$ 变为低电平。看门狗定时器的定时周期为 1.6s，程序运行时，必须在小于 1.6s 时间内定时向 WDI 输入脉冲信号，以清除内部看门狗定时器，使系统正常工作。单片机运行过程中如果受到干扰，进入死循环，WDI 收不到脉冲信号，超过 1.6s 后，$\overline{WDO}$ 输出低电平信号，控制单片机复位。

（4）$\overline{PFO}$：电源故障输出，低电平有效。

（5）PFI：电源故障监控输入。PFI 接内部电压比较器的输入端，内部 1.25V 基准电压接比较器的另一输入端。PFI 引脚可接电源分压器，用于监视电源电压，当 PFI 端电压小于 1.25V 时，$\overline{PFO}$ 输出低电平。可将 $\overline{PFO}$ 接至 CPU 的中断输入端，电源掉电或出现故障时，及时向 CPU 发出中断请求。

（6）RESET：复位信号输出端，高电平有效。

（7）V_{CC}：+5V 电源。

（8）GND：地。

AT89C51 单片机与 MAX813L 的接口电路如图 11-7 所示。芯片用了看门狗功能和上电复位功能，电源监视功能未用，PFI 和 $\overline{PFO}$ 引脚可不接。单片机复位端 RST 与看门狗的 RESET 相连，P1.3 与 WDI 相连，用于定时向看门狗发送"喂狗"信号。

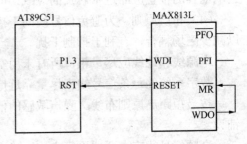

图 11-7　AT89C51 单片机与
MAX813L 的接口电路

由于 AT89C51 复位信号高电平有效，MAX813L 的看门狗溢出信号为低电平，不能直接将 $\overline{WDO}$ 输出作为复位信号，电路中将 $\overline{WDO}$ 与手动复位端 $\overline{MR}$ 相连，系统死机时，$\overline{WDO}$ 输出的低电平信号送入 $\overline{MR}$ 端，使 RESET 发出高电平复位信号，直接送单片机 RST 复位引脚。MAX813L 芯片具有上电复位功能，可省去 RC 复位电路。

11.3.2　软件可靠性设计

软件可靠性设计即通过软件抗干扰技术，提高系统抗干扰能力，使系统受到干扰后迅速恢复正常，或者使受干扰数据恢复。软件抗干扰是单片机系统受到干扰后的补救措施，也是硬件抗干扰技术的有效补充，程序设计中应充分合理利用。常用的软件抗干扰技术有指令冗余、软件陷阱、数字滤波、软件看门狗等。

1. 指令冗余

当单片机受到干扰后，会使程序计数器 PC 变为随机值，指向其他暂时不运行的指令、指令中间位置、数据表格或空区域，并将新位置数据仍作为指令执行，引起程序混乱甚至死机。当 PC 飞到单字节指令时，能自动转入正常运行，当 PC 飞到双字节或三字节指令操作数位置时，会将操作数作为指令操作码错误执行，由于三字节指令有 2 个操作数，出错的概率比双字节指令还要大。因此编程时尽量多采用单字节指令，并在一些关键位置插入空操作指令 NOP，使 CPU 借助空操作指令尽快回到正常状态，这种措施称为指令冗余。插入空操作指令的方法有：

（1）双字节和三字节指令之前插入 2 条 NOP 指令，该指令就不会被前面冲下来的失控程序拆散，使程序运行恢复正常。需要注意的是，加入空操作指令可能影响程序正常运行，例如，软件延时程序中插入多余的空操作指令，将不能得到精确定时。

（2）对程序流向起决定作用的指令前插入 2 条 NOP 指令，这些指令有 RET、RETI、ACALL、LCALL、SJMP、AJMP、LJMP、JZ、JNZ、JC、JNC、JB、JNB、JBC、CJNE 和 DJNZ。

（3）对系统工作状态有重要影响的单字节指令前插入 2 条 NOP 指令，如 SETBEA 等。

其他不必要的位置不要插入空操作指令。指令冗余是以牺牲 CPU 效率和程序存储空间为代价的，插入空操作指令并非越多越好，以免显著影响 CPU 运行效率。指令冗余能使 CPU 尽快回到正常指令执行，但由于 PC 已非正常跳转到不确定位置，不能完成预定的工作。解决这个问题可采用软件容错技术，使系统误动作出错几率减少。

2. 软件陷阱

当 PC 弹飞到程序存储器数据区或未使用区域时，指令冗余不能使系统返回程序区，这时可在非程序区设立若干软件陷阱拦截 PC，并将其引导回正常位置。软件陷阱实际是一条无条件转到出错处理程序的长转移指令，当 PC 指向这条指令时，自动转到出错程序，为加强捕捉效果，还在前面加上两条 NOP 指令。软件陷阱的结构是：

```
NOP
NOP
LJMP ERR
```

出错处理程序如下：

```
POW     DATA 67H        ;上电标志存放单元
ERR:    CLR EA          ;关中断
        MOV DPTR,#ER1   ;准备返回地址
        PUSH DPL
        PUSH DPH
        RETI            ;清除高级中断激活标志
ER1:    MOV POW,#0AAH   ;重建上电标志
        CLR A           ;准备复位地址
        PUSH ACC        ;压入复位地址 0000H
        PUSH ACC
        RETI            ;清除低级中断激活标志，程序从 0000H 开始执行
```

软件陷阱在程序中的使用位置有：

（1）未使用的中断向量区。当干扰使未使用中断开放，并激活这些中断时，会引起程序混乱。可在未使用中断的入口位置设置软件陷阱，及时引导回正常位置。

例如：AT89S51 单片机系统中仅使用了 INT0 和 T0 中断，则中断向量区可如下编程。

```
ORG 0003H
        LJMP INT0       ;转到外部中断 0 服务程序
        NOP
        NOP
        LJMP ERR        ;软件陷阱
```

```
ORG 000BH
        LJMP TIM0          ;转到 T0 中断服务程序
        NOP
        NOP
        LJMP ERR           ;软件陷阱
ORG 0013H
        LJMP ERR           ;软件陷阱,未使用 INT1 中断
        NOP
        NOP
        LJMP ERR           ;软件陷阱
ORG 001BH
        LJMP ERR           ;软件陷阱,未使用 T1 中断
        NOP
        NOP
        LJMP ERR           ;软件陷阱
ORG 0023H
        LJMP ERR           ;软件陷阱,未使用串行口中断
        NOP
        NOP
        LJMP ERR           ;软件陷阱
```

（2）未使用的程序存储器区。程序存储器中未使用单元全部为 FFH，相当于单字节指令 MOV R7,A，PC 指向这些区域后，顺序向下执行。为了使 PC 尽快恢复正常，可在程序存储器的空白区域每隔一段空间放置一个软件陷阱，并在 ROM 最后也放一个。例如，AT89S51 程序存储空间为 0000H～0FFFH，可在最后放置如下指令：

```
ORG 0FFBH                  ;ROM 最后 5 字节
        NOP
        NOP
        LJMP ERR           ;软件陷阱
        END
```

（3）ROM 中的表格。程序存储器中用到两类表格：MOVC 指令访问的数据表格和 JMP @A+DPTR 指令访问的散转指令表格。这些表格必须是连续的，不能在中间插入任何数据，否则取数或转移就会出现错误。为此只能在表格最后放置一个软件陷阱。

（4）程序区。CPU 执行 LJMP, SJMP, AJMP, RET, RETI 等指令时，PC 必然产生跳转，如果受到干扰，继续向下运行就会出现错误，可在这些指令后插入软件陷阱，捕捉弹飞的 PC。

CPU 正常运行时，不会执行软件陷阱指令，当 PC 受到干扰才发挥作用，不会影响程序运行效率。软件陷阱占用部分程序存储空间，在存储容量足够的情况下，应在需要的位置都加上软件陷阱，以提高系统受到干扰的自恢复能力。

3. 数字信号传输抗干扰

以下介绍数字信号传输抗干扰。

（1）数字信号输入。数字信号输入时，干扰多为时间非常短的毛刺电压。采集数字信号时，可连续重复采集多次，若两次或两次以上采集结果相同，作为有效输入，否则继续，这样就能将干扰信号过滤掉。

（2）数字信号输出。单片机向外设接口送出的数字信号在传输过程中也会受到干扰，使

接口电路不能正常接收。不同接口及输出设备采用的抗干扰措施不同。例如，在控制继电器工作时，软件抗干扰最有效的措施是重复输出同一个数据，外设收到错误信息后，还没来得及处理，下一个正确数据又送来，防止了错误动作的产生。

4. 数字滤波

传感器输出的模拟信号受到干扰后，模数转换结果会偏离真实值。如果通过多次采样，得到若干转换数据，然后通过软件处理，就能得到正确的转换数据。这种从若干数据中提取逼近真值数据的软件算法称为数字滤波算法，由于完全通过程序实现滤波，不需增加硬件电路，在单片机系统中使用较多。常用的数字滤波方法有程序判断滤波、中值滤波、算术平均滤波、去极值平均滤波、加权平均滤波及低通滤波等。

5. 软件看门狗

80C51 系列单片机很多型号内部没有看门狗，如果系统设计时为了控制成本或简化电路结构，不用专用硬件看门狗电路，也可使用单片机内部的定时器，通过软件编程实现看门狗的功能。

复 习 思 考 题

1. 单片机应用系统设计分为哪几个过程？请举例说明。
2. 如何提高单片机应用系统的可靠性？
3. 单片机开发系统由几部分组成？各有什么功能？
4. 单片机应用系统的设计与调试有什么区别？
5. 选择合适的元器件设计一个 LED 交通灯控制系统。
6. 设计空调温度控制系统，液晶显示器显示温度及空调工作状态。
7. 设计 LED 数码管、LED 点阵或液晶显示万年历。
8. 设计智能家居控制系统，要求能控制室内电灯及其他电器的开关，并具有远程遥控功能。

附录 80C51 指令系统表

数据 传 送 指 令								
汇 编 指 令	机 器 码	功　　能	对标志位影响				字节	周期
			P	OV	AC	CY		
MOV A,#data	74H,data	A←data	√	×	×	×	2	1
MOV A,direct	E5H,direct	A←(direct)	√	×	×	×	2	1
MOV A,Rn	E8H+n	A←(Rn)	√	×	×	×	1	1
MOV A,@Ri	E6H+i	A←((Ri))	√	×	×	×	1	1
MOV direct,A	F5H,direct	direct←(A)	×	×	×	×	2	1
MOV direct,#data	75H,direct,data	direct←data	×	×	×	×	3	2
MOV direct,direct	85H，源地址，目的地址	direct←(direct)	×	×	×	×	3	2
MOV direct,Rn	88H+n,direct	direct←(Rn)	×	×	×	×	2	2
MOV direct,@Ri	86H+I,direct	direct←((Ri))	×	×	×	×	2	2
MOV Rn,A	F8H+n	Rn←(A)	×	×	×	×	1	1
MOV Rn,#data	78H+n,data	Rn←data	×	×	×	×	2	1
MOV Rn,direct	A8H+n,direct	Rn←(direct)	×	×	×	×	2	2
MOV @Ri,A	F6H+i	(Ri)←(A)	×	×	×	×	1	1
MOV @Ri,#data	76H+i,data	(Ri)←data	×	×	×	×	2	1
MOV @Ri,direct	A6H+i,direct	(Ri)←(direct)	×	×	×	×	2	2
MOV DPTR,#data	90H,data	DPTR←data	×	×	×	×	3	2
MOVX A,@Ri	E2H+i	A←((Ri))	√	×	×	×	1	2
MOVX A,@DPTR	E0H	A←((DPTR))	√	×	×	×	1	2
MOVX @Ri,A	F2H+i	(Ri)←(A)	×	×	×	×	1	2
MOVX @DPTR,A	F0H	(DPTR)←(A)	×	×	×	×	1	2
MOVC A,@A+PC	83H	PC←(PC)+1,A←((A)+(PC))	√	×	×	×	1	2
MOVC A,@A+DPTR	93H	A←((A)+(DPTR))	√	×	×	×	1	2
XCH A,direct	C5H,direct	(A)与(direct)交换	√	×	×	×	2	1
XCH A,Rn	C8H+n	(A)与(Rn)交换	√	×	×	×	1	1
XCH A,@Ri	C6H+i	(A)与((Ri))交换	√	OV	AC	CY	1	1
XCHD A,@Ri	D6H+i	(A3~0)与((Ri)3~0)交换	√	×	×	×	1	1
SWAP A	C4H	(A3~0)与(A7~4)交换	×	×	×	×	1	1
PUSH direct	C0H,direct	SP←(SP)+1,(SP)←(direct)	×	×	×	×	2	2
POP direct	D0H,direct	direct←((SP)),SP←(SP)-1	×	×	×	×	2	2

算 术 运 算 指 令								
汇 编 指 令	机 器 码	功 能	对标志位影响				字节	周期
			P	OV	AC	CY		
ADD A,#data	24H,data	A←(A)+data	√	√	√	√	2	1
ADD A,direct	25H,direct	A←(A)+(direct)	√	√	√	√	2	1
ADD A,Rn	28H+n	A←(A)+(Rn)	√	√	√	√	1	1
ADD A,@Ri	26H+i	A←(A)+((Ri))	√	√	√	√	1	1
ADDC A,#data	34H,data	A←(A)+data+(C)	√	√	√	√	2	1
ADDC A,direct	35H,direct	A←(A)+(direct)+(C)	√	√	√	√	2	1
ADDC A,Rn	38H+n	A←(A)+(Rn)+(C)	√	√	√	√	1	1
ADDC A,@Ri	36H+i	A←(A)+((Ri))+(C)	√	√	√	√	1	1
SUBB A,#data	94H,data	A←(A)-data-(C)	√	√	√	√	2	1
SUBB A,direct	95h,direct	A←(A)-(direct)-(C)	√	√	√	√	2	1
SUBB A,Rn	98H+n	A←(A)-(Rn)-(C)	√	√	√	√	1	1
SUBB A,@Ri	96H+i	A←(A)-((Ri))-(C)	√	√	√	√	1	1
INC A	04H	A←(A)+1	√	×	×	×	1	1
INC direct	05H,direct	direct←(direct)+1	×	×	×	×	2	1
INC Rn	08H+n	Rn←(Rn)+1	×	×	×	×	1	1
INC @Ri	06H+i	(Ri)←((Ri))+1	×	×	×	×	1	1
INC DPTR	A3H	DPTR←(DPTR)+1	×	×	×	×	1	2
DEC A	14H	A←(A)-1	√	×	×	×	1	1
DEC direct	15H,direct	direct←(direct)-1	×	×	×	×	2	1
DEC Rn	18H+n	Rn←(Rn)-1	×	×	×	×	1	1
DEC @Ri	16H+i	(Ri)←((Ri))-1	×	×	×	×	1	1
MUL AB	A4H	A←A*B 结果低 8 位, B←A*B 结果高 8 位	√	√	×	0	1	4
DIV AB	84H	A←A/B 的商, B←A/B 的余数	√	√	×	0	1	4
DA A	D4H	若$(A_{3\sim0})>9$ 或$(AC)=1$, 则$(A_{3\sim0})←(A_{3\sim0})+6$ 若$(A_{7\sim4})>9$ 或$(C)=1$, 则$(A_{7\sim4})←(A_{7\sim4})+6$	√	×	√	√	1	1

逻 辑 运 算 指 令								
汇 编 指 令	机 器 码	功　　能	对标志位影响				字节	周期
			P	OV	AC	CY		
ANL A,#data	54H,data	A←(A)∧data	√	×	×	×	2	1
ANL A,direct	55H,direct	A←(A)∧(direct)	√	×	×	×	2	1
ANL A,Rn	58H+n	A←(A)∧(Rn)	√	×	×	×	1	1
ANL A,@Ri	56H+i	A←(A)∧((Ri))	√	×	×	×	1	1
ANL direct,A	52H,direct	direct←(direct)∧(A)	×	×	×	×	2	1
ANL direct,#data	53H,direct,data	direct←(direct)∧data	×	×	×	×	3	2
ORL A,#data	44H,data	A←(A)∨data	√	×	×	×	2	1
ORL A,direct	45H,direct	A←(A)∨(direct)	√	×	×	×	2	1
ORL A,Rn	48H+n	A←(A)∨(Rn)	√	×	×	×	1	1
ORL A,@Ri	46H+i	A←(A)∨((Ri))	√	×	×	×	1	1
ORL direct,A	42H,direct	direct←(direct)∨(A)	×	×	×	×	2	1
ORL direct,#data	43H,direct,data	direct←(direct)∨data	×	×	×	×	3	2
XRL A,#data	64H,data	A←(A)⊕data	√	×	×	×	2	1
XRL A,direct	65H,direct	A←(A)⊕(direct)	√	×	×	×	2	1
XRL A,Rn	68H+n	A←(A)⊕(Rn)	√	×	×	×	1	1
XRL A,@Ri	66H+i	A←(A)⊕((Ri))	√	×	×	×	1	1
XRL direct,A	62H,direct	direct←(direct)⊕(A)	×	×	×	×	2	1
XRL direct,#data	63H,direct,data	direct←(direct)⊕data	×	×	×	×	3	2
CLR A	E4H	A←0	√	×	×	×	1	1
CPL A	F4H	A←$\overline{(A)}$	×	×	×	×	1	1
RR A	03H	$A_{6\sim0}$←$(A_{7\sim1})$,A_7←(A_0)	×	×	×	×	1	1
RRC A	13H	$A_{6\sim0}$←$(A_{7\sim1})$,C←(A_0),(A_7)←C	√	×	×	√	1	1
RL A	23H	$(A_{7\sim1})$←$A_{6\sim0}$,(A_0)←A_7	×	×	×	×	1	1
RLC A	33H	$(A_{7\sim1})$←$A_{6\sim0}$,C←(A_7),(A_0)←C	√	×	×	√	1	1

控 制 转 移 指 令								
汇 编 指 令	机 器 码	功 能	对标志位影响				字节	周期
			P	OV	AC	CY		
SJMP rel	80H,rel	PC←(PC)+2+rel	×	×	×	×	2	2
AJMP addr11	a10a9a800001B, a7~a0	PC←(PC)+2, PC$_{10\sim0}$←addr11	×	×	×	×	2	2
LJMP addr16	02H,addr$_{15\sim8}$, addr$_{7\sim0}$	PC←addr16	×	×	×	×	3	2
JMP @A+DPTR	73H	PC←(A)+(DPTR)	×	×	×	×	1	2
JZ rel	60H,rel	若(A)=00H, 则 PC←(PC)+2+rel 若(A)≠00H, 则 PC←(PC)+2	×	×	×	×	2	2
JNZ rel	70H,rel	若(A)≠00H, 则 PC←(PC)+2+rel 若(A)=00H, 则 PC←(PC)+2	×	×	×	×	2	2
CJNE A,#data,rel	B4H,data,rel	若(A)=data, 则 PC←(PC)+3 若(A)>data, 则 PC←(PC)+3+rel,C←0 若(A)<data, 则 PC←(PC)+3+rel,C←1	×	×	×	√	3	2
CJNE A,direct,rel	B5H,direct,rel	若(A)=direct, 则 PC←(PC)+3 若(A)>direct, 则 PC←(PC)+3+rel,C←0 若(A)<direct, 则 PC←(PC)+3+rel,C←1	×	×	×	√	3	2
CJNE Rn,#data,rel	B6H+n,data,rel	若(Rn)=data, 则 PC←(PC)+3 若(Rn)>data, 则 PC←(PC)+3+rel,C←0 若(Rn)<data, 则 PC←(PC)+3+rel,C←1	×	×	×	√	3	2

单片机原理及应用

控 制 转 移 指 令								
汇 编 指 令	机 器 码	功　　能	对标志位影响				字节	周期
			P	OV	AC	CY		
CJNE Ri,#data,rel	B8H+i,data,rel	若((Ri))=data, 则 PC←(PC)+3 若((Ri))>data, 则 PC←(PC)+3+rel,C←0 若((Ri))<data, 则 PC←(PC)+3+rel,C←1	×	×	×	√	3	2
DJNZ direct,rel	D5H,direct,rel	先 direct←(direct)-1，再判断： 若(direct)≠00H, 则 PC←(PC)+3+rel 若(direct)=00H, 则 PC←(PC)+3	×	×	×	×	3	2
DJNZ Rn,rel	D8H+n,rel	先 Rn←(Rn)-1，再判断： 若(Rn)≠00H, 则 PC←(PC)+3+rel 若(Rn)=00H, 则 PC←(PC)+3	×	×	×	×	2	2
ACALL addr11	a10a9a810001B, a7～a0	PC←(PC)+2 SP←(SP)+1,(SP)←(PC$_{7\sim0}$) SP←(SP)+1,(SP)←(PC$_{15\sim8}$) PC$_{10\sim0}$←addr11	×	×	×	×	2	2
LCALL addr16	12H,addr$_{15\sim8}$, addr$_{7\sim0}$	PC←(PC)+3 SP←(SP)+1,(SP)←(PC$_{7\sim0}$) SP←(SP)+1,(SP)←(PC$_{15\sim8}$) PC←addr16	×	×	×	×	3	2
RET	22H	PC$_{15\sim8}$←((SP)),SP←(SP)-1 PC$_{7\sim0}$←((SP)),SP←(SP)-1	×	×	×	×	1	2
RETI	32H	PC$_{15\sim8}$←((SP)),SP←(SP)-1 PC$_{7\sim0}$←((SP)),SP←(SP)-1	×	×	×	×	1	2
NOP	00H	PC←(PC)+1	×	×	×	×	1	1

位 操 作 指 令								
汇 编 指 令	机 器 码	功 能	对标志位影响				字节	周期
			P	OV	AC	CY		
MOV C,bit	A2H,bit	C←(bit)	×	×	×	√	2	1
MOV bit,C	92H,bit	bit←(C)	×	×	×	×	2	2
CLR C	C3H	C←0	×	×	×	√	1	1
CLR bit	C2H,bit	bit←0	×	×	×	×	2	1
SETB C	D3H	C←1	×	×	×˙	√	1	1
SETB bit	D2H,bit	bit←1	×	×	×	×	2	1
ANL C,bit	82H,bit	C←(C)∧(bit)	×	×	×	√	2	2
ANL C,bit	B0H,bit	C←(C)∧$\overline{(bit)}$	×	×	×	√	2	2
ORL C,bit	72H,bit	C←(C)∨(bit)	×	×	×	√	2	2
ORL C,bit	A0H,bit	C←(C)∨$\overline{(bit)}$	×	×	×	√	2	2
CPL C	B3H	C←$\overline{(C)}$	×	×	×	√	1	1
CPL bit	B2H,bit	bit←$\overline{(bit)}$	×	×	×	×	2	1
JC rel	40H,rel	若(C)=1, 则 PC←(PC)+2+rel 若(C)=0, 则 PC←(PC)+2	×	×	×	×	2	2
JNC rel	50H,rel	若(C)=0, 则 PC←(PC)+2+rel 若(C)=1, 则 PC←(PC)+2	×	×	×	×	2	2
JB bit,rel	20H,bit,rel	若(bit)=1, 则 PC←(PC)+3+rel 若(bit)=0, 则 PC←(PC)+3	×	×	×	×	3	2
JBC bit,rel	10H,bit,rel	若(bit)=1, 则 PC←(PC)+3+rel, 且(bit)←0 若(bit)=0, 则 PC←(PC)+3	×	×	×	×	3	2
JNB bit,rel	30H,bit,rel	若(bit)=0, 则 PC←(PC)+3+rel 若(bit)=1, 则 PC←(PC)+3	×	×	×	×	3	2

注　√：影响标志位；×：不影响标志位。

参 考 文 献

［1］王丰，栾学德．单片机原理与应用技术．北京：北京航空航天大学出版社，2007.

［2］张迎新．单片机原理及应用．北京：电子工业出版社，2004.

［3］何立民．单片机高级教程．北京：北京航空航天大学出版社，2000.

［4］何立民．单片机应用系统设计．北京：北京航空航天大学出版社，1990.

［5］曹天汉．单片机原理与接口技术．北京：电子工业出版社，2003.

［6］丁元杰．单片微机原理及应用．北京：机械工业出版社，1999.

［7］赵德安．单片机原理与应用．北京：机械工业出版社，2004.

［8］唐俊杰，高秦生．微型计算机原理及应用．北京：高等教育出版社，1993.

［9］李广弟．单片机技术．北京：中央广播电视大学出版社，2001.

［10］李正军．计算机测控系统设计与应用．北京：机械工业出版社，2004.

［11］周航慈．单片机应用程序设计技术．北京：北京航空航天大学出版社，2002.

［12］余永权．单片机应用系统的功率接口技术．北京：北京航空航天大学出版社，1992.

［13］王幸之等．单片机应用系统抗干扰技术．北京：北京航空航天大学出版社，2000.

［14］李华．MCS-51 系列单片机实用接口技术．北京：北京航空航天大出版社，1993.